LÉXICO PRÁCTICO DEL ESPAÑOL ACTUAL

實用
西班牙語彙

曾茂川 編 José Tseng Yeh

編者簡介

曾茂川 José Tseng Yeh，淡江大學西班牙語文系副教授（1996～）。曾就讀淡江、馬德里大學（文學碩士）、南非金山大學、菲律賓大學（哲學博士）。

早年服務於行政院新聞局，曾派駐智利、菲律賓，巴拿馬（任大使館新聞參事）；後出任台北市政府新聞處處長、行政院文建會第三處（主管視覺、表演藝術和文化交流）處長兼資訊小組組長。

著有《傳媒與智利對華政策》、《華西分類詞典》、*María Luisa Bombal: La búsqueda de la esencia femenina*。

國際新聞人員乙等特考、新聞行政人員甲等特考及格，行政院國建班受訓。

前　言

外語說寫最大難處，不外乎所識語彙太少、語法概念模糊，以及因文化隔閡所衍生的認知差距。因此，本書蒐羅了萬餘個一般字典不易查到，卻又很實用的生活用語。這些用語都是與人深入交談、傳譯或作文時少不了的。學外語的都歷經過這樣的尷尬：和外國人說話，原來兩個字可說明白的，常常要用上七八個字，而最後對方仍然似懂非懂。編者亟盼這本小書能擴充讀者的語彙領域，解決部分與人溝通的困難。讀者只要略為翻閱一下，當不難查知本書收詞均以中西文報紙雜誌常見，新聞性與生活化兼具者為主，這些詞語不論你人在台灣、西班牙或中南美，常常都可聽見或用到。

另為便利讀者記誦和查閱，特將集詞按「人與生活」、「新聞文化」、「法政外交軍事」、「財經貿易」、「數理化」、「生物大地」分成六大類，並輯錄西班牙諺語365則（有與漢諺同者則引述漢諺，否則譯出其精義）。這些語詞和其說明例句，均採自西班牙語媒體和辭書，為求簡明，並不一一注出，請參考所附書目。

集詞不難，多讀書報、多聽廣播、多看影片，多上網站，即可找出千千詞；難者在於取捨，何字該收何字該放，最是頭痛；尤以新詞源頭多來自其他外語，譬如單親家庭、代理孕母等等，總得經過若干時日，淘汰一些譯名後，才有西班牙語通用的名稱出現，更何況許多新詞連新版辭書都不及收入。另西班牙和中南美各國用語差異，亦是另一挑戰，本書已竭盡所能盡量注明，惟遇到同一名詞有四五種或更多說法時，原則上只收進西班牙和中南美較普遍用法。

初稿部分承我駐西班牙代表處張淡浪女士和馬德里大學博士何萬儀小姐（「人與生活」）、駐瓜地馬拉大使館新聞參事黃宗傑先生（「新聞文化」）、駐哥斯大黎加大使館政治參事周寧博士（「法政外交軍事」）、駐巴拿馬大使館經濟參事陳銘師先生（「財經貿易」）、北京大學西班牙系段若川教授（「諺語」）協助審定，以及María Sánchez 和 Carlos Gómez 兩位西班牙籍教授代為解決不少疑難，這些都令個人深為感激。另外，駐西代表處新聞組金拱辰先生提供了不少馬德里出版期刊；淡江學生皇甫培寧、蒙禮珍協助初稿打字，這些都應一提。當然更要感謝三民書局董事長劉振強先生對西班牙語學子的關懷和愛護，不惜耗資出版這類冷門書。最後要特別感謝內人謝明珠，她多年國外生活經驗和對日英西語知識，幫助我訂正了不少語詞，還有這五年來對我作息晨昏顛倒的包容。

這本小書雖有百般用處，但編者才疏學淺，個人見聞有限，挂一漏萬地方，在所難免，敬請西語專家和讀者諸君多多指教，俾將來能有機會增補。

曾茂川

2002 年 8 月

如何使用本書?

*　請從頭到尾通讀一遍,但不用強記,以後沒事就翻翻;儘量利用等人候車五分鐘零頭時間。已經會的詞語就暫放一邊。

*　當成隨身或案頭書,朝夕不離手。備好 3B 鉛筆,找出馬上用得著、值得記或好玩的詞語 (從最想學的部分點校),畫線或打勾。附錄諺語 365 條,每天記一條,很容易吧!儘量以生活化、有趣味、新聞性強詞語為熟讀對象 (本書在六大主題下,細分為百餘個子題,可依個人學習目標,選定優先閱讀順序,每天翻閱,自然容易記熟),並運用聯想法,把相關詞語串連,譬如提到「文化」,就會想起「大眾文化」、「休閒文化」、「文化部」、「文化資產」、「多元文化」等詞,若能延伸到「影展」、「表演藝術」、「國際書展」那更好。讓這些詞兒在腦中轉個圈,算算有多少已記熟,有多少還待努力。

*　腦中有中文,但尚無西文等值或類似詞語,可隨手將其記在空白頁上,從此念茲在茲;百思或遍查辭書之後,若仍不得其解,那就不要客氣,養成「逢高手就問,以考倒對方為己樂」的習慣。要有學習動機,才會學到更多詞語。當然,若真的走頭無路,找不出答案來,也歡迎來信討論:jtseng@mail.tku.edu.tw

體例說明

1. 詞條如教師勞工，為省篇幅，僅列出男性 maestro, obrero，不另書寫女教師 maestra、女勞工 obrera。但若男女寫法差異較大，則採並列或分列，如詩人 poeta，poetisa；演員 actor，actriz。

2. 詞條用斜體「外語略語」說明詞性：

    a.　　形容詞

    m.　　陽性名詞

    vt.　　及物動詞

3. 詞條其他符號用法：

    (　)　　裡頭文字為補充說明

    [　]　　裡頭可省略，如跳蚤市場 mercado de [las] pulgas

    /　　可替換前頭詞語，如模範父親有兩種說法 padre ejemplar/modelo，表示 modelo 可替換前頭的 ejemplar。鑽戒 anillo de brillantes/diamantes、化妝品 productos cosméticos/de belleza 也是同樣的情形

    🍁　　補充前詞條未盡說明之詞義或用法

略語表

a.	形容詞
a.-m.	形容詞兼作陽性名詞
a.-s.	形容詞兼作雙性名詞
adv.	副詞
f.	陰性名詞
fp.	陰性複數名詞
interj.	歎詞
m.	陽性名詞
mp.	陽性複數名詞
prnl.	人稱代詞補語動詞
s.	雙性名詞
v.	及物和不及物兩用動詞
vi.	不及物動詞
vt.	及物動詞
(中)	中美洲【指僅用於中美地區，下同】
(南)	南美洲
(口)	口語
(哥)	哥倫比亞
(墨)	墨西哥
(委)	委內瑞拉
(智)	智利
(烏)	烏拉圭
(秘)	秘魯
(美)	中南美
(蔑)	輕蔑語
(西)	西班牙
(錐)	南錐國家【智利阿根廷和烏拉圭】
(阿)	阿根廷

目　錄

正文細目

壹、人與生活

人倫・兩性
Relaciones humanas-Los dos sexos

菁英社會　(*f.*) sociedad elitista

菁英分子　la elite

正人君子　un caballero ejemplar

好名之徒　(*m.*) hombre ávido de fama

名氣排行榜　(*f.*) lista de popularidad

名人　(*m.*) famoso, personaje famoso/conocido

名女人　(*f.*) mujer famosa

重要人士　(*m.*) personaje importante; (*f.*) gente *vip*

關鍵人物　(*f.*) persona clave

富豪　(*m.*) multimillonario (百萬富翁 millonario)

環球小姐　Miss Universo

世界小姐　Miss Mundo

強人　(*m.*) hombre fuerte

鐵娘子　(*f.*) dama de hierro

超人　(*m.*) superman

外星人　(*s.*) extraterrestre

幽浮 (不明飛行體)　(*m.*) ovni (objeto volador no identificado)

機器人　(*m.*) androide; (*f.*) autómata

傢伙　el tipo/tío/sujeto/individuo (蔑)

公眾人物　(*m.*) hombre/personaje público

青春偶像　(*m.*) ídolo de los adolescentes

個人崇拜　(*m.*) culto *a* la personalidad

社會地位　(*f.*) posición social

公共形象　(*f.*) imagen pública

私生活　(*f.*) vida privada

隱私權　(*m.*) derecho *a* la intimidad

名流生活　la vida de las celebridades

名流生活一直是無所事事者談論話題　La vida de los famosos es la

comidilla de los desocupados.

普通人　(*m.*) hombre común/de la calle

一般人　(*f.*) persona corriente

大眾　el público en general

都市人　(*m.*) hombre de la ciudad

鄉下人　(*f.*) gente del campo

鄉巴佬　(*m.*) campesino

陌生人　(*m.*) extraño

怪人　(*m.*) tipo raro; (*f.*) persona extraña (後者亦解為外人)

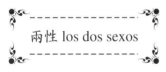 別在外人面前談家務事　Los asuntos de familia no se discuten delante de *personas extrañas.*

雅痞　(*m.*) *yuppy*; los *yuppies* (gente joven urbana y profesional)

嬉痞　(*s.*) *hippie*, *hippy*; los *hippies*

龐克族　los *punk*

頂克族　los *dinks* (pareja acomodada y sin hijos, en que los dos obtienen dinero por su trabajo.)

哈日族　(*m.*) japonófilo (哈西 hispanófilo、哈法 francófilo、哈俄 rusófilo)

兩性 los dos sexos

男性　(*m.*) sexo masculino

女性　(*m.*) sexo femenino

異性　(*m.*) sexo contrario

性別歧視　(*f.*) discriminación sexual

兩性間　entre los dos sexos

男女間　entre varones y mujeres

禁果　el fruto prohibido

男尊女卑觀念　(*m.*) machismo

大男人　(*m.*) machista

婦孺優先　Las mujeres y los niños primero.

戀家男人　un hombre casero

女性主義　(*f.*) feminismo

女性主義者 (*s.*) feminista

女權 los derechos de la mujer

女性解放 (*f.*) liberación/emancipación de la mujer

兩性平權 la igualdad hombre-mujer

兩性尊嚴權利平等 la igualdad en dignidad y derechos entre el hombre y la mujer

女性地位 la condición jurídica y social de las mujeres

男性優先 (*f.*) preferencia del varón

女性優先 (*f.*) preferencia de la mujer

戀母情結 (*m.*) complejo de Edipo

戀父情結 (*m.*) complejo de Electra

閹割情結 (*m.*) complejo de castración

同性戀者 (*m.*) homosexual; (*f.*) lesbiana

同性戀傾向 (*fp.*) tendencias homosexuales

基子 (*s.*) gay

拉子 (*f.*) lesbiana

酷兒 (*m.*) maricón (崁)

同志圈 (*f.*) comunidad gay

同性夫妻 (*f.*) pareja homosexual; (*m.*) matrimonio homosexual

親等 grados de parentesco

族系表 (*m.*) árbol genealógico

祖先 los antepasados

長輩/年長者 los mayores

直系後裔 (*m.*) descendiente por línea recta/directa

旁系親屬 (*mp.*) parientes laterales/colaterales

母系 por línea materna

近親 (*m.*) pariente cercano

遠親 (*m.*) pariente lejano

親友 (*mp.*) parientes/familiares y amigos

第二代　la segunda generación

世代交替　(*m.*) relevo generacional

模範父親　(*m.*) padre ejemplar/modelo

單親媽媽　(*f.*) madre que cría a su[s] hijo[s] sin pareja

未婚媽媽　(*f.*) madre soltera

代理孕母　(*f.*) madre de alquiler (「生理」媽媽 madre biológica)

繼父　(*m.*) padrastro

繼母　(*f.*) madrastra

養父　(*m.*) padre adoptivo

養母　(*f.*) madre adoptiva

獨生子　(*m.*) hijo único

獨生女　(*f.*) hija única

老來子　(*m.*) hijo tardío

婚生子　(*m.*) hijo legítimo

非婚生子女　(*mp.*) hijos fuera del matrimonio

私生子　(*m.*) hijo natural/ilegítimo

雜種　(*m.*) bastardo (蔑)

遺腹子　(*m.*) hijo póstumo

長子　(*m.*) primogénito, hijo mayor

長男　el hijo varón mayor

小兒子　el hijo menor/pequeño

雙胞胎　(*mp.*) gemelos, mellizos

學生對　las parejas de mellizos

公公／岳父　(*m.*) suegro

婆婆／岳母　(*f.*) suegra

親家母　(*f.*) consuegra

女婿　(*m.*) yerno

媳婦　(*f.*) nuera

伯叔公　(*m.*) tío abuelo

從兄弟　(*m.*) primo segundo (父母堂／表兄姐弟妹之子)

內兄弟／大伯小叔　(*m.*) cuñado

拜把兄弟　(*m.*) hermano por/de juramento

嫂子弟媳／姨子小姑　(*f.*) cuñada

連襟　(*m.*) concuñado

妯娌　(*f.*) concuñada

同鄉　(*m.*) paisano

知己　(*m.*) amigo del alma; íntimo amigo

醫生朋友　un médico amigo

> 問候你這裡的朋友！　¡Pregúntale al amigo aquí!

鄰家　(*f.*) casa de al lado

隔鄰　(*m.*) vecino de al lado

家 familia

單身生活　la vida de soltero/soltera, la soltería

> 他單身且無對象　Es soltero y sin compromiso.

成家　(*vt.*) formar un hogar

養家　(*vt.*) mantener una familia

父權　(*f.*) paternidad

一家之主　**el** cabeza de familia

家長　(*m.*) padre de familia; (*f.*) madre de familia

主婦　(*f.*) ama/dueña de casa

家事　(*m.*) trabajo doméstico; (*fp.*) tareas domésticas/caseras; (*mp.*) quehaceres domésticos/de la casa

> 家事永遠忙不完　El trabajo de la casa no se acaba nunca.

模範家庭　(*f.*) familia model**o**

小康之家　(*f.*) familia de clase media, familia acomodada

> 貧戶　una familia sin recursos
>
> 他出身農家　Procede *de* una familia de agricultores.

空巢　(*m.*) nido vacío

核心家庭　(*f.*) familia nuclear

單親家庭　(*f.*) familia monoparental

破碎家庭　(*m.*) hogar deshecho

寄養家庭　(*f.*) familia escogedora

領養家庭　(*f.*) familia adoptiva

接待家庭　(*f.*) familia de acogida

大家庭　(*f.*) familia numerosa (西班牙指4個以上子女家庭)

甘迺迪家族　la familia Kennedy

家庭生活　(*f.*) vida familiar

　　我很想家　Echo de menos *a* mi familia/país.

　　家庭第一工作第二　La familia está *antes que* el trabajo.

家庭氣氛　el ambiente familiar

家庭環境　(*m.*) ambiente/entorno familiar; (*fp.*) circunstancias familiares

家庭和社會環境　(*m.*) entorno familiar y social

家庭教育　(*f.*) educación familiar

家庭問題　(*mp.*) problemas familiares

家庭隱私　(*mp.*) secretos familiares

日常生活　(*f.*) vida cotidiana/diaria

生活方式　(*m.*) estilo de vida; (*f.*) manera de vivir

生活習慣　(*mp.*) hábitos de vida

精神生活　(*f.*) vida interior/espiritual/moral

生活品質　(*f.*) calidad de vida

優質生活　digna vida de calidad

滿意度　(*m.*) grado de satisfacción

滿意指數　(*m.*) índice de satisfacción

痛苦指數　(*m.*) índice de malestar

生活水準　(*m.*) nivel de vida

生活條件　las condiciones de vida

家庭預算　(*m.*) presupuesto familiar

家庭生計　(*f.*) economía familiar

經濟負擔　(*fp.*) cargas económicas

家庭開銷　los gastos de la casa

物價　(*m.*) costo de [la] vida

購買力　(*m.*) poder/valor adquisitivo; (*f.*) capacidad adquisitiva

伙食費　(*mp.*) gastos de comida

服裝費　(*mp.*) gastos de vestuario

旅遊費　(*mp.*) gastos de viaje

零用錢　(*m.*) dinero de bolsillo; (*f.*) mensualidad, mesada (美); asignación mensual (父母每月給的)

🌸 出差零用金　dinero para gastos personales

家務事　(*mp.*) asuntos familiares/de familia; (*m.*) asunto particular

父子關係　(*f.*) relación padre-hijo

親子關係　las relaciones entre padres e hijos

母愛　(*m.*) amor materno/maternal, cariño maternal

母性　(*m.*) instinto maternal

孝心　(*m.*) amor filial; (*f.*) piedad filial

鑰匙兒　(*m.*) niño cuya madre trabaja (cuando vuelve a casa no están los padres); niño de *latchkey*

寵兒　(*m.*) niño favorito/mimado

逆子　(*m.*) hijo rebelde

浪子　(*f.*) oveja descarriada

敗家子　la oveja negra de la familia

人際關係　las relaciones interpersonales

人際溝通　(*f.*) comunicación interpersonal

人身攻擊　(*m.*) ataque personal

溝通能力　(*f.*) aptitud para comunicarse

代溝　(*f.*) brecha/barrera generacional

家庭意外　(*m.*) accidente doméstico

家庭爭執　(*f.*) pelea/riña familiar

抨擊　(*fp.*) escaramuzas verbales

大吵　(*f.*) discusión violenta

重話　(*fp.*) palabras duras

管家　(*m.*) mayordomo

臨時保母　(*f.*) niñera; (*s.*) canguro

看顧小孩　(*vi.*) estar de canguro, hacer de canguro

菲傭　(*f.*) criada filipina

一生 toda la vida

生老病死　nacimiento, vejez, enfermedad y muerte

　　人生就是這麼回事　Así es la vida.

出生證明　(*f.*) partida de nacimiento

受洗證　(*f.*) partida de bautismo

生命權　(*m.*) derecho *a* la vida

生命力　(*f.*) vitalidad, fuerza vital

生命科學　(*fp.*) ciencias biológicas/de la vida

生理時鐘　(*m.*) reloj biológico/interno

生涯規畫　(*m.*) desarrollo de carrera [profesional]

個人時間管理　(*f.*) gestión personal del tiempo

一生　toda la vida

一生志業　el trabajo de toda una vida

按年齡　según la edad

限齡　(*m.*) límite de edad

年齡層　(*m.*) grupo/(*f.*) franja de edad

年齡差距　(*f.*) diferencia de edad

　　我倆差四歲　Entre nosotros hay una diferencia de edad de cuatro años.

智力年齡　(*f.*) edad mental

生理年齡　(*f.*) edad biológica

刑責年齡　(*f.*) edad penal

學齡　(*f.*) edad escolar

學齡兒童　(*mp.*) niños en edad escolar

同齡兒童　(*mp.*) niños de la misma edad

從小　desde niño/pequeño, desde temprana edad

兒伴　(*m.*) amigo de la infancia/niñez

玩伴　(*m.*) compañero de juegos

青少年　(*s.*) adolescente

青春期　(*f.*) pubertad, adolescencia

反抗期　(*f.*) etapa de rebelión silenciosa

生理變化　(*mp.*) cambios físicos

變聲　(*m.*) cambio de voz

發育期痛　(*mp.*) dolores del crecimiento

青少年身心變化　(*mp.*) cambios psicofisiológicos de los adolescentes

早熟　(*f.*) pubertad precoz

早熟小孩　un niño precoz

成年　(*f.*) edad adulta

成年禮　(*f.*) ceremonia de iniciación de los jóvenes/en la pubertad [原始社會儀式，今亦仿行]

未成年　(*s.*) menor de edad

中年人　(*m.*) hombre de edad madura/de mediana edad

中年危機　la crisis de los cuarenta

中年發福　la curva de la felicidad

成熟男人　(*m.*) hombre maduro

成熟女性　(*f.*) mujer madura

已婚女性　(*f.*) mujer casada

未婚女性　(*f.*) mujer soltera

老年　(*f.*) edad avanzada, ancianidad, vejez

老人　(*m.*) anciano; hombre de edad

老婦　(*f.*) señora/mujer mayor; mujer de edad, anciana

銀髮族　[las personas de] la tercera edad

高齡　(*f.*) edad avanzada

長壽　(*f.*) longevidad; larga vida

平均餘命　(*f.*) esperanza/(*fp.*) expectativas de vida

不老仙丹　(*m.*) elixir de larga vida

早夭　(*f.*) muerte prematura

老化　(*vi.*) envejecer

未老先衰　(*a.*) envejecido prematuramente

返老還童　(*m.*) rejuvenecimiento; (*vt.*) rejuvenecer

世界最老人瑞　la persona más anciana del mundo

愛情 amor

情史　(*f.*) historia de amor

情書　(*f.*) carta de amor

情詩　(*m.*) poema amoroso/de amor

感情生活　(*f.*) vida sentimental/amorosa

情愛關係　(*fp.*) relaciones amorosas

感情問題　(*mp.*) problemas sentimentales

征服欲　(*m.*) deseo de conquista; (*f.*) ambición de conquistar

佔有欲　(*m.*) afán de dominio

三角戀愛　(*m.*) triángulo amoroso

單戀　(*m.*) amor no correspondido

苦戀　(*m.*) amor imposible

失戀　(*m.*) desengaño amoroso

> 她和彼得分手　Su ruptura con Pedro.
>
> 世事無常，尤以情愛　Nada dura siempre en este mundo, y menos que todo el amor.

一見鍾情　(*m.*) amor a primera vista; un flechazo

初戀　primer amor

仰慕者　(*m.*) admirador

愛上　(*prnl.*) enamorarse de

> 彼得狂戀著安娜　Pedro está perdidamente/ciegamente enamorado *de* Ana.

追求　(*vt.*) cortejar, galantear

> 他追過許多女孩，但不打算結婚　Galanteó a muchas chicas, pero no quiso casarse.

追求者　(*m.*) pretendiente

拍拖　(*vt.*) pololear (智)

> 他們交往中　Están pololeando.　　和…約會　pololear con...

泡妞　(*vt.*) ligar (指勾搭或搞男女關係)

> 他不幹正經事，整天泡妞　Se pasa el día ligando, en lugar de dedicarse *a* cosas

más serias.

柏拉圖式愛情　(*m.*) amor platónico

黃昏之戀　un amor tardío

獵豔　la caza de amor

一夜情　(*f.*) relación amorosa de una noche

自由性愛　(*m.*) amor libre

愛的火焰　la llama del amor, el fuego pasional

愛的表白　(*f.*) declaración de amor

愛情對話　(*m.*) diálogo amoroso

甜言蜜語　tiernas/dulces palabras de amor

海誓山盟　(*f.*) promesa solemne de amor

情侶　los novios

情人　(*m.*) novio, enamorado; (*f.*) novia, enamorada

　　他們只是普通朋友而已　No son más que amigos.

最佳拉丁情人形象　la imagen perfecta del *latin lover*

情敵　(*s.*) rival en el amor

白馬王子　el príncipe azul

　　她這輩子最愛拉蒙　Ramón es el gran amor de su vida.

邱比特　Júpiter

權貴子弟　(*m.*) hijo de familia influyente

富家子弟　(*m.*) hijo de familia acomodada

富家女　(*f.*) mujer de familia rica

富孀　(*f.*) viuda de fortuna

釣富婆男人　(*m.*) cazadotes (蔑)

釣金龜婿(或富家女)者　(*s.*) cazafortunas (蔑)

拜金　(*m.*) culto al dinero

拜金主義者　(*s.*) idólatra del dinero

灰姑娘　Cenicienta

白雪公主　Blancanieve

童貞　(*f.*) virginidad

失貞　(*vt.*) perder la virginidad

處男/女　(*s.*) virgen

老光棍　(*m.*) solterón

老處女　(*f.*) solterona

老色鬼　(*m.*) viejo verde

色瞇瞇的人　(*f.*) gente con mirada lasciva

婚姻 casamiento

未婚女子　(*f.*) soltera

適婚齡　(*f.*) edad casadera

適婚女兒　(*f.*) hija casadera

晚婚　(*m.*) matrimonio tardío

婚姻介紹所　(*f.*) agencia matrimonial

媒人　(*m.*) casamentero; (*s.*) agente matrimonial

訂婚　(*prnl.*) prometerse

婚約　(*m.*) compromiso/(*f.*) palabra de matrimonio

訂婚派對　(*f.*) fiesta de compromiso

訂婚戒指　(*m.*) anillo de compromiso/pedida (西)/prometida

未婚夫　(*m.*) prometido

未婚妻　(*f.*) prometida

試婚　(*m.*) matrimonio a/de prueba

私奔　(*f.*) escapada/fuga amorosa

結婚　(*vt.*) contraer matrimonio

婚假　(*f.*) licencia por matrimonio

結婚率　(*f.*) [tasa de] nupcialidad

世俗結婚　(*m.*) matrimonio civil; (*prnl.*) casarse por lo civil

教堂結婚　(*prnl.*) casarse por la iglesia; (*m.*) matrimonio religioso

公證結婚　(*m.*) matrimonio ante notario

集團結婚　(*m.*) casamiento colectivo

利益婚姻　(*m.*) matrimonio de conveniencia

奉 (父母之) 命結婚　(*f.*) boda concertada (por los padres)

奉 (兒女之) 命結婚　(*prnl.*) casarse de penalti (西)/de emergencia (墨)/de apuros (阿)/de apurados (智)

國際婚姻　(*m.*) matrimonio entre personas de distinta nacionalidad

結婚登記　(*m.*) registro de matrimonio

結婚證書　(*m.*) certificado/(*f.*) acta (墨)/partida (祕) de matrimonio

謝氏夫婦　el matrimonio Xie

夫妻共有財產　(*mp.*) bienes gananciales

財產分開制　(*m.*) régimen de separación de bienes

妻個人財產　(*mp.*) bienes parafernales

新郎　(*m.*) desposado, novio

落跑新娘　(*f.*) novia fugitiva

光棍告別派對　(*f.*) fiesta de despedida de soltero

新婚夫婦　los novios, los recién casados

伴郎　(*m.*) padrino de boda; acompañante de honor del novio (en una boda)

伴娘　(*f.*) madrina de boda; dama de honor de la novia (en una boda)

主婚　(*vt.*) presidir la boda

證婚人　(*m.*) testigo en una boda

司儀　(*m.*) maestro de ceremonias

[結婚] 婚戒　(*m.*) anillo nupcial/de boda; (*f.*) argolla matrimonial (美)

嫁粧　(*f.*) dote; (*mp.*) bienes dotales

喜餅　(*m.*) pastel de boda

婚期　(*f.*) fecha de boda

結婚日　(*m.*) día de la boda

結婚禮物　(*m.*) regalo de boda

婚禮　(*f.*) boda; ceremonia nupcial/del matrimonio

婚宴　(*m.*) banquete de bodas

婚宴蛋糕　(*f.*) tarta de boda, torta de matrimonio/novia (智)

婚紗　(*m.*) vestido/traje de novia

結婚進行曲　(*f.*) marcha nupcial

新婚夜　(*f.*) noche de bodas

洞房　(*f.*) cámara/suite nupcial

新婚床　(*m.*) lecho nupcial

蜜月旅行　(*m.*) viaje de novios/luna de miel

-❀ 他們去夏威夷渡蜜月　Se fueron de luna de miel a Hawai.

結婚紀念日　(*m.*) aniversario de boda

婚姻生活　(*f.*) vida conyugal/de casado, vida matrimonial

婚姻問題　(*mp.*) problemas matrimoniales/conyugales

婚姻諮商　(*f.*) orientación sobre problemas matrimoniales

婚姻顧問　(*m.*) consejero matrimonial

婚姻狀況　(*m.*) estado civil

配偶　(*s.*) cónyuge

倦怠期　(*f.*) luna de hiel

婚姻挫敗　(*m.*) fracaso conyugal

分居　(*f.*) separación matrimonial

離婚　(*m.*) divorcio

離婚手續　(*m.*) procedimiento/(*mp.*) trámites de divorcio

離婚率　(*m.*) índice de divorcio

婚姻無效　(*f.*) nulidad matrimonial

贍養費　(*f.*) pensión alimenticia; (*mp.*) alimentos

監護權　(*f.*) patria protestad

監護人　(*m.*) tutor

被監護人　(*m.*) pupilo

-❀ 核可父親探視[子女]權　conceder al padre el derecho de visita

前夫　ex marido

第二任丈夫　segundo marido

髮妻　legítima esposa

棄婦　(*f.*) mujer abandonada

怨婦　(*f.*) mujer despechada

妾　(*f.*) concubina

同居　(*m.*) concubinato

-❀ 陸易和瑪麗三個月前同居　Hace tres meses que Luis y María cohabitan.

親密男伴　(*m.*) compañero sentimental

情夫／婦　(*s.*) amante

露水鴛鴦　(*f.*) pareja ocasional/de ocasión

佳偶　la pareja perfecta

七年之癢　la comezón del séptimo año

配偶忠誠　(*f.*) fidelidad conyugal

婚前經驗　(*f.*) experiencia prematrimonial

外遇　(*m.*) adulterio

婚外情　(*f.*) relación extramarital, aventura extraconyugal

第三者　la tercera persona

誘姦者　(*m.*) seductor

受誘者　el seducido

🌸 別被他的長相和言語騙了　No te dejes seducir por su atractivo y sus palabras.

出牆紅杏　(*f.*) mujer adúltera

花花公子　(*m.*) donjuán, dandi, *playboy*, picaflor (美)

花心男人　(*m.*) hombre donjuanesco

負心漢　(*m.*) rompecorazones

易上女孩　una chica fácil (蔑)

狐狸精　(*f.*) robanovi**os**

妖婦　(*f.*) seductora, vampiresa

藏嬌金屋　(*m.*) refugio amoroso

貞節　(*f.*) castidad

守貞　(*f.*) castidad conyugal

貞操帶　(*m.*) cinturón de castidad

戴綠帽男人　(*m.*) cornudo

懼內者　(*m.*) calzonazos (西), mandilón (墨)

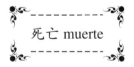

死亡 muerte

逝世　(*m.*) fallecimiento; (*vi.*) morir, fallecer

🌸 死無對證　Los muertos no hablan.

死亡證明　(*m.*) certificado/(*f.*) acta de defunción

壽終 (老死)　(*vi.*) morir de viejo/vejez

壽終正寢　(*vi.*) morir en cama, morir cristianamente

身後名　(*f.*) fama póstuma

腦死　(*f.*) muerte clínica/cerebral

輕生　(*vt.*) cortar la vida; (*prnl.*) quitarse la vida

自殺意圖　(*m.*) intento de suicidio

自殺未遂　(*f.*) tentativa de suicidio; (*m.*) suicidio frustrado

自焚　(*prnl.*) quemarse a lo bonzo (bonzo 和尚)

服毒自殺　(*m.*) suicidio por veneno

切腹自殺　(*m.*) *haraquiri, harakiri*

意外死亡　(*f.*) muerte accidental

早逝　(*vi.*) morir joven

死者　(*m.*) muerto, fallecido; (*f.*) muerta

失蹤者　(*m.*) desaparecido

下落　(*m.*) paradero

遺族　los dolientes

殯儀館　(*f.*) funeraria; casa de pompas fúnebres

葬儀社　(*f.*) agencia funeraria

太平間　(*f.*) morgue

屍體　(*m.*) cadáver; cuerpo sin vida

驗屍報告　(*m.*) informe de la autopsia

遺體　los restos mortales

棺木　(*m.*) ataúd, féretro

服喪　(*vi.*) estar de luto

喪服　(*m.*) luto

國喪　(*m.*) luto oficial/nacional, duelo nacional

國喪三日　(*m.*) duelo oficial de tres días

降半旗　(*vt.*) poner banderas a media asta

訃聞　(*f.*) esquela [mortuoria]

葬禮　(*m.*) funeral

國葬　(*m.*) funeral de Estado

告別式　(*f.*) ceremonia fúnebre

祭奠　(*fp.*) exequias; honras fúnebres

弔喪　(*vt.*) dar el pésame; (*f.*) visita de pésame/duelo

弔辭　(*f.*) oración fúnebre

唁電　(*m.*) telegrama de pésame

哀悼簿　(*m.*) libro de condolencias

一分鐘默哀　un minuto de silencio

出殯行列　(*m.*) cortejo/(*f.*) comitiva fúnebre

出殯進行曲　(*f.*) marcha fúnebre

靈車　(*m.*) carro/coche fúnebre, coche mortuorio

哭喪婦　(*f.*) plañidera (著俗)

花圈　(*f.*) corona fúnebre

埋葬　(*m.*) entierro, sepelio

墓地　(*m.*) cementerio

墓　(*f.*) tumba, sepultura; (*m.*) sepulcro

盜挖　(*f.*) excavación clandestina

墓碑　(*f.*) lápida sepulcral

墓穴　(*f.*) fosa; (*m.*) nicho

墓前獻花圈　(*vt.*) depositar corona de flores ante la tumba

海葬　(*f.*) sepultura en el mar

[遺體] 火化　(*f.*) cremación, incineración [de un cadáver]

火葬場　(*m.*) crematorio

骨灰　(*fp.*) cenizas de cadáver

骨灰甕　(*f.*) urna funeraria/cineraria

壁龕　(*m.*) nicho

靈骨塔　(*m.*) osario

美食‧烹飪
Gastronomía-Cocina

2

傳統市場　(*m.*) mercado tradicional

果菜市場　(*m.*) mercado de verduras y frutas

市集　(*f.*) feria

超市　(*m.*) supermercado

飲食專家　(*s.*) dietista; (*m.*) dietólogo

營養學家　(*s.*) nutricionista; (*m.*) nutrólogo

飲食習慣　(*mp.*) hábitos alimenticios/alimentarios

營養價值　(*m.*) valor nutritivo

　營養良好[不良]兒童　niño bien [mal] nutrido　　很營養　muy nutritivo

卡路里　(*f.*) caloría

蛋白質　(*f.*) proteína

鈣　(*m.*) calcio

磷質　(*m.*) fósforo

鐵質　(*m.*) hierro

大豆卵磷脂　(*f.*) lecitina de soja

碳水化合物　(*m.*) hidrato de carbono

維他命　(*f.*) vitamina

脂肪　(*f.*) grasa

飲食均衡　(*f.*) alimentación equilibrada

偏食　(*f.*) alimentación desequilibrada

流質飲食　(*f.*) dieta líquida/hídrica

低熱量飲食　(*f.*) dieta pobre en caloría

低蛋白飲食　(*f.*) dieta pobre en proteína

地中海飲食　(*f.*) dieta mediterránea

素食　(*f.*) dieta vegetariana

吃素　(*m.*) vegetarianismo

素食　(*f.*) comida vegetariana

　台灣流行吃素食　En Taiwán la comida vegetariana está en auge.

素食者　(*m.*) vegetariano

新鮮果蔬　(*fp.*) frutas y hortalizas en fresco

新鮮鳳梨　(*f.*) piña natural

綠色蔬菜　(*f.*) verdura verde

食品　(*mp.*) productos alimenticios

微波食品　(*f.*) comida preparada/precocinada

速食　(*f.*) comida rápida

外帶食品　(*f.*) comida para llevar

餐盒　(*m.*) portacomidas, portaviandas (墨); (*f.*) fiambrera (西), lonchera (美)

冷藏食品　(*f.*) comida refrigerada

冷凍食品　(*mp.*) alimentos congelados

冷藏蔬菜　(*fp.*) hortalizas en conserva

高山蔬菜　(*fp.*) verduras de la montaña

營養食品　(*m.*) alimento nutritivo/nutricio

有機食品　(*mp.*) alimentos orgánicos/naturales

高鈣食品　(*mp.*) alimentos ricos en calcio

必需脂肪酸　(*m.*) ácido graso esencial

瘦身產品　(*m.*) producto dietético

低熱量飲食　(*f.*) dieta hipocalórica

垃圾食品　(*f.*) comida-basura, alimento chatarra (墨)

基因改造食品　(*mp.*) alimentos transgénicos; (*f.*) comida transgénica

基因改造玉米　(*m.*) maíz transgénico

食品衛生檢驗　(*m.*) control sanitario de alimentos

罐頭　(*fp.*) latas de conserva

鳳梨罐頭　(*f.*) piña en conserva

罐頭鳳梨　(*f.*) piña de lata

罐裝水果　(*fp.*) frutas enlatadas

真空包裝　(*a.*) empaquetado/envasado al vacío

食品著色劑　(*m.*) colorante alimenticio

防腐劑　(*m.*) conservante

添加物　(*m.*) aditivo

甘味料　(*m.*) edulcorante

調味料 (*m.*) saborizante

乾冰 (*m.*) hielo seco

賞味期限 (*f.*) fecha de consumo preferente; (*vt.*) consumir preferentemente antes de...

有效期限 (*f.*) fecha de caducidad (caducidad 過期)

銷售效期 (*f.*) fecha límite de venta

食譜 (*f.*) receta; recetario; (書) libro de gastronomía/cocina

老媽[／爸]食譜 (*f.*) receta familiar

美食家 (*m.*) gastrónomo; (*s.*) *gourmet*

主廚 (*m.*) *chef*, jefe de cocina, primer maître

中國菜 (*f.*) comida china

廣東菜 (*f.*) cocina cantonesa

西餐 (*f.*) comida occidental/europea

日本料理 (*f.*) comida japonesa

西班牙菜 (*f.*) comida española

家常菜 (*f.*) comida/cocina casera

餐券 (*m.*) cheque-comida, bono de comidas

工作午餐 (*f.*) comida de negocios/trabajo

官方宴會 (*m.*) banquete oficial

國宴 (*m.*) banquete del Estado

喜宴 (*m.*) banquete nupcial

酒會 (*f.*) recepción; (*m.*) cóctel

下午茶 (*f.*) merienda

自助餐 (*m.*) *buffet*; (*f.*) comida de autoservicio

宵夜 (*f.*) comida ligera de medianoche

野餐 (*m.*) almuerzo campestre

耶誕菜單 (*m.*) menú navideño

耶誕大餐 (*f.*) cena de Nochebuena

年夜飯 (*f.*) cena de Nochevieja (指新年)

主賓 (*m.*) invitado de honor

宴客名單 (*f.*) lista de invitados

安賀爾退休前宴請同事辭行 Antes de jubilarse, Ángel hizo una comida de

despedida a sus compañeros.

餐桌禮儀　(*mp.*) modales en la mesa

中國飯店　(*m.*) restaurante chino

象牙筷　(*mp.*) palillos de marfil

海鮮店　(*f.*) marisquería

牛排館　(*f.*) churrasquería (美); *steakhouse* (casa del filete/bistec)

燒烤店　(*f.*) parrilla

漢堡店　(*f.*) hamburguesería

速食店　(*m.*) local de "comida rápida"

披薩店　(*f.*) pizzería (披薩外送 pizza a domicilio)

小吃攤　(*m.*) puesto de comida callejero (路邊攤); chiringuito (常指露天攤)

水上餐廳　(*m.*) restaurante flotante

屋頂餐廳　(*m.*) restaurante de azotea

旋轉餐廳　(*m.*) restaurante giratorio

自助餐廳　(*m.*) restaurante [de] autoservicio

豪華餐廳　(*m.*) restaurante de lujo

五把叉 (最高等級) 餐廳　(*m.*) restaurante de cinco tenedores

前菜 primer plato

什錦沙拉　(*f.*) ensalada surtida/mixta

蔬菜沙拉　(*f.*) ensalada de legumbres

水果沙拉　(*f.*) ensalada de fruta[s]

俄羅斯沙拉　(*f.*) ensalada rusa, ensaladilla

燙青菜　(*fp.*) verduras hervidas

泡菜　(*mp.*) encurtidos

沙拉醬　(*m.*) aliño para ensalada

沙拉油　(*m.*) aceite para ensalada

早餐時間　(*f.*) hora del desayuno

美式早餐　(*m.*) desayuno americano

歐式早餐　(*m.*) desayuno continental

 他早餐只要咖啡和烤麵包　　Sólo desayuna café con tostadas.

他早餐吃了咖啡和烤麵包　　*Se* desayuna con café y tostadas.

水煮蛋　(*m.*) huevo pasado por agua; huevo a la copa (智); huevo tibio (墨、哥); huevo duro (煮得很熟)

炒蛋　(*mp.*) huevos revueltos

皮蛋　(*m.*) huevo de *mil años*

燒餅　(*f.*) torta tostada

油餅　(*f.*) torta de aceite

油條　(*m.*) churro (西)

大油條　(*f.*) porra (西)

豆漿　(*f.*) leche de soja (西)/soya (美)

稀飯　(*f.*) sopa de arroz

小米粥　(*fp.*) gachas/(*f.*) sopa de mijo

饅頭　(*m.*) panecillo (de harina cocido al vapor)

炸花捲　(*m.*) panecillo con aceite

肉包　(*m.*) panecillo al vapor con relleno de carne

餡　(*m.*) relleno

餛飩　(*m.*) *wantan* (empanadillas de carne picada); (*f.*) sopa de mariposas

餃子　(*mp.*) ravioles; (*fp.*) empanadas

蒸餃　(*mp.*) ravioles al vapor

煎餃　(*mp.*) ravioles semifritos, empanadas abiertas

春捲　(*m.*) arrollado/rollo de primavera

湯 sopa

冲泡湯　(*f.*) sopa de sobre

本日湯　(*f.*) sopa del día

蔬菜湯　(*f.*) sopa de hortelano/verduras

大蒜湯　(*f.*) sopa de ajos

奶油蘆筍湯　(*f.*) crema de espárragos

洋蔥湯　(*f.*) sopa de cebolla

酸辣湯　(*f.*) sopa agripicante

雞湯　(*m.*) caldo de gallina

排骨湯　(*f.*) sopa de chuletas de cerdo

魚丸湯　(*f.*) sopa de albondiguillas de pescado

鮮魚湯　(*f.*) sopa de pescado

海鮮湯　(*f.*) sopa de mariscos

燕窩湯　(*f.*) sopa Nido de Salangana

> 惟金絲燕salangana唾液可做湯，過去常誤為燕子golondrina

魚翅湯　(*f.*) sopa de aleta de tiburón; (*fp.*) aletas de tiburón con caldo de gallina

味噌湯　(*f.*) sopa de *miso*/soja fermentada

心愛菜 plato favorito

主廚推薦　(*fp.*) sugerencias del *chef*

本地名菜　(*m.*) plato típico de la región

[四菜] 套餐　(*f.*) comida de cuatro platos

簡餐　(*m.*) menú sencillo; plato combinado

剩菜　(*mp.*) restos (de comida); (*fp.*) sobras (de comida)

吃到飽　(*vt.*) comer hasta hartarse (撐不下了 hasta más no poder, hasta no más)

招牌菜　(*f.*) especialidad de casa

主菜　(*m.*) plato de fondo; plato principal/fuerte/central (委)

> 第一道菜指前菜時，主菜就變成el segundo plato (第二道菜)。
>
> 主菜吃甚麼？　¿Qué hay de segundo plato?

奶油菠菜　(*fp.*) espinacas a la crema

炒白菜　(*m.*) col salteado

燒茄子　(*fp.*) berenjenas guisadas

原味洋薊　(*fp.*) alcachofas al natural

雜燴　(*m.*) *chopsuey*

番茄炒蛋　(*mp.*) huevos revueltos con tomate

西班牙煎蛋　(*f.*) tortilla española

蚵仔煎　(*f.*) tortilla de ostras

茶碗蒸　(*m.*) *chavamusi*

烤雞　(*m.*) pollo asado

炸雞　(*m.*) pollo frito

燻雞　(*m.*) pollo ahumado

咖哩雞　(*m.*) pollo al curry

蒜香雞　(*m.*) pollo al ajo

炸雞雜　(*fp.*) gallinejas

北京烤鴨　(*m.*) pato asado a la pekinesa

法式橘鴨　(*m.*) pato a la naranja

炒蛤蠣　(*fp.*) almejas salteadas

紅燜海參　(*fp.*) holoturias guisadas

烤魚　(*m.*) pescado a la parrilla

烤海鯛　(*m.*) besugo asado

燻魚　(*m.*) pescado ahumado

煎鮭魚　(*m.*) salmón a la plancha

生魚　(*m.*) pescado crudo

香檳比目　(*m.*) rodaballo al champaña

原汁墨魚　(*mp.*) calamares en su tinta

四味明蝦　(*mp.*) langostinos cuatro salsas

紅燒肉　(*f.*) carne con salsa de soya/soja

烤乳豬　(*m.*) lechón/cochinillo asado

咕嚕肉　(*m.*) cerdo agridulce

糖醋里脊　(*m.*) solomillo agridulce

紅燒排骨　(*fp.*) chuletas de cerdo en/con salsa de soya

獅子頭　(*f.*) albóndiga grande de cerdo

牛排　(*m.*) rosbif

腰肉牛排　(*m.*) filete de solomillo

丁骨牛排　(*m.*) chuletón

滷牛舌　(*f.*) lengua de ternera estofada

滷牛筋　(*mp.*) tendones rehogados

馬德里牛肚　(*mp.*) callos a la madrileña

羊排　(f.) chuleta de cordero

烤羊腿　(f.) pierna de cordero al horno

蘋果泥　(m.) puré de manzana

馬鈴薯泥　(m.) puré de papa/patata

蘿蔔絲　(m.) rábano rallado

丸子　(f.) albóndiga, albondiguilla

炸物　(f.) fritura

炸魚　(f.) fritura de pescado

烤肉　(f.) parrillada; carne a la parrilla

蒙古烤肉　(m.) asado mongol

匈牙利菜燉牛肉　(m.) *goulash* a la húngara

牛肉火鍋　(f.) *fondue* de ternera

焗海鮮　(fp.) mariscos parmesanos

好吃　(a.) rico, delicioso

很營養　muy nutritivo

冷　(a.) frío

熱　(a.) caliente

溫　(a.) tibio

香　(a.) aromático, fragante, oloroso

酸　(a.) agrio

甜　(a.) dulce

苦　(a.) amargo

辣　(a.) picante

鹹　(a.) salado

味鹹　(m.) sabor salado

淡　(a.) soso, insípido

湯濃　(a.) espeso

味濃　(a.) fuerte

清淡　(a.) ligero

泥味　(m.) sabor de cieno

嫌魚腥　(vt.) tener prejuicio *contra* el pescado

生　(a.) crudo

黏滯　(*a.*) viscoso

牛排三分熟　(*m.*) bistec poco hecho (西)/cocido (美)

牛排半熟　(*m.*) bistec medio hecho (西)/cocido (美)

牛排八分熟　(*m.*) bistec bien hecho (西)/cocido (美)

熟　(*a.*) cocido

很熟　bien cocido/pasado, muy hecho (西)

硬　(*a.*) duro

軟　(*a.*) tierno, blando

脆　(*a.*) crujiente

透明　(*a.*) transparente

半透明　(*a.*) semitransparente

飯・麵包 arroz-pan

主食　(*m.*) alimento principal

糯米　(*m.*) arroz glutinoso

糙米　(*m.*) arroz integral

白飯　(*m.*) arroz cocido/blanco

粥　(*fp.*) gachas de arroz

炒飯　(*m.*) arroz frito/salteado

蛋炒飯　(*m.*) arroz salteado/frito con huevo

西班牙海鮮飯　(*f.*) paella valenciana

墨魚汁麵　(*mp.*) tallarines con tinta de calamares

蕎麵　(*mp.*) fideos de alforfón

泡麵　(*mp.*) fideos instantáneos

義大利麵　(*mp.*) espaguetis, *spaghettis*

通心粉　(*mp.*) macarrones

千層麵　(*f.*) lasaña

乳酪粉　(*m.*) parmesano rallado

餃子　(*mp.*) raviolis

整條土司麵包　(*m.*) pan de molde

烤麵包 [片]　(m.) pan tostado

全麥麵包　(m.) pan integral

法國麵包　(m.) pan francés; (f.) *baguette*

大蒜麵包　(m.) pan con mantequilla y ajo

新鮮麵包　(m.) pan fresco

麵包屑　(f.) miga de pan

肝醬　(m.) paté

鵝肝醬　(m.) paté de hígado de ganso

魚子醬　(m.) caviar

三明治　(m.) *sándwich*; bocadillo tostado

總匯三明治　(m.) *sándwich* club/de dos pisos

燕麥片　(mp.) copos de avena

小麥片　(mp.) copos de trigo

穀物　(mp.) cereales

桔醬　(f.) mermelada de naranja

草莓醬　(f.) mermelada de fresa

花生醬　(f.) crema/manteca de cacahuete/maní (美)

楓蜜　(m.) jarape/sirope (美) de arce

蜜餞　(f.) fruta confitada/abrillantada

應時水果　(f.) fruta del tiempo/de [la] estación

水果沙拉　(f.) ensalada de frutas

什錦水果　(fp.) frutas surtidas

月餅　(m.) pastel luna

湯圓　(fp.) albondiguillas de arroz glutinoso

冰糖燕窩　(mp.) nidos de salangana con azúcar candi

乳酪蛋糕　(m.) pastel de queso

巧克力蛋糕　(f.) tarta de chocolate

海綿蛋糕　(m.) bizcocho, bizcochuelo

蛋奶酥　(m.) soufflé de crema

提拉蜜蘇　(m.) *tiramisú* (義大利甜點)

　　🌿 兩種甜點可選　dos postres a elegir

蘋果派　(f.) pastel/kuchen (智) de manzana

巧克力糖棒　　*(f.)* chocolatina; *(m.)* chocolatín (阿)

蘇打餅乾　　*(f.)* galleta de soda (加酵素)/agua (未加酵素)

米果　　*(f.)* galleta de arroz

薑餅　　*(f.)* galleta de jengibre

爆米花　　*(fp.)* palomitas [de maíz]; *(mp.)* esquites (墨)

棒棒糖　　*(m.)* chupachups (西), chupete (智、祕); *(f.)* paleta (墨)

棉花球　　*(m.)* algodón de azúcar

無糖口香糖　　*(m.)* chicle sin azúcar

飲料 bebidas

水質　　*(f.)* calidad del agua/de las aguas

自來水　　*(f.)* agua corriente

食用水　　*(f.)* agua potable

瓶裝水出售　　la venta de agua embotellada

開水　　*(f.)* agua hervida

礦泉水　　*(f.)* agua mineral

特大瓶　　*(f.)* botella [de] tamaño familiar

冰水　　*(f.)* agua helada

蒸餾水　　*(f.)* agua destilada

薑汁汽水　　*(m.)* *ginger ale*, refresco de jengibre

沙士　　*(f.)* zarzaparrilla

小麥草汁　　*(m.)* jugo de hierba de trigo

大麥草汁　　*(m.)* jugo de hierba de cebada

冰棒　　*(f.)* paleta helada; *(m.)* polo (西), chupete helado (美), palito helado (阿)

捲筒冰淇淋　　*(m.)* cucurucho/barquillo de helado

綠茶冰淇淋　　*(m.)* helado de té verde

巧克力口味　　*(m.)* sabor *a* chocolate

草莓口味　　*(m.)* sabor *a* fresa

香草口味　　*(m.)* sabor de vainilla

霜淇淋　　*(m.)* sorbete

乳製品　(mp.) productos lácteos

脫脂牛奶　(f.) leche desnatada/descremada

紙盒牛奶　(f.) leche en envases de cartón

優酪乳　(m.) yogur

果凍　(f.) gelatina

原味優格　(m.) yogur natural

草莓優格　(m.) yogur de fresa

乳酸　(m.) ácido láctico

乳酸菌　(f.) lactobacteria

煉乳　(f.) leche condensada

茶道　(f.) ceremonia del té

紅茶　(m.) té negro

綠茶　(m.) té verde

抹茶　(m.) té verde en polvo

香片　(m.) té jazmín

奶茶　(m.) té con leche

冰茶　(m.) té helado

檸檬茶　(m.) té con limón

花草茶　(m.) té de hierba

烘焙茶　(m.) té tostado

麥茶　(m.) té de cebada tostada

馬黛茶　(m.) mate

袋包茶　(f.) bolsita de té

牛奶咖啡　(m.) café con leche

> un **corto** [de café] (1/3咖啡，2/3牛奶)；un **largo** (2/3咖啡，1/3牛奶)；un **cortado** (小杯濃咖啡，加少許糖)；un **americano** (純咖啡café sólo，加少許水)

濃咖啡　(m.) café cargado

土耳其咖啡　(m.) café turco

愛爾蘭咖啡　(m.) café irlandés

濃縮咖啡　(m.) café exprés/expreso

卡布契諾　(m.) capuchino

冰咖啡　(m.) café con hielo

咖啡豆　(*m.*) grano de café

研磨咖啡　(*m.*) café molido

咖啡因　(*f.*) cafeína

無因咖啡　(*m.*) café descafeinado

即溶咖啡　(*m.*) café instantáneo/soluble

真空包裝咖啡　(*m.*) café envasado al vacío

酒 vino

桌上酒　(*m.*) vino de mesa (指吃飯飲用酒)

開胃酒　(*m.*) aperitivo (常配以 tapas 下酒物)

飯後酒　(*m.*) bajativo

陳年酒　(*m.*) vino añejo (一年以上)

特選 [上品] 酒　(*m.*) vino selecto

高級酒　(*m.*) vino de calidad superior

[本店] 自釀酒　(*m.*) vino de la casa

開瓶費　(*m.*) descorche, *corkage*

開香檳　(*vt.*) descorchar botellas de champaña

烈酒　(*m.*) licor (含酒精飲料 bebida alcohólico)

酒精度　(*f.*) graduación [alcohólica]

　🍇 這瓶白蘭地有幾度？　¿Cuál es la graduación de este *brandy*/coñac?

　　我的量約只三杯　Mi límite es de *más o menos* tres copas.

雙份威士忌　un doble whisky/*güisqui*

低酒精酒　(*m.*) vino de baja graduación alcohólica

冰塊　(*m.*) cubito de hielo

碎冰　(*m.*) hielo quebradizo/picado

乾杯　¡Salud y al seco!/¡Hasta ver el fondo!/¡Hasta verte Cristo!

一杯在手　con la copa en la mano

米酒　(*m.*) vino de arroz

高粱酒　(*m.*) licor de sorgo

清酒　(*m.*) *sake*, *saki*

紅葡萄酒　(*m.*) [vino] tinto

白葡萄酒　(*m.*) [vino] blanco

水果酒　(*m.*) licor de frutas

梅酒　(*m.*) licor de ciruelas

生啤酒　(*f.*) cerveza [pequeña] de barril, caña; (*m.*) *schop* (智)

黑啤酒　(*f.*) cerveza negra

瓶裝啤酒　(*f.*) cerveza embotellada

罐裝啤酒　(*f.*) cerveza enlatada

啤酒屋　(*f.*) cervecería

> 禁止18歲以下進入　Prohibido la entrada a menores de dieciocho años.

二手煙　(*m.*) humo secundario/de segunda mano

> 別把煙噴到我臉上！　¡No me eches el humo a la cara!

> 吸菸危害健康　Fumar/El tabaco perjudica seriamente la salud.

不抽煙者　los no fumadores

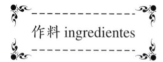

作料 ingredientes

作料　(*mp.*) ingredientes (參看頁 368 植物・動物)

乾貨　(*m.*) ingrediente seco

新鮮　(*a.*) fresco

熟番茄　(*m.*) tomate maduro

冷凍　(*a.*) congelado

腐爛　(*a.*) podrido

爛蘋果　(*f.*) manzana podrida

香菇　(*f.*) seta china

蘑菇　(*m.*) champiñón

木耳　(*m.*) agárico

金針　(*m.*) quimbombó

一把松仁　un puñado de piñones

米粉　(*mp.*) fideos de arroz

豆渣　(*m.*) orujo de soja

豆腐　(*m.*) requesón/queso de soya; (*f.*) cuajada de soja

麵粉　(*f.*) harina de trigo

麵筋　(*m.*) gluten de trigo (小麥麩質); (*mp.*) glútenes

玉米粉　(*f.*) maicena (harina de maíz)

樹薯粉　(*f.*) tapioca

發粉　(*f.*) levadura en polvo

麵包粉　(*m.*) pan rallado

小牛肉　(*f.*) carne de ternera

牛骨　(*mp.*) huesos de ternera

瘦肉　(*f.*) carne magra

碎肉　(*f.*) carne picada

豬耳　(*f.*) oreja de cerdo

豬腳　(*f.*) mano de cerdo

豬蹄膀　(*m.*) pernil (de cerdo)

下水　(*m.*) mondongo (de cerdo)

腰子　(*mp.*) riñones

雞胸　(*f.*) pechuga de pollo

雞腿　(*m.*) muslo de pollo

雞塊　(*mp.*) trocitos de pollo

生雞蛋　(*m.*) huevo crudo

蛋黃　(*f.*) yema de huevo

蛋白　(*f.*) clara de huevo

蝦仁　(*fp.*) gambas peladas

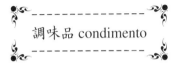

調味品 condimento

味精　(*m.*) glutamato monosódico (MSG), *ajínomoto*

牛肉精　(*m.*) concentrado de carne

黑胡椒　(*f.*) pimienta negra

白胡椒　(*f.*) pimienta blanca

八角　(*m.*) anís estrellado

芥末　(f.) mostaza

檸檬皮　(f.) corteza de limón

牛至　(m.) orégano

刺山柑　(f.) alcaparra

月桂　(m.) laurel

桂皮粉　(f.) canela en polvo

紫蘇　(f.) albahaca

番紅花　(m.) azafrán

豆豉　(f.) soya fermentada

榨菜　(m.) tubérculo de mostaza salado

杏仁精　(m.) extracto de almendra

蔗糖　(m.) azúcar de caña

紅糖　(m.) azúcar morena/negra

代用品　(m.) sucedáneo, sustitutivo

糖精　(f.) sacarina

薑汁　(f.) esencia de jengibre

咖哩粉　(m.) curry en polvo

乳酪粉　(m.) queso rallado

橄欖油　(m.) aceite de oliva

植物油　(m.) aceite vegetal

大豆油　(m.) aceite de soya

芝麻油　(m.) aceite de sésamo

豬油　(f.) manteca de cerdo

奶油　(f.) mantequilla

人造奶油　(f.) margarina

蛋黃醬　(f.) mayonesa

義大利醬　(f.) salsa italiana

白醬　(f.) salsa blanca

蕃茄醬　(f.) salsa de tomate

歐芹醬　(f.) salsa verde

薄荷醬　(f.) salsa a la menta

魚醬　(f.) salsa tártara (蛋黃醬拌洋蔥橄欖等製成)

肉汁　(*m.*) jugo de carne

刀法 métodos de corte

剖開　(*vt.*) partir; (*a.*) partido

切麵包　(*vt.*) partir el pan

切碎　(*vt.*) picar; (*a.*) picado

切顆洋蔥　(*vt.*) picar una cebolla

拍碎杏仁　(*vt.*) machacar almendras

研碎大蒜　(*vt.*) moler ajos

搓碎　(*vt.*) rallar

切　(*vt.*) cortar

切片　(*vt.*) cortar en rebanadas (一般); cortar en filetes (魚肉)

一片麵包　una rebanada de pan

一片醃肉　una lonja/loncha de tocino (薄片)

一片檸檬　una rodaja de limón

一片番茄　una tajada de tomate

鱈魚片　(*f.*) merluza en rodajas

幾片肉　varias tajadas de carne

鮭魚排　un filete de salmón

一塊牛排　un filete de ternera

一瓣大蒜　un diente de ajo

一葉生菜　una hoja de lechuga

切絲　(*vt.*) cortar en tirillas

細條狀　en tirillas

切塊　(*vt.*) cortar en pedazos

塊狀　en trozos

小塊　(*m.*) trocito

方塊　(*m.*) cubito, cuadro

魚塊　(*m.*) pescado cortado en trozos

作法 métodos de preparación

解凍　(vt.) descongelar

洗　(vt.) lavar

洗淨　(vt.) limpiar

剝皮　(vt.) pelar; (a.) pelado

削 (馬鈴薯) 皮　(vt.) mondar (patatas)

除毛　(vt.) despulmar

去骨　(vt.) deshuesar

去刺　(vt.) quitar las espinas

擠檸檬　(vt.) exprimir un limón

攪拌沙拉　(vt.) revolver la ensalada

攪拌蛋白　(vt.) batir las claras

放餡　(vt.) rellenar

捲　(vt.) enrollar

包皮　(vt.) envolver

填塞 (鹹肉或火腿於雞鴨肚中)　(vt.) mechar

裹一層 (麵粉、蛋和麵包粉之拌勻)　(vt.) rebosar

抹粉　(vt.) espolvorear

沾麵粉　(vt.) enharinar

塗抹　(vt.) untar

混合　(vt.) mezclar

溶解　(vt.) disolver

浸泡 (溫水中)　(prnl.) remojarse (en el agua tibia)

調味　(vt.) aliñar, sazonar

試味　(vt.) comprobar

易入味　(vt.) facilitar la absorción del sabor

加水　(vt.) añadir agua

加點醋　añadir un poco de vinagre　　加杯水　añadir un vaso de agua

加幾匙酒　añadir unas cucharadas de vino　　換水　cambiar el agua

倒油　(*vt.*) echar aceite

倒乾 (油)　(*vt.*) escurrir (el aceite)

滿水　(*f.*) cubrir con agua

冷水中煮　(*vt.*) cocer en agua fría

沸水中煮　(*vt.*) cocinar en agua hirviendo

煮開　(*vt.*) poner a hervir

首次滾過　primer hervor

蓋 [鍋蓋]　(*vt.*) tapar

熱幾分鐘　(*vt.*) calentar unos minutos

降火　(*vt.*) bajar el fuego

文火 (小火) 煮　(*vt.*) cocer a fuego suave/lento

中火 [煮20分]　(*vt.*) cocer a fuego moderado [durante unos veinte minutos]

以大火 (旺火)　a fuego intenso/vivo

熄火　(*vt.*) apagar el fuego

冷卻　(*vt.*) enfriar

去泡沫　(*vt.*) quitar la espuma

煎　(*vt.*) freír por cada lado con aceite

略煎　(*vt.*) sofreír

[鐵板上] 煎　(*vt.*) asar a la plancha

[鐵架上] 烤　(*vt.*) asar a la parrilla

烤　(*vt.*) asar; cocer a horno; tostar

以柴火烤　(*vt.*) asar a fuego de leña

皮烤脆　con la piel muy tostada

烤幾片麵包　(*vt.*) tostar unas rebanadas de pan

燻　(*vt.*) ahumar

蒸　(*vt.*) cocer al baño de María; cocer al vapor

炸　(*vt.*) freír con bastante aceite

金黃色　(*a.*) dorado

炒　(*vt.*) freír revolviendo; saltear

回鍋　(*vt.*) recocer

燜　(*vt.*) cocer a fuego lento

油燜／煨　(*vt.*) rehogar

慢火燉　(*vt.*) estofar a fuego lento

滷　(*vt.*) cocer con salsa de soya

風乾二天　(*vt.*) dejar dos días en reposo y al fresco

澆上蚌汁　(*vt.*) rociar con el líquido de las almejas

飾以紅椒　(*vt.*) adornar con pimientos rojos

3 服飾・美容
Vestido-Maquillaje

消費世代　(*f.*) generación de consumidores

消費習慣　(*mp.*) hábitos de consumo

購買力　(*m.*) poder adquisitivo; (*f.*) capacidad adquisitiva

主流趨勢　(*f.*) tendencia imperante

流行趨勢　(*fp.*) tendencias de moda

時裝設計　(*m.*) diseño de moda

服裝設計師　(*m.*) modisto; (*s.*) modista

工業設計　(*m.*) diseño industrial

形象顧問　(*m.*) asesor de imagen

時裝界　el mundo de la moda

高級時裝　alta costura

時裝表演　(*m.*) desfile de modas

高級時裝模特兒　(*s.*) modelo de alta costura

第九屆男裝賽　El IX Certamen de la Moda Masculina

選美比賽　(*m.*) concurso/certamen de belleza

選美皇后　(*f.*) reina de belleza

監護人　(*f.*) madrina

名牌服裝　(*f.*) ropa de diseño

高級服裝　(*m.*) traje de alta costura

服飾專賣店　(*f.*) boutique

人體模型　(*m.*) maniquí

廠牌　(*f.*) marca de fábrica

喜愛廠牌　(*f.*) marca favorita

名牌　(*f.*) marca de prestigio, marca famosa/acreditada

名牌貨　(*m.*) producto de marca

名牌襯衫　(*f.*) camisa de diseño/marca

尺寸表　(*f.*) tabla de medidas

頸寬　(*m.*) contorno de cuello

教士領　(*m.*) sobrecuello, alzacuello

白色教士領藍襯衫　(*f.*) camisa azul con sobrecuello blanco

採購尺碼　(*f.*) talla a pedir

精品　(*m.*) artículo de marca

極品　(*m.*) artículo de primera calidad

試穿室　(*f.*) sala de pruebas; (*m.*) probador

乾洗　(*m.*) lavado en seco

水洗　(*m.*) lavado en agua

手洗　(*m.*) lavado a mano

　　🌸 這料子洗了幾次後就褪色　Tras varios lavados, la tela perdió color.

晾衣服　(*vt.*) tender la ropa

衣夾　(*f.*) pinza; (*m.*) broche (阿), palillo (烏), perrito (智), gancho [de la ropa] (哥、委)

衣架　(*f.*) percha

乾淨　(*a.*) limpio

布店　(*f.*) tienda de telas

一塊布料　un corte de tela

牛仔裝布料　(*f.*) tela vaquera

布面　(*f.*) cara; (*m.*) lado

亮　(*a.*) brillante

輕　(*a.*) ligero

柔　(*a.*) suave

滑　(*a.*) liso

童裝部　(*f.*) sección de ropa infantil

舊衣店　(*f.*) tienda de ropa usada, ropavejería

深色服　(*f.*) ropa oscura/[de] color oscuro

　　🌸 他穿制服　Vestía de uniforme.　　她愛穿深色　Siempre viste de oscuro.

夏裝　(*m.*) vestido/(*f.*) ropa de verano

春秋裝　(*f.*) ropa de entretiempo

中性款式　(*f.*) moda unisex

正式服裝　(*m.*) traje de etiqueta

輕裝　(*m.*) vestido/atuendo ligero

辣妹 [穿著清涼女郎]　(*fp.*) chicas muy ligeras de ropa

皮夾克　(*f.*) cazadora de piel/cuero

貂皮大衣　(*m.*) abrigo de visón

低胸領口　(*m.*) escote

墊肩　(*f.*) hombrera

棉內衣　(*f.*) ropa interior de algodón

羊毛睡衣　(*m.*) piyama/pijama de lana

無袖汗衫　(*f.*) camiseta sin mangas

胸罩　(*m.*) sostén, sujetador

罩杯尺寸　(*fp.*) tallas de copa

C 罩杯　(*f.*) copa C

蘇格蘭裙　(*f.*) falda escocesa

褲裙　(*f.*) falda pantalón

襯裙　(*fp.*) enaguas

裏　(*m.*) forro

圍裙　(*m.*) delantal

休閒褲　(*mp.*) pantalones cómodos

牛仔褲　(*m.*) pantalón vaquero, vaquero

喇叭褲　(*m.*) pantalón marinero

海盜褲　(*m.*) pantalón pirata

燈籠褲　(*mp.*) pantalones bombachos

丁字褲　(*m.*) taparrabo[s]

褲管　(*f.*) pernera

胯下／褲襠　(*f.*) entrepierna

拉鍊　(*f.*) cremallera; (*m.*) cierre (de la cremallera)

金屬腰帶　(*m.*) cinturón metálico

　危機時期大家只有勒緊腰帶了　En épocas de crisis no hay más remedio que apretarse el cinturón.

女內褲　(*fp.*) bragas

小內褲　(*f.*) tanga

男內褲　(*mp.*) calzoncillos

平口褲　(*m.*) *short* colonial

黑絲襪　(*fp.*) medias negras

褲襪　(*f.*) media pantalón

臭襪子　(*mp.*) calcetines con olor *a* queso

平底鞋　(*mp.*) zapatos bajos/planos

高跟鞋　(*mp.*) zapatos de tacón/taco [alto]

馬靴　(*fp.*) botas altas/de montar

漆皮　(*m.*) charol

發亮　(*a.*) reluciente

船形鞋/方頭鞋　(*m.*) mocasín

名牌球鞋　(*fp.*) zapatillas de marca

帆布鞋　(*mp.*) zapatos de lona

登山鞋　(*fp.*) botas de alpinismo

雨鞋　(*fp.*) botas de agua, botas de goma/lluvia

雨衣　(*f.*) ropa/impermeable para lluvia

木屐　(*m.*) zueco

草鞋　(*f.*) alpargata de paja

拖鞋　(*f.*) zapatilla, pantufla

鞋拔　(*m.*) calzador

衣飾　(*mp.*) accesorios del vestir

毛圍巾　(*f.*) bufanda de lana

絲圍巾　(*f.*) bufanda de seda

真絲　(*f.*) seda natural

聚脂　(*m.*) poliéster, poliestireno (人造纖維原料)

人造纖維　(*f.*) fibra artificial

合成纖維　(*fp.*) fibras sintéticas

浴帽　(*m.*) gorro de ducha

隱形眼鏡　(*mp.*) lentes de contacto; (*fp.*) lentillas

日拋型眼鏡　(*mp.*) lentes desechables para uso diario

日拋　(*a.*) desechable diario

週拋　(*a.*) desechable semanal

食鹽水　(*f.*) solución salina

太陽眼鏡　(*fp.*) gafas de sol

墨鏡　　(*fp.*) gafas ahumadas/oscuras/negras

老花眼鏡　　(*fp.*) gafas de cerca/leer

眼鏡盒　　(*m.*) estuche de lentes; (*f.*) funda de gafas

金框　　con montura de oro

金屬框　　con montura metálica

無框　　sin montura

背包　　(*f.*) mochila

皮腰包　　(*f.*) riñonera de cuero

摺傘　　(*m.*) paraguas plegable

雨傘套　　(*f.*) funda de paraguas

簪　　(*f.*) horquilla de adorno

石英表　　(*m.*) reloj de cuarzo

錶帶　　(*f.*) correa de reloj

別針　　(*m.*) broche

胸針　　(*m.*) alfiler de pecho, prendedor

領帶夾　　(*m.*) alfiler de corbata

安全別針　　(*m.*) imperdible, gancho, afiler de gancho (維、委), gancho de
　　nodriza (哥), seguro (墨)

白金　　(*m.*) platino

18 K金　　(*m.*) oro de 18 quilates

鑽石項鍊　　(*m.*) collar de diamantes

墜兒　　(*m.*) dije

水晶　　(*m.*) cristal de roca

真珠　　(*f.*) perla natural

養珠　　(*f.*) perla cultivada

鑽戒　　(*m.*) anillo de brillantes/diamantes

祖母綠　　(*f.*) esmeralda

玉　　(*m.*) jade

珊瑚　　(*m.*) coral

瑪瑙　　(*f.*) (el) ágata

琥珀　　(*m.*) (el) ámbar

貓眼石　　(*m.*) ópalo

黃玉 (*m.*) topacio

護身符 (*m.*) amuleto

護身手鐲 (*m.*) brazalete amuleto

吉祥物 (*f.*) mascota

傳家首飾 (*f.*) joya de familia

傳家寶 (*m.*) tesoro de familia; (*f.*) alhaja de la casa

鑰匙鍊 (*m.*) llavero

美容 cosmética

美容院 (*m.*) salón de belleza; (*f.*) peluquería

新髮型 nuevo peinado

燙髮 (*f.*) permanente

染髮 (*m.*) pelo teñido

光頭 (*f.*) cabeza rapada

理光頭 (*vt.*) cortar el pelo al rape

 他理光頭　Tiene el pelo cortado al rape.

美容專家 (*s.*) esteticista

化妝專家 (*m.*) cosmetólogo

由於愛美 por razones estéticas

化妝 (*m.*) maquillaje

化妝棉 (*f.*) toallita desmaquilladora

化妝品 (*mp.*) productos cosméticos; artículos de belleza

免費樣品 (*f.*) muestra gratuita

卸妝 (*f.*) desmaquillaje

卸妝水 (*f.*) loción desmaquilladora

面霜 (*f.*) crema facial/para la cara

底霜 (*f.*) crema base

夜霜 (*f.*) crema de noche

蜜粉 (*mp.*) polvos compactos

粉紙 (*m.*) *papier poudré*

粉底　(*f.*) base de maquillaje

腮紅　(*m.*) colorete

唇膏　(*m.*) lápiz/(*f.*) barra de labios; lápiz labial (美)

選顏色　(*f.*) selección del color

護唇膏　(*f.*) crema/barra protectora para labios

眉筆　(*m.*) lápiz de cejas

眼線筆　(*m.*) lápiz de ojos

眼影　(*f.*) sombra de ojos

睫毛膏　(*m.*) rímel

乳液　(*f.*) emulsión

指甲油　(*m.*) esmalte de uñas, pintauñas

去光水　(*m.*) quitaesmaltes; (*f.*) acetona

保溼面膜　(*f.*) mascarilla hidratante

保溼乳霜　(*f.*) crema hidratante

這面霜已經過期　Esta crema ya está caducada.

[除頭皮屑] 洗髮精　(*m.*) champú [anticaspa]

護膚霜　(*m.*) gel dermoprotector

潤膚品　(*m.*) producto dermohidratante

手乾燥　(*fp.*) manos resecas

防皺霜　(*f.*) crema antiarrugas

除皺貼紙　(*m.*) parche antiarrugas

面紙　(*f.*) toalla facial de papel

假睫毛　(*fp.*) pestañas postizas

臉部按摩　(*m.*) masaje facial

洗面乳　(*m.*) jabón líquido

除毛霜　(*f.*) crema depilatoria

洗牙　(*m.*) aseo dental; (*f.*) limpieza bucal

軟毛牙刷　(*m.*) cepillo blando

電動牙刷　(*m.*) cepillo eléctrico

牙線　(*m.*) hilo dental; (*f.*) seda/cinta dental

牙籤　(*m.*) palillo [de dientes], mondadientes, escarbadientes

沖牙機　(*m.*) irrigador oral

牙齒矯正　　(f.) ortodoncia

牙套　　(mp.) aparatos, frenos, fierros (墨、秘), frenillos (智)

中性肥皂　　(m.) jabón neutro

甘油肥皂　　(m.) jabón de glicerina

沐浴乳　　(m.) gel de ducha/baño y ducha

爽身粉　　(mp.) polvos de talco

綿羊油　　(f.) lanolina

凡士林　　(f.) vaselina

按摩油　　(m.) aceite para masajes

一瓶香水　　un frasco de perfume

日光浴　　(m.) baño de sol

防曬油　　(m.) bronceador

曝曬　　(f.) exposición solar

灼傷　　(f.) quemadura de sol

曲線　　(fp.) curvas

胸圍　　(m.) contorno/(f.) medida de pecho

腰圍　　(m.) contorno de cintura

臀圍　　(m.) contorno de caderas

肥臀　　(fp.) caderas anchas

保持身材　　(vt.) guardar la línea

瘦身食法　　(f.) dieta/(m.) régimen de adelgazamiento

瘦身運動　　(mp.) ejercicios para adelgazar; (m.) *body-building*

天然食品　　(mp.) alimentos naturales (參看頁 19 美食)

有機食品　　(mp.) alimentos orgánicos

理想體重　　(m.) peso ideal

正常體重　　(m.) peso normal

過輕　　bajo peso

過重　　(m.) sobrepeso; exceso de peso

肥胖　　(f.) obesidad

飲食過量　　(m.) exceso de alimento

身體熱量　　(m.) calor corporal

卡路里　　(f.) caloría

脂肪組織　(*m.*) tejido adiposo

脂肪過多　(*m.*) exceso de grasa

皮下脂肪　(*f.*) grasa subcutánea

體脂肪　(*f.*) grasa corporal

體脂數　(*m.*) índice de masa corporal (IMC)

贅肉　(*f.*) carnosidad

腹部肥胖　(*f.*) obesidad abdominal; (*mp.*) michelines

中年發福　la curva de la felicidad

抽脂　(*f.*) lipoaspiración, liposucción (塑身 escultura corporal)

腹部抽脂　(*f.*) liposucción de abdomen

護膚　(*f.*) limpieza de cutis; (*m.*) cuidado de la piel

乾燥皮膚　(*m.*) cutis seco

泥浴　(*m.*) baño de lodo/fango

減肥　(*f.*) lucha contra la obesidad; (*m.*) control del peso corporal; (*vt.*) perder peso

減肥藥　(*m.*) medicamento/(*f.*) píldora antiobesidad; (*m.*) fármaco/(*f.*) pastilla contra la obesidad

瘦身丸　(*f.*) píldora adelgazante; (*m.*) fármaco para adelgazar

不良副作用　(*mp.*) efectos secundarios adversos

防皺　(*a.*) antiarrugas

去斑　(*a.*) antimanchas

眼袋　(*fp.*) bolsas de debajo de los ojos

整形外科醫生　(*m.*) cirujano plástico

拉皮　(*m.*) estiramiento de piel

拉眼皮　(*m.*) estiramiento de párpados

雙眼皮　(*mp.*) párpados de doble pliegue

拉臉　(*m.*) estiramiento facial/de cara

魚尾紋　(*fp.*) patas de gallo

肉毒桿菌素注射　(*f.*) inyección de toxina botulínica

每劑 [量]　por dosis

胎盤提取物　(*mp.*) extractos de placenta

人類胎盤促乳激素　(*m.*) lactogen placentario humano (HPL)

鼻整形　(*f.*) rinoplastia

> 她鼻子整形　Se hizo la estética en la nariz.

隆鼻　(*vt.*) levantar la nariz

隆乳　(*vt.*) levantar los senos (墊高), agrandar los senos (變大)

> 胸部變大手術稱　mamoplastia de aumento，變小則為 mamoplastia de reducción

頭髮移植　(*m.*) transplante de pelo

長出頭髮　(*m.*) crecimiento capilar

雙下巴　doble papada

去下巴肉　(*f.*) eliminación de la papada

4

住家・辦公
Vivienda-Oficina

建築 arquitectura

都市計畫　(f.) planificación urbana

都市景觀　(m.) paisaje urbano

都市美化運動　(f.) campaña para embellecer la ciudad

綠化運動　(f.) campaña de plantar árboles

綠地　(fp.) zonas verdes; (mp.) espacios verdes

地標 [建物]　(m.) edificio emblemático

基礎建設　(f.) infraestructura

公共工程　(fp.) obras públicas

安全規定　(fp.) normas de seguridad

公共建物　(m.) edificio público

公共場所　(m.) lugar público

建築空間　(m.) espacio arquitectónico

開放空間　(mp.) espacios abiertos

森林公園　(m.) parque forestal

鄰里公園　(m.) parque de barrio

噴泉　(m.) surtidor de agua

發光噴水池　(f.) fuente luminosa

許願池　(f.) fuente de los deseos

花鐘　(m.) reloj de flores

防震建物　(f.) construcción antisísmica

辦公大樓　(m.) edificio de oficinas

智慧大樓　(m.) edificio inteligente

[教育部] 聯合辦公室　(f.) oficina integrada [de Educación]

大樓內部　el interior del edificio

頂樓　el último piso

閣樓　(*m.*) ático

樓中樓　(*m.*) ático dúplex

(一樓與二樓間) 夾層　(*m.*) entresuelo, entrepiso (美)

[獨戶] 平房　(*f.*) casa de una sola planta

兩層樓房子　(*f.*) casa de dos pisos

官邸　(*f.*) residencia oficial

總統官邸　(*f.*) residencia presidencial

私宅　(*f.*) residencia privada/particular

海邊別墅　(*m.*) chalé en la playa

小學教師宿舍　(*f.*) vivienda para maestros

[公司] 員工宿舍　(*f.*) residencia para empleados [de una empresa]

小套房　(*m.*) estudio

法拍屋　(*m.*) piso/apartamento en subastas judiciales

銀拍屋　(*m.*) piso/apartamento en subastas bancarias

樣品屋　(*f.*) casa modelo/piloto, casa muestra

組合屋　(*f.*) casa prefabricada

和室　(*f.*) habitación del estilo japonés

大廈管理費　(*mp.*) gastos comunes/de la comunidad

電梯　(*m.*) ascensor

　　最高承重量：八人，550公斤　Carga máxima: ocho personas, 550 kilos

對講機　(*m.*) interfono, interfón (墨), intercomunicador (委)

閉路電視　(*m.*) circuito cerrado de televisión

電子監視　(*f.*) vigilancia electrónica

停車場　(*f.*) plaza de aparcamiento/garaje

無障礙通道　(*m.*) acceso para minusválidos

[階梯邊] 置坡道　(*vt.*) instalar una rampa

住宅區　(*m.*) barrio/(*f.*) zona residencial

高級區 (精華地段)　(*f.*) zona elitista; (*m.*) barrio alto (智)

　　私產，禁入　Prohibido el paso, propiedad privada.

商業區　(*m.*) barrio comercial

騎樓　(*f.*) arcada

市中心　(*m.*) centro [de la ciudad]

城中飯店　un restaurante céntrico/del centro

鬧區　(*m.*) centro ciudad/urbano

郊區　(*m.*) suburbio; las afueras

社區意識　(*m.*) espíritu comunitario, civismo

建設公司　(*f.*) empresa constructora, constructora

建築師事務所　(*m.*) estudio de arquitectos

建築工人　(*m.*) obrero de la construcción

建地　(*m.*) solar

國有財產　(*m.*) patrimonio nacional

國有地　(*m.*) terreno del Estado

私產　(*f.*) propiedad privada

私地　(*m.*) terreno particular

購置大片土地　(*vt.*) adquirir grandes extensiones de terrero

土地權狀　(*m.*) certificado de tierras/propiedad territorial

建蔽率　(*m.*) porcentaje de superficie a edificar

工地　(*m.*) solar en construcción

招標　(*f.*) subasta

投標規格　(*m.*) pliego de condiciones

建照　(*m.*) permiso/(*f.*) licencia de obras

開工　(*f.*) iniciación de obras

開工動土典禮　(*f.*) ceremonia de colocación de la primera piedra

[建物] 平面設計圖　la planta y el alzado [de un edificio]

變更設計　(*fp.*) modificaciones arquitectónicas

擴建工程　(*fp.*) obras de ampliación

改建　(*f.*) remodelación

違建　(*f.*) construcción ilegal

鷹架　(*f.*) andamio

基石　primera piedra

挖土機　(*f.*) excavadora

主樑　(*f.*) viga maestra

主牆　(*f.*) pared maestra

公共牆　(*f.*) pared medianera; (*m.*) muro medianero

龜裂　(*f.*) grieta, fisura, hendidura

隔音　(*m.*) aislamiento acústico

隔熱　(*m.*) aislamiento térmico

櫥窗設計　(*m.*) escaparatismo, vitrinismo

室內設計　(*m.*) interiorismo

室內裝潢　(*f.*) decoración de interiores/del hogar

室內設計師　(*s.*) interiorista; (*m.*) decorador [de interiores]

原木　(*f.*) madera en rollo (未去皮); madera en blanco (未上釉)

合板　(*f.*) madera prensada/aglomerada/conglomerada

三夾板　(*m.*) contrachapado

防潮　a prueba de humedad

漏水　(*a.*) llovedizo; (*f.*) gotera

壁紙　(*m.*) papel pintado/mural

建材　(*m.*) material de construcción

耐火質材　(*m.*) material ignífugo/ininflamable/incombustible

鋼筋混凝土　(*m.*) hormigón armado

鋼筋水泥　(*m.*) cemento armado

鐵筋　(*f.*) varilla de acero [para armazón]

鐵板　(*f.*) plancha/chapa de hierro

鋼板　(*f.*) plancha/lámina/chapa de acero

鋼管　(*m.*) tubo de acero

角鋼　(*m.*) hierro angular

不銹鋼　(*m.*) acero inoxidable

鑄鋼　(*m.*) acero fundido/colado

地磚　(*f.*) baldosa

瓷磚　(*m.*) azulejo

平面玻璃　(*m.*) vidrio plano

毛玻璃　(*m.*) vidrio deslustrado

安全玻璃　(*m.*) vidrio/cristal de seguridad, vidrio inastillable

夾層玻璃　(*m.*) vidrio laminado

琉璃瓦　(*f.*) teja esmaltada

通風孔　(*m.*) respiradero

警鈴　(*m.*) timbre de la alarma

防盜器　(*f.*) alarma antirrobo

滅火器　(*m.*) extinguidor [de incendios], extintor (西)

防火　(*f.*) prevención de incendios (參看頁 228 消防員)

防火門　(*f.*) puerta contra incendios

竹籬笆　(*f.*) valla de bambú

溫水游泳池　(*f.*) piscina climatizada/temperada (智)

水壓　(*f.*) presión del agua

地下水　(*fp.*) aguas subterráneas

下水道　(*f.*) alcantarilla

下水道系統　(*m.*) alcantarillado

> 謝市長承諾要改善本市下水道系統　El alcalde Xie ha prometido mejorar el alcantarillado de la ciudad.

排水管　(*f.*) cañería de desagüe

地下纜線　(*mp.*) cables subterráneos

房地產市場　(*m.*) mercado de bienes raíces

房屋市場　(*m.*) mercado de la vivienda

住屋荒　(*f.*) escasez de viviendas

房地產投機　(*f.*) especulación inmobiliaria

房地產公司　(*f.*) compañía/agencia inmobiliaria

租屋　(*f.*) casa de alquiler

租約　(*m.*) contrato de alquiler/arrendamiento

仲介機構　(*f.*) entidad intermediaria

搬家公司　(*f.*) compañía de mudanzas

搬運卡車　(*m.*) camión de mudanzas

家用品 artículos de menaje

家用品　(*mp.*) artículos de menaje; (*m.*) menaje del hogar

臥室家具　(*mp.*) muebles/(*m.*) mobiliario del dormitorio

花園家具　　(mp.) muebles de jardín

辦公室家具　　(mp.) muebles de oficina

街道家具　　(m.) mobiliario urbano

古董家具　　(m.) mueble antiguo/de época

名牌家具　　(m.) mueble de diseño

松木家具　　(m.) mueble de pino

紅木家具　　(m.) mueble de caoba

組合家具　　(m.) mueble combinado

自己來 (DIY)　　(m.) bricolaje, bricolage

沙發床　　(m.) sofá cama

純毛地毯　　(f.) alfombra de pura lana

電費　　(f.) cuenta/(m.) recibo de [la] luz

尖峰時段　　(fp.) horas cumbre/punta (指用電或電話)

離峰時段　　fuera de [las] horas pico/punta; (指用電) en horas de menor consumo

日光燈　　(f.) lámpara/(m.) tubo fluorescente

鹵素燈　　(f.) bombilla/lámpara halógena

省電燈泡　　(f.) bombilla de bajo consumo/de ahorro enérgico

霓虹燈　　(m.) letrero luminoso/de neón

保險絲　　(m.) fusible

插座　　(m.) enchufe; (f.) toma [de corriente]

手電筒　　(f.) linterna

家電　　(m.) aparato electrodoméstico

售後服務　　(m.) servicio post-venta

通風設備　　(m.) sistema de ventilación

室內溫度　　(f.) temperatura interior

電風扇　　(m.) ventilador eléctrico

空調　　(f.) climatización

冷氣　　(m.) aire acondicionado

冷氣機　　(m.) acondicionador de aire

冷氣強度　　(f.) potencia del aire acondicionado

負大卡　　(f.) frigoría

BTU　　(*f.*) unidad de temperatura británica

送風　　(*f.*) ventilación

除濕　　(*vt.*) deshumedecer

濾網　　(*m.*) filtro

電熱器　　(*f.*) estufa eléctrica

管狀電暖器　　(*m.*) radiador tubular

空氣潔淨器　　(*m.*) purificador de aire/de ambientes (哥)

除濕機　　(*m.*) deshumidificador

音響設備　　(*m.*) equipo de música

遙控器　　(*m.*) mando de control a distancia; control remoto

室內天線　　(*f.*) antena interior

雙人床　　(*f.*) cama doble/de matrimonio

羽毛枕　　(*f.*) almohada de plumas

羊毛毯　　(*f.*) manta de lana

電毯　　(*f.*) manta/frazada (維) eléctrica

鬧鐘　　(*m.*) reloj despertador

蚊香　　(*m.*) incienso contra mosquitos

驅蚊器　　(*m.*) ahuyentador de mosquitos

殺蟲劑　　(*m.*) insecticida

樟腦丸　　(*fp.*) bolitas de alcanfor

睡袋　　(*m.*) saco de dormir

急救箱　　(*m.*) botiquín de primeros auxilios

醫藥箱　　(*m.*) botiquín casero

洗臉槽　　(*m.*) lavabo, lavamanos, lavatorio (維); (*f.*) pileta (阿)

牙膏　　(*f.*) pasta dentífrica/de dientes

衛生紙　　(*m.*) papel higiénico

絲瓜絡　　(*f.*) esponja vegetal

芳香劑　　(*m.*) ambientador; desodorante ambiental

潤滑劑　　(*m.*) lubricante

乾燥劑　　(*m.*) desecante

體重計　　(*f.*) báscula de baño

紙毛巾　　(*f.*) toalla de papel

面紙　(*m.*) pañuelo de papel, papel de seda

玻璃杯　(*m.*) vaso de agua/cristal

塑膠杯　(*m.*) vaso de plástico

一杯水　un vaso de agua　　一杯酒　un vaso de vino

保溫杯　(*m.*) vaso de termo

紙杯墊　(*m.*) posavasos de cartón

密封罐　(*m.*) recipiente hermético

咖啡研磨機　(*m.*) molinillo de café

茶壺　(*f.*) tetera

電咖啡壺　(*f.*) cafetera exprés

軍用水壺　(*f.*) cantimplora

不銹鋼　(*m.*) acero inoxidable

水管　(*f.*) cañería de agua

廚房地板　(*m.*) suelo de la cocina

廚房紙巾　(*m.*) papel de cocina

流理台　(*m.*) fregadero de la cocina

抽油煙機　(*m.*) extractor de humos

抽風機　(*m.*) extractor de aire

抽風口　(*m.*) respiradero; (*f.*) toma de aire, abertura de ventilación

測煙器　(*m.*) detector de incendios/humo

定時器　(*m.*) reloj automático

沙漏　(*m.*) reloj de arena

電爐　(*f.*) cocina/estufa eléctrica

瓦斯爐　(*f.*) cocina/estufa de gas

電陶爐　(*f.*) cocina vitrocerámica (placa vitrocerámica)

電鍋　(*f.*) olla eléctrica (para cocinar arroz)

電磁爐　(*f.*) placa de/por inducción

瓦斯筒　(*f.*) bombona; (*m.*) balón de gas/butano

筒裝瓦斯　(*m.*) gas de bombona/tanque (墨)/balón (智)

天然氣　(*m.*) gas natural

天然瓦斯　(*m.*) gas ciudad (西)/de cañería (智)

液化瓦斯　(*m.*) gas licuado

瓦斯漏　(*m.*) escape/(*f.*) fuga de gas

漏水　(*f.*) salida/pérdida de agua; (*m.*) escape de agua

木炭　(*m.*) carbón vegetal/de leña

冰箱　(*f.*) nevera; (*m.*) frigorífico

冰桶　(*f.*) nevera portátil

烤麵包機　(*m.*) tostador

烤箱　(*m.*) horno

微波爐　(*m.*) [horno de] microondas

不沾鍋　(*f.*) sartén antiadherente

鐵弗龍　(*m.*) teflón

壓力鍋　(*f.*) olla a presión, olla exprés (西), olla presto (墨)

洗碗機　(*m.*) lavaplatos, lavavajillas

烘碗機　(*m.*) secador de platos

淨水器　(*f.*) purificadora de agua

熱水器　(*m.*) calentador de agua

電熱水器　(*m.*) calentador eléctrico [de agua]

果汁機　(*f.*) licuadora, juguera

攪拌器　(*f.*) batidora

絞肉機　(*f.*) picadora de carne

開罐器　(*m.*) abrelatas

水果刀　(*m.*) cuchillo de fruta

菜刀　(*m.*) cuchillo de cocina

砧板　(*f.*) tabla de picar

塑膠容器　(*m.*) envase de plástico

鋁箔　(*m.*) papel de aluminio

保鮮膜　(*m.*) film transparente

保麗龍／聚乙烯　(*m.*) polietileno

玻璃紙　(*m.*) papel celofán

工具箱　(*f.*) caja de herramientas

螺絲起子　(*m.*) destornillador

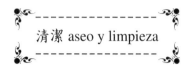

清潔 aseo y limpieza

大掃除　(*f.*) limpieza general

吸塵器　(*f.*) aspiradora

打蠟機　(*f.*) enceradora

洗碗精　(*m.*) lavavajillas

洗衣粉　(*m.*) detergente

漂白粉　(*f.*) lejía; (*m.*) cloro (智), blanqueador (墨); (*f.*) lavandina (阿)

清潔劑　(*m.*) limpiahogar**es**, detergente

去污精　(*m.*) quitamanchas

玻璃潔液　(*m.*) limpiacristal**es**, limpiavidrio**s**

金屬亮劑　(*m.*) limpiametales

家具拭亮劑　(*f.*) cera para muebles

家具亮劑　(*m.*) lustramuebl**es**, limpiamuebl**es**

去漆油　(*f.*) quitapintura

[廚房用] 抹布　(*m.*) paño de cocina

海綿　(*f.*) esponja

雞毛撢子　(*m.*) plumero

砂紙　(*m.*) papel de lija

拖把　(*f.*) escoba-aljofifa

[抹地等用] 抹布　(*m.*) trapo

畚箕　(*m.*) cogedor, recogedor

購物袋　(*f.*) bolsa de la compra

帆布袋　(*m.*) bolso de lona

紙袋　(*f.*) bolsa de papel

塑膠袋　(*f.*) bolsa de plástico

廚餘處理機　(*m.*) triturador/(*f.*) trituradora de basura

電動除草機　(*m.*) cortacésped a motor

辦公室 oficina

辦公室自動化　(*f.*) automatización de oficinas, ofimática

內規　(*m.*) reglamento interior

搬辦公室　el traslado de la oficina

上班日　(*m.*) día hábil/laboral/de trabajo

國定假日　(*m.*) día festivo/feriado

兩假日間之日　(*m.*) día puente/día sándwich (維)

上班時間　en horas de oficina

禁打私人電話　No se permite hacer llamadas particulares.

彈性上班時間　(*m.*) horario flexible de trabajo

民眾服務時間　(*m.*) horario de atención al público

怨言　(*f.*) queja

[對服務] 不滿意　(*f.*) insatisfacción (con el servicio)

意見箱　(*m.*) buzón de ideas/sugerencias

打卡鐘　(*m.*) reloj registrador, reloj checador (墨)

打卡卡　(*f.*) ficha de asistencia (現多用識別證 la placa personal de identificación 打卡)

公餘　fuera de las horas de oficina

機密文件　(*m.*) documento de carácter reservado

機密報告　(*m.*) informe muy confidencial

黨內文書　(*m.*) documento interno del partido

通函　una circular

護貝證件　(*m.*) documento plastificado

謄清本　(*f.*) copia en limpio

辦公用品　(*mp.*) artículos/(*m.*) material de oficina

私人物品　(*mp.*) efectos personales

文具　(*mp.*) artículos de escritorio (參看頁 93 學用品)

原子筆　(*m.*) bolígrafo, boli, lápiz de pasta (智); (*f.*) pluma atómica (墨)

簽字筆　(*m.*) rotulador, marcador (美)

毛筆　(*m.*) pincel

墨　　(*f.*) tinta china

硯　　(*m.*) tintero chino

文鎮　　(*m.*) pisapapeles

改正液　　(*m.*) líquido corrector

膠水　　(*f.*) goma de pegar

強力膠　　(*m.*) pegamento; (*f.*) cola

膠紙　　(*f.*) cinta adhesiva

計算機　　(*f.*) calculadora, sumadora

打碼機　　(*m.*) numerador

鑿碼機　　(*f.*) machacadora de número

包裝紙　　(*m.*) papel de embalar/envolver

牛皮紙　　(*m.*) papel de estraza

方格紙　　(*m.*) papel cuadriculado

　　小方格圖案　　cuadrícula

再生紙　　(*m.*) papel reciclado

貼紙　　(*f.*) pegatina; (*m.*) adhesivo, autoadhesivo

影印機　　(*f.*) fotocopiadora

影印紙　　(*m.*) papel de copia

一令　　una resma (500 張)

感熱紙　　(*m.*) papel térmico

碎紙機　　(*f.*) trituradora de papeles

保險櫃　　(*f.*) caja fuerte

投影機　　(*m.*) proyector de transparencias

幻燈機　　(*m.*) proyector de diapositivas

5

交通·旅遊
Transporte-Turismo

交通 transporte

大眾運輸　(*m.*) transporte público

運輸系統　(*m.*) sistema de transporte[s]

　　台北大眾運輸網　la red de transportes públicos de Taipei

公路地圖　(*m.*) mapa de carreteras/rutas

空中攝影　(*f.*) fotografía aérea

道路安全　(*f.*) seguridad vial

安全距離　(*f.*) distancia de seguridad

公路標誌　(*fp.*) señales de carretera

交通號誌　(*fp.*) señales de tráfico/tránsito/circulación

路標　(*f.*) señal/señalización vial

轉彎標誌　(*m.*) señalizador de viraje

危險標誌　(*f.*) señal de peligro

高速公路　(*f.*) autopista

環狀道路　(*f.*) carretera de circunvalación

環狀線　(*f.*) vía de circunvalación

國道　(*f.*) carretera nacional

省道　(*f.*) carretera provincial

車道　(*m.*) carril; (*f.*) pista

慢車道　(*f.*) pista para el tránsito de baja velocidad

快車道　(*f.*) pista para el tránsito de alta velocidad

快車道　(*m.*) carril de adelantamiento (超車道)

彎道　(*f.*) curva

危險路段　(*m.*) trazado/tramo peligroso

[公路] 護欄　(*fp.*) vallas de protección [de la carretera]

護欄　(*f.*) valla [de seguridad]; (*m.*) quitamiedos

隔音牆　(*fp.*) pantallas acústicas; (*f.*) pared insonorizada

路面滑　(*m.*) pavimento resbaladizo

相撞　(*f.*) colisión; (*m.*) choque

正面相撞　(*m.*) choque frontal

車禍　(*m.*) accidente automovilístico, accidente de coche/auto

交通事故　(*m.*) accidente de tráfico/tránsito/circulación

連環車禍　(*m.*) choque múltiple/en cadena

火車事故地點　(*m.*) lugar del accidente ferroviario

拋錨　(*f.*) avería, descompostura (墨); (*vi.*) quedarse en pana (智); (*f.*) varada; (*prnl.*) quedarse varado (哥)

道路救援　(*m.*) auxilio en carretera

道路救援服務　(*m.*) servicio de asistencia en carretera

交流道　(*m.*) enlace, intercambiador (西)

交叉點　(*m.*) cruce; (*f.*) intersección

　　🌸 在15和18線交叉處左轉　Doble a la izquierda en el cruce de las rutas 15 y 18.

路肩　(*m.*) arcén, acotamiento (墨), hombrillo (委); (*f.*) berma, banquina (阿)

休息站　(*f.*) (el) área de servicio

市中心　(*f.*) zona céntrica

市區地圖　(*m.*) plano de la ciudad

　　🌸 走到底右[左]轉　al fondo, a la derecha (izquierda).

　　沿這條路直走　Siga todo derecho por esta calle.

　　繞道　dar un rodeo　禁止入內　Prohibido el paso.

　　禁止左轉　Prohibido girar/doblar a la izquierda.

十字路口　(*m.*) cruce

三叉路　(*f.*) trifurcación

圓環　(*f.*) rotonda, glorieta; (*m.*) óvalo (秘)

安全島　(*m.*) refugio, camelón (墨); (*f.*) isla peatonal

人行道　(*f.*) acera, banqueta (墨), vereda (秘); (*m.*) andén (哥)

行人穿越道　(*m.*) paso/cruce de peatones, cruce peatonal

斑馬線　(*m.*) paso de cebra

地下道　(*m.*) paso subterráneo, túnel

陸橋　(*m.*) puente peatonal

高架橋　(*m.*) paso elevado, viaducto

交通管制　(*m.*) control de tráfico

築路　(*f.*) construcción de carreteras

施工中　en construcción/obra

　　🌸 施工禁止通行　Prohibido/Cerrado el paso por obras.

　　　　施工造成混亂，敬請原諒　Perdona el desorden, estamos de/en obras.

交通中斷　(*m.*) corte de tráfico

流量大公路　(*f.*) carretera de mucho tráfico/tránsito

交通壅塞 (瓶頸)　(*m.*) embotellamiento de tráfico, atasco

喇叭聲　el pitido de un claxon

按喇叭　(*vi.*) pitar; (*vt.*) tocar el claxon/la bocina, pegar bocinazo

尖峰時間　(*fp.*) horas pico (美), horas punta (西)

離峰時間　fuera de las horas pico/punta

紅綠燈　(*m.*) semáforo

紅燈　(*f.*) luz roja; (*m.*) semáforo en rojo, alto (墨)

能見度　(*f.*) visibilidad

　　🌸 能見度差　de mala/poca visibilidad

駕駛人 conductor

新駕駛人　(*m.*) conductor novato (剛取得駕照者)

汽車牌照稅　(*m.*) impuesto de rodaje

牌照號碼　(*m.*) número de matrícula/patente (維)

駕照　(*f.*) licencia de conducir; (*m.*) permiso/carné de conducir

駕照考試　(*m.*) examen de conducir/manejar

汽車駕訓班　(*f.*) autoescuela; escuela de chóferes/conductores/manejo (墨)

路考　(*f.*) prueba de carretera

交警　(*s.*) policía de tráfico

交通違規　(*f.*) infracción de tráfico/tránsito

交通罰鍰　(*f.*) multa de tráfico

違規停車罰鍰　(*f.*) multa por aparcamiento indebido

(違規停車) 罰單　(*f.*) multa (por estacionamiento indebido)

限速　el límite de velocidad

最高速　(*f.*) velocidad máxima/punta

超速　(*m.*) exceso de velocidad

超車　(*m.*) adelantamiento

違規超車　(*mp.*) adelantamientos antirreglamentarios

亂闖　(*vt.*) conducir con imprudencia temeraria

開車兜風　(*vt.*) dar una corta vuelta en un vehículo

公路飆車　(*vi.*) competir locamente en la carretera

飆車族　(*f.*) banda/pandilla de gamberros motorizados

喝酒過度　(*m.*) abuso en la bebida

酒醉開車　(*vt.*) conducir/manejar borracho

　　　喝酒不開車　Si bebes, no conduzcas (西)./Si tomas, no manejes (美).

酒測　(*m.*) alcohotest

酒醉駕車罪　(*m.*) delito de manejo de vehículo en estado de ebriedad

吊銷駕照　(*f.*) cancelación de licencia

停車　(*m.*) estacionamiento, aparcamiento

停車計費表　(*m.*) parquímetro

　　　前為車道，請勿停車　Prohibido aparcar (西)/estacionar (美): paso de carruajes.

並排停車　(*m.*) estacionamiento en doble fila

看車人　(*s.*) guardacoches

停車場　(*m.*) *parking*, estacionamiento, aparcamiento

　　　本大樓停車場有一百個車位　El edificio cuenta con un garaje de cien plazas.

地下停車場　(*m.*) aparcamiento subterráneo

洗車　(*m.*) lavado automático/de coches

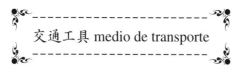

交通工具 medio de transporte

汽車　(*m.*) coche, automóvil, auto (中), carro (南), vehículo

十速自行車　(*f.*) bicicleta con diez marchas/velocidades

自行車道　(*m.*) carril de bicicletas, carril para ciclistas

一千 cc 機車　(*f.*) motocicleta/moto de 1.000 centímetros cúbicos

無滅音器機車　(*f.*) moto sin silenciador

公車　(*m.*) bus, autobús, camión (墨), colectivo (阿、委), ómnibus (秘、烏),
micro (智), guagua (古巴)

公車回數票　(*m.*) bonobús

長途巴士　(*m.*) autobús, autocar (西), pullman (雞), ómnibus, micro (阿)

雙層巴士　(*m.*) autobús de dos pisos

公車站　(*f.*) estación de autobuses

公車時刻表　(*m.*) horario de autobuses

公車路線　(*f.*) línea de autobuses

公車用道　(*m.*) carril de autobuses

公車招呼站　(*f.*) parada de autobús

計程車招呼站　(*f.*) parada de taxi

　計程車夜間收費另計　Por la noche los taxis cobran una tarifa más alta.

無線電計程車　(*m.*) radio-taxi

女計程車司機　(*f.*) mujer taxista

租車　(*m.*) coche de alquiler (指車體); alquiler de coches (指行業)

國民車　(*m.*) coche utilitario (價廉省油小車)

越野休旅車 [廂房車]　(*f.*) furgoneta, ranchera; (*m.*) coche familiar (西); (*f.*)
camioneta (美), rural (阿); (*m.*) station [wagon] (智)

跑車　(*m.*) [coche] deportivo

流線型設計　(*m.*) diseño aerodinámico

古董車　(*m.*) coche antiguo/de época

黑色轎車　(*f.*) limusina negra

有色隔熱紙　(*fp.*) películas coloreadas para automóviles

(玻璃上) 貼紙　(*m.*) adhesivo

總統座車　(*m.*) coche/(*f.*) limusina presidencial

公務車　(*m.*) vehículo oficial

私車　(*m.*) coche particular

公司車　(*m.*) coche de la empresa

報廢車　(*m.*) coche fuera de servicio

拖吊車　(*m.*) camión grúa, remolcador

救護車　(*f.*) ambulancia

消防車　(*m.*) coche de bomberos

警車　(*m.*) coche de policía

巡邏車　(*m.*) coche patrulla/Z

防彈玻璃　(*m.*) vidrio antibalas

安全氣囊　(*m.*) *airbag*

(前座) 頭枕　(*m.*) reposacabezas, apoyacabezas

嬰兒座　(*m.*) asiento de bebé

八汽缸引擎　(*m.*) motor de ocho cilindros

換速　(*m.*) cambio de velocidades

換擋　(*m.*) cambio de marchas

手排擋　(*m.*) cambio de marchas manual

自動排擋　(*m.*) cambio de marchas automático

空檔　(*m.*) punto muerto, 'neutro' (美)

後輪驅動　(*f.*) propulsión trasera

緊急煞車　(*m.*) frenado brusco

手煞車　(*m.*) freno de mano

腳煞車　(*m.*) freno de pie

倒車　(*f.*) marcha atrás

高級汽油　(*f.*) gasolina súper

無鉛汽油　(*f.*) gasolina sin plomo

15% 汽油稅　(*m.*) impuesto del 15% sobre la gasolina

機油　(*m.*) aceite de motor

油品經銷商　(*f.*) compañía distribuidora de productos petrolíferos

加油站　(*f.*) gasolinera; (*fp.*) estaciones de servicio

灌瓦斯站　(*m.*) gasómetro

霧燈　(*m.*) faro antiniebla

後照鏡　(*m.*) espejo retrovisor

死角　(*m.*) ángulo muerto

車檢　(*f.*) inspección técnica de vehículos

零件　(*f.*) pieza de recambio; (*m.*) repuesto

備胎　(*m.*) neumático de recambio/repuesto

止滑輪胎　(*m.*) neumático antideslizante

千斤頂　(*m.*) gato mecánico

火車站　(*f.*) estación de ferrocarril

火車時刻表　(*m.*) horarios de ferrocarril/trenes

自動寄物櫃　(*f.*) consigna automática

販賣機　(*f.*) máquina expendedora

飲料販賣機　(*f.*) máquina expendedora de bebidas

飲水機　(*m.*) fuente [de agua potable], bebedero (墨)

失物［處］　(*mp.*) objetos perdidos

留言板　(*m.*) tablero de mensajes

公共電話亭　(*f.*) cabina del teléfono público

高架鐵路　(*m.*) ferrocarril elevado

寬軌鐵路　(*m.*) ferrocarril de vía ancha

鐵路電氣化　(*f.*) electrificación de la línea ferroviaria

高速火車　(*m.*) tren de alta velocidad

(日本) 子彈列車　(*m.*) tren de gran velocidad

電聯車　(*m.*) tren eléctrico, electrotrén

第三月台 A 面　Andén 3, vía A

平交道　(*m.*) paso a nivel, crucero (墨)

地鐵系統　(*m.*) sistema de trenes subterráneos

地鐵線　(*fp.*) líneas de Metro

地鐵路線圖　(*m.*) plano del metro

地鐵車站　(*f.*) estación de metro

地鐵回數票　(*m.*) bonometro

轉運站　(*m.*) intercambiador de transportes (如捷運和火車間的轉運)

［地鐵等］轉換站　(*f.*) estación de trasbordo

通話器　(*m.*) interfono

博愛座　(*m.*) asiento reservado (原義為保留席)

空位　(*m.*) asiento libre/desocupado

免費公車服務　(*m.*) servicio de autobuses gratuito

請勿吸煙　Se ruega no fumar./Prohibido fumar.

電扶梯　(f.) escalera mecánica

索橋　(m.) puente colgante

龍舟　(m.) barco de dragón

平底船　(f.) chalana; góndola [威尼斯平底船]

郵輪　(m.) crucero

吃水線　(f.) línea de flotación/agua

大副　primer oficial

輪機長　(m.) jefe de máquinas

港務單位　las autoridades portuarias

港都　(f.) ciudad portuaria

外港　(m.) antepuerto

不凍港　(m.) puerto libre de hielo

漁港　(m.) puerto pesquero

避風港　(m.) puerto de refugio

救生艇　(m.) bote salvavidas; (f.) lancha de salvamento

救生衣　(m.) chaleco salvavidas

呼救信號　(f.) señal de auxilio/socorro; (m.) S O S

觀光 turismo

觀光業　el turismo, la industria del turismo

> 觀光，友誼之橋　Turismo, pasaporte a la amistad.
>
> 觀光對西班牙經濟頗重要　La economía española depende mucho del turismo.

休閒事業　la industria del ocio

觀光局　Oficina de Turismo

旅館學校　(f.) escuela hotelera

觀光學校　(f.) escuela de turismo

觀光季　(f.) temporada turística

旺季　(f.) temporada alta

淡季　(f.) temporada baja

觀光地圖　(m.) mapa turístico

觀光資源　(mp.) recursos turísticos

名勝　(mp.) lugares de interés turísticos

夜間遊樂區　(fp.) zonas de ocio nocturno

夜生活　(f.) vida nocturna

農業觀光　(m.) agroturismo, turismo rural

生態旅遊　(m.) turismo ecológico, ecoturismo

觀光小冊　(m.) folleto turístico

旅遊書　(m.) libro de/sobre viajes

旅遊指南　(f.) guía turística/de turismo

旅行社　(f.) agencia de viajes

導遊　(s.) guía de turismo/turistas (墨)

旅遊券　(m.) bono de agencia/viaje

旅遊常客　(s.) trotamundos (好周遊列國)

渡假／觀光　(m.) viaje de placer

商務旅行／出差　(m.) viaje de negocios

蜜月旅行　(m.) viaje de novios

學生旅行　(m.) viaje escolar

團體旅行　(m.) viaje colectivo/en grupo

團體保險　(m.) seguro colectivo

學生團保　(m.) seguro colectivo de escolaridad

意外險　(m.) seguro de accidentes

顧客滿意度　(m.) grado de satisfacción del cliente

🌸 顧客永遠是對的　El cliente siempre tiene razón.

觀光景點 lugar turístico

世界七奇　las siete maravillas del mundo

淡水八景　los ocho paisajes más hermosos de Tamsui

渡假村　(m.) complejo vacacional; (f.) ciudad de vacaciones

自行車出租　(m.) alquiler de bicicletas

紀念品　(*m.*) souvenir (objeto de recuerdo)

觀光紀念品店　(*f.*) tienda de recuerdos turísticos

夜市　(*m.*) mercado nocturno

跳蚤市場　(*m.*) mercado de [las] pulgas, rastro

總統府　Palacio Presidencial

忠烈祠　Mausoleo de Mártires Nacionales

衛兵換班　(*m.*) cambio/relevo de guardia

國父紀念館　Museo Conmemorativo Sun Yatsen

中正紀念堂　Monumento Conmemorativo Chiang Kai-shek

國家劇院　Teatro Nacional

國家音樂廳前廳　(*m.*) vestíbulo del Concierto Nacional

故宮博物院　Museo Nacional del Palacio

台北市立美術館　Museo Municipal de Bellas Artes de Taipei

世貿中心　Centro Mundial de Comercio

陽明山國家公園　Parque Nacional de Yangmingshan

林家花園　El Jardín Familiar Lin

龍山寺　Templo de Lungshan

遊樂場　(*m.*) parque de atracciones/diversiones (阿)/entretenciones (智)

兒童樂園　(*m.*) parque infantil

馬德里兒童樂園　Parque de Atracciones de Madrid

里斯本海洋館　Oceanario de Lisboa

孔子廟　Templo de Confucio

天后宮　Templo de la Diosa del Cielo

媽祖廟　Templo de la Diosa del Mar

觀音　Diosa de la Misericordia/Merced

關帝廟　Templo de Dios de la Guerra

城隍爺誕辰　Nacimiento del Dios de la Ciudad

紅毛城　Fuerte de Santo Domingo

阿美族豐年祭　Fiesta de la cosecha del Pueblo Ami

台灣民俗村　La Aldea Folklórica de Taiwán

石門水庫　Represa de Shihmen

小人國　La Ventana de China

慈湖　Lago de la Misericordia

日月潭　Lago del Sol y la Luna, Lago Sol-Luna

遊湖　(*m.*) paseo en bote

九族文化村　Villa Cultural de los Aborígenes de Formosa

安平古堡　Fuerte Zeelandia

赤崁樓　Fuerte Providencia

億載金城　Fuerte Eterna

佛光山　Montaña de la Luz de Buda

春秋閣　Pabellones de Primavera y Otoño

龍虎塔　Pagodas del Dragón y el Tigre

墾丁國家公園　Parque Nacional Kenting

太魯閣峽谷　Cañón Taroko, Desfiladero de Taroko

知本溫泉　Aguas Termales de Zhiben

蘭嶼　Isla de la Orquídea

綠島　Isla Verde

萬里長城　la Gran Muralla

北京紫禁城　la Ciudad Prohibida de Pekín

皇陵　(*m.*) mausoleo imperial

證照 documento

身分證　(*m.*) carné/(*f.*) tarjeta/cédula de identidad

國民身分證　(*m.*) documento nacional de identidad

國民身分證影本　(*f.*) fotocopia del DNI

籍貫　(*m.*) natural; pueblo de naturaleza

高雄人　(*m.*) natural de Gaoxiong

故鄉　(*f.*) ciudad/tierra natal, ciudad nativa; (*m.*) pueblo natal

第二故鄉　la segunda patria

戶籍地　(*m.*) domicilio legal

配偶　(*s.*) cónyuge

婚姻狀況　(*m.*) estado civil

娘家姓　(*m.*) apellido de soltera

夫姓　(*m.*) apellido de casada

名片　(*f.*) tarjeta de visita

普通護照　(*m.*) pasaporte ordinario

公務護照　(*m.*) pasaporte oficial

外交護照　(*m.*) pasaporte diplomático

多次入境簽證　(*m.*) visado de entradas múltiples

禮遇簽證　(*m.*) visado de cortesía

觀光簽證　(*m.*) visado turístico/de turismo; (*f.*) visa de turista

留學簽證　(*m.*) visado de estudios

工作簽證　(*m.*) visado de trabajo

探親　(*f.*) visita familiar

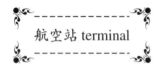

航空站 terminal

國內機場　(*m.*) aeropuerto nacional

國際機場　(*m.*) aeropuerto internacional

跑道　(*f.*) pista de aterrizaje

空中巴士　(*m.*) aerobús

國內航空站　(*f.*) terminal nacional

國際航空站　(*f.*) terminal internacional

航空公司　(*f.*) compañía aérea/de aviación

華航　Línea Aérea China (CAL)

長榮航空公司　Línea Aérea Eva (EVA)

西班牙航空公司　Compañía Iberia (IB)

包機公司　(*f.*) compañía de fletamento aéreo

機組人員　(*f.*) tripulación de aviación, tripulación del avión/aparato

空中少爺　(*m.*) auxiliar de vuelo, aeromozo (美)

空中小姐　(*f.*) azafata, aeromoza (美)

地勤人員　(*m.*) personal de tierra

地勤小姐　(*f.*) azafata de tierra

識別證　(*f.*) tarjeta de identidad

客機　(*m.*) avión de pasajeros

首航　(*m.*) vuelo inaugural

直達航班　(*m.*) vuelo directo, vuelo sin escalas/etapas

技術降落　(*f.*) escala técnica

班機號碼　(*m.*) número de vuelo

銜接班機　(*m.*) vuelo de conexión

旅客服務中心　(*m.*) centro de información para turistas

詢問台　(*m.*) mostrador de información

報到櫃台　(*m.*) mostrador de facturación

旅客名單　(*f.*) lista de pasajeros

候補名單　(*f.*) lista de espera

機票　(*m.*) pasaje/billete (西) de avión

搭乘聯　(*m.*) cupón de vuelo

電子機票　(*m.*) boleto electrónico

哩程累積　(*f.*) acumulación de millas [aéreas]

頭等艙　primera clase, gran clase; (*f.*) clase de lujo (指艙等，若言座艙應說

　　cabina de primera clase)

商務艙　(*f.*) *business class*, clase preferente

經濟艙　(*f.*) clase turística, clase económica

來回票　(*m.*) pasaje de ida y vuelta

行李票　(*m.*) talón equipaje

手提行李　(*m.*) equipaje de mano

託運行李　(*m.*) equipaje facturado

不隨身行李　(*m.*) equipaje no acompañado

行李超重　(*m.*) exceso de equipaje

行李推車　(*m.*) carrito portaequipajes

接駁　(*m.*) servicio [regular] de enlace

大廳　(*m.*) vestíbulo público

入境廳　(*f.*) sala de llegadas

行李廳　(*f.*) [sala de] recogida de equipajes

檢疫所　(*f.*) estación de cuarentena

檢疫 [處]　(*f.*) vacunación y control sanitario

黃熱病疫苗注射證明　(*m.*) certificado de vacunación contra la fiebre amarilla

出境廳　(*f.*) sala de preembarque

電動步道　(*m.*) pasillo rodante/móvil

過境室　(*f.*) sala de tránsito

過境旅客　(*mp.*) pasajeros en/de tránsito

登機證　(*f.*) tarjeta/(*m.*) boleto de embarque; (*m.*) pase de abordar (智、墨)

登機門　(*f.*) puerta de embarque

登機時間　(*f.*) hora límite de embarque

 往東京班機的旅客將由22號門登機　Los pasajeros del vuelo a Tokio embarcarán por la puerta 22.

證照查驗　(*m.*) control de pasaportes

機場稅　(*f.*) tasa de aeropuerto

候機室　(*f.*) sala de espera

電話訂位　(*f.*) reserva por teléfono

飛行 vuelo

出發城市　(*f.*) ciudad de partida

到達城市　(*f.*) ciudad de destino

機上過夜　(*f.*) noche a bordo

機上餐飲　(*fp.*) comidas de vuelo

班機時刻板　(*m.*) panel de información de vuelos

起飛時間　(*f.*) hora de salida

抵達時間　(*f.*) hora de llegada

預定起飛時間　(*f.*) hora estimada/aproximada de salida

本地時間　(*f.*) hora local

轉機航班　(*m.*) vuelo de conexión

國際換日線　la línea internacional del cambio de fecha

飛機延誤　(*f.*) demora del avión

誤點一小時　con una hora de retraso

順風　(*m.*) viento de cola, viento a favor

逆風　(*m.*) viento contrario, viento en contra, viento de cara

穩　(*a.*) estable

亂流　(*f.*) turbulencia

飛機顛得很厲害　El avión se movió mucho.

迫降　(*m.*) aterrizaje forzoso/de emergencia

時差　(*m.*) *jet lag*; desfase horario, cansancio aéreo; (*f.*) diferencia horaria

生理時鐘　(*m.*) reloj biológico/interno

生理效應　(*mp.*) efectos biológicos

睡眠不足　la deficiencia de sueño

補眠　(*vt.*) recuperar el sueño perdido

靠窗座位　(*m.*) asiento de ventana

靠走道座位　(*m.*) asiento de pasillo

吸煙區　(*f.*) zona fumador

禁煙區　(*f.*) zona no fumador

耳機　(*mp.*) auriculares

安全帶　(*m.*) cinturón de seguridad

眼罩　(*fp.*) anteojeras

耳塞　(*m.*) tapón para el oído

暈機藥　(*f.*) pastilla contra el mareo

嘔吐袋　(*f.*) bolsa para el mareo

濕紙巾　(*f.*) toallita refrescante

氧氣罩　(*f.*) careta de oxígeno

救生衣　(*m.*) chaleco salvavidas

太平門　(*f.*) salida de emergencia

旅館 hotel

旅館業　(*f.*) industria hotelera

旅館連鎖　(f.) cadena hotelera

旅館等級　(fp.) categorías de hotel

五星級旅館　(m.) hotel de cinco estrellas

溫泉旅館　(m.) hotel con baños termales

商務旅館　(m.) hotel-residencia, *business hotel*

民宿　(f.) pensión; casa de huéspedes

宿費　(mp.) gastos de alojamiento

住房率　(m.) índice de ocupación

> 本旅館已訂滿，到三月都沒房間　El hotel está completo. Hasta marzo no nos queda nada.

商務服務中心　(m.) centro de servicios para ejecutivos

服飾專賣店　(f.) boutique

健身房　(m.) gimnasio

單人房　(f.) habitación individual

雙人房　(f.) habitación doble/de matrimonio (一張雙人床 una cama doble)

雙人房　(f.) habitación con camas gemelas (兩張床 camas gemelas)

雙人房單人住　(f.) habitación doble uso individual

總統套房　(f.) *suite* presidencial

榻榻米　(m.) *tatami*

腳爐　(m.) calientapiés

鑰匙卡　(f.) tarjeta-llave

貴重物品　(m.) objeto de valores

外線　(f.) línea exterior

叫醒服務　(m.) servicio-despertador

早晨叫醒時間　(fp.) horas de llamadas matinales

通訊・資訊
Comunicación-Informática

6

郵政 correo

郵遞區號 　(*m.*) código postal; número de distrito postal

大宗郵件 　(*mp.*) envíos masivos

檢查郵件 　(*vt.*) examinar los envíos postales

郵袋 　(*f.*) bolsa del correo (美); saca del correo (西)

郵筒 　(*m.*) buzón

紀念郵票 　(*m.*) sello conmemorativo

首日封 　(*m.*) sobre del primer día

開窗信封 　(*m.*) sobre de ventanilla

郵資已付信封 　(*m.*) sobre franqueado/estampillado

航空郵簡 　(*m.*) aerograma

郵資機 　(*f.*) (máquina) franqueadora, estampilladora (美)

郵資已付 　con franqueo pagado

欠資 　(*m.*) franqueo insuficiente

掛號信 　(*f.*) carta certificada

快遞信件 　(*f.*) carta exprés

限時專送 　(*m.*) correo urgente

請勿折疊 　Se ruega no doblar.

送信 　(*m.*) reparto de correo

郵政罷工 　(*f.*) huelga de correos

快遞公司 　(*f.*) mensajería

快遞服務 　(*m.*) servicio de mensajeros

食品包裹 　(*m.*) paquete de comestibles

小包 　pequeño paquete

郵政匯票 　(*m.*) giro postal

商業函 (f.) carta comercial

郵寄名單 (f.) lista de correo

郵購 (m.) pedido hecho por correo

私函 (f.) carta particular

公開信 (f.) carta abierta

親筆函 (f.) carta autógrafa

介紹函 (f.) carta de presentación/introducción

推薦函 (f.) carta de recomendación

[風景] 明信片 (f.) tarjeta postal [ilustrada]

生日卡 (f.) tarjeta de cumpleaños

耶誕卡 (f.) tarjeta de Navidad, tarjeta de Pascua (智、秘); (m.) crismas (西)

悼卡 (f.) tarjeta de pésame

電話 teléfono

裝電話 (vt.) instalar un teléfono

有八條線 con ocho líneas telefónicas

電話簿 (f.) guía telefónica; (m.) directorio telefónico

黃頁電話簿 (fp.) páginas amarillas

[綠封面] 電話本 (f.) libreta de teléfonos [de tapa verde]

地址簿 (f.) libreta de direcciones

電話號碼 (m.) número de teléfono

打錯號碼 (m.) número equivocado

國碼 (m.) código de acceso internacional

區碼 (m.) prefijo/código territorial

通話量 (m.) volumen de llamadas

電話卡 (f.) tarjeta telefónica

國際電話卡 (f.) tarjeta telefónica internacional

受話人付費電話 (f.) llamada a cobro revertido, llamada por cobrar (智、墨)

匿名電話 (f.) llamada telefónica anónima

熱線 (m.) teléfono rojo (源自冷戰期間美蘇領袖直線電話)

總機　(f.) centralita

分機　(m.) teléfono interno; (f.) línea interior (內線)

佔線聲　(m.) tono de ocupado

🌸 佔線中　La línea está ocupada.

(電話) 混線　(m.) cruce de líneas

來電顯示　(f.) identificación de llamada

影像電話　(m.) visiófono, videófono, videoteléfono

答錄機　(m.) contestador automático

(機場醫院捷運) 通話器　(m.) intercomunicador

電話交談　(f.) conversación telefónica

電話錄音　(f.) intervención telefónica; grabación de una conversación telefónica

謄錄內容　(f.) transcripción de la cinta

電話竊聽　(f.) escucha telefónica

截聽電話　(f.) interceptación de comunicaciones telefónicas

按鍵電話　(m.) teléfono de teclado

無線電話　(m.) teléfono inalámbrico

手機　(m.) móvil, teléfono móvil/portátil; teléfono celular

預付卡　(f.) tarjeta prepago [de móvil]

備用電池　(f.) batería de repuesto

充電插座　(f.) base cargadora

手機店　(f.) tienda de telefonía móvil

呼叫器　(m.) buscapersonas, busca (西), bip (墨), bíper (智)

色情電話　(m.) teléfono erótico

資訊 informática

地球村　(f.) aldea global

智識島　(f.) isla del saber

電訊時代　(f.) era de las telecomunicaciones

電訊自由化　(f.) liberalización de las telecomunicaciones

資訊化 (*f.*) computarización, informatización

資訊化系統 (*m.*) sistema informático

資訊公路 (*f.*) autopista de la información

資訊時代 (*f.*) era de la informática, información

資訊社會 (*f.*) sociedad de la información

電腦文盲 (*m.*) analfabeto informático

無紙社會 (*f.*) sociedad sin papel

電玩年代 (*f.*) generación de videojuego

數位革命 (*f.*) revolución digital

資訊業 (*f.*) industria informática

通訊衛星 (*m.*) satélite de comunicaciones

人造衛星 (*m.*) satélite artificial

海底電纜 (*m.*) cable submarino

尖端技術 (*f.*) tecnología punta

技術轉移 (*f.*) transferencia de tecnología

尖端產品 (*m.*) producto puntero

資料庫 (*m.*) banco/(*fp.*) bases de datos

程式語言 (*m.*) lenguaje de programación

駭客 (*s.*) ciberdelincuente; (*m.*) pirata/intruso informático

電腦病毒 (*m.*) virus informático

防火牆 (*m.*) muro informático

基本軟體 (*m.*) software básico

應用軟體 (*m.*) software de aplicación

防毒軟體 (*m.*) programa cazavirus

檔名 (*m.*) nombre de archivo/fichero

目錄 (*m.*) directorio

路徑 (*f.*) ruta de acceso

拼字檢查表 (*m.*) corrector/verificador ortográfico

地理資訊系統 (*m.*) sistema de información geográfica (SIG)

保護智財權 (*f.*) protección de los derechos de propiedad intelectual

盜版 (*f.*) edición pirata

盜錄 (*f.*) videopiratería

掌上型電腦　(*m.*) ordenador de bolsillo [tipo PDA] (亦稱個人數位助理 agenda personal electrónica, PDA)

個人電腦　(*m.*) ordenador/computador personal

主電腦　(*m.*) ordenador central

終端機　(*m.*) terminal (de ordenador/computadora)

19 吋顯示器　(*m.*) monitor de 19 pulgadas

液晶螢幕　(*f.*) pantalla de cristal líquido

高解析度　alta resolución

護目鏡　(*m.*) filtro contra brillo/radiación

鍵盤　(*m.*) teclado

控制鍵　(*f.*) tecla de control

滑鼠　(*m.*) ratón del ordenador

滑鼠板　(*f.*) alfombrilla

箭頭　(*m.*) cursor

圖案　(*m.*) icono gráfico

掃描機　(*m.*) escáner

主機板　(*f.*) placa/tarjeta madre

顯示卡　(*f.*) tarjeta/placa de vídeo

音效卡　(*f.*) tarjeta/placa de sonido

網路卡　(*f.*) tarjeta/placa de red

數據機　(*m.*) modem

半導體　(*m.*) semiconductor

晶片　(*f.*) pastilla

矽晶片　(*f.*) pastilla/placa de silicio

硬碟　(*m.*) disco duro/rígido

軟碟　(*m.*) disco flexible, *floppy*

磁碟　(*m.*) disquete

數位相機　(*f.*) cámara digital

多媒體　(*f.*) multimedia

特效　(*mp.*) efectos especiales

介面卡　(*f.*) interfaz/interfase

繪圖卡　(*f.*) interfase gráfica

電腦繪圖　(*m.*) diseño asistido por ordenador (DAO)

記憶卡　(*f.*) tarjeta de memoria

> 電腦記憶體不足當機　La falta de memoria provocó el bloqueo del ordenador.

人體工學　(*f.*) ergonomía

密碼　(*f.*) contraseña

個人辨識碼　(*m.*) número de identificación personal

延長線　(*m.*) alargador

驅動程式　(*m.*) controlador [de dispositivo], *driver*

印表機驅動程式　(*m.*) controlador de impresora

相容　(*f.*) compatibilidad

不相容　(*f.*) incompatibilidad

作業系統　(*m.*) sistema operativo

文書處理　(*m.*) procesamiento de textos/palabras

線上編輯　(*f.*) edición en pantalla

電玩遊戲　(*m.*) videojuego

雷射印表機　(*f.*) impresora [de] láser

彩色雷射印表機　(*f.*) impresora láser a color

噴墨印表機　(*f.*) impresora de chorro de tinta

墨水夾　(*m.*) cartucho de tinta

影印紙　(*m.*) papel de copia

感熱紙　(*m.*) papel térmico

送紙器　(*m.*) alimentador de papel

進紙　(*m.*) avance de papel

印出　(*m.*) *print-out*; (*f.*) impresión

網咖　(*m.*) cibercafé

網際網路　la red Internet

網址　(*f.*) dirección de correo electrónico

@　(*f.*) arroba

寬頻　(*m.*) ancho de banda

更新資訊　(*f.*) información actualizada

電子郵件　(*m.*) correo electrónico

垃圾郵件　(*m.*) correo basura

虛擬實境　(*f.*) realidad virtual

電子書　(*m.*) libro electrónico

電子詞典　(*m.*) diccionario electrónico

電子卡　(*f.*) tarjeta electrónica

智慧卡　(*f.*) tarjeta inteligente

磁條　(*f.*) banda magnética

視訊會議　(*f.*) videoconferencia

7

教育・工作
Educación-Trabajo

教育 educación

終生學習　(*m.*) aprendizaje permanente/continua

終生教育　(*f.*) educación permanente

全人教育　(*f.*) educación integral

受教權　(*m.*) derecho a la educación

教育制度　el sistema educativo

教育政策　la política educativa

教育白皮書　(*m.*) libro blanco para la educación

教育改革　la reforma educativa

學前教育　(*f.*) educación/enseñanza preescolar

幼兒教育　(*f.*) educación infantil

學齡　(*f.*) edad escolar

學齡兒童　(*m.*) niño en edad escolar

失學兒童　(*m.*) niño no escolarizado

學區　(*m.*) distrito/(*f.*) circunscripción escolar

學區制　(*m.*) sistema de distritos escolares

就學率　(*m.*) porcentaje de la población escolar

輟學率　(*m.*) porcentaje/índice de deserción escolar

托兒所　(*f.*) guardería de niños, sala cuna

幼稚園　(*m.*) jardín infantil/de infancia; (*f.*) escuela de párvulos

高等教育　(*f.*) educación superior, enseñanza superior

高教司長　(*m.*) director general de Enseñanza Superior

義務教育 [迄 16 歲]　(*f.*) escolaridad obligatoria [hasta los 16 años]

男女同校　(*f.*) coeducación, educación mixta; (*a.*) mixto

雙語教育　(*f.*) educación bilingüe

雙語學校　(*m.*) colegio bilingüe

特殊教育　(*f.*) educación especial

空中教育　(*f.*) educación a distancia

推廣教育　(*f.*) educación postescolar

成人教育　(*f.*) educación para adultos

教育程度　(*m.*) grado de educación

文盲率　(*f.*) cifra de analfabetismo (文盲 analfabeto)

高文盲率　alto índice de analfabetismo

職業教育　(*f.*) formación técnica

就業訓練　(*f.*) formación profesional

就業輔導　(*f.*) orientación profesional/vocacional

通識教育　(*f.*) formación humanística

人文教育　(*f.*) enseñanza de las humanidades

德育　(*f.*) educación moral

智育　(*f.*) educación /instrucción intelectual

體育　(*f.*) educación física

體育課　(*f.*) clase de gimnasia

群育　(*f.*) educación de convivencia

公民課　(*f.*) educación cívica

衛生教育　(*f.*) educación sanitaria

個人衛生　(*f.*) higiene personal

性教育　(*f.*) educación sexual

知識份子　los intelectuales, la clase intelectual

讀書人　un verdadero intelectual

象牙塔　(*f.*) torre de marfil

學術自由　(*f.*) libertad de cátedra

學術交流　(*fp.*) intercambios académicos

大學自治法　Ley de Autonomía Universitaria

英國頂尖大學　(*f.*) universidad británica de élite

科技大學　Universidad Politécnica

聖心女子大學　Universidad Femenina del Sagrado Corazón

私立大學　(*f.*) universidad privada

護理學校　(f.) escuela de enfermeras

董事會　(m.) patronato

大學校長　(m.) rector

教務副校長　(m.) vicerrector de Departamentos y Centro

行政副校長　(m.) vicerrector de Asuntos Económicos e Infraestructuras

學務副校長　(m.) vicerrector de Alumnos/Estudiantes

技術學院　(f.) escuela universitaria politécnica

外語學院　Facultad de Lenguas y Literaturas Extranjeras

翻譯學院　Facultad de Traducción e Interpretación

新聞學院　Facultad de Ciencias de la Información

管理學院　Facultad de Administración y Dirección de Empresas

資訊學院　Facultad de Informática

藝術學院　Facultad de Bellas Artes

法學院　Facultad de Derecho

院長　(m.) decano

三大熱門科系　las tres carreras más apetecidas

註冊組　(f.) oficina de admisiones y registro académico

大學城　(f.) ciudad universitaria

大學校園　(m.) campus/recinto universitario

巡迴圖書館　(f.) biblioteca ambulante/móvil

借書證　(f.) tarjeta del lector

借書時間　(m.) horario de préstamos de libros

　　你要的書已被借走　El libro que quieres está prestado.

還書日期　el plazo de devolución del libro

館際借書　(m.) préstamo interbibiliotecario

出版品交換　(m.) intercambio de publicaciones

期刊室　(f.) hemeroteca

閱覽室　(f.) sala de lectura

語言實驗室　(m.) laboratorio de idiomas

大學畫廊　(f.) galería universitaria

運動場　(m.) campo de deportes

擴音器　(m.) altavoz, parlante (南)

學校／員工餐廳　(*f.*) cantina

教育人員　el profesorado, el personal docente

專任教師　(*m.*) profesor numerario (專任 regular)

兼任教師　(*m.*) profesor a tiempo parcial (兼任 interino)

名譽教授　(*m.*) profesor emérito

客座教授　(*m.*) profesor visitante/invitado

教授　(*m.*) catedrático; profesor titular

副教授　(*m.*) profesor asociado/agregado

助教授　(*m.*) profesor adjunto/asistente

研究室　(*m.*) cuarto de estudio

助教　(*s.*) ayudante

助理　(*s.*) asistente

[體育或軍訓] 教官　(*m.*) instructor

體育教師　(*m.*) profesor de educación física

試教　(*fp.*) prácticas de enseñanza

(小學) 代課教師　(*m.*) maestro suplente

家教　(*m.*) profesor particular

師生關係　la relación maestro-discípulo

師生人數比例　(*f.*) proporción profesor-alumnos

每班人數　(*m.*) número de alumnos por aula

授課　(*vt.*) impartir/dar/dictar (美) clases

當家教　(*vt.*) dar clases particulares

教學品質　(*f.*) calidad de enseñanza

教學語言　(*m.*) idioma de enseñanza

學生 estudiante

大學生活　(*f.*) vida universitaria; (*mp.*) días universitarios

開學典禮　(*f.*) ceremonia de comienzo/apertura del curso

新生　los novatos

同學　(*m.*) compañero de clase

室友   (*m.*) compañero de cuarto/habitación

班代表   (*m.*) delegado de curso

正式生   (*m.*) alumno oficial

旁聽生   (*m.*) alumno oyente

一年級學生   (*s.*) estudiante de primer año/curso

    他 (小學) 五年級   Está en quinto [curso]./un alumno de quinto grado/año.

法律系大一生   (*s.*) estudiante de primero de derecho

優等生   (*m.*) alumno de matrícula de honor

資優生   (*m.*) [niño] superdotado

資優班   (*m.*) curso para superdotados

神童   (*m.*) niño/(*f.*) niña prodigio

天才   (*m.*) genio, talento

工讀生   (*m.*) alumno con beca-salario

半工半讀學生   (*s.*) estudiante a tiempo parcial

貸學金生   (*m.*) alumno con préstamo

通學生   (*m.*) alumno externo

住校生   (*m.*) alumno interno

轉系   (*vi.*) cambiar de carrera [universitaria]

轉學   (*m.*) cambio de escuela

問題學生   (*m.*) alumno de problema

上課   (*vi.*) asistir a clase

補課   (*f.*) clase suplementaria

缺課   (*vi.*) faltar a clase

    這學期他缺了五堂課   Este semestre ha faltado a clase cinco veces.

    你幾點下課？   ¿A qué hora sales de clase?

    我們今天沒課   Hoy no tenemos clase.

逃學   (*m.*) absentismo escolar; (*vt.*) hacer novillos

逃家   (*m.*) abandono del hogar

逃學生   (*s.*) escolar absentista

中輟生   (*s.*) abandonista

註冊   (*f.*) matrícula

註冊費   (*m.*) importe de matrícula

學費　　(*f.*) cuota de enseñanza, tasa de instrucción, colegiatura (墨)

免學費　　(*f.*) matrícula gratis

零用錢　　(*m.*) dinero de bolsillo

學生證　　(*m.*) carné estudiantil/de estudiante

學生折扣　　(*m.*) descuento para estudiantes

點名冊　　(*f.*) lista de asistencia

課間休息　　(*m.*) recreo

休息時間　　(*m.*) tiempo del recreo

病假　　(*m.*) permiso/(*f.*) licencia (美) por enfermedad

-🌸 他請了三天假　Pidió tres días de permiso/licencia (美).

醫療證明　　(*m.*) certificado médico

體罰　　(*m.*) castigo corporal

課外活動　　(*fp.*) actividades extracurriculares

校外活動　　(*fp.*) actividades extraescolares

校外教學　　(*m.*) viaje de estudios

校服　　(*m.*) uniforme escolar

校車　　(*m.*) bus escolar

導護媽媽　　(*f.*) acompañanta de menores, *chaperon*

家長會　　(*f.*) asociación de padres de alumnos

聯絡簿　　(*f.*) libreta de comunicación

學生保健卡　　(*f.*) libreta de salud estudiantil

行事曆　　(*m.*) programa/calendario escolar

學年　　(*m.*) curso escolar (中小學); año académico (大學)

上學期　　el primer semestre

下學期　　el segundo semestre

初級班　　(*m.*) curso elemental

中級班　　(*m.*) curso intermedio

高級班　　(*m.*) curso avanzado

密集班　　(*m.*) curso intensivo/concentrado

語言補習班　　(*f.*) academia de idiomas

電腦課　　(*m.*) curso de informática

攝影初階班　　(*m.*) curso de iniciación a la fotografía

初學者 principiante

舞蹈才藝補習班 (*f.*) academia de baile

禮儀課 (*m.*) curso de protocolo

科學研究 (*f.*) investigación científica

研究發展 (*f.*) investigación y desarrollo

比較研究 (*mp.*) estudios comparativos

田野調查 (*m.*) trabajo de campo

產學合作 (*f.*) cooperación industrial-universitaria

求知欲 (*f.*) ansia de saber

學習動機 (*f.*) motivación para aprender/estudiar

學習困難 (*fp.*) dificultades/(*mp.*) problemas de aprendizaje

家庭作業 (*mp.*) deberes; (*f.*) tarea

我繳了單面打字書面報告 Presenté el trabajo escrito a máquina por una sola plana/cara.

做功課 (*vt.*) hacer los deberes/la tarea

在學證明 (*m.*) certificado de matrícula

肄業證明 (*m.*) certificado de estudios

畢業旅行 (*m.*) viaje de fin de curso

畢業派對 (*f.*) fiesta de graduación

畢業舞會 (*m.*) baile de graduación

畢業典禮 (*f.*) ceremonia de graduación/entrega de títulos

[畢業] 紀念冊 (*m.*) álbum conmemorativo [de la graduación]

學士袍 (*f.*) toga

方帽子 (*m.*) birrete

大學畢業生 (*m.*) graduado universitario

學位 (*m.*) título académico

大學文憑 (*m.*) diploma/título universitario

輔系教育學程證書 Diploma en Formación Magisterial como Segunda Especialidad

學位／學分認證 (*f.*) convalidación

研究生 (*m.*) postgraduado

碩士論文 (*f.*) tesina [de licenciatura]; memoria

碩士學位 （f.）licenciatura; maestría; (m.) master

文學碩士 （m.）licenciado en **F**ilosofía y **L**etras

博士生 （s.）estudiante de doctorado

博士候選人 （m.）doctorando

博士論文 （f.）tesis doctoral

指導教授 （m.）director de tesis

博士學位 （m.）doctorado

哲學博士 （m.）doctor en filosofía

數學博士 （m.）doctor en matemática**s**

法學博士 （m.）doctor en derecho

榮譽博士 （m.）doctor honoris causa

校友 antiguo alumno, ex alumno

校友會 （f.）asociación de antiguos alumnos

同學會 （f.）reunión de ex-alumnos

耶誕假期 （fp.）vacaciones de Navidad

寒假 （fp.）vacaciones de invierno

春假 （fp.）vacaciones de primavera

暑假 （fp.）vacaciones de verano

夏令營 （m.）campamento de verano; (f.) colonia de vacaciones/verano

夏令時間 （m.）horario/(f.) hora de verano

青年營 （m.）campamento juvenil

訓練營 （m.）campamento de instrucción

輔導員 （m.）monitor

慈善園遊會 （f.）kermesse, kermés (墨，維)

童畫比賽 （m.）concurso de dibujos infantiles

烹飪比賽 （m.）concurso de cocina

首獎從缺，二獎兩名 El primer premio fue declarado desierto. Se adjudicaron dos segundos premios.

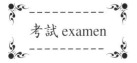

考試 examen

入學考試　(*m.*) examen de ingreso/admisión; (*f.*) selectividad (西)

大學入學考試　(*f.*) prueba de acceso a la Universidad

聯考　(*m.*) examen conjunto de ingreso

畢業考　(*m.*) examen de graduación

考卷　(*f.*) hoja de examen

答題紙　(*f.*) hoja de respuestas

閱卷　(*f.*) corrección del examen

體能測驗　(*fp.*) pruebas físicas

耐力 [抵抗力] 測驗　(*f.*) prueba de resistencia

能力測驗　(*f.*) prueba de aptitud

智力測驗　(*f.*) prueba/(*m.*) test de inteligencia

人格測驗　(*f.*) prueba de personalidad

心理測驗　(*f.*) prueba psicológica

報名費　(*mp.*) derechos de examen

口試　(*m.*) examen oral; (*f.*) prueba oral

筆試　(*m.*) examen escrito; (*f.*) prueba escrita

期中考　(*m.*) examen parcial

期末考　(*m.*) examen final

平常考　(*m.*) examen ordinario

補考　(*m.*) examen extraordinario/de recuperación

借筆記　(*vt.*) pedir apuntes

帶小抄　(*f.*) chuleta

考評　(*f.*) evaluación

成績單　(*m.*) boletín de notas/calificaciones; (*f.*) libreta de calificaciones (中小學); (*f.*) calificación académica personal; (*m.*) expediente académico personal (大學)

學分　(*mp.*) créditos académicos

讀本　(*m.*) libro de lectura

頁左上角　la esquina superior izquierda de la página

教科書　(*m.*) libro de texto/enseñanza

檢定教科書　(*m.*) libro de texto autorizado

小學教科書價格自由化　(*vt.*) liberalizar el precio de los libros de texto de educación primaria

學用品　(*m.*) equipo de colegial, material escolar

地圖　(*m.*) mapa

地圖集　(*m.*) atlas

貼紙　(*f.*) calcomanía; etiqueta engomada

小貼紙　(*f.*) pegatina

訂書機　(*f.*) grapadora

書釘　(*f.*) grapa

圖釘　(*f.*) chinche

迴紋針　(*m.*) clip, sujetapapeles

橡皮筋　(*f.*) goma elástica, anilla de goma

膠水　(*f.*) goma de pegar

膠紙　(*f.*) cinta adhesiva

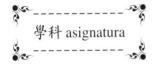

學科 asignatura

課程設計　(*m.*) diseño curricular

教學計畫表　(*m.*) plan de estudios

學科　(*f.*) asignatura (請參看相關主題)

主修科目　(*f.*) asignatura principal; (*f.*) especialidad

副修科目　(*f.*) asignatura secundaria

主修西班牙語　(*prnl.*) especializarse en español

西語教學　(*f.*) enseñanza del español

副修英語　(*vt.*) estudiar el inglés como especialidad secundaria

輔系哲學　con estudios en segunda especialidad en filosofía

必修科目　(*f.*) asignatura obligatoria

選修科目　(*f.*) asignatura optativa/electiva

專業科目　(*fp.*) materias específicas

擋修科目　(*f.*) asignatura con orden de prelación/incompatibilidad

重修科目　(*f.*) asignatura pendiente

當　(*vt.*) suspender, reprobar (美)

漢學　　(*f.*) sinología

語意學　　(*f.*) semántica

符號學　　(*f.*) semiótica

語源學　　(*f.*) etimología

詞彙學　　(*f.*) lexicología

術語　　(*m.*) término

術語學　　(*f.*) terminología

翻譯學　　(*f.*) traductología

普通翻譯　　(*f.*) traducción general

專業翻譯　　(*f.*) traducción especializada

文學翻譯　　(*f.*) traducción literaria

科技翻譯　　(*f.*) traducción científica-técnica

法律翻譯　　(*f.*) traducción jurídica y jurada

視聽翻譯　　(*f.*) traducción audiovisual

視譯　　(*f.*) traducción a la vista

同步翻譯　　(*f.*) traducción simultánea

機器翻譯　　(*f.*) traducción automática

筆譯　　(*f.*) traducción escrita

交際口譯　　(*f.*) interpretación de enlace

會議口譯　　(*f.*) interpretación de conferencia

譯入語　　(*f.*) lengua de destino/llegada

譯出語　　(*f.*) lengua de origen/partida

外語中譯　　(*f.*) traducción directa [就國人而言]

中文外譯　　(*f.*) traducción inversa [就國人而言]

直譯　　(*f.*) traducción literal

意譯　　(*f.*) traducción libre

等值　　(*f.*) equivalencia

可譯　　(*f.*) traducibilidad

不可譯　　(*f.*) intraducibilidad

翻譯批評　　la crítica de traducciones

文化理論　　(*f.*) teoría de la cultura

比較神話　　(*f.*) mitología comparada

藝術心理學　(*f.*) psicología del arte

普通心理學　(*f.*) psicología general

臨床心理學　(*f.*) psicología clínica

工業心理學　(*f.*) psicología industrial

社會心理學　(*f.*) psicología social

應用心理學　(*f.*) psicotecnia

兒童心理學　(*f.*) psicología infantil

教育心理學　(*f.*) psicología de la educación

師資培訓　(*f.*) formación pedagógica/de profesorado

教育學　(*f.*) pedagogía

教學法　(*f.*) didáctica; (*mp.*) métodos de enseñanza

教育實習　(*fp.*) prácticas pedagógicas

演講術　(*m.*) arte de la oratoria

資訊學　(*f.*) informática

未來學　(*f.*) futurología

歷史文獻　(*mp.*) documentos históricos

中國近代史　Historia moderna de China

西班牙現代史　Historia de España contemporánea

政治學　(*fp.*) ciencias políticas

唯心論　(*m.*) espiritualismo

唯美主義　(*m.*) esteticismo

唯物論　(*m.*) materialismo

歷史唯物論　(*m.*) materialismo histórico

唯物史觀　(*f.*) interpretación materialista de la historia

家政學　(*f.*) economía doméstica

企業管理　(*f.*) administración de empresas

傳播學　(*f.*) comunicología

公關概論　(*mp.*) fundamentos de las relaciones públicas

廣告通論　(*f.*) teoría general de la publicidad

法學導論　(*f.*) introducción a las ciencias jurídicas

民法　(*m.*) derecho civil

刑法　(*m.*) derecho penal

勞動法　(*m.*) derecho laboral

國際公法　(*m.*) derecho internacional público

遺傳學　(*f.*) genética

優生學　(*f.*) eugenesia

人體解剖學　(*f.*) anatomía humana

基因工程　(*f.*) ingeniería genética

理論力學　(*f.*) mecánica teórica

流體力學　(*f.*) mecánica acuática

土木工程學　(*f.*) ingeniería civil

機械工程學　(*f.*) ingeniería mecánica

電機工程學　(*f.*) ingeniería eléctrica

資訊工程學　(*f.*) ingeniería informática

航空工程學　(*f.*) ingeniería aeronáutica

工業工程學　(*f.*) ingeniería industrial

行業 profesión

職業道德　(*f.*) ética profesional

自由業　(*f.*) profesión liberal

公務員　(*m.*) funcionario público

大學教師　(*m.*) profesor universitario

女記者　(*f.*) mujer periodista

書記官　(*m.*) actuario

精算師　(*m.*) actuario de seguros

會計師　(*m.*) auditor contable

法律顧問　(*m.*) asesor jurídico (律師部分參見頁 214 法律)

公證人　(*m.*) notario

代書　(*m.*) gestor administrativo

專業傳譯　(*m.*) traductor profesional

口譯員　(*s.*) intérprete

雙語秘書　(*f.*) secretaria bilingüe

郵局職員　(*m.*) empleado de correos

銀行員　(*m.*) empleado bancario

財務分析師　(*m.*) analista financiero

交警　(*s.*) policía de tránsito, agente de tráfico/tránsito

消防員　(*m.*) bombero

空中少爺　(*m.*) auxiliar de vuelo, aeromoto

導遊　(*s.*) guía de turismo

時裝設計師　(*m.*) modisto, diseñador de moda[s]

模特兒　(*s.*) model**o**

女模　la model**o**

英國名模　(*f.*) supermodel**o**/*top model* británic**a**

客串模特兒　(*s.*) model**o** ocasional

現職模特兒　(*s.*) model**o** en activo

美容師　(*s.*) esteticista

按摩師　(*s.*) masajista

經銷商　(*s.*) agente comercial

業務員　(*m.*) administrativo

推銷員　(*m.*) vendedor; (*s.*) agente de ventas

小販　(*m.*) vendedor ambulante

送貨員　(*m.*) repartidor

快遞員　(*m.*) mensajero

倉儲管理人　(*m.*) almacenista administrador

電訪員　(*m.*) entrevistador telefónico

仲介　(*m.*) intermediario

藝術經紀人　(*m.*) agente artístico

保險掮客　(*m.*) agente de seguros

不動產掮客　(*m.*) agente inmobiliario/de la propiedad inmobiliario

大地主　(*s.*) latifundista

大樓管理員　(*m.*) conserje de mansión/condominio

景觀師　(*s.*) paisajista

醫療人員　(*m.*) personal médico (參看頁 144 醫院)

德國名醫　un prestigioso médico alemán

科學家　(*m.*) hombre de ciencias, científico

華裔科學家　(*m.*) científico de origen chino

社會學者　(*m.*) científico social, sociólogo

歷史學者　(*m.*) historiador

東方學學者　(*s.*) orientalista

法律學者　(*s.*) jurista

政治學者　(*m.*) politólogo, cientista político (銜)

國際法學者　(*s.*) jurista especialista en derecho internacional

數學家　(*m.*) matemático

經濟學者　(*s.*) economista

生物學家　(*m.*) biólogo

海洋學家　(*m.*) oceanógrafo

化學家　(*m.*) químico

生化學家　(*m.*) bioquímico

物理學家　(*m.*) físico

太空物理學家　(*m.*) astrofísico

太空人　(*s.*) astronauta

天文學家　(*m.*) astrónomo

文人　(*m.*) hombre de letras

文豪　gran escritor

漫畫家　(*s.*) caricaturista

插畫家　(*m.*) ilustrador

雕刻家　(*m.*) escultor

紋身師　(*m.*) tatuador

樂團指揮　(*m.*) director de orquesta

作曲家　(*m.*) compositor

作詞人　(*s.*) letrita

聲樂家　(*s.*) cantante, vocalista

喜劇演員　(*m.*) cómico

電影導演　(*m.*) director de cine

製片人　(*m.*) productor cinematográfico

節目主持人　(*m.*) animador, presentador

總工程師　(*m.*) ingeniero jefe

土木工程師　(*m.*) ingeniero civil

機械工程師　(*m.*) ingeniero mecánico

電子工程師　(*m.*) ingeniero electrónico

電機工程師　(*m.*) ingeniero electrotécnico

產業工人　(*m.*) obrero fabril/industrial

建築工人　(*m.*) obrero de la construcción

電氣工　(*s.*) electricista

運輸工人　(*s.*) transportista

卡車司機　(*m.*) camionero

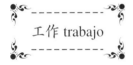

工作 trabajo

工作　(*m.*) trabajo, empleo

勞力 [體力勞動]　(*m.*) trabajo manual/físico

勞心 [腦力勞動]　(*m.*) trabajo intelectual

固定工作　(*m.*) trabajo fijo

全職　(*m.*) empleo de tiempo completo/jornada completa

兼差　(*m.*) empleo de medio tiempo, empleo a tiempo parcial

身兼數職　(*m.*) pluriempleo (指工作); pluriempleado (指人)

義工　(*m.*) trabajo voluntario (指工作); voluntario (指人)

工作機會　(*f.*) oportunidad laboral/de trabajo

創造就業　(*f.*) creación de empleo/puestos de trabajo

工作平權　(*m.*) derecho *a* la igualdad en el trabajo

性別歧視　(*f.*) discriminación sexual

年齡歧視　(*f.*) discriminación por edad

勞動市場　(*m.*) mercado laboral/de trabajo

勞動人口　(*f.*) población activa

職場　(*m.*) campo profesional

職業介紹所　(*f.*) bolsa de trabajo, agencia de empleo/colocaciones

獵人頭者 [／公司]　(*s.*) cazatalento**s**, cazacerebro**s**

挖角　(*m.*) robo de empleados

人才外流　(*f.*) fuga de cerebros

工作條件　las condiciones de trabajo

工作滿意　(*f.*) satisfacción en el trabajo

工作意願　(*f.*) voluntad de trabajo

個人考量　(*fp.*) consideraciones personales

改行 (換工作)　(*m.*) cambio de ocupación/profesión

副業　(*m.*) empleo/negocio suplementario

人事 personal

人力資源　(*mp.*) recursos humanos

人力規劃　(*f.*) planificación de plantillas

預期效果　(*m.*) efecto deseado

人力不足　(*f.*) falta/escasez de mano de obra

人手不足　por falta de personal

工作手冊　(*m.*) manual del empleo

行事曆　(*m.*) calendario de trabajo

流程圖　(*m.*) flujograma, diagrama de flujo

功能圖　(*m.*) diagrama funcional

組織圖　(*m.*) organigrama

職位　(*m.*) puesto de trabajo

國家文官職位分類　(*f.*) clasificación de puestos de trabajo en la administración civil del Estado

基本編制　(*f.*) plantilla básica

職掌　(*f.*) descripción del puesto

人事名冊　(*m.*) escalafón

編制內員工　(*m.*) trabajador de plantilla, empleado fijo

　本公司有50個員工　La empresa tiene una plantilla de 50 empleados.

高階經理人　alto ejecutivo

中級職員　(*m.*) empleado de categoría media

中級管理階層　(*m.*) directivo intermedio, mando medio

低階職員　(*m.*) empleado subalterno

服務證　(*f.*) tarjeta de identidad

精簡　(*vt.*) simplificar

擴編　(*f.*) ampliación de la plantilla

輪調　(*f.*) cambio de plantilla, rotación de personal

人事凍結　(*f.*) congelación del personal

裁員　la reducción de la plantilla

遇缺不補　(*f.*) baja vegetativa

職訓　(*f.*) formación profesional

在職訓練　(*f.*) readaptación profesional

第二專長訓練　(*f.*) formación de la segunda especialidad

充電　(*vt.*) recargar las pilas

晉陞　(*f.*) ascenso; (*f.*) promoción

陞遷　(*vt.*) subir de categoría

🌺 他升官了　Ha subido en el escalafón.

責任加重　(*m.*) incremento de responsabilidades

彼德原理　(*m.*) principio de Peter

工作成果　el fruto del trabajo

工作評估 [／考核]　(*f.*) evaluación del trabajo

🌺 適才適用　La persona es idónea para el puesto.

工作能力　(*f.*) capacidad de trabajo

個人能力　(*f.*) capacidad del individuo (參看頁 165 才情)

個人目標　(*mp.*) objetivos individuales

優先目標　(*mp.*) objetos prioritarios

中期目標　(*mp.*) objetivos a plazo medio

動機　(*fp.*) motivaciones

成績　(*mp.*) méritos

按年資　por antigüedad

工作倫理　(*f.*) ética laboral

團隊作業　(*m.*) trabajo en equipo

忠誠不足　(*f.*) falta de lealtad

業務機密　(*m.*) secreto profesional

病假　(*m.*) permiso/(*f.*) baja/licencia (美) *por* enfermedad

產假　(*m.*) permiso/(*f.*) licencia (美)/baja *por* maternidad

父親育嬰假　(*m.*) permiso por paternidad; (*f.*) baja paterna

請一週假　(*vt.*) pedir una semana de permiso/licencia (美)

請長假　(*vt.*) pedir la excedencia (西，常指公務員)

停職停薪　(*f.*) suspensión de empleo y sueldo

自動請辭　(*f.*) renuncia voluntaria

辭職函　(*f.*) carta-renuncia

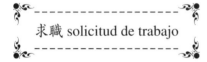

求職 solicitud de trabajo

求職　(*vt.*) buscar/encontrar trabajo; (*f.*) solicitud de trabajo

求職人　el interesado (另義當事人)

求職書　(*f.*) carta de solicitud

履歷　(*m.*) currículum [vitae], C.V., résumé

履歷表　(*f.*) hoja de vida

簡歷　(*m.*) resumen de la hoja de vida

個人資料　(*mp.*) datos personales; (*m.*) historial

學經歷　(*f.*) experiencia académica y laboral

學歷　(*m.*) historial académico

經歷輝煌　una brillante trayectoria profesional

近照　(*f.*) fotografía/foto reciente

大學畢業生　(*m.*) graduado universitario

大學文憑　(*m.*) diploma/título universitario

高中畢業證書　(*m.*) certificado del bachillerato

職業證照　(*m.*) diploma profesional

公會登記　(*f.*) inscripción en el colegio profesional

良民證　(*m.*) certificado de antecedentes penales/policiales

甄選　(*m.*) concurso de méritos

甄試　(*m.*) concurso [de/por] oposición

國家考試　　los exámenes de Estado

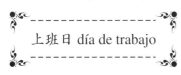 她參加考試，以進入公家工作　Está haciendo oposiciones para ingresar en/a
(美) la administración pública.

工作面試　（f.）entrevista de trabajo

心理測驗　（fp.）pruebas psicotécnicas

最後面試　（f.）entrevista de selección

主觀因素　（m.）factor subjetivo

要求待遇　（f.）aspiración salarial

工作合約　（m.）contrato de trabajo

制式合約　（m.）contrato tipo

試用期三個月　un período de prueba de tres meses

上班日 día de trabajo

(最高) 工作時數　（f.）jornada de trabajo (máximo)

上班時間　（fp.）horas de oficina

彈性 (工作) 時間　（m.）horario (de trabajo) flexible

出勤表　（f.）planilla de asistencia

打卡卡　（fp.）tarjetas reloj

缺席　（f.）inasistencia

遲到　（f.）tardanza

午休一小時　una hora de pausa al mediodía

咖啡時間　（m.）descanso para café

下班時間　fuera del horario de oficina

營業時間　（m.）horario comercial

早班　（m.）turno de mañana

晚班　（m.）turno de noche

兩班制　doble jornada laboral

加班　（fp.）horas extraordinarias, horas extra

下班後　fuera de horas

[上班穿] 西裝　（m.）traje de oficina/calle

餘暇　(*m.*) tiempo libre; (*fp.*) horas/(*mp.*) momentos libres

工作意外　(*m.*) accidente laboral/de trabajo

安全措施　(*fp.*) medidas de seguridad

安全帽　(*m.*) casco de seguridad

安全第一!　¡Prudencia ante todo!, la seguridad ante todo

安全距離　(*m.*) margen de seguridad

安全體系漏洞　las fallas en el sistema de seguridad

禁止入內　Prohibida la entrada

職業病　(*f.*) enfermedad profesional/laboral

身心失調　(*mp.*) disturbios psicosomáticos

雇主　(*m.*) patrón, patrono

工會領袖　(*s.*) dirigente sindical

技工　(*m.*) mecánico

工人　(*m.*) obrero, trabajador

童工　(*m.*) niño trabajador

外勞　(*m.*) trabajador extranjero (mano de obra del exterior 指外國工人)

泰勞　(*m.*) obrero tailandés

廉價勞力　(*f.*) mano de obra barata

苦力　(*m.*) culi

勞資糾紛　(*m.*) conflicto entre empresarios y sindicatos

勞工糾紛　(*m.*) conflicto laboral

集體協議　(*m.*) convenio colectivo

勞工剝削　(*f.*) explotación laboral

工運　(*m.*) movimiento obrero

曠職　(*m.*) absentismo

罷工　(*f.*) huelga; (*m.*) paro (美)

　　公司員工宣布所求若未有滿意回應，將無限期罷工　Los trabajadores de la empresa anuncian paros indefinidos si no se atienden sus peticiones.

怠工　(*f.*) huelga de brazos caídos

絕食　(*f.*) huelga de hambre

[業主] 關廠　(*m.*) cierre/paro (美) patronal

失業　(*m.*) desempleo, paro (西); (*f.*) cesantía (智)

高失業　alto desempleo

失業潮　(*f.*) oleada de desempleo

失業率　(*f.*) cifra de desempleo/paro (西)

　🌸 智利失業率為6.3%　El desempleo de Chile es del 6,3%.

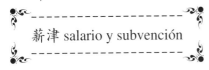

薪津 salario y subvención

高所得　de altos ingresos

待遇好　bien pagado

待遇差　mal pagado

高薪工作　un trabajo bien remunerado

薪水　(*m.*) salario, sueldo

薪水人　(*f.*) persona asalariada; (*m.*) asalariado

薪水階級　los asalariados

薪資表　(*f.*) banda/escala salarial

薪水單　(*f.*) hoja salarial/de paga

薪水袋　(*m.*) sobre de paga

底薪　(*m.*) salario/sueldo base

最低薪　(*m.*) salario/sueldo mínimo

起薪　(*m.*) salario inicial

實薪　(*m.*) salario real

調薪　(*m.*) reajuste salarial

加薪　(*m.*) aumento de sueldo; (*f.*) mejora salarial

減薪　(*f.*) reducción salarial

凍薪　(*f.*) congelación salarial/de salarios

欠薪　(*m.*) sueldo atrasado, salario impagado

按時計酬　(*m.*) trabajo por horas

按件計酬　(*m.*) trabajo a destajo

加班費　(*f.*) paga extraordinaria

全勤獎　(*m.*) premio por/de asistencia perfecta

扣除　(*fp.*) deducciones

(從薪水) 扣除　(*vi.*) deducir del salario

房屋津貼　(*m.*) subsidio de vivienda

(派駐外地) 房補　(*mp.*) gastos de residencia

住宅免費　(*f.*) gratuidad de la vivienda

地區加給　(*m.*) subsidio por coste de vida

〔派駐地區物價過高或生活艱苦（戰亂、醫療環境差或瘟疫流行）所加發津貼。〕

生活補助費　(*f.*) prima por coste de vida

食物津貼　(*f.*) subvención alimenticia

搬遷費　(*mp.*) gastos de desplazamiento; (*f.*) indemnización por desplazamiento

治裝費　(*mp.*) gastos de vestuario

特支費／交際費　(*mp.*) gastos de representación

由公司付費　a cargo/cuenta de la compañía

出差　(*m.*) viaje de negocios

旅費　(*mp.*) gastos de viaje

醫療補助　(*m.*) subsidio de enfermedad

疾病給付　(*f.*) indemnización por enfermedad

生育補助　(*m.*) subsidio de natalidad

眷屬補助費　(*m.*) asignación familiar (錐)

子女補助費　(*m.*) subsidio familiar

生產獎金　(*f.*) prima de productividad

績效獎金　(*f.*) prima de/por rendimiento

公司股票　(*fp.*) acciones de la empresa

鼓勵獎金　(*f.*) prima de incentivo

危險津貼　(*f.*) prima de/por peligrosidad; prima por trabajos peligrosos

失業津貼　(*m.*) subsidio de desempleo/cesantía (智)/paro (西)

　他領失業津貼　Está cobrando el paro (西).

解雇　(*m.*) despido

解雇員工　(*m.*) [trabajador] despedido

遣散費　(*f.*) indemnización por despido/cese; (*m.*) pago de cesantía (智)

退休　(*f.*) jubilación; (*m.*) retiro

退休計畫　(*m.*) plan de jubilación

退休年齡　　(f.) edad de jubilación, edad para jubilarse

強制退休　　(f.) jubilación obligatoria

自願退離　　(f.) baja voluntaria [鼓勵冗員或不適任者優退]

自願離職　　(f.) retirada/dimisión voluntaria

提前退休　　(f.) jubilación anticipada

　　　　另當事人涉案，不究其事，讓其離職或退休，稱baja honrosa

優退　　(f.) baja incentivada

優退鼓勵金　　(f.) prima de cese

退休金　　(f.) pensión, jubilación; (m.) retiro

　　　　領退休金　　cobrar la pensión

養老金　　(f.) pensión/(m.) subsidio de vejez

終身俸　　(f.) pensión vitalicia

配偶撫恤金　　(f.) pensión de viudedad/viudez

傷殘撫恤金　　(f.) pensión de invalidez

退撫基金　　los fondos de pensiones

8 ▶ 運動・休閒
Deportes-Ocio

運動 deportes

國際奧會　Comité Olímpico Internacional

中華奧會　Comité Olímpico de Taiwán

奧運　(*mp.*) Juegos Olímpicos; (*fp.*) Olimpiadas, Olimpíadas

奧運聖火　(*f.*) antorcha olímpica

和平鴿　(*f.*) paloma de la paz

奧運村　(*f.*) ciudad/villa olímpica

奧運記錄　(*m.*) récord olímpico

世界紀錄　(*m.*) récord mundial

奧運吉祥物　(*f.*) mascota olímpica

體委會　Consejo Superior de Deportes

全國體協　Confederación de Federaciones Deportivas Nacionales

運動精神　(*m.*) espíritu deportivo; (*f.*) deportividad

> 輸不起而罵裁判，有違運動精神　Insultar al árbitro y no saber perder son comportamientos antideportivos.

藥物檢測　(*m.*) control antidopaje/antidoping

資格喪失　(*f.*) descalificación

> 這名運動員因藥檢呈陽性反應而遭除名　El atleta fue descalificado porque dio positivo en el control antidopaje.

運動人口　el público deportista

體壇　(*m.*) mundo del deporte

主辦國　(*m.*) país organizador

地主國　(*m.*) país anfitrión

校運日　(*m.*) día de competiciones deportivas (de un colegio)

比賽　(*f.*) competencia deportiva

冬季運動　(*m.*) deporte de invierno

團體運動　(*m.*) deporte de equipo

表演運動　(*m.*) deporte espectáculo

室內運動　(*mp.*) deportes bajo techo

暖身運動　(*mp.*) ejercicios preparatorios/de calentamiento; (*vt.*) calentar los músculos

肌收縮　(*fp.*) contracciones musculares

抽筋　(*m.*) calambre

運動醫學　(*f.*) medicina deportiva

運動治療　(*f.*) quinesi[o]terapia, kinesioterapia

運動場　(*m.*) campo de deportes

市立綜合體育場　(*m.*) polideportivo municipal

體育場　(*m.*) estadio deportivo

足球場　(*m.*) campo de fútbol

健身房／體育館　(*m.*) gimnasio

室內球場　(*f.*) cancha cubierta/techada

電動計分板　(*m.*) videomarcador

更衣室　(*m.*) vestuario, vestidor (智、墨)

寄物櫃　(*m.*) armario, *locker*

運動設施　(*fp.*) instalaciones deportivas

體育用品店　(*f.*) tienda de artículos deportivos

運動鞋　(*f.*) zapatilla de atletismo

釘鞋　(*f.*) zapatilla de carreras; (*fp.*) zapatillas con clavos

慢跑鞋　(*fp.*) zapatillas de *jogging*, zapatillas para correr

運動服　(*m.*) chándal (西); (*mp.*) pants (墨); (*m.*) buzo (智)

護腕　(*f.*) muñequera

護肘　(*f.*) codera

護膝　(*f.*) rodillera

田徑運動　(*m.*) atletismo

田徑賽　(*fp.*) pruebas de atletismo

國際田徑協會　Federación Internacional de Atletismo

跳高　(*m.*) salto de altura, salto [en] alto (美)

撐竿跳　(*m.*) salto con pértiga/garrocha (美)

擲鉛球　(*m.*) lanzamiento de bala/peso (西)

擲鐵餅　(*m.*) lanzamiento de disco

擲標槍　(*m.*) lanzamiento de jabalina

擲鏈球　(*m.*) lanzamiento del martillo

徑賽　(*m.*) deporte de carrera

賽跑　(*f.*) carrera en pista

跑道　(*f.*) pista de carrera

衝刺　(*f.*) arrancada

跨欄賽　(*f.*) carrera de vallas

百公尺低欄　los 100 metros vallas

接力賽　(*f.*) carrera de relevos/postas

障礙賽　(*f.*) carrera de obstáculos

越野賽　(*f.*) carrera a campo traviesa

競走　(*f.*) marcha

馬拉松　(*m.*) maratón

十項運動　(*m.*) decatlón

現代五項運動　(*m.*) pentatlón moderno

三項運動　(*m.*) triatlón

協力車　(*m.*) tándem

後座　(*m.*) asiento de detrás

健力車　(*f.*) bicicleta fija/estática

慢跑　(*vi.*) trotar; (*m.*) *jogging*

跑步　(*m.*) *jogging, footing*

跑步機　(*f.*) cinta para correr/andar

跑表　(*m.*) cronómetro

計步器　(*m.*) odómetro, cuentapasos, podómetro

步數　(*m.*) número de pasos

體育節目　(*m.*) programa deportivo

體育記者　(*m.*) periodista deportivo

國家代表隊　la selección nacional

國家代表隊教練　(*m.*) entrenador de la selección nacional

女籃球隊　(m.) equipo femenino de baloncesto

地主隊　el equipo local/de casa

客隊　el equipo visitante/de fuera

輸隊　(m.) equipo perdedor

外籍球員　(m.) jugador extranjero

　　明星無祖國　Las estrellas no tienen patria.

甲組球員　(m.) jugador de primera división

乙組球員　(m.) jugador de segunda división

候補球員　(m.) jugador de cambio/relevo

受傷球員　(m.) jugador lesionado

足球迷　(m.) futbolero

選拔賽　(fp.) pruebas eliminatorias

淘汰　(f.) eliminación

邀請賽　(m.) torneo [de] invitación

冠軍　(m.) campeón

上屆冠軍　(m.) campeón titular

紀錄保持人　(s.) plusmarquista; (m.) recordman

奧運金牌　(f.) medalla de oro en las Olimpiadas

亞軍　(m.) subcampeón, vicecampeón; el segundo lugar

季軍　el tercer lugar

世界杯　Copa Mundial

世界足球大賽　Campeonato Mundial de Fútbol

全國越野錦標賽　(m.) campeonato nacional de campo a campo

(高爾夫球) 公開賽　(m.) campeonato 'open'

開幕典禮　(f.) ceremonia de apertura

閉幕典禮　(f.) ceremonia de clausura

上半場　el primer tiempo

下半場　el segundo tiempo

中間休息　(m.) descanso intermedio

起跑線　(f.) línea de salida

終點線　(f.) línea de llegada/meta

團隊精神　(m.) compañerismo; espíritu de equipo

啦啦隊　(*m.*) grupo de hinchas/porristas (哥、墨)

啦啦隊長　(*m.*) animador

換場　(*m.*) cambio de cancha

禁區　(*f.*) área restringida

技術犯規　(*f.*) falta técnica

罰球　(*m.*) tiro libre

(籃球) 命中率　(*f.*) puntería

防守　(*f.*) defensa

快攻　(*m.*) ataque rápido

切入　(*f.*) entrada rápida al aro

賭足球　las quinielas (西), el prode (阿), la polla-gol (智), la polla (秘)

前鋒　(*m.*) delantero

中鋒　(*m.*) delantero centro

後衛　(*s.*) defensa

守門　(*m.*) guardameta, portero, arquero

球門　(*f.*) portería, meta; (*m.*) arco (美)

罰球　(*m.*) *penalti*, penalti; (*m.*) golpe de castigo

射　(*interj.*) ¡chuta!

關鍵球　(*m.*) gol decisivo/de la victoria

臨門一腳　el "gol de oro"

棒球聯盟　(*f.*) liga de béisbol

聯盟冠軍　(*m.*) campeón de liga

排名　(*f.*) clasificación

少棒隊　(*m.*) equipo infantil de béisbol

和局　(*m.*) partido empatado

(棒球) 打擊順序　(*m.*) orden de bateo

(棒球) 打擊率　(*m.*) promedio de bateo

球棒　(*m.*) bate

棒球帽　(*f.*) gorra de béisbol

捕手面具　(*s.*) armazón rígido/rígida

護面具　(*f.*) careta

護胸　(*m.*) peto; chaleco protector

護脛　(f.) espinillera

投手　(m.) lanzador; (s.) *pitcher*

捕手　(m.) receptor; (s.) *catcher*

打擊手　(m.) bateador

游擊手　(m.) bloqueador

外場/野手　(m.) jardinero

主審　(m.) árbitro principal

線審　(m.) árbitro de líneas

高飛球　(m.) globo, *fly*

滾地球　(f.) pelota rasa

觸擊　(m.) toque

漂亮短打　(m.) toque perfecto

安打　(m.) *hit*

全壘打　(m.) *jonrón, home run*

三振出局　(vt.) ponchar; (interj.) ¡ponchado!

本壘　(f.) base meta

盜壘　(vt.) robar base

排球　(m.) voleibol

扣球　(m.) remate; (vt.) rematar, remachar

重扣　(m.) golpe fuerte

連擊　doble golpe

攔網　(m.) bloqueo; (vi.) bloquear

網球賽　(m.) torneo de tenis

戴維斯杯　Copa Davis

軟式網球　(m.) tenis de pelota blanda

羽毛球　(m.) bádminton, [juego del] volante

高爾夫球具　un juego de palos de golf

木桿　(m.) palo de madera

鐵桿　(m.) palo metálico

球僮　(s.) *caddie*

球洞　(m.) hoyo

低於標準桿 3 桿　tres [golpes] bajo par

超過標準桿 2 桿　　tres [golpes] sobre par

讓桿　　(*m.*) *hándicap*

五桿　　cinco golpes

果嶺　　(*m.*) *green*

進洞桿　　(*m.*) golpe de aproximación

罰桿　　(*m.*) golpe de castigo

障礙區　　(*m.*) obstáculo

沙坑　　(*m.*) *bunker*

溫水游泳池　　(*f.*) piscina climatizada/temperada (智)

室內游泳池　　(*f.*) piscina cubierta

俯泳　　(*f.*) braza de pecho; (*m.*) estilo braza/pecho (蛙式)

仰泳　　(*f.*) braza de espalda

蝶泳　　(*f.*) braza de mariposa; (*m.*) estilo mariposa (蝶式)

海豚泳　　(*f.*) braza de delfín

側泳　　(*f.*) natación de costado

自由式　　(*m.*) estilo libre/crol

混合式　　(*mp.*) estilos combinados

浮墊　　(*m.*) colchón/asiento flotante

水上芭蕾　　(*f.*) natación sincronizada; (*m.*) ballet acuático

女子體操　　(*f.*) gimnasia femenina

水上運動　　(*m.*) deporte acuático

航海運動　　(*m.*) deporte náutico

滑水　　(*m.*) esquí acuático

划船比賽　　(*f.*) regata

帆船比賽　　(*f.*) regata a vela

划艇　　(*m.*) bote de/a remos

龍舟　　(*m.*) bote/(*f.*) barca de dragón

體操表演　　(*f.*) demostración gimnástica

平衡感　　(*m.*) sentido del equilibrio

翻跟斗　　(*vt.*) dar volteretas; (*m.*) salto mortal (騰空翻)

疊羅漢　　(*f.*) torre humana

韻律操　　(*m.*) *aeróbic*, *aerobics* (墨); gimnasia jazz (阿)

有氧運動　(*f.*) gimnasia rítmica

健美操　(*f.*) gimnasia de mantenimiento

緊身衣　(*fp.*) mallas

健美運動　(*m.*) culturismo

呼拉圈　(*m.*) *hula-hoop*, *hula-op*

仰臥起坐　(*m.*) abdominal

俯地挺身　(*f.*) flexión (de brazos), lagartija (墨); (*m.*) fondo

舉重　(*m.*) levantamiento de pesas

擊劍面罩　(*f.*) careta de esgrima

射箭　(*m.*) tiro con arco; (*f.*) arquería

拳擊　(*m.*) boxeo

　拳擊手賽前須報體重級別　Antes del combate, los boxeadores deben dar el peso de su categoría.

重量級　(*m.*) peso pesado

武術　(*mp.*) artes marciales

功夫　(*m.*) *kunfu*

武道館　(*m.*) *budokan*

防身術　(*f.*) técnica de defensa personal

練氣功　(*vt.*) practicar el *qigong*; (*f.*) práctica del *qigong*

吐吶　(*f.*) gimnasia respiratoria

腹部呼吸　(*f.*) respiración abdominal

靜坐　(*f.*) meditación budista

太極拳　(*m.*) boxeo de sombra

瑜伽術　(*m.*) yoga

瑜伽門徒　(*m.*) yogi, yoghi

柔道　(*m.*) judo

空手道　(*m.*) karáte

跆拳道　(*m.*) taekwondo

合氣道　(*m.*) aikido

段　(*m.*) *dan*

白帶　(*m.*) cinturón blanco

棕帶　(*m.*) cinturón marrón

綠帶　(*m.*) cinturón verde

藍帶　(*m.*) cinturón azul

黑帶　(*m.*) cinturón negro

紅帶　(*m.*) cinturón rojo

摔角　(*f.*) lucha

相撲　(*m.*) *sumo*

拔河　(*f.*) lucha de la cuerda

休閒 ocio

休閒文化　la cultura del ocio

工作休閒並重　el equilibrio entre el trabajo y el ocio

文化休閒活動　(*fp.*) actividades de ocio cultural

有閒階級　los ociosos

動物園　(*m.*) jardín zoológico

巴塞隆納動物園　Zoo de Barcelona

植物園　(*m.*) jardín botánico

遊樂場　(*m.*) parque de atracciones, salón de juegos

室內遊戲　(*fp.*) diversiones de salón

團體遊戲　(*mp.*) juegos colectivos

狄斯奈公司　Compañía Walt Disney

狄斯奈樂園　Disneylandia

滑行鐵道　(*f.*) montaña rusa

旋轉木馬　(*m.*) tiovivo

電動小車　(*m.*) coche-tope, auto/coche de choque

摩天輪　(*f.*) noria gigante

攀岩　(*f.*) escalada en roca

跳傘運動　(*m.*) paracaidismo

高空彈跳　(*m.*) *puenting*, salto elástico

高山症　(*f.*) puna; (*m.*) soroche

高山救援隊　(*m.*) equipo de rescate de montaña

空氣稀薄　(*f.*) rarefacción del aire

登山　(*m.*) montañismo, alpinismo

山兜　(*m.*) palanquín de montaña

纜車 [道]　(*m.*) funicular; teleférico (懸掛空中)

空中纜車　(*m.*) funicular aéreo

纜車　(*f.*) telecabina

賞鳥　(*vt.*) observar los pájaros

雙筒望遠鏡　(*mp.*) binoculares

海底潛水　(*m.*) buceo de altura/en alta mar

撞球場　(*f.*) sala de billar

插花　(*m.*) arreglo floral, *ikebana*

茶道　(*f.*) ceremonia de té

盆栽　(*m.*) *bonsái* (árbol enano)

電動遊戲　(*m.*) videojuego

電腦遊戲　(*m.*) juego de ordenador

看錄影帶　(*vt.*) ver el vídeo

錄影帶出租店　(*m.*) videoclub

塔羅牌戲　(*m.*) tarot

一副塔羅牌　una baraja de tarot

填字遊戲　(*m.*) crucigrama

象棋　(*m.*) ajedrez chino

圍棋　(*m.*) *go*

麻將　(*m.*) *mayong, mah-jong* (juego chino)

賭場　(*m.*) casino

輪盤　(*f.*) ruleta

吃角子老虎　(*f.*) máquina tragamonedas/tragaperras

骰子　(*m.*) dado

投幣點唱機　(*m.*) tocadiscos tragamonedas

摸彩　(*f.*) rifa

慈善摸彩券　(*f.*) bono contribución (阿)

抽獎　(*m.*) sorteo de los premios

彩券商　(*m.*) lotero

耶誕彩券　(*f.*) lotería de navidad

六合彩　(*f.*) lotería clandestina

彩券　(*m.*) billete de lotería

刮刮樂　(*mp.*) scratchcards (la tarjeta de lotería que se rasca con una moneda)

中獎號碼　(*m.*) número premiado

特獎　(*m.*) premio gordo

中獎人　(*m.*) premiado

單一中獎人　(*m.*) ganador absoluto

暴發　(*vi.*) llegar a ser rico de repente

安慰獎　(*m.*) premio de consolación/[de] consuelo

獎金　(*m.*) premio en metálico/en dinero efectivo

鬥牛　(*f.*) corrida de toros; (*mp.*) toros; (*m.*) toreo

鬥雞　(*f.*) pelea/riña (雞) de gallos

童玩 juegos infantiles

教學遊戲　(*mp.*) juegos didácticos

益智玩具　(*m.*) juguete educativo

充氣玩具　(*m.*) juguete inflable

護身符　(*m.*) amuleto

吉祥物　(*f.*) mascota

[小豬] 撲滿　(*f.*) hucha [en forma de cerdito]

寵物　(*m.*) animal de compañía; (*f.*) mascota

布偶　(*f.*) muñeca de trapo

瓷人　(*m.*) muñeco de porcelana

小鉛兵　(*m.*) soldadito de plomo

絨毛熊　(*m.*) oso de felpa/peluche

萬花筒　(*m.*) calidoscopio, caleidoscopio

彈珠　(*f.*) bola, canica

玻璃彈珠　(*fp.*) bolas pequeñas de cristal

積木　(*mp.*) cubos de madera

堆沙　　(*m.*) castillo de arena

紙堡　　(*m.*) castillo de cartas/naipes

橡皮彈弓　　(*m.*) tiragomas

結繩　　(*vt.*) hacer un nudo

活結　　(*m.*) nudo corredizo

單結　　(*m.*) nudo llano

死結　　(*m.*) nudo ciego

陀螺　　(*m.*) trompo, peón; (*f.*) peonza

跳繩　　(*vt.*) saltar a la cuerda/comba (西)

扯鈴　　(*m.*) yoyó

袋鼠跳　　(*m.*) salto agrupado

兩人三腳　　(*f.*) carrera de tres pies

翹翹板　　(*m.*) balancín, subibaja

鞦韆　　(*m.*) columpio

放風箏　　(*vt.*) hacer volar una cometa/un volantín (智)

滑板　　(*m.*) monopatín

袖珍火車　　(*m.*) ferrocarril miniatura

古董車模型　　(*f.*) maqueta de coches antiguos

魔豆　　(*m.*) frijol saltarín

貼紙　　(*f.*) calcomanía

小貼紙　　(*f.*) pegatina

繞口令　　(*m.*) trabalenguas

腹語術　　(*f.*) ventriloquia

魔術方塊　　(*m.*) cubo mágico

拼圖遊戲　　(*m.*) rompecabezas, *puzzle*

謎語　　(*m.*) acertijo

捉迷藏　　(*f.*) gallina ciega

官兵捉強盜　　(*m.*) juego de policías y ladrones

跳房子　　(*f.*) rayuela; (*m.*) infernáculo (美)

踩高蹺小丑　　(*m.*) payaso con zancos

9 身體・醫療
Cuerpo humano-Tratamiento médico

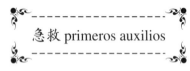

急救 primeros auxilios

急救　primeros auxilios

人工呼吸　(*f.*) respiración artificial

   深呼吸放鬆！　¡Respire hondo/profundo y relájese!

氧氣筒　(*m.*) inhalador de oxígeno

氧氣罩　(*f.*) máscara de oxígeno

心肺復甦術　(*f.*) resucitación cardiopulmonar (英文縮寫 CPR)

家庭意外　(*m.*) accidente doméstico

交通事故　(*m.*) accidente de tráfico/circulación/tránsito

車禍　(*m.*) accidente de automóvil/coche, accidente automovilístico

工業事故　(*m.*) accidente industrial/de trabajo

人為因素　debido a un fallo humano

求救電話　(*f.*) llamada de socorro

重傷　(*f.*) lesión grave

嚴重內傷　fuerte contusión

外傷　(*m.*) traumatismo (心靈創傷 trauma)

一級燒傷　(*f.*) quemadura de primer grado

二級燒傷　(*f.*) quemadura de segundo grado

瓦斯中毒　(*f.*) intoxicación por el gas

食物中毒　(*f.*) intoxicación alimenticia; (*m.*) botulismo

鉛中毒　(*m.*) saturnismo

溺水　(*f.*) inmersión

雷擊　la descarga ocasionada por el rayo

觸電　(*vt.*) sufrir una descarga [eléctrica] (輕微觸電 calambre)

包/疙瘩　(*m.*) chichón

充血　(*f.*) hiperemia

擦傷　(*f.*) rozadura, desolladura, escoriación

(輕微) 咬傷　(*f.*) mordedura; (*m.*) mordisco

蛇咬傷　(*f.*) mordedura de serpiente

跳蚤叮傷　(*f.*) picadura de pulga

刺　(*f.*) espina

刺傷　(*m.*) pinchazo

癢　(*m.*) picor

抓癢　(*prnl.*) rascarse

疹　(*f.*) erupción

泡　(*f.*) ampolla

失去知覺　(*vt.*) perder el conocimiento/sentido

恢復知覺　(*vt.*) recobrar el conocimiento

沒知覺　(*vi.*) estar sin conocimiento/sentido

昏倒　(*m.*) desmayo

昏迷　(*m.*) coma

休克　(*m.*) colapso, *shock*

中暑　(*f.*) insolación

窒息　(*f.*) asfixia, sofocación

發抖　(*m.*) temblor

抽筋　(*m.*) calambre

> 🌺 我的腳抽筋了　Me ha dado un calambre en el pie.

抽搐　(*fp.*) convulsiones

痙攣　(*m.*) espasmo

白沫　(*f.*) espuma

流血　(*f.*) hemorragia

內出血　(*f.*) hemorragia interna

失血　(*f.*) pérdida de sangre

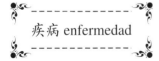

疾病 enfermedad

先天性疾病　(*f.*) enfermedad congénita

遺傳性疾病　(*f.*) enfermedad hereditaria

家族病例　(*mp.*) antecedentes familiares

併發症　(*f.*) complicación

傳染病　(*f.*) enfermedad contagiosa/infecciosa

職業病　(*f.*) enfermedad profesional/ocupacional

病理解剖　(*f.*) anatomía patológica

病原體　(*m.*) patógeno

抗體　(*m.*) anticuerpo

重病　grave enfermedad

絕症　(*f.*) enfermad incurable/mortal

成植物人　(*vt.*) llevar en estado vegetal

像植物人　como un vegetal

尊嚴死　(*f.*) muerte digna

安樂死　(*f.*) eutanasia, la muerte dulce

末期　(*f.*) fase terminal

末期病患　(*s.*) paciente/(*m.*) enfermo terminal

嚴重復發　fuerte recaída

身體缺陷　(*m.*) defecto físico

病毒帶原者　(*m.*) portador del virus

潛伏期　(*m.*) período de incubación

微生物　(*m.*) microorganismo, microbio

病毒　(*m.*) virus

細菌　(*f.*) bacteria

桿菌　(*m.*) bacilo

大腸菌　(*m.*) colibacilo

淋菌　(*m.*) gonococo

球菌　(*m.*) micrococo, coco (金黃色葡萄球菌 estafilococo dorado)

黴菌　(*mp.*) hongos (香港腳)

細菌芽胞　(*fp.*) esporas bacterianas

寄生蟲　(*m.*) parásito

社會寄生蟲　parásitos sociales

罵人：「當米蟲你不覺羞？」　　¿No te da vergüenza ser un parásito de la sociedad?

腮腺炎　(*fp.*) paperas; (*f.*) parotiditis epidémica

登革熱　(*m.*) dengue

出血性登革熱　(*m.*) dengue hemorrágico

腸病毒　(*m.*) enterovirus

炭疽熱　(*m.*) ántrax

猩紅熱　(*f.*) escarlatina

狂犬病　(*f.*) hidrofobia

黑死病　(*f.*) peste negra

腺鼠疫　(*f.*) peste bubónica

麻瘋　(*f.*) lepra

良性瘤　(*m.*) tumor benigno

惡瘤　(*m.*) tumor maligno

肌肉萎縮　(*f.*) atrofia muscular, amiotrofia

中樞神經　(*m.*) nervio central

末梢神經　(*m.*) nervio periférico

神經痛　(*f.*) neuralgia

顏面神經痛　(*f.*) neuralgia facial/de la cara

顏面神經麻痺　(*f.*) parálisis facial

日本腦炎　(*f.*) encefalitis japonesa

腦充血　(*f.*) congestión cerebral

腦震盪　(*f.*) conmoción cerebral

腦瘤　(*m.*) absceso del cerebro

凝血塊　(*m.*) cuajarón de sangre

癱瘓　(*f.*) parálisis

壞血病　(*m.*) escorbuto

小兒麻痺　(*f.*) poliomielitis, polio, parálisis infantil

半身不遂　(*f.*) hemiplejía

羊癲瘋　(*f.*) epilepsia

驚風　(*fp.*) convulsiones

痛風　(*f.*) gota

老人醫學　(*f.*) geriatría

老人病　(*fp.*) enfermedades en ancianos

老化　(*m.*) envejecimiento, senilidad

老化現象　(*f.*) senescencia

老人跌倒　(*fp.*) caídas en el adulto mayor

帕金森症　(*f.*) enfermedad/(*m.*) mal de Parkinson

阿爾滋海默式症 (早老性癡呆)　(*m.*) mal de Alzheimer

失憶症 (老人癡呆症)　(*f.*) demencia senil

器官・病痛 órganos-enfermedad

頭痛　(*m.*) dolor de cabeza

偏頭痛　(*f.*) jaqueca, migraña

痛覺閾　(*m.*) umbral de dolor

高燒　(*f.*) fiebre alta

太陽穴　(*f.*) sien

酒窩　(*m.*) hoyuelo

下巴　(*f.*) barba (並指下巴鬍子)

雙下巴　(*f.*) papada; doble barba

甲狀腺肥大　(*m.*) bocio

缺碘　por falta de yodo

甲狀腺機能亢進　(*m.*) hipertiroidismo

淋巴　(*f.*) linfa

淋巴結　(*m.*) ganglio linfático

五官　los cinco órganos de los sentidos

五覺　los cinco sentidos (聽覺 el oído, 視覺 la vista, 味覺 el gusto, 觸覺 el tacto, 嗅覺 el olfato)

杏眼　(*mp.*) ojos rasgados/achinados/almendrados

水泡眼　(*mp.*) ojos saltones

眉心／間　(*m.*) entrecejo

假睫毛　(*fp.*) pestañas postizas

眼瞼　　(*m.*) párpado

眼袋　　(*mp.*) bolsas bajo los ojos

黑眼圈　　(*f.*) ojera (常用複數)

眼睛浮腫　　(*mp.*) ojos hinchados

瞳孔　　(*f.*) pupila

眼皮霰粒腫　　(*m.*) chalazión

瞼緣霰粒腫　　(*m.*) orzuelo

瞼內翻　　(*m.*) entropión

倒睫　　(*f.*) triquiasis

瞼痙攣　　(*m.*) blefarospasmo

瞼下垂　　(*f.*) blefaroptosis

異物　　un cuerpo extraño

眼睛癢　　(*mp.*) ojos irritados

結膜炎　　(*f.*) conjuntivitis

沙眼　　(*m.*) tracom**a**

角膜炎　　(*f.*) queratitis

角膜潰瘍　　(*f.*) queratitis ulcerosa

網膜炎　　(*f.*) retinitis

黑點　　(*mp.*) puntos oscuros

飛蚊症　　(*fp.*) moscas volantes

閃光　　(*mp.*) destellos luminosos, centelleos

網膜剝離　　(*m.*) desprendimiento de retina

網膜出血　　(*f.*) hemorragia retinal

先天性白內障　　(*f.*) catarata congénita

慢性青光眼　　(*m.*) glaucoma crónico

黑內障　　(*f.*) amaurosis

視野　　(*m.*) campo visual

高度近視　　(*f.*) miopía alta

假性近視　　(*f.*) seudomiopía

散光　　(*m.*) astigmatismo

老花　　(*f.*) presbicia

遠視　　(*f.*) hipermetropía

色盲　(*m.*) daltonismo

近物　(*mp.*) objetos cercanos/próximos

雙重影像　(*f.*) visión doble

模糊　(*a.*) borroso

畏光　(*f.*) fotofobia

乾眼　(*m.*) ojo seco

眨眼　(*f.*) nictitación, nictación

眼壓高　(*f.*) presión intraocular elevada

幻聽　(*f.*) alucinación auditiva

重聽　(*a.*) duro de oído

噪音　(*f.*) contaminación acústica

耳掏　(*m.*) mondaorejas, mondaoídos

呼吸　(*f.*) respiración

呼吸病　(*fp.*) enfermedades respiratorias

呼吸困難　(*f.*) dificultad/molestia respiratoria, disnea

黏膜　(*f.*) mucosa

鼻涕　(*m.*) moco

黏黏的　(*a.*) pegajoso

濃的　(*a.*) espeso

不停打噴嚏　continuos estornudos

傷風　(*f.*) resfriado, catarro

感冒　(*m.*) gripe

重感冒　(*m.*) gripe muy fuerte

流感　(*f.*) influenza

咳嗽　(*f.*) tos

乾咳　(*f.*) tos seca

痰　(*f.*) flema

唾液　(*f.*) saliva

鼾聲如雷　(*m.*) ronquido ruidoso; (*vt.*) roncar ruidosamente

鼻出血　(*f.*) hemorragia nasal

鼻塞　(*f.*) obstrucción/congestión nasal

鼻炎　(*f.*) rinitis (過敏性鼻炎 [花粉熱] rinitis alérgica)

慢性鼻炎　(f.) rinitis crónica

酒糟鼻　(m.) rinofima

人中　(m.) surco subnasal

鼻中隔　(m.) tabique nasal (彎的鼻中隔 tabique nasal desviado)

鼻中隔彎曲　(f.) desviación del tabique nasal

　　🍇 睡覺時最好側臥，避免朝天　Dormir, preferiblemente de lado, evitar la posición boca arriba.

鼻膜炎　(f.) coriza; (m.) romadizo

鼻息肉　(m.) pólipo nasal

鼻竇炎　(f.) sinusitis

蓄膿症　(f.) ocena

牙床　(f.) encía

門牙　(mp.) incisivos

犬齒　(m.) colmillo, diente canino

臼齒　(f.) muela

乳齒　(m.) diente de leche

恆齒　(m.) diente permanente

智齒　(m.) muela del juicio

牙根　(f.) raíz

齒頸　(m.) cuello

牙槽　(m.) alvéolo dentario

牙髓　(f.) pulpa dental

牙縫　(mp.) espacios interdentales

牙垢　(m.) sarro dental

牙齒美白　(m.) blanqueamiento dental/de dientes

牙痛　(m.) dolor de dientes/muelas

牙痛藥片　(fp.) pastillas para el dolor de muelas

蛀牙　(f.) caries dental, muela picada

拔牙　(f.) extracción de una muela

假牙　(m.) diente postizo (一副假牙 una dentadura postiza)

補牙　(f.) prótesis dental (亦解作假牙)

牙周病　(f.) enfermedad periodontal (舊名 piorrea alveolar)

齒齦炎　(*f.*) gingivtis (較輕牙周病)

牙周炎　(*f.*) periodontitis (嚴重牙周病)

齦膿腫　(*m.*) flemón (牙床腫)

牙槽炎　(*f.*) alveolitis

牙齒鬆動　(*m.*) aflojamiento del diente

掉牙　(*f.*) caída de los dientes

咬牙　(*f.*) crujidera de dientes; (*m.*) crujido de los dientes

口角　(*f.*) comisura de la boca

扁桃腺　(*f.*) amígdala, tonsila

扁桃腺炎　(*f.*) amigdalitis, tonsilitis

舌尖　(*m.*) ápice de la lengua

兔唇　(*m.*) labio leporino

口腔炎　(*f.*) estomatitis

口臭　mal aliento; (*f.*) halitosis

舌苔　(*f.*) saburra

腰　(*f.*) región lumbar

腋窩　(*m.*) sobaco; (*f.*) axila

腋毛　(*m.*) vello axilar

胸部　(*m.*) pecho, tórax

乳溝　(*m.*) entrepecho

乳房　(*m.*) seno

乳頭　(*m.*) pezón; (*f.*) teta

喉痛　(*m.*) dolor de garganta

喉結　(*f.*) nuez; (*m.*) bocado de Adán

變聲　(*m.*) cambio de voz

食道　(*m.*) esófago

氣管　(*f.*) tráquea

氣管炎　(*f.*) traqueítis

支氣管　(*m.*) bronquio

支氣管炎　(*f.*) bronquitis

小兒氣喘　(*f.*) asma infantil

血型　(*m.*) grupo sanguíneo

O 型　(*m.*) grupo O

血清　(*m.*) suero

血漿　(*m.*) plasma sanguíneo

血液循環　(*f.*) circulación de la sangre

血壓　(*f.*) presión/tensión arterial

高血壓　(*f.*) hipertensión arterial, presión alta

低血壓　(*f.*) hipotensión arterial, presión baja

腦貧血　(*f.*) anemia cerebral

地中海型貧血　(*f.*) anemia mediterránea

嬰兒貧血症　(*f.*) anemia del recién nacido

心跳　(*m.*) latido cardíaco, latido (del corazón)

每分鐘脈動 80 下　80 pulsaciones por minuto

心悸　(*f.*) palpitación

心律　(*m.*) ritmo cardíaco

心律不整　(*f.*) arritmia cardíaca

心臟病　(*f.*) enfermedad del corazón; (*m.*) ataque cardíaco/al corazón

狹心症　(*f.*) angina de pecho, estenocardia

心臟擴大　(*f.*) dilatación cardiaca

心臟衰竭　(*f.*) insuficiencia cardíaca

冠狀動脈　(*fp.*) arterias coronarias

阻塞　(*f.*) obstrucción

冠狀動脈血栓　(*f.*) trombosis coronaria

冠心病　(*fp.*) enfermedades coronarias

心肌梗塞　(*m.*) infarto del miocardio

呼吸器官　(*m.*) aparato respiratorio

換氣作用　(*f.*) ventilación pulmonar

肺活量　(*f.*) capacidad vital/respiratoria

肺活量測試　(*f.*) espirometría

橫隔膜　(*m.*) diafragma

肺炎　(*f.*) pulmonía, neumonía

肺氣腫　(*m.*) enfisema pulmonar

肺結核　(*f.*) tuberculosis pulmonar

脂肪瘤　(*m.*) lipoma

膽囊　(*f.*) vesícula biliar

肝炎　(*f.*) hepatitis

脂肪肝　(*f.*) estatosis hepática; (*m.*) hígado grasoso

肝擴大　(*f.*) hepatomegalia; (*m.*) hígado agrandado

肝硬化　(*f.*) cirrosis hepática/del hígado

黃疸　(*f.*) ictericia

高膽固醇　(*m.*) colesterol elevado

膽結石　(*m.*) cálculo biliar

腰　(*f.*) cintura

啤酒肚　(*f.*) barriga de bebedor, panza de pulguero (墨)

　挺胸收小腹！　¡Adentro esa barriga! ¡Saquen pecho!

肚子痛　(*m.*) dolor de barriga, dolor del vientre

食道炎　(*f.*) esofagitis

分泌 [物] 過多　(*f.*) secreción/segregación excesiva

消化　(*f.*) digestión

消化不良　(*f.*) indigestión; dispepsia (慢性)

腹脹　(*m.*) meteorismo

食慾　(*m.*) apetito

　我沒胃口　No tengo apetito.

食慾不振　(*f.*) pérdida de apetito

厭食症　(*f.*) anorexia

打呃　(*m.*) hipo

打嗝　(*m.*) eructo; (*vt.*) eructar

　你不曉得[當眾]打嗝沒教養？　¿No sabes que eructar es de mala educación?

反胃　(*f.*) náusea

胃液　(*m.*) jugo gástrico

胃酸過多　(*f.*) hiperclorhidria; (*m.*) exceso de ácido gástrico

胃痛　(*m.*) dolor de estómago; (*f.*) gastralgia

急性胃炎　(*f.*) gastritis aguda

慢性胃炎　(*f.*) gastritis crónica

腸胃炎　(*f.*) gastroenteritis

胃潰瘍　(*f.*) úlcera gástrica/de estómago

消化性潰瘍　(*f.*) úlcera péptica (幽門桿菌感染 la infección de los píloros de Helicobacter 引起)

胃下垂　(*f.*) gastroptosis; (*m.*) estómago caído

胃出血　(*f.*) gastrorragia

十二指腸潰瘍　(*f.*) úlcera duodenal

腸炎　(*f.*) enteritis

腹痛　(*m.*) dolor del vientre

腹瀉　(*f.*) diarrea

腹水　(*f.*) ascitis; hidropesía abdominal/del vientre

鼓腹　(*m.*) vientre abultado

盲腸　(*m.*) intestino ciego

盲腸炎　(*f.*) apendicitis

腸胃氣脹　(*f.*) flatulencia; (*a.*) ventoso

丹田　bajo vientre

臀部　(*f.*) nalga

屁股　(*m.*) culo

　　屁股坐不穩　culo de mal asiento (指常換工作)

屁　(*m.*) pedo, peo

大便　(*f.*) deposición; (*fp.*) heces; (*vt.*) hacer caca

便秘　(*m.*) estreñimiento

痔瘡　(*f.*) hemorroide; (*fp.*) almorranas

尿酸　(*m.*) ácido úrico

尿道炎　(*f.*) uretritis

小便　(*vt.*) hacer pipí/pis

驗尿　(*m.*) análisis de orina

燒灼的　(*a.*) urente

[夜] 遺尿　(*f.*) enuresis [nocturna]

尿失禁　(*f.*) incontinencia urinaria

尿毒症　(*f.*) uremia

腎衰竭　(*f.*) insuficiencia renal

腎結石　(*m.*) cálculo renal

膀胱結石　(*m.*) cálculo vesical

膀胱炎　(*f.*) cistitis

糖尿病　(*f.*) diabetes, diabetes mellitus/sacarina

血糖　el azúcar en la sangre

注射胰島素　(*fp.*) inyecciones de insulina

糖尿病人　(*m.*) diabético

攝護腺肥大　(*f.*) hipertrofia de la próstata

卵巢腫瘤　(*m.*) tumor ovárico

卵巢切除　(*f.*) ovariotomía

子宮　(*m.*) útero; (*f.*) matriz

子宮頸　(*m.*) cuello uterino

子宮頸炎　(*f.*) cervicitis

陰道　(*f.*) vagina

陰道口　(*m.*) orificio vaginal

陰道黏膜　(*f.*) mucosa vaginal

陰道發炎　(*f.*) infección vaginal

陰道炎　(*f.*) vaginitis

陰道痙攣　(*m.*) vaginismo

白帶　(*f.*) leucorrea

陰毛　(*m.*) vello pubiano

處女膜　(*m.*) himen

內分泌　(*f.*) secreción interior

脂肪過多　(*f.*) adiposis

淋巴腺　(*f.*) glándula linfática

癌症病人　(*m.*) enfermo de cáncer

癌細胞　(*f.*) célula cancerosa

局部細胞擴散　(*f.*) proliferación celular local

惡性贅瘤　(*m.*) tumor maligno

乳癌　(*m.*) cáncer del pecho/de mama, cáncer mamario

肺癌　(*m.*) cáncer de pulmón

肝癌　(*m.*) cáncer de hígado

胃癌　(*m.*) cáncer del estómago

子宮癌　(*m.*) cáncer uterino

子宮頸癌　(*m.*) cáncer de cuello uterino

甲狀腺癌　(*m.*) cáncer de tiroides

攝護腺癌　(*m.*) cáncer de próstata

器官捐贈　(*f.*) donación de órganos

器官移植　(*mp.*) trasplantes de órganos

四肢 extremidades

骨折　(*f.*) fractura/rotura de hueso; fractura ósea

骨髓　(*m.*) medula ósea

骨髓移植　(*m.*) transplante de médula ósea

脊椎骨　(*f.*) columna vertebral

脊柱側彎　(*f.*) escoliosis

骨盤　(*f.*) pelvis

坐骨神經　(*m.*) nervio ciático

坐骨神經痛　(*f.*) ciática

骨質密度　(*f.*) densidad ósea

骨質流失　(*f.*) pérdida de densidad ósea

骨質疏鬆　(*f.*) osteoporosis

關節痛　(*mp.*) dolores reumáticos

關節炎　(*f.*) artritis

急性關節炎　(*f.*) artritis aguda

慢性關節炎　(*f.*) artritis crónica

風濕性關節炎　(*f.*) artritis neumática

骨關節炎　(*f.*) **osteo**artritis

五十肩　(*f.*) periartritis escapulohumeral

關節性風濕　(*m.*) reumatismo articular

網球肘　(*f.*) sinovitis del codo; (*m.*) codo de tenista

肌肉緊張　(*f.*) tensión muscular

肌腱炎　(*f.*) tendinitis

皮膚病　(*f.*) dermatosis

異位性皮膚炎　(*f.*) dermatitis atópico

接觸性皮膚炎　(*f.*) dermatitis por contacto

脂漏性皮膚炎　(*f.*) dermatitis seborreica

患處　(*f.*) zona afectada

感染　(*f.*) infección

皮膚癢　(*f.*) irritación de la piel

發炎　(*f.*) inflamación

發疹 [長出]　(*f.*) erupción

痂　(*f.*) costura

斑點　(*fp.*) manchas

紫斑　(*f.*) equimosis

皮膚過敏　(*f.*) alergia de piel

食物過敏　(*fp.*) alergias alimentarias

　🌿 他對巧克力過敏　Tiene alergia al chocolate.

花粉熱　(*f.*) fiebre del heno; polinosis; alergia al polen/a la primavera

香港腳　(*m.*) pie de atleta; (*mp.*) hongos

雞眼　(*m.*) callo [del pie], ojo de gallo/pescado (墨)

疣 (肉瘤)　(*f.*) verruga

刺青　(*m.*) tatuaje

假痣　(*m.*) lunar postizo

雀斑　(*f.*) peca

粉刺　(*m.*) acné

油脂性粉刺　(*m.*) acné grasosa

黑頭粉刺　(*f.*) espinilla

青春痘　(*m.*) grano de cara, acné juvenil

粉瘤 (皮脂囊腫)　(*m.*) quiste sebáceo

皺紋　(*f.*) arruga

狐臭　(*f.*) sobaquina

胎記　(*f.*) mancha/marca de nacimiento

蒙古斑　(*f.*) mancha mongólica

濕疹　(*m.*) eccema

富貴手　(*m.*) eccema de manos [del ama de casa]

麻疹　(*m.*) sarampión

皰疹　(*m.*) herpe

帶狀皰疹　(*m.*) herpe zoster

飛蛇　(*f.*) culebrilla

鵝口瘡　(*m.*) muguet

凍瘡　(*m.*) sabañón

紅斑性狼瘡　(*m.*) lupus eritematoso

癬　(*f.*) tiña

牛皮癬　(*f.*) psoriasis

疥瘡　(*f.*) sarna

蜂窩性組織炎　(*f.*) celulitis

左撇子　(*m.*) zurdo, zoco

扁平足　(*m.*) pie plano

鼻音　(*f.*) voz gangosa (gangoso 指人說話帶鼻音)

禿頭　(*m.*) calvo (指人，下同)

殘障者　(*m.*) minusválido, inválido, impedido

輪椅　(*f.*) silla de ruedas

侏儒　(*m.*) enano

駝背　(*m.*) jorobado

鐘樓怪人　El jorobado de Notre Dame (法國 Victor Hugo 小說)

獨眼　(*m.*) tuerto

盲人　(*m.*) ciego; (*s.*) invidente

聾啞　(*m.*) sordomudo

跛腳　(*m.*) cojo

截肢　(*f.*) amputación

獨臂人　(*m.*) manco (亦指無臂人)

性 sexo

性愛　(*m.*) amor sexual

性教育　(f.) educación sexual

性欲　(m.) apetito/intento/deseo sexual

獸慾　(mp.) apetitos animales; (m.) apetito bestial

自體情欲　(m.) autoerotismo

自慰　(f.) masturbación; (m.) onanismo (手淫)

快感　(f.) sensación de placer

性高潮　(m.) orgasmo

性冷感　(f.) frigidez

性關係　(fp.) relaciones sexuales

婚前性關係　(fp.) relaciones prematrimoniales

性對象　(m.) objeto sexual

做愛　(vt.) hacer el amor

深吻　(m.) beso francés

撩癢　(fp.) cosquillas

性感　(m.) atractivo sexual, sex-appeal

敏感部位　(f.) zona sensible

動情帶　(f.) zona erógena

口交　(f.) felación; (m.) sexo oral

遺精　(f.) espermatorrea

射精　(f.) eyaculación

體外射精　(m.) coitus interruptus

早洩　(f.) eyaculación prematura

性無能　(f.) impotencia

色情　(m.) erotismo; (f.) pornografía

色情狂　(f.) erotomanía

花癡　(f.) ninfomanía

性交易　(m.) comercio sexual

裸體的　(a.) desnudo

暴露狂　(m.) exhibicionismo

性變態狂　(m.) maníaco sexual

施虐狂　(m.) sadismo

受虐狂　(m.) masoquismo

孌童癖　(*f*.) pederastia, pedofilia

性騷擾　(*m*.) acoso sexual

性侵犯　(*m*.) abuso/(*f*.) agresión sexual

猥褻　(*mp*.) abusos deshonestos

強姦　(*f*.) violación

情趣商店　(*s*.) sex-shop

上空秀　(*mp*.) espectáculos topless

同性戀　(*f*.) homosexualidad; (*a*.) homosexual

同性戀者　(*m*.) homosexual; (*f*.) lesbiana

雙性人　(*s*.) bisexual, hermafrodita

性傾向　(*fp*.) inclinaciones sexuales

性欲反向　(*fp*.) inversiones sexuales

性別錯亂　(*m*.) trastorno de la identidad sexual

變性手術　(*f*.) operación de cambio de sexo

變性人　(*s*.) transexual

變裝癖者　(*s*.) travestí; (*m*.) travestido

性病　(*f*.) enfermedad de transmisión sexual

愛滋病　(*m*.) sida (síndrome de inmunodeficiencia adquirida)

生殖 procreación

生殖期　(*f*.) edad fértil

生殖能力　(*f*.) capacidad de reproducción

避孕法　(*m*.) método anticonceptivo

安全期　(*m*.) período estéril de la mujer

危險期　(*m*.) período fértil de la mujer

排卵期　(*m*.) período de ovulación; ciclo ovulatorio

生物科技　(*f*.) biotecnología

基因　(*m*.) gene

基因密碼　(*m*.) código genético

基因遺傳　(*f*.) herencia genética

基因缺陷　(*fp.*) taras genéticas

生理缺陷　(*f.*) tara fisiológica

基因突變　(*f.*) mutación genética

複製　(*f.*) clonación

人類複製　(*f.*) clonación humana/de seres humanos

家庭計畫　(*f.*) planificación familiar

平均產齡　la edad media de maternidad

節育　(*m.*) control de [la] natalidad

一胎化政策　(*f.*) política del hijo único

不孕症　(*f.*) esterilidad, infecundidad

精子銀行　(*m.*) banco de espermas

人工受精　(*f.*) inseminación/fecundación artificial

試管受孕　(*f.*) fecundación in vitro

子宮出借　(*m.*) préstamo de útero

代理孕母　(*f.*) madre de alquiler, madre subrogada/suplente

驗孕　(*m.*) *test* de embarazo

孕婦裝　(*m.*) vestido premamá/de embarazada; vestido de maternidad; (*f.*) prenda/ropa de maternidad

臨盆前　en avanzado estado de gestación

母體　(*m.*) cuerpo de la madre

胎兒　(*m.*) feto

墮胎　(*m.*) aborto

人工流產　(*m.*) aborto artificial/provocado

娘胎中　en el vientre de la madre

胎盤　(*f.*) placenta

胎盤前置　(*f.*) placenta previa

胎記　(*f.*) mancha de nacimiento

母奶　(*f.*) leche materna

產房　(*f.*) sala de partos

無痛分娩　(*m.*) parto sin dolor

剖腹生產　(*f.*) cesárea

臍帶　(*m.*) cordón umbilical

臍帶血　(*f.*) sangre de cordón umbilical

　幹細胞　células madre

　　儲存其嬰兒臍帶血　almacenar la sangre del cordón umbilical de su bebé

　　臍帶血捐贈　donación de sangre de cordón umbilical

坐月子　(*vt.*) reposar un mes después del parto (國外則指媽媽身體復元所需時間

el período mínimo de pura recuperación física de la madre)

嬰兒辨識錬　(*m.*) brazalete de identificación del bebé

試管嬰兒　(*m.*) bebé de laboratorio/probeta; (*m.*) niño/(*f.*) niña probet**a**

無菌室　(*f.*) burbuja

嬰兒潮　(*m.*) *boom* de nacimiento/[la] natalidad

嬰兒死亡率　(*f.*) mortalidad infantil

乳兒　(*m.*) niño de pecho/pañales

奶瓶消毒　(*vt.*) desinfectar el biberón/la mamadera (雉、秘)

嬰兒食品　(*f.*) comida para niños; (*m.*) potito

雙胞胎　(*mp.*) gemelos, mellizos

產後沮喪　(*f.*) depresión posparto (產後憂鬱症類型)

產褥熱　(*f.*) fiebre puerperal

妊娠紋　(*fp.*) estrías del embarazo

母子健康手冊　(*f.*) libreta/cartilla de maternidad

激素／荷爾蒙　(*f.*) hormona

荷爾蒙分泌　(*f.*) secreción de las hormonas

女性荷爾蒙　(*fp.*) hormonas femeninas

雌激素　(*m.*) estrógeno (屬女性荷爾蒙)

成長激素　(*f.*) hormona del crecimiento

黃體酮　(*f.*) progesterona; [hormona] progestina (亦稱孕酮, 為單一荷爾蒙避孕針

anticonceptivos inyectables sólo de progestina 成分)

月經　(*f.*) menstruación; (*fp.*) reglas; (*m.*) menstruo

初經　(*f.*) menarquía

經期　(*m.*) ciclo/período menstrual

經期不順　(*f.*) irregularidad menstrual

經期錯亂　(*mp.*) trastornos menstruales

經前緊張　(*m.*) síndrome/(*f.*) tensión premenstrual

經痛　(*f.*) dismenorrea

停經　(*f.*) menopausia

更年期　(*m.*) climaterio; (*f.*) edad crítica

熱潮紅　(*m.*) sofoco, bochorno; (*f.*) vaporada (durante la menopausia)

情緒不穩　(*f.*) inestabilidad emocional (參看本頁情緒)

盜汗　(*m.*) sudor nocturno

暴躁　(*f.*) irritabilidad

精神不集中　(*f.*) dificultad de concentración

男性性弱期　(*f.*) andropausia

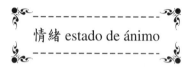

情緒 estado de ánimo

情緒　(*m.*) estado anímico/de ánimo (參看頁 159 性格)

情緒管理　(*f.*) inteligencia emocional (EQ)

情緒控制　(*m.*) control emocional

正常人　un hombre sano

性格違常　(*m.*) carácter anormal

精神創傷　(*m.*) trauma psíquico

心理障礙　(*f.*) barrera psicológica

心理治療　(*m.*) tratamiento psiquiátrico

催眠　(*f.*) hipnotización

催眠術　(*m.*) hipnotismo

放鬆　(*f.*) relajación

冥想　(*f.*) meditación

靜坐　(*vt.*) hacer meditación budista

抗壓　(*vt.*) resistir las presiones

生理時鐘週期　el ciclo del reloj biológico/interno

身體疲勞　(*m.*) cansancio físico

全身疲累　(*m.*) cansancio general

精神疲憊　(*m.*) fatiga mental

淺眠　(*m.*) sueño ligero

熟睡　(*m.*) sueño profundo/pesado

失眠　(*m.*) insomnio

睡眠不足　(*f.*) deficiencia de sueño

營養不良　(*f.*) desnutrición; mal nutrido

夢　(*m.*) sueño

惡夢　(*f.*) pesadilla

冷汗　(*m.*) sudor frío

夢遊症　(*m.*) somnambulismo

昏睡症　(*m.*) letargo; (*f.*) enfermedad del sueño

退役軍人症　(*f.*) enfermedad del legionario

酗酒　(*m.*) alcoholismo

懷念　(*f.*) nostalgia

懷舊者　los nostálgicos

思鄉病　(*m.*) mal de la tierra

相思病　(*m.*) mal de amores

不安　(*a.*) inquieto

激動　(*a.*) emocional

易怒　(*a.*) irritado

嫉妒　(*mp.*) celos; (*f.*) envidia (亦指羨慕)

疑慮　(*m.*) recelo

愛哭鬼　(*m.*) llorón; (*f.*) llorona

嚎啕大哭　(*m.*) llanto desesperado

片刻歡愉　(*f.*) alegría pasajera

> 聽古典音樂是一大享受　Escuchar música clásica es un auténtico placer.
>
> 我很高興能幫上忙　Es una satisfacción para mí el poder ayudarte.

不快　(*m.*) disgusto; (*a.*) desagradable

不樂　(*f.*) sensación desagradable

感傷　(*f.*) sensación de tristeza

喜悅　(*f.*) sensación de placer

孤獨　(*f.*) sensación de soledad; (*a.*) solitario

空虛　(*m.*) vacío

孤僻　(*a.*) huraño

苦惱　(*f.*) [sensación de] angustia

焦慮　(*f.*) ansiedad

挫折　(*f.*) frustración

沮喪　(*f.*) depresión; (*a.*) deprimido (口語說成 depre)

憂鬱 [症]　(*f.*) melancolía

衝勁　(*a.*) animoso

幹勁　(*a.*) dinámico (活力 dinamismo)

緊張　(*a.*) nervioso; (*m.*) nerviosismo

神經質　(*a.*) neurótico

神經衰弱　(*f.*) neurastenia

大驚小怪　(*a.*) alarmista

虛驚　falsa alarma

鎮定　(*a.*) tranquilo

掌心流汗　(*fp.*) palmas sudorosas

過度緊張　(*f.*) tensión excesiva; (*m.*) estrés

神經緊張　(*f.*) tensión nerviosa

歇斯底里　(*f.*) histeria; (*m.*) histerismo; (*a.-m.*) histérico

自毀　(*f.*) autodestrucción

躁狂　(*f.*) manía

躁鬱症　(*f.*) manía depresiva

躁鬱症患者　(*m.*) maníaco-depresivo

受害妄想症　(*f.*) manía persecutoria

受害對象　(*m.*) objeto de persecución

作弄對象　(*m.*) objeto de la mala voluntad

工作狂　(*m.*) adicto al trabajo, trabajoadicto

不眠不休　sin dormir ni descansar

積勞 [成疾]　(*m.*) cansancio acumulado

過勞　(*m.*) exceso de trabajo

　阿貝成了工作奴隸，沒得閒　Abel es un esclavo de su trabajo y apenas disfruta de tiempo libre.

過勞死　(*f.*) muerte por exceso de trabajo

倦怠　(*m.*) hastío, aburrimiento, tedio

倦怠症候群　(*m.*) síndrome de fatiga crónica

懼高症　(*m.*) mal de altura[s]/montaña; soroche (玻、秘); (*f.*) puna (智)

怕搭飛機　(*f.*) fobia a los aviones

幽閉恐懼症　(*f.*) claustrofobia

怕社交現象　(*m.*) fenómeno de la fobia social

逃避現實［癖］　(*m.*) escapismo

潔癖　(*f.*) manía por la limpieza

自卑感　(*m.*) complejo de inferioridad

無力感　(*m.*) sentimiento de impotencia

優越感　(*m.*) complejo de superioridad

自大狂　(*f.*) manía de grandeza

恐懼感　(*m.*) complejo de inseguridad

心理檢查報告　un informe psicológico

精神分析　(*m.*) psicoanálisis

精神病檢查　(*m.*) test psiquiátrico; (*f.*) prueba psiquiátrica

精神病　(*f.*) psicosis, enfermedad mental

精神病人　(*m.*) enfermo mental; (*s.*) psicópata

自戀病患　(*s.*) psicópata narcisista

神志不清　(*m.*) delirio

精神錯亂　(*mp.*) trastornos psíquicos

精神分裂　(*f.*) esquizofrenia

瘋癲　(*f.*) demencia, locura

集體自殺　(*m.*) suicidio colectivo

分心　(*a.*) distraído

健忘　(*a.*) olvidadizo

記性好（差）　buena(mala) memoria

過目不忘　(*f.*) memoria fotográfica

牢記　(*vt.*) saber de memoria

健忘　(*fp.*) pérdidas frecuentes de memoria

健忘症　(*f.*) amnesia

唐氏症候群　(*m.*) síndrome de Down

唐氏症病患　(*f.*) persona con síndrome de Down

智能不足 *(f.)* deficiencia mental

遲緩兒 *(m.)* niño retrasado

玻璃娃娃 *(m.)* "niño de cristal"; síndrome Mc Cune Albrigth

自閉症 *(m.)* autismo

自閉症患者 *(s.)* autista

過動兒 *(m.)* niño hiperactivo/muy movido

注意力缺損障礙 *(m.)* trastorno por déficit de atención

醫院 hospital

臺大醫院 *(m.)* hospital clínico de la Universidad Nacional de Taiwán

榮總 Hospital General de los Veteranos

醫科生 *(m.)* alumno de medicina

綜合醫院 *(f.)* policlínica

兒童醫院 *(m.)* hospital de niños

牙科診所 *(f.)* clínica dental

產科醫院 *(f.)* [clínica] maternidad

精神病院 *(f.)* clínica psiquiátrica

野戰醫院 *(m.)* hospital de campaña

醫院環境 *(m.)* medio ambiente hospitalario

住院 *(f.)* hospitalización, internación (維、墨); *(m.)* ingreso

檢驗所 *(m.)* laboratorio clínico

醫務室 *(f.)* enfermería

醫療品質 *(f.)* calidad de la atención médica

醫療費 *(mp.)* gastos médicos

住院病患 *(m.)* paciente hospitalizado/ingresado

病患權益 *(mp.)* derechos de los pacientes

醫生病患溝通 *(f.)* comunicación entre médicos y pacientes

誤診控訴 *(f.)* denuncia por negligencia médica/error médico/
diagnóstico erróneo

醫療糾紛 *(mp.)* conflictos entre médicos y pacientes

全國醫療仲裁委員會　Consejo Nacional de Arbitraje Médico

加護病房　(*f.*) unidad de vigilancia intensiva (uvi)

家庭醫生　(*m.*) médico de cabecera

值班醫師　(*m.*) médico de guardia

駐院實習醫師　(*m.*) médico interno residente

內科醫生　(*m.*) médico internista/[de medicina] general

外科醫生　(*m.*) cirujano

心臟外科醫生　(*m.*) cardiocirujano

神經外科醫師　(*m.*) neurocirujano

小兒科醫生　(*s.*) pediatra

眼科醫生　(*s.*) oculista, oftalmólogo

耳鼻喉科醫生　(*m.*) otorrinolaringólogo

牙醫　(*s.*) dentista

皮膚科醫生　(*m.*) dermatólogo

產科醫生　(*m.*) médico obstetra, tocólogo

婦科醫生　(*m.*) ginecólogo

精神病醫生　(*s.*) psiquiatra

神經科醫生　(*m.*) neurólogo

心理醫生 (心理學家)　(*m.*) psicólogo

細菌學家　(*m.*) microbiólogo

流行病學家　(*m.*) epidemiólogo

傷科醫師　(*m.*) traumatólogo

中醫師　(*m.*) médico tradicional chino

　　四診：望聞問切　cuatro métodos de diagnosis: observar, auscultar y olfatear, interrogar y tomar el pulso y palpación

針灸　(*f.*) acupuntura

針灸師　(*s.*) acupunturista; (*m.*) acupuntor

人體穴位　(*mp.*) puntos del cuerpo humano

指壓　(*f.*) digitopuntura, dígitopuntura; (*m.*) *shiatsu*

動物醫院　(*m.*) hospital veterinario

獸醫　(*m.*) veterinario

密醫　(*m.*) médico sin licencia, médico no calificado

助產士　(*f.*) matrona
驗光師　(*s.*) optometrista
驗光　(*vt.*) hacer una optometría
醫事技術人員　(*m.*) tecnólogo médico
檢驗師　(*s.*) especialista en análisis clínicos
檢驗助理　(*s.*) auxiliar de laboratorio
藥師　(*m.*) farmacéutico
男護理　(*m.*) enfermero
護理長　(*f.*) enfermera jefe/jefa
看護婦　(*f.*) cuidadora
居家看護　(*f.*) enfermera domiciliaria
在家照護　(*f.*) atención domiciliaria

醫療 tratamiento médico

生命倫理　(*f.*) bioética
公共衛生　(*f.*) higiene pública
醫療政策　(*f.*) política sanitaria/en materia de sanidad
醫療預算　(*m.*) presupuesto para la asistencia sanitaria
醫療人員　el personal sanitario
衛生督察員　(*m.*) inspector de sanidad
預防醫學　(*f.*) medicina preventiva
健康狀況　(*m.*) estado de salud
身心狀況　(*m.*) estado mental y físico
健康老人　(*f.*) persona sana de avanzada edad
基因療法　(*f.*) terapia génica
化學療法　(*f.*) quimioterapia
物理療法　(*f.*) fisioterapia
放射線治療　(*f.*) radioterapia
水療法　(*f.*) hidroterapia
自然療法　(*f.*) medicina naturista

飲食療法　(*f.*) dietética

運動療法　(*f.*) quinesi[o]terapia, kinesi[o]terapia

復健　(*f.*) rehabilitación

復健專家　(*m.*) kinesiólogo, quinesiólogo

熱敷　(*f.*) fomentación

冰敷　(*fp.*) aplicaciones de hielo

三溫暖　(*f.*) sauna

藥浴　(*mp.*) baños medicinales

溫泉浴　(*mp.*) baños termales

土耳其浴　(*m.*) baño turco

防治小冊　(*m.*) folleto preventivo

秘方　(*f.*) fórmula secreta

療效　(*f.*) eficacia clínica

電擊　(*m.*) electrochoque

電療　(*f.*) electroterapia

初診　primera consulta

> 門診時間　horas de consulta
>
> 李醫師幾點看診？　¿A qué hora tiene consulta el Dr. Li?
>
> 醫生正在看診　El doctor está en consulta con una paciente.

複診　(*f.*) consulta renovada

出診　(*f.*) consulta/visita a domicilio

會診　(*f.*) consulta de médicos

診費　(*mp.*) honorarios

第二位醫生意見　(*f.*) segunda opinión médica

急診室　(*f.*) sala de urgencias; (*m.*) servicio de urgencias

救護車　(*f.*) ambulancia

擔架　(*f.*) camilla

早期症狀　(*m.*) síntoma incipiente

病歷表　(*f.*) hoja de historia clínica, ficha médica

病假　(*m.*) permiso/(*f.*) baja/licencia por enfermedad

病假証明　(*m.*) certificado de licencia por enfermedad

健保　(*f.*) atención médica; (*m.*) seguro médico

醫療單據　(*f.*) factura médica

全部給付　(*m.*) reembolso completo

部分給付　(*m.*) reembolso parcial

健檢　(*f.*) revisión médica; (*m.*) examen médico, chequeo [médico]

　🌸 全身檢查　un chequeo completo

　　他整體 (指身體狀況) 還好　Su estado general es satisfactorio.

婚前健檢　(*m.*) examen prenupcial

追蹤報告　(*m.*) informe de seguimiento

健康證明　(*m.*) certificado médico

體重　(*m.*) peso del cuerpo

體重機　(*f.*) báscula

身高　(*f.*) estatura; altura de una persona

增高　(*m.*) aumento de estatura

體溫　(*f.*) temperatura corporal/del cuerpo

體溫計　(*m.*) termómetro clínico

耳溫槍　(*m.*) termómetro de oído

血壓計　(*m.*) esfigmomanómetro, tensiómetro

聽診　(*f.*) aus**cul**tación

觸診　(*f.*) palpación

抽血　(*f.*) extracción de sangre; (*vt.*) extraer [la] sangre

檢驗　(*m.*) análisis clínico

驗血　(*m.*) análisis de sangre

驗尿　(*vt.*) hacerse un análisis de orina

驗大便　(*m.*) análisis de deposiciones

X 光檢查　(*f.*) radiografía

超音波掃瞄　(*f.*) ecografía

腦波圖　(*m.*) electroencefalograma

心電圖　(*m.*) electrocardiograma (ecg), electro

子宮癌抹片檢查　(*f.*) citología; (*m.*) frotis cervical, test de Papanicolau

乳房觸摸　(*f.*) palpación de los senos

乳房攝影檢查　(*f.*) mamografía

組織切片　(*m.*) corte de tejido

唾液和毛髮樣本　(*f.*) muestra de saliva y pelo

DNA　　(*m.*) ácido deso**xir**ribonucle**i**co (ADN)

指紋辨識　(*f.*) identificación genética

愛滋病毒檢測　(*m.*) test de identificación del virus del sida

消毒器具　(*mp.*) aparatos para esterilizar

洗手　el lavado de manos

外科儀器　(*mp.*) instrumentos quirúrgicos

開心手術　(*f.*) cirugía de corazón abierto

男性結紮手術　(*f.*) vasectomía

局部麻醉　(*f.*) anestesia local

全身麻醉　(*f.*) anestesia general

手術感染　(*fp.*) infecciones quirúrgicas

術［／病］後調養　(*f.*) asistencia post-operatoria, asistencia durante la convalecencia

心律調整器　(*m.*) marcapasos

內視鏡　(*m.*) endoscopio

內視鏡檢查　(*f.*) endoscopia

胃鏡檢查　(*f.*) gastroscopia

空胃　(*m.*) estómago en ayunas

直腸觸診　(*m.*) tacto rectal

直腸鏡檢查　(*f.*) rectoscopia, proctoscopia

陰道觸診　(*m.*) tacto vaginal

內窺鏡　(*m.*) endoscopio

內窺鏡檢查　(*f.*) endoscopia

透析［洗腎］　(*f.*) diálisis, hemodiálisis

洗腎機　(*m.*) dializador

輸血　(*f.*) transfusión de sangre

捐血　(*f.*) donación de sangre

血庫　(*m.*) banco de sangre

眼罩　(*m.*) parche de ojo

瞳孔放大　(*f.*) dilatación de la pupila

視力檢查　(*m.*) examen de la vista

眼壓檢查　(*f.*) tonometria; (*m.*) test del soplo de aire, examen de la presión intraocular

非接觸型眼壓計　(*m.*) tonómetro de no contacto

角膜移植　(*m.*) trasplante de córnea

角膜屈光術　(*f.*) queratomía

眼庫　(*m.*) banco de ojos

助聽器　(*m.*) audífono

矯正胸衣　(*m.*) corsé ortopédico

矯正鞋底　(*f.*) plantilla ortopédica

輪椅　(*f.*) silla de ruedas

酒精中毒　(*m.*) alcoholismo (酗酒)

慢性酒精中毒　(*m.*) alcoholismo crónico

戒酒協會　(*mp.*) Alcohólicos Anónimos

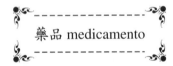

藥品 medicamento

藥廠　(*m.*) laboratorio farmacéutico

值班藥房　(*f.*) farmacia de guardia/turno

中藥店　(*m.*) herbolario

中醫　(*f.*) medicina tradicional china

中藥　(*f.*) medicina herbolaria china

藥草　(*f.*) hierba medicinal

藥用植物　(*f.*) planta medicinal

湯藥　(*m.*) cocimiento de hierbas

急救箱　(*m.*) botiquín de primeros auxilios, botiquín médico de emergencia

藥方　(*f.*) receta médica

有效日期　(*f.*) fecha de caducidad

用法　(*m.*) modo de empleo

藥效　(*m.*) poder curativo

神效　(*m.*) efecto mágico/maravilloso

馬上見效止痛藥　un calmante de efecto inmediato

副作用　(*m.*) efecto secundario

後遺症　las secuelas

貴重藥　(*m.*) medicamento costoso

偽藥　(*m.*) fármaco clandestino/ilegal

藥錠　(*f.*) tableta, pastilla

藥丸　(*f.*) pídola

膠囊　(*f.*) cápsula

藥粉　(*m.*) medicamento en polvo; (*mp.*) polvos

藥水　(*f.*) poción

糖漿　(*m.*) jarabe

[安瓶] 針藥　(*f.*) ampolla

注射　(*f.*) inyección

注射液　(*m.*) inyectable

拋棄型針筒　(*f.*) jeringa/inyectadora (委) desechable

疫苗注射　(*f.*) vacunación

三種混合疫苗　(*f.*) vacuna trivalente (預防嬰兒破傷風 el tétanos、白喉 la difteria、百日咳 la tos ferina)

靜脈注射　(*f.*) inyección intravenosa

強心劑　(*m.*) cardiotónico

生理食鹽水　(*m.*) suero fisiológico

(雞眼) 硬膏　(*m.*) emplasto (para callos)

膏藥　(*m.*) parche

OK 繃　(*f.*) parche curita (智); tirita (西)

軟膏　(*m.*) ungüento

香膏　(*m.*) bálsamo

油膏　(*f.*) pomada

塗敷藥　(*m.*) linimento (按摩用)

外敷藥　(*m.*) medicamento externo

外敷用　sólo para uso externo

紗布　(*f.*) gasa

一捲藥用膠布　un rollo de es**para**drapo

繃帶　(*f.*) venda

壓布　(*f.*) compresa

冰袋　(*f.*) bolsa de hielo

冰敷布　(*f.*) compresa de hielo

點滴　(*fp.*) gotas

潤喉水　(*m.*) gargarismo

眼藥水　(*m.*) colirio

人工眼液　(*fp.*) lágrimas artificiales

眼藥膏　(*f.*) pomada oftálmica

坐藥　(*m.*) supositorio

特效藥　(*m.*) [medicamento] específico

感冒藥　(*m.*) [remedio] antigripal

感冒疫苗　(*f.*) vacuna anticatarral

喉糖　(*m.*) caramelo para la garganta

止咳喉片　(*f.*) pastilla para la tos

消炎藥　(*m.*) antiinflamatorio

退熱藥　(*m.*) antipirético

止痛藥　(*m.*) analgésico, calmante

阿斯匹靈　(*f.*) aspirina

提神劑　(*m.*) defatigante

瀉藥　(*m.*) purgante

利尿劑　(*m.*) diurético

抗生素　(*m.*) antibiótico

盤尼西林　(*f.*) penicilina

血壓下降藥　(*m.*) hipotensor

高血壓藥　(*m.*) fármaco antihipertensor

鎮靜劑　(*m.*) calmante, sedante, tranquilizante

安眠藥　(*m.*) somnífero, dormitivo; (*f.*) pastilla para dormir

補品　(*m.*) reconstituyente

蛋白質　(*f.*) proteína

葡萄糖　(*f.*) glucosa

麥芽糖　(*f.*) maltosa

大豆卵磷脂　(f.) lecitina de soja

缺維他命　(f.) carencia vitamínica; (m.) déficit vitamínico

維他命丸　(f.) pastilla de vitamina, vitamina

維他命成分　(m.) contenido vitamínico

綜合維他命　(m.) complejo vitamínico

綜合維他命 B　(f.) vitamina B complejo

多種維他命　(fp.) multivitaminas

魚肝油　(m.) aceite de hígado de bacalao

大蒜精　(fp.) perlas de ajo

蜂王漿　(f.) jalea real

鯊魚軟骨　(m.) cartílago de tiburón

類固醇　(m.) esteroide

可體松　(f.) cortisona

避孕法　(m.) método anticonceptivo

子宮避孕裝置　(m.) dispositivo intrauterino (DIU)

口服避孕藥　(m.) anticonceptivo oral

保險套　(m.) condón

事後丸　(f.) píldora postcoital

隔日丸　(f.) píldora del día siguiente

春藥　(m.) afrodisíaco

威而剛　el Viagra

治陽痿　contra la impotencia sexual

抗鬱藥　(m.) antidepresivo

抗羞藥　(f.) píldora contra la timidez

快樂丸　(f.) píldora de la felicidad

雙氧水　(f.) (el) agua oxigenada

碘酒　(f.) tintura de yodo

脫脂棉　(m.) algodón hidrófilo

止血棉　(m.) algodón hemostático

衛生紙　(m.) papel higiénico/sanitario/confort (智)

捲筒衛生紙　(m.) rollo de papel higiénico

紙巾　(m.) pañuelo de papel

大紙巾　(*f.*) toalla de papel

濕紙巾　(*f.*) toallita refrescante

面紙　(*m.*) papel de seda, tisú (複數 tisús, tisúes)

棉球／棉棒　(*m.*) bastoncillo/cotonete (墨)[de algodón]

衛生棉　(*f.*) compresa [higiénica/femenina], toalla higiénica/sanitaria (墨)

超薄型　(*a.*) extraplano

衛生棉條　(*m.*) tampón

一盒　un paquete

紙尿布　(*mp.*) pañales desechables/descartables

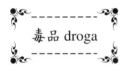

毒品 droga

毒品問題　el problema de **la** droga

吸毒者　(*m.*) drogadicto; (*s.*) drogodependiente

吸毒媽媽　(*f.*) madre drogodependiente

吸毒兒子　(*m.*) hijo drogadicto

安非他命　(*f.*) anfetamina

大麻煙　(*f.*) marihuana

嗎啡　(*f.*) morfina

迷幻藥　(*m.*) ácido lisérgico, *lsd*

海洛因　(*f.*) heroína

古柯鹼　(*f.*) cocaína

幻覺　(*f.*) alucinación

戒毒　(*prnl.*) librarse de la drogodependencia

戒毒中心　(*m.*) centro de desintoxicación

反毒運動　(*f.*) campaña antidroga

10

性格・才情
El carácter-La aptitud

道德 virtud

典型人物　(*m.*) personaje estereotipado

主角　(*s.*) protagonista

象徵　(*m.*) símbolo; (*f.*) emblema

指標人物　(*f.*) figura emblemática

君子　(*m.*) caballero

　　他真是個正人君子　Es todo un caballero.

　　貌似紳士，以行騙維生之徒稱為　caballero de industria

君子協定　(*m.*) pacto entre caballeros

有德之人　(*m.*) hombre virtuoso

偽君子　(*s.*) hipócrita

小人作法　(*f.*) conducta antideportista

惡人　los malos

　　惡名　deshonor, infamia　　惡意　de mala intención

　　污點　mancha

問題人物　(*m.*) alborotador; (*s.*) buscarruidos, buscapleitos

人格　(*f.*) dignidad humana, personalidad

尊嚴　(*f.*) dignidad

雙重人格　doble personalidad

心智發展　(*m.*) desarrollo intelectual

道德　(*f.*) moral, moralidad, virtud

高道德標準　el alto nivel moral

道德價值　(*mp.*) valores morales

傳統價值瓦解　(*m.*) desmoronamiento de los valores tradicionales

社會習俗　(*fp.*) convenciones sociales

公德心 (公民意識)　(m.) civismo, sentido cívico; (f.) moralidad cívica

[最] 基本禮儀　las reglas de cortesía [más] elementales

有禮貌　buenos modales (懂規矩)

道德尺度　(mp.) límites morales

職業道德　(f.) ética profesional

德育　(f.) formación/educación moral

內在美　(f.) belleza/hermosura interior

行為　(m.) comportamiento

個人行為　(f.) conducta del individuo

行為規範　(m.) código de conducta

品行好　buena conducta (品行差 mala conducta)

有教養　bien educado (沒教養 mal educado, 說髒話 decir tacos)

很紳士　(a.) caballeroso

良知　(f.) sabiduría inherente

善惡　el bien y el mal

是非之間　entre lo justo y lo erróneo

良心　(f.) conciencia

道義　(f.) obligación moral

自律　(f.) autodisciplina

自制　(m.) dominio de sí mismo, autocontrol

內疚　(m.) complejo de culpa/culpabilidad; remordimiento

歉疚　los sentimientos de culpa/culpabilidad

回顧　(f.) retrospección, mirada retrospectiva

反省　(m.) examen de conciencia; (f.) introspección

後悔　(m.) arrepentimiento

不知悔改　(f.) falta de arrepentimiento

觀念 idea

觀念　(f.) idea

看法 (意見)　(m.) parecer/(f.) opinión

🌸 依我看這錯了　A mi parecer/En mi opinión fue un error.

看法問題　(*f.*) cuestión de opinión

從技術觀點看　desde el punto de vista técnico

意識型態　(*f.*) ideología

改變想法　(*vi.*) cambiar de mentalidad/parecer/opinión

🌸 你該丟掉這些壞主意　Debes desechar esos malos pensamientos.

極端[分子]　extremista

當代經濟思潮　el pensamiento económico de la época

思想多元　(*m.*) pluralismo de ideas

人生哲學　(*f.*) filosofía de la vida

思維方式　(*f.*) mentalidad

思考模式　(*m.*) modo de pensar

有原則的人　(*f.*) persona de principios

原則問題　(*f.*) cuestión de principios

道理　(*f.*) razón

信念　(*fp.*) creencias

理念　(*fp.*) convicciones

信心／信仰　(*f.*) fe

🌸 他年輕時就篤信佛法　De joven abrazó la fe budista.

我們對彼得有信心　Tenemos mucha fe en Pedro.

信仰危機　la crisis de fe

迷信　(*f.*) superstición; (*a.*) supersticioso

禁忌　(*f.*) tabú

價值觀　(*m.*) juicio del valor

雙重標準　dobles estándares

工作觀　(*f.*) concepción del trabajo

家庭觀念　(*m.*) concepto de familia

家庭責任　(*fp.*) responsabilidades familiares

剩餘價值　(*m.*) valor residual

好印象　una buena impresión

刻板印象　(*m.*) estereotipo

社會偏見　(*mp.*) prejuicios sociales

階級意識　(*f.*) conciencia de clase

歧視　(*f.*) discriminación

威脅態度　(*f.*) actitud de amenaza

大膽行徑　(*f.*) acción audaz

意志堅定　(*f.*) voluntad de hierro

意向　(*f.*) intención

別有用心　con doble/segunda intención

善意　buena intención　　惡意　mala intención

感覺 sensación

直覺　(*m.*) instinto

預見　(*f.*) previsión

由於缺乏遠見　por falta de previsión

下意識　(*f.*) subconciencia

第六感　sexto sentido

心電感應　(*f.*) telepatía

超能力　(*f.*) fuerza extraordinaria

潛能　(*m.*) potencial

開發潛能　desarrollar su/mi potencial

人類潛能開發　desarrollo del potencial humano

靈感　(*f.*) inspiración

敏銳　(*a.*) sensible

耳朵很靈　un oído muy sensible　　音感好　sensible **a** la música

生意眼光　tener muy buen olfato (原義為嗅覺) para los negocios

敏感　(*a.*) sentido

我們沒邀他，他很在意　Está muy sentido porque no lo invitamos.

對別人的話很敏感　sensible *a* las palabras de los demás

她不為情緒左右　No se deja llevar *por* los sentimientos.

遲鈍　poco sensible

我老是慢一拍　Soy de efectos retardados.

韻律感　(*m.*) sentido del ritmo

方向感　(*m.*) sentido de [la] orientación

　迷路小孩　niño perdido

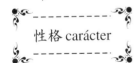

性格 carácter

國民性　(*m.*) carácter nacional

拉丁性格　(*m.*) carácter latino

人性　(*f.*) naturaleza humana

高等動物　(*m.*) animal superior

理性動物　(*m.*) animal racional

社會動物　(*m.*) animal social

政治動物　(*m.*) animal político

優點　(*m.*) mérito; punto fuerte

缺點　(*m.*) defecto

弱點　(*m.*) punto débil

盲點　(*m.*) punto ciego

利弊　el pro y el contra, los pros y los contras; (*fp.*) ventajas y desventajas, ventajas e inconvenientes

　這工作進度表利弊互見　El horario de trabajo tiene sus ventajas y sus inconvenientes.

利多弊少　muchos pros y pocos contras

有個性的人　(*f.*) persona de carácter

　說人個性硬 de carácter duro、強 con mucha personalidad, de carácter fuerte/decidido、多變 con una personalidad cambiante、堅定 firme de carácter、軟弱 débil de carácter、開朗 carácter abierto、好脾氣 de buen carácter

　他沒個性　No tiene carácter/Le falta carácter.

內向　(*a.*) introvertido

外向　(*a.*) extravertido

悲觀　(*m.*) pesimismo

失敗主義　(*m.*) derrotismo

樂觀　(*m.*) optimismo

　　一線希望　un rayo de esperanza

幸福感　(*f.*) sensación de felicidad

幸福觀　(*m.*) concepto de felicidad

厭世　(*m.*) misantropía

同情心　(*m.*) sentido/sentimiento de compasión

同理心　(*f.*) empatía

好心　de buen corazón

　　他做了不少善事　Hizo muchas obras de misericordia.

　　善舉、善行或慈善機構　obra benéfica, obra de beneficiencia/caridad

　　慈善活動　actividades caritativas

　　私人捐款慈善機構　donaciones de particulares a organizaciones caritativas/instituciones benéficas

親密　(*m.*) íntimo

　　我們走得很近　Somos amigas íntimas (親密好友).

　　爭執過後，我們就有點疏遠了　Discutimos y ahora estamos algo distanciadas.

好客　(*a.*) **hospital**ario

熱心　(*a.*) entusiasta; (*m.*) entusiasmo

服務熱忱　(*f.*) voluntad de servicio

服務精神　(*m.*) espíritu de servicio

好丈夫　(*m.*) marido perfecto

厚臉皮　(*s.*) caradura, carota

男人氣概　(*a.*) macho

有點娘娘腔　algo afeminado (脂粉氣)

狼心狗肺　sin alma ni corazón

勇敢　(*a.*) valiente

　　愛冒險的人　persona amante del riesgo

　　他好探險，足跡遍全球　Es muy aventurero y ha viajado por todo el mundo.

膽小　(*a.*) miedoso

懦弱　(*s.*) cobarde

害羞　(*a.*) tímido, vergon**z**oso

　　別那麼害羞，就對艾倫說你喜歡她　No seas tan tímido y dile a Elena que te

gusta.

> 他因怕羞話少　Habla poco porque es muy vergonzoso.

> ❀ vergonzoso亦作丢臉解：看議員這樣互罵甚至打群架，真丢臉！　Fue vergonzoso ver cómo los diputados se insultaban y hasta se pegaban.

羞恥　(*f.*) vergüenza

> ❀ 責他人不知羞愧時　¡Qué falta de vergüenza!, ¡Qué poca vergüenza! (你一點也不知羞！)

可愛　(*a.*) rico (口語，指稱兒童)

撒嬌　(*a.*) mimoso, regalón (美)

寵愛　(*a.*) favorito

> ❀ 天之驕子　el favorito de todos　　寶貝兒子　hijo predilecto
> 長官愛將　el predilecto/preferido del jefe

寵壞　(*a.*) mimado

抱怨王　(*a.-m.*) quejón, gruñón; (*f.*) quejona, gruñona

專橫　(*a.*) dominante

愛發號施令　(*a.*) mandón

易怒　(*a.*) enojón, enojona (智、墨)

粗暴　(*a.*) violento

讓人受不了　(*a.*) insoportable

調皮　(*a.*) travieso, revoltoso

叛逆　(*a.*) rebelde

> ❀ 不聽話的小孩　niño rebelde
> 艾瑪天生叛逆　Ema tiene un espíritu rebelde.

盲從　(*f.*) obediencia ciega

抗命　(*f.*) desobediencia, insumisión

伶俐　(*a.*) listo, despierto

精明　(*a.*) vivo

會算計　(*a.*) calculador

十拿九穩　(*a.-s.*) segurón, segurona (指人十拿九穩始去做)

狡猾　(*a.*) astuto

老狐狸　un viejo zorro

奸詐　(*a.*) mañoso

無恥　(*a.*) fresco, descarado

愚鈍　(*f.*) tontería, necedad

愚昧　(*f.*) estupidez

無知　(*f.*) ignorancia

笨拙　(*a.*) torpe

大白痴　un perfecto idiota

保守　(*a.*) conservador

開明　de actitud abierta, sin prejuicios

開放　(*a.*) liberal

風騷　(*a.*) coqueta

挑逗　(*a.*) provocativo

瑪麗穿著一向撩人遐思　María lleva siempre ropa provocativa.

粗鄙　(*a.*) rústico

細膩　(*a.*) fino

細密　(*a.*) cuidadoso, minucioso

細心　(*a.*) cuidadoso, esmerado

完美主義　(*m.*) perfeccionismo

完美主義者　(*s.*) perfeccionista

疏忽　(*f.*) negligencia; (*m.*) descuido

他老粗心大意，終被炒了魷魚　Fue despedido por su negligencia habitual.

這樣的疏忽，誰都會怪　Un olvido así es imperdonable.

謹言／慎重　(*a.*) discreto

冒失　(*a.*) indiscreto

急躁　(*f.*) precipitación; (*a.*) precipitado

強烈反應　una fuerte reacción

坦誠　(*a.*) franco, sincero

說話繞圈子　(*vt.*) hablar con muchos rodeos

口頭禪　(*f.*) muletilla; (*m.*) latiguillo

多話　(*a.*) hablador

大嘴巴　(*s.*) bocazas; (*m.*) bocón

愛說閒話　(*a.*) cotilla (西), chismoso (亦指愛說閒話者)

諂媚阿諛　(*vt.*) adular, halagar, lisonjear

馬屁精　(*s.*) chupamedias (智、烏), tiralevitas; (*m.*) pelotillero

愛說謊　(*a.*) mentiroso

　　無中生有　una historia inventada

善意謊言　(*f.*) mentira piadosa

食言　(*a.*) incumplidor

謹慎　(*a.*) prudente

周延　(*a.*) atento, considerado

　　他很周到，但看起來有點假　Es muy atento, pero parece un poco falso.

　　他很踏實　Tiene mucho sentido práctico.

炫耀　(*vt.*) lucir

　　在女生面前，他最愛炫　Le encanta lucirse delante de las chicas.

　　別再耍寶／炫了　Déjate de hacer tonterías.

誇張　(*a.*) exagerado

　　沒必要這樣誇張　No hay por qué hacer tanto teatro.

驕傲　(*a.*) orgulloso

傲慢　(*a.*) arrogante

謙虛　(*a.*) humilde, modesto

　　依在下淺見　en mi humilde/modesta opinión

海派　(*a.*) generoso

小氣　(*f.*) tacañería, roñosería; roñería (口)

吝嗇　(*a.*) tacaño; roñoso, agarrado (口)

好奇心　(*f.*) curiosidad; (*m.*) afán de curiosidad

好奇寶寶　(*m.*) curioso

評估　(*f.*) evaluación

自我批評　(*f.*) autocrítica

嚴格　(*a.*) severo

嚴苛　muy exigente

挑剔　(*a.*) mañoso

　　他[吃東西]很挑嘴　Es muy mañoso para comer.

挑剔鬼　(*m.*) criticón

難纏　(*f.*) difícil (不易相處)

難忘　(*a.*) **in**olvidable

固執 (*a.*) tenaz, obstinado, porfiado

幽默 (*m.*) sentido del humor

荒謬 (*m.*) sentido del ridículo

善變 (*m.*) capricho; (*a.-m.*) caprichoso

> 🌸 他老變來變去 Es un caprichoso (另義他挑剔得很).
>
> 他一時興起就買了下來 Se lo compró por puro capricho.

古怪 (*a.*) extraño, raro

難婆 (*s.*) metomentodo; (*m.*) meticón, metijón; (*f.*) meticona, metijona

問到底 (*a.-m.*) preguntón; (*f.*) preguntona

怪癖 (*a.*) excéntrico, **extra**vagante, maniático

偷窺者 (*m.*) mirón

> 🌸 你要不就幫個忙，要不就走，這兒不需光看熱鬧的 O ayudas, o te vas, **que** aquí no queremos mirones.

怪物／怪胎 (*m.*) **mon**struo

刻板 (*a.*) rígido, inflexible

> 🌸 他刻板出了名 Tiene fama de ser inflexible.
>
> 刻板的人 persona inflexible

有彈性 (*a.*) flexible

公正 (*a.*) **im**parcial; (*f.*) imparcialidad

正義感 (*m.*) espíritu de justicia, sentido de [la] justicia

老古董 (*f.*) persona chapada a la antigua

> 🌸 他真古板，從不讓女性請客 Nunca se deja invitar por una mujer, porque es un hombre chapado a la antigua. (anticuado指稱服飾家具過時，亦可指人或想法老派 persona anticuada, ideas anticuadas)

人情債 (*f.*) deuda de gratitud

忘恩負義 (*a.*) ingrato, desagradecido

功利主義 (*m.*) utilitarismo

自私自利 (*m.*) egoísmo

唯我主義 (*m.*) egotismo

寬容 (*f.*) indulgencia

容忍 (*f.*) tolerancia

耐性 (*a.*) paciente; (*f.*) paciencia

猶豫　(*a.*) indecisivo

矛盾　(*a.*) contradictorio

懷疑　(*f.*) duda, sospecha

信賴　(*f.*) confianza

尊重他人　el respeto hacia los demás

自信　(*f.*) confianza en sí mismo; capacidad de autoestima

不信任　(*f.*) desconfianza

背信　(*m.*) abuso de confianza

醋勁大　(*mp.*) celos furiosos

嘲弄對象　(*m.*) objeto de burla

威脅　(*f.*) amenaza

恫嚇　(*f.*) intimidación

報復心理　(*m.*) espíritu de revancha/venganza

好運　buena suerte

厄運　mala suerte

運氣問題　(*f.*) cuestión de suerte

運氣不順　poco afortunado

不幸　(*a.*) desafortunado, desgraciado

有時運來有時背　Hay días afortunados y días desgraciados.

他情路多舛　Es desgraciado en amores./Siempre ha sido desafortunado en amores.

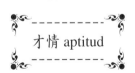

才情 aptitud

智商　(*m.*) cociente/coeficiente intelectual/de inteligencia (CI)

藝術天分　(*m.*) talento artístico

音樂天分　(*m.*) talento musical

天才畫家　(*m.*) pintor de gran talento

腦力訓練　(*m.*) entrenamiento de la memoria

腦力激盪　(*f.*) tormenta de ideas; (*m.*) *brainstorming*

動腦會議　(*f.*) sesión de *brainstorming*

能者　(*m.*) hombre muy capaz/[bien] preparado

記憶力　(*f.*) [capacidad de] memoria

　　　🌸　他過目不忘　Tiene una memoria fotográfica.

　　　忘了約會，自嘆：「唉！我的腦袋瓜！」　¡Qué memoria la mía!

　　　如果我沒記錯　si la memoria no me falla

創造力　(*f.*) capacidad creativa

　　　🌸　創新　innovador　　個人創意　creatividad personal

　　　模仿　copiar, imitar　　抄襲　copiar, plagiar

　　　抄襲王　copión (男), copiona (女)

表達力　(*f.*) capacidad de expresión

辯才無礙　(*a.*) elocuente

說服力　(*m.*) poder de persuasión

有說服力　(*a.*) persuasivo

學習力　(*f.*) capacidad de aprender

想像力　(*f.*) capacidad imaginativa/de imaginar

聯想　(*f.*) asociación de ideas

溝通力　(*f.*) capacidad de comunicación

[環境] 適應力　(*f.*) capacidad/habilidad de adaptación [a las circunstancias]

組織能力　(*fp.*) dotes de organización

指揮才幹　(*fp.*) dotes de mando

領導力　(*f.*) capacidad/(*fp.*) dotes de liderazgo

洞察力　(*f.*) perspicacia; (*a.*) perspicaz, penetrante (敏銳的)

判斷力　(*m.*) juicio crítico

果斷　(*f.*) capacidad de decisión

　　　🌸　她很果斷　Es una mujer de decisión.

決策力　(*f.*) habilidad para tomar decisiones

分析能力　(*f.*) capacidad de análisis

理解力　(*f.*) capacidad de comprensión

集中力　(*m.*) poder/(*f.*) capacidad de concentración

向上心　(*m.*) afán de superación

有雄心　(*a.*) ambicioso

　　　🌸　政治野心　ambiciones políticas

責任感　(*m.*) sentido de responsabilidad

有紀律　(*a.*) disciplinado

有條理　(*a.*) ordenado

講效率　(*a.*) eficaz, eficiente

準時　(*f.*) puntualidad

團隊精神　(*m.*) espíritu de equipo

犧牲精神　(*m.*) espíritu de sacrificio

士氣　(*f.*) moral

　　地主隊士氣高贏面大　El equipo local tiene la moral alta y puede ganar.

易溝通　(*a.*) comunicativo

了解不夠　(*f.*) falta de entendimiento

溝通不良　(*f.*) falta de comunicación

溝通困難　(*f.*) dificultad de comunicación

有效溝通　(*f.*) comunicación eficaz

交際　(*f.*) vida social

善交際　(*a.*) sociable

不善交際　(*a.*) insociable

握手　(*m.*) apretón de manos

　　我親她的臉　**La** besé en la mejilla.

　　安娜親親他的額頭　Ana **le** dio un beso en la frente.

怕應酬　(*f.*) fobia social

　　他們很少應酬　No hacen mucha vida social.

勝任　(*a.*) competente

有經驗　con experiencia

經驗不足　(*f.*) falta de experiencia

熟練　(*a.*) calificado (美), cualificado (西)

老手　(*a.*) veterano

初學者　(*m.*) principiante

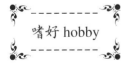

嗜好 hobby

嗜好　　(*f.*) afición; (*m.*) *hobby*

> 你的興趣是什麼？　¿Cuáles son tus aficiones?
>
> 愛看書　afición a la lectura　　愛現代舞　afición al baile moderno
>
> 我最愛寫詩　Mi mayor afición es escribir poesía.
>
> 音樂也是她的興趣　La música se cuenta entre sus muchos intereses.
>
> 他寫作是為興趣，不為鈔票　Escribe por afición/gusto, no por el dinero.

喜愛　　(*a.*) preferido

偏愛　　(*a.*) predilecto

迷　　(*m.*) aficionado; (*s.*) *fan*

後援會　　(*m.*) club de *fans*

狂熱 [分子]　　(*a.-m.*) fanático

足球迷　　(*s.*) hincha de fútbol

運動狂　　(*m.*) fanático de los deportes

宗教狂　　(*m.*) fanático religioso

政治狂　　(*m.*) militante político (militante 陰陽性同形)

工作狂　　(*m.*) trabajo**adicto**; fanático del trabajo

購物狂　　(*m.*) comprador compulsivo

> 電視 (或用目錄、電話)購物　compra a distancia, por televisión, por catálogo o por teléfono

消費熱　　la fiebre consumista

消費習慣　　(*mp.*) hábitos de consumo

好習慣　　(*mp.*) hábitos saludables; buenos hábitos

染上壞習慣　　(*vt.*) adquirir malos hábitos

> 我不習慣喝早茶　No acostumbro [a] tomar té por la mañana.
>
> 這樣冷我受不了　No estoy acostumbrado *a* tanto frío.
>
> 他連假日也黎明即起　Acostumbra [a] madrugar incluso los días de fiesta.
>
> 我有晚睡習慣　Tengo el hábito de acostarme tarde.
>
> 你最好習慣早起　Es mejor que te acostumbres a levantarte temprano.

惡習　　(*mp.*) hábitos perversos

惡癖　　(*m.*) vicio

> 惡性循環　círculo vicioso

貳、新聞文化

* 新聞・文化
* 宗教・節慶

新聞・文化
El periodismo-La cultura

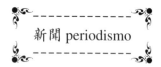

新聞 periodismo

知的權利　(*m.*) derecho a la información

新聞封鎖　la desinformación (並指歪曲事實)

上報　(*vi.*) salir en la prensa

新聞來源　(*f.*) fuente de información

根據可靠來源　según fuentes **fide**dignas

新聞自由　(*f.*) libertad de prensa

第四權　el cuarto poder

　　報紙為社會公器　Los periódicos son un órgano público de la sociedad.

新聞道德　(*f.*) ética periodística

自律運動　(*f.*) campaña de autocríticas

新聞審判　(*m.*) juicio en la prensa

民意　(*f.*) opinión pública

意見領袖　(*s.*) líder de opinión

沉默多數　la mayoría silenciosa

對政治議題看法　(*fp.*) opiniones sobre temas políticos

民調　(*m.*) sondeo/(*f.*) encuesta de opinión

問卷　(*m.*) cuestionario

社論　(*m.*) artículo de fondo; editorial

　　正論：只述事實，不表意見者也　Es un artículo imparcial que describe los hechos sin emitir opinión.

危機處理　(*f.*) gestión/(*m.*) manejo de crisis

傳播學者　(*m.*) comunicólogo

　　這位名傳播學者研究電視對社會的影響　Ese famoso comunicólogo estudia la influencia de la televisión en la sociedad.

新聞學金科玉律　(*f.*) regla de oro del periodismo

形象顧問　(*m.*) asesor de imagen

報業大亨　(*m.*) magnate de la prensa

發行稽核組織　Oficina de Justificación de la Difusión (OJD)

聯邦傳播委員會　Comisión Federal de Comunicaciones

國際新聞協會世界大會　Congreso Mundial del Instituto Internacional de la Prensa (IPI)

傳媒　los medios de comunicación

印刷和視聽媒體　(*mp.*) medios impresos y audiovisuales

聲譽卓著的報紙　(*m.*) periódico de calidad (指品質、道德)

第一落　primer cuerpo

週日版　(*f.*) edición dominical

期刊　(*f.*) publicación periódica

八卦雜誌　(*f.*) revista del corazón

狗仔隊　(*mp.*) *paparazzi*

黃色雜誌　(*f.*) revista erótica

七月號　el número del mes de julio

專號　un número especial/extraordinario

過期雜誌　(*mp.*) números atrasados

贈閱本　(*m.*) ejemplar gratuito

抽印本　(*f.*) separata

統計年鑑　(*m.*) anuario estadístico

老讀者　(*m.*) lector habitual

資深記者　(*m.*) periodista veterano

好記者報導時應不偏不倚　Un buen periodista debe ser imparcial cuando informa.

記者會　(*f.*) conferencia/rueda de prensa

新聞稿　(*f.*) nota/(*m.*) comunicado de prensa

現場訪問　(*f.*) entrevista en directo

專訪　(*f.*) entrevista exclusiva

勁爆消息　(*f.*) noticia bomba

失言風波　(*m.*) escándalo por una declaración inoportuna

金融醜聞　(*m.*) escándalo financiero

緋聞　(*m.*) romance

性醜聞　(*m.*) escándalo sexual

[新聞] 整版刊出　(*vt.*) salir (una noticia) a toda plana

截稿前　al cierre de esta edición

編按　(*f.*) nota de la redacción

照片說明　(*m.*) pie de fotografía

剪報　(*mp.*) recortes de periódico

地下電台　(*f.*) radio pirata

懷舊廣播節目　(*mp.*) programas de radio nostálgicos

唱片節目主持人　(*s.*) pinchadiscos, DJ

錄音室　(*m.*) estudio de grabación

隔音　(*m.*) aislamiento acústico

隔音室　(*f.*) cabina/cámara insonorizada

隔音材料　(*mp.*) materiales insonoros

軟木板　(*f.*) plancha de corcho

室內天線　(*f.*) antena interior

調幅　(*f.*) modulación de amplitud (AM)

調頻　(*f.*) frecuencia modulada (FM)

立體聲　(*f.*) estereofonía; (*m.*) sonido estereofónico (指聲響所生空間立體感)

　❀ 立體感　sensación estereoscópico/de relieve espacial (指物的立體感)

短波　(*f.*) onda corta

收視率　(*f.*) sintonía

現場播出　(*f.*) transmisión en directo

電視轉播權利金　(*mp.*) derechos de televisión

錄影播出　(*f.*) transmisión en diferido

聯播　(*f.*) transmisión en cadena

選台器　(*m.*) selector de canales

廣播劇　(*m.*) radioteatro, teatro radiofónico

肥皂劇　(*f.*) telenovela/(*m.*) culebrón (電視); (*f.*) radionovela, comedia (美、廣播)

隨身聽　(*m.*) *walkman*

隨身 CD 機耳機　(mp.) auriculares del *discman*

電視觀眾　el público televidente, el telespectador

收視/聽分析　(m.) análisis de audiencia

電視音量　(m.) volumen del televisor

美國 NBC 電視聯播網　la cadena televisiva estadounidense NBC

公共電視　la televisión pública

有線電視　televisión por cable; (f.) cablevisión (美)

收視費　(mp.) derechos [exclusivos] de pago por visión

月 [收視] 費　(m.) abono mensual

解碼器　(m.) descodificador

採訪車　(f.) unidad móvil

主持人　(m.) presentador, animador

益智節目　(m.) concurso de conocimientos generales (主持人稱為 moderador)

科幻節目　(m.) programa de ciencia ficción

(電視) 上相　(a.) telegénico

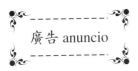

廣告 anuncio

報紙廣告　(m.) anuncio, aviso (美)

廣電廣告　(m.) anuncio, aviso (美); *spot* [publicitario]

廣告廠商　los anunciantes

廣告公司　(f.) agencia de publicidad

廣告人　(m.) publicitario

廣告系　(m.) departamento/(f.) sección de publicidad

創意總監　(m.) director creativo

藝術總監　(m.) director de arte

新聞廣告　(f.) publicidad redaccional (廣告以新聞方式刊載)

分類廣告　(m.) anuncio por palabras, aviso clasificado (美)

求才　(fp.) ofertas de empleo

香水廣告　un anuncio/*spot* de perfume

電影廣告　(f.) publicidad en cine

形象廣告　(*f.*) publicidad de imagen

名人推薦廣告　(*m.*) anuncio testimonial

熟知度　(*m.*) grado de conocimiento

全頁［廣告］　(*f.*) página completa

廣告詞　(*m.*) mensaje publicitario

廣告時段　(*mp.*) espacios de publicidad

進廣告　(*m.*) corte publicitario

行銷活動　(*f.*) campaña publicitaria

廣告策略　(*f.*) estrategia publicitaria

廣告招數 (噱頭)　(*m.*) montaje publicitario

文化 cultura

藝術無國界　El arte no conoce fronteras.

文化界　los círculos culturales

中西文化交流　(*m.*) intercambio cultural entre China y España

文化活動　(*fp.*) actividades culturales

補助文化運作　(*vt.*) financiar operaciones culturales

［政府］文化管制　(*f.*) dirigismo cultural

南島文化　las culturas austronesianas

大眾文化　la cultura popular

文化差異　(*fp.*) diferencias culturales

文化背景　(*m.*) trasfondo cultural

文化衝擊　(*m.*) choque cultural

次文化　(*f.*) subcultura

多文化　(*a.*) multicultural

反文化　(*a.*) contracultural

反傳統習俗　(*fp.*) costumbres anticonvencionales

越界文化　(*a.*) transcultural

都會文化　(*f.*) cultura urbana

文化產品　(*mp.*) productos culturales

古文明　(*f.*) civilización antigua

文化財　(*f.*) propiedad cultural

文化遺產　(*f.*) herencia cultural

世界遺產　(*m.*) patrimonio mundial

無形文化資產　(*m.*) patrimonio cultural intangible

古蹟　(*m.*) monumento histórico

歷史遺跡　(*f.*) reliquia histórica

考古地點　(*m.*) sitio arqueológico

龐貝廢墟　las ruinas de Pompeya

埃及金字塔　(*fp.*) pirámides de Egipto

木乃伊　(*f.*) momia

洞窟畫　(*f.*) pintura rupestre

復活島　Isla de Pascua

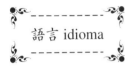

語言 idioma

人類語言　(*m.*) lenguaje humano

語言學者　(*s.*) lingüista

語言隔閡　(*f.*) barrera lingüística

母語　(*f.*) lengua materna/madre

官方語言　(*m.*) idioma oficial

方言　(*m.*) dialecto

原住民語言　(*f.*) lengua aborigen/indígena

工作語　(*m.*) idioma de trabajo

第二語　la segunda lengua

英語為第二語　el inglés como segundo idioma (ESL)

西班牙語外語教學　la enseñanza del español como lengua extranjera

第二外語　el segundo idioma extranjero

外來語　(*m.*) extranjerismo

口語　(*m.*) lenguaje hablado/coloquial;(*f.*) lengua hablada

書面語　(*m.*) lenguaje escrito

文學語言　(*m.*) lenguaje literario

政治語言　(*m.*) lenguaje político

外交詞令　(*m.*) lenguaje diplomático

法律用語　(*m.*) lenguaje jurídico

公文用語　(*m.*) lenguaje administrativo

新聞用語　(*m.*) lenguaje periodístico

肢體語言　(*f.*) expresión corporal; (*m.*) lenguaje corporal

雙關語　(*fp.*) palabras con doble sentido

手語　(*f.*) dactilología; (*m.*) lenguaje gestual/de gestos

盲人點字法　(*m.*) braille

梵文　(*m.*) sánscrito; (*f.*) escritura sánscrita

世界語　(*m.*) esperanto

西班牙語系國家　los países de habla española

西班牙語圈　(*f.*) comunidad hispanohablante

道地英語　el inglés británico

美語　el inglés americano

表意文字　(*m.*) ideograma

表音文字　(*f.*) escritura ideofonética

漢字　(*mp.*) caracteres chinos

正體字　(*mp.*) caracteres originales/tradicionales

繁體字　(*mp.*) caracteres complejos

簡體字　(*mp.*) caracteres simplificados

粗體字　(*f.*) [letra] negrita

　　八號粗體字　negritas del cuerpo ocho

斜體字　(*f.*) [letra] cursiva/itálica

大寫字　(*f.*) [letra] versal

劃線　(*vt.*) subrayar

筆畫　(*m.*) número de trazos

部首　(*m.*) radical

讀音　(*f.*) pronunciación

漢語拼音　(*m.*) sistema fonético del chino

關鍵字　(*fp.*) palabras clave

本義 (*m.*) sentido literal

轉義 (*m.*) sentido figurado

同義字 (*m.*) sinónimo

反義字 (*m.*) antónimo

語法錯誤 (*mp.*) errores gramaticales

正字法 (*f.*) ortografía

拼字錯誤 (*m.*) error de ortografía

實詞 (*f.*) palabra léxica

虛詞 (*f.*) palabra gramatical

文學 literatura

世界文學 (*f.*) literatura mundial

古典文學 (*f.*) literatura clásica

兒童文學 (*f.*) literatura infantil

女性文學 (*f.*) literatura femenina

拉美本土主義 (*m.*) criollismo (20 世紀上半葉，強調本土事務，介於寫實主義和風俗派間文學流派)

拉美土著文學 (*m.*) indigenismo

魔幻寫實主義 (*m.*) realismo mágico

文學批評 (*m.*) comentario de textos; (*f.*) crítica literaria

心理分析 (*m.*) psicoanálisis

內心獨白 (*m.*) monólogo interior

對話 (*m.*) diálogo

象牙塔 (*f.*) torre de marfil

言情小說 (*f.*) novela sentimental/lírica

愛情小說 (*f.*) novela de amor

艷情小說 (*f.*) novela rosa

歷史小說 (*f.*) novela histórica

歷史循環論 historicismo　　歷史重演 La historia se repite.

宿命論 fatalismo　　歷史人物 figura histórica, personaje histórico

武俠小說　(*f.*) novela de caballería al estilo chino

科幻小說　(*f.*) novela de ciencia ficción

恐怖小說　(*f.*) novela de horror

偵探 [／推理] 小說　(*f.*) novela policíaca/policial

間諜小說　(*f.*) novela de espionaje

一流作家　(*m.*) autor de primera línea

二流作家　(*m.*) escritor de segunda línea

青年寫作協會　Asociación de Jóvenes Escritores

有潛力作家　(*m.*) escritor en potencia

創作欲　(*m.*) deseo/interés creador

國際級作家　(*m.*) escritor de talla internacional

國家文學獎　Premio Nacional de Literatura

(1973) 諾貝爾文學獎　Premio Nobel de Literatura (de 1973)

上乘之作　(*f.*) obra cumbre

紅樓夢　Sueño en el Pabellón Rojo (曹雪芹 Cao Xueqin)

筆名　(*m.*) seudónimo; nombre de pluma

匿名　(*m.*) anonimato

聶魯達全集　las obras completas de Pablo Neruda

選集　(*f.*) antología; obra escogida

自傳　(*f.*) autobiografía

年譜　(*f.*) crónica personal; (*m.*) sumario biográfico

回憶錄　(*fp.*) memorias

私人日記　(*m.*) diario íntimo

口述文學　(*f.*) literatura oral

情詩　(*f.*) poesía de amor

俳句　(*m.*) *haiku* (poema japonés de diecisiete sílabas)

出版 publicación

出版業　(*f.*) industria del libro

出版公司　(*f.*) editorial; empresa/compañía editorial

出版社　(*f.*) editorial; casa editorial/editora

連鎖書店　la cadena de librerías

禮券　(*m.*) cheque regalo, vale

舊書店　(*f.*) librería de viejo/ocasión

舊書商　(*m.*) librero de viejo

台北國際書展　Feria Internacional del Libro de Taipei

舊書廉價書展　(*f.*) feria del libro antiguo y de ocasión

國際書香日　Día Internacional del Libro

書香世界　(*m.*) mundo de los libros

國際標準書號　(*m.*) número internacional uniforme para los libros (ISBN)

口袋書　(*m.*) libro de bolsillo (袖珍書)

大字書　(*mp.*) libros *talla grande*

有聲書　(*m.*) audiolibro

案頭書　(*m.*) libro de cabecera

暢銷書　(*m.*) libro de mayor venta

暢銷書排行榜　las listas de libros más vendidos

廉價書　(*mp.*) libros a precios reducidos

教科書　(*m.*) libro de texto

參考書　(*m.*) libro de consulta

食譜　(*m.*) libro de cocina

童話　(*m.*) cuento de hadas

童書　(*mp.*) libros infantiles

科普書　(*mp.*) libros de ciencias populares

宗教書　(*m.*) libro religioso

新書發表會　(*m.*) coloquio de presentación del libro; acto de presentación
　　del nuevo libro

題詞　(*f.*) dedicatoria

個人珍藏本　(*m.*) ejemplar personalizado (書上有藏家姓名)

精裝本　(*f.*) edición de lujo

平裝版　(*f.*) edición en rústica

限量版　(*f.*) edición numerada/limitada

注釋本　(*f.*) edición anotada

增訂版　(*f.*) edición revisada/corregida y aumentada

更新　(*a.*) actualizado

盜版　(*f.*) edición pirat**a**

古版書　(*m.*) incunable

絕版書　(*f.*) edición agotada

樣本　(*m.*) ejemplar de muestra

單語字典［／辭典］　(*m.*) diccionario monolingüe

雙語字典［／辭典］　(*m.*) diccionario bilingüe

人名辭典　(*m.*) diccionario biográfico

　　査字典　consultar el diccionario

大英百科全書　Enciclopedia Británica

閱讀習慣　(*m.*) hábito de lectura

　　睡前閱讀習慣　hábito de leer antes de dormirse

　　閱讀是我喜愛的消遣　La lectura es mi pasatiempo preferido.

　　全民閱讀運動　programa nacional por la lectura

　　盡信書不如無書　No te puedes fiar de lo que lees.

閱讀興趣　(*f.*) afición a la lectura

閱讀樂趣　(*m.*) placer de leer

精讀　(*f.*) lectura intensiva

朗讀　(*f.*) lectura en voz alta

默讀　(*f.*) lectura en silencio

翻閱　(*vt.*) hojear

速讀　(*f.*) lectura rápida/veloz

讀塞萬提斯原文　(*vt.*) leer Cervantes en el [texto] original

書籤　(*m.*) señalador/marcador de libros

藏書票　(*m.*) ex libris

讀物　(*m.*) material de lectura

推薦書單　(*f.*) lista de lecturas recomendadas

中國禁書　(*mp.*) libros prohibidos *en* China

禁書目錄　(*m.*) índice de libros prohibidos

青少年文學書　(*mp.*) libros de literatura infantil y juvenil

適合兒童讀物　(*fp.*) lecturas apropiadas para niños

電影 cine

電影業　(*f.*) industria cinematográfica/del cine

政府補助　(*fp.*) subvenciones públicas

監製　(*f.*) supervisión general

第七藝術　el séptimo arte

紐約電影學院　Academia de Cine de Nueva York

電影圈　(*m.*) mundo del cine

電影生涯　(*f.*) carrera cinematográfica

演藝圈　(*m.*) mundo del espectáculo/de los espectáculos

告別演藝圈　(*f.*) despedida del mundo del espectáculo

電影圖書館　(*f.*) cinemateca, filmoteca

電影作品　(*f.*) obra cinematográfica

劇照　(*m.*) fotograma

電影腳本　(*m.*) guión cinematográfico

改編成電影　(*vt.*) llevar al cine

　　本片根據實案拍攝　La película está inspirada en un caso real.

改編電影權利金　(*mp.*) derechos de adaptación cinematográfica/al cine

電影版　(*f.*) versión cinematográfica

電影節　(*m.*) festival de cine

坎城影展　Festival Internacional de Cine de Cannes/Festival de Cannes

墨西哥電影代表團　la delegación cinematográfica mexicana

影評人　(*m.*) crítico del cine

名評論人　(*m.*) crítico de fama

頒獎典禮　(*f.*) ceremonia de entrega de los premios

祝賀電話　(*fp.*) llamadas de felicitación

奧斯卡被提名人　(*m.*) candidato del Oscar

　　他的影片已入圍　Su filme fue elegido como candidato.

奧斯卡 12 項提名　doce nominaciones al Oscar

最佳影片　la mejor película

奧斯卡最佳導演獎　el Oscar al mejor director

男主角　el personaje protagonista

奧斯卡最佳男主角　el Oscar al mejor actor/protagonista

奧斯卡最佳女主角獎　el Oscar a la mejor actriz

最佳男配角　el mejor actor secundario

最佳女配角　la mejor actriz secundaria

奧斯卡最佳劇作獎　el Oscar al mejor guión original

奧斯卡最佳服裝獎　el Oscar al mejor vestuario

奧斯卡最佳外片獎　el Oscar a la mejor película extranjera

感謝名單　una lista de santos/agradecimientos

送飛吻　(*vt.*) enviar/mandar/lanzar besos volados

影星　(*f.*) estrella de cine

男演員　(*m.*) actor de cine

[英俊] 小生　(*m.*) galán

當紅演員　(*m.*) actor taquillero

好萊塢最有身價女星　la actriz más cotizada de Hollywood

簽名　(*m.*) autógrafo

藝名　(*m.*) nombre artístico

配角　(*m.*) papel secundario

大學生情人　(*m.*) universitario amante

反派角色　(*m.*) personaje antipático

片中壞人　el malo de la película

色情演員　(*m.*) actor porno

臨時演員　(*s.*) extra

替身　(*s.*) doble, especialista

試鏡　(*f.*) prueba [cinematográfica]

危險鏡頭　(*fp.*) escenas peligrosas

色情鏡頭　(*fp.*) escenas eróticas

倒敘鏡頭　(*f.*) escena retrospectiva

拍攝小組　(*m.*) equipo de filmación

拍攝前　antes de rodar

攝影棚　(*m.*) estudio de cine

(攝影棚內)戲台　(*m.*) plató

實景　(*mp.*) escenarios naturales

拍外景　(*vt.*) rodar en exteriores

　　-❀ 導演實地拍攝沙漠場景　El director rodó las escenas del desierto en escenarios naturales.

配音　(*m.*) doblaje

字幕　(*m.*) subtítulo

本年賣座最佳影片　la película más taquillera del año

本年最熱門影片　la película más abrasadora del año

　　-❀ 電視今天放甚麼片？　¿Qué película echa**n**/pone**n** hoy en la tele?

阿默多瓦新片　la última película de Pedro Almodóvar

劇情片　(*m.*) argumental

紀錄片　(*m.*) documental

實驗電影　(*m.*) cine experimental

古裝片　(*f.*) película de época

戰爭片　(*f.*) película de guerra

警探片　(*f.*) película policíaca

懸疑片　(*f.*) película de suspenso (美)/suspense (西)

恐怖片　(*f.*) película de terror/miedo

動作片　(*f.*) película de acción

功夫片　(*f.*) película de artes marciales

兒童片　(*f.*) película infantil/para niños

卡通片　(*f.*) película de dibujos animados

片商　la distribuidora cinematográfica (影片發行公司)

電影分級委員會　Consejo de Calificación Cinematográfica

分級　(*f.*) clasificación

影檢　(*f.*) censura cinematográfica

情色電影　(*m.*) cine pornográfico

限制級影片　(*f.*) película X

社區電影院　(*m.*) cine de barrio

首輪電影院　(*m.*) cine de estreno

二輪電影院　(*m.*) cine de reestreno

票房收入　(f.) recaudación en las taquillas
票房噱頭　un gancho de taquilla
黃牛　(m.) revendedor ilegal
門票黃牛　(m.) revendedor de entradas
首映　(m.) estreno oficial; (f.) premier
全球映演　(m.) estreno mundial
不清場　(f.) sesión/función continua (continuada)
早場　(f.) [función] matinal
晚場　(f.) función de noche
午夜場　(f.) función de medianoche
錄影帶發行　la emisión del vídeo

攝影 fotografía

藝術照攝影師　(s.) retratista
業餘攝影家　(m.) fotógrafo aficionado
照相館　(f.) tienda de fotos; (m.) estudio fotográfico
沖洗店　(m.) laboratorio fotográfico
照相器材　(mp.) artículos fotográficos
相紙　(m.) papel fotográfico
沖洗　(m.) revelado
放大　(f.) ampliación
暗室　(f.) cámara oscura
相機　(f.) máquina/cámara fotográfica
單眼相機　(f.) (cámara) réflex
數位相機　(f.) cámara digital
錄影機　(f.) cámara de vídeo
[電影] 攝影機　(f.) cámara filmadora
黑白相片　(f.) foto en blanco y negro
彩色相片　(f.) foto en colores
立可拍相片　(f.) foto instantánea

快照　(*f.*) foto robot

正面照片　(*f.*) foto de frente

光面相片　(*f.*) copia brillante

證件照　(*f.*) foto de carnet/carné

護照相片　(*f.*) foto de pasaporte

家庭照　(*f.*) foto de familia

團體照　(*f.*) foto de conjunto

合成照片　(*m.*) fotomontaje

簽名照　(*f.*) foto autógrafa

相簿　(*m.*) álbum de fotos

幻燈片　(*f.*) diapositiva

投影片　(*f.*) transparencia

一捲軟片 (膠卷)　un rollo [de foto], una película

底片　(*m.*) negativo

軟片感度　(*f.*) sensibilidad de la película

視野　(*m.*) campo visual

鏡片　(*m.*) lente

鏡頭　(*m.*) objetivo

自動對焦鏡頭　(*m.*) objetivo autofoco

遠距物鏡　(*m.*) teleobjetivo

可變焦距物鏡　(*m.*) objetivo zoom

廣角鏡　gran angular

取景　(*m.*) encuadre

取景鏡　(*m.*) visor

構景　(*f.*) composición de una escena

全景 [拍攝]　(*m.*) plano general

近拍特寫　(*m.*) plano corto; primer plano

背景　último plano

景深　(*f.*) profundidad de campo

獵取鏡頭　(*vt.*) captar una imagen

擺姿勢　(*f.*) pose

上相　(*a.*) fotogénico

愛搶鏡頭 (*vt.*) chupar cámara

全身人像 (*m.*) retrato de cuerpo entero

半身人像 (*m.*) retrato de medio cuerpo

拍慢鏡頭 (*vt.*) filmar una secuencia en/a (西) cámara lenta

測距儀 (*m.*) telémetro

自動調整 (*m.*) ajuste automático

焦點 (*m.*) foco

焦距 (*f.*) distancia focal

自動對焦 (*m.*) enfoque automático; (*vt.*) enfocar

測光 (*f.*) medición de luz

測光儀 (*m.*) exposímetro

光圈 (*m.*) diafragma

閃光燈泡 (*f.*) lámpara/bombilla de flash

光效 (*mp.*) efectos de la luz

光度 (*f.*) luminosidad

光度計 (*m.*) fotómetro

反光 (*m.*) contraluz

快門 (*m.*) obturador

快門鈕 (*m.*) disparador

曝光時間 (*m.*) tiempo de exposición (快門速度)

自動曝光 (*f.*) autoexposición

雙重曝光 doble exposición

表演藝術 artes escénicas

傳統藝術 (*m.*) arte tradicional

精緻藝術 (*fp.*) artes refinadas

當代藝術 (*m.*) arte contemporáneo

國家劇院 Teatro Nacional

國家音樂廳 Vestíbulo del Concierto Nacional

舞台經理 (*m.*) director de escena

唱片業　　(*f.*) industria discográfica

唱片公司　　(*f.*) compañía discográfica

唱片行　　(*f.*) tienda de discos

金唱片　　(*m.*) disco de oro

古典音樂　　(*f.*) música clásica

快樂頌　　Himno a la Alegría (Luis de Beethoven 作曲)

貝多芬第九交響樂　　la Novena Sinfonía de Beethoven

民間音樂　　(*f.*) música folclórica (傳統); música folk (現代)

熱門音樂　　(*f.*) música popular

繞舌歌　　(*m.*) rap

輕音樂　　(*f.*) música ligera

打擊樂　　(*f.*) música de percusión

打擊樂器　　(*m.*) instrumento de percusión

舞蹈配樂　　(*f.*) música de baile

聲樂　　(*f.*) música vocal

學聲樂　　(*vt.*) estudiar canto

聲樂家　　(*s.*) vocalista

音樂家庭　　(*f.*) familia de músicos

街頭樂人　　(*m.*) músico callejero

歌星　　(*f.*) estrella de la canción

現場演唱　　(*vi.*) cantar en vivo

現場表演　　(*f.*) actuación en vivo

告別演出　　(*f.*) representación/función de despedida

音樂節　　(*m.*) festival de música

慈善音樂會　　(*m.*) concierto benéfico/de beneficencia

小樂團　　(*m.*) conjunto/cuerpo musical

交響樂團　　(*f.*) orquesta sinfónica

軍樂隊　　(*f.*) banda militar

流行歌曲　　(*f.*) canción popular

民歌手　　(*s.*) cantante de música folclórica (傳統)/cantante folk (現代)

結婚進行曲　　(*f.*) marcha nupcial

催眠曲　　(*f.*) música de cuna

黑人靈魂曲　　(*m.*) espiritual [negro]

排練　　(*m.*) ensayo

演奏　　(*f.*) interpretación

伴奏　　(*m.*) acompañamiento

樂譜　　(*f.*) partitura

五線譜　　(*m.*) pentagrama

調音師　　(*m.*) afinador

電吉他　　(*f.*) guitarra eléctrica

電子琴　　(*m.*) órgano electrónico

豎琴　　(*f.*) (el) arpa

洞簫　　(*f.*) flauta vertical de bambú

琵琶　　(*m.*) laúd chino

古箏　　(*m.*) *koto*

立體音響　　(*m.*) sonido estereofónico

立體音響設備　　(*m.*) estéreo; equipo [estéreo]

電唱機　　(*m.*) tocadiscos

舞團　　(*m.*) cuerpo de baile

古典芭蕾　　(*m.*) ballet clásico

芭蕾舞星　　(*m.*) bailarín/(*f.*) bailarina de ballet

首席舞星　　primer bailarín, primera bailarina

舞者生涯　　(*f.*) carrera de bailarín

土風舞　　(*f.*) danza folclórica

交際舞　　(*m.*) baile de salón

　　　開舞　abrir el baile　　　跳貼面舞　bailar agarrado
　　　我舞伴還沒著落　No tengo pareja para el baile.

化妝舞會　　(*m.*) baile de disfraces/trajes

踢踏舞　　(*m.*) claqué

舞龍　　(*f.*) danza de dragón

舞獅　　(*f.*) danza de león

日本歌舞伎　　(*m.*) *kabuki*

佛拉明哥舞　　el flamenco

響板　　las castañuelas

藝妓　(*f.*) geisha

舞步　(*m.*) paso de baile

用腳尖　en puntas de pie

肚皮舞　(*m.*) baile/(*f.*) danza del vientre

戲劇藝術　(*m.*) arte dramático

劇評人　(*m.*) crítico teatral

歌劇院　(*m.*) teatro de la ópera

小劇場　(*m.*) teatro de cámara

(後台演員) 化妝室　(*m.*) camerino

巡迴劇團　(*f.*) compañía [teatral] itinerante

國立傳統劇團　Compañía Nacional de Teatro Clásico

兒童劇　(*m.*) teatro infantil

街頭劇　(*m.*) teatro de calle, teatro en la calle

實驗劇場　(*m.*) teatro experimental

✿ 當今音樂劇是票房毒藥　Hoy un musical es veneno para la taquilla.

京戲　(*f.*) ópera china/de Pekín

歌仔戲　(*f.*) ópera de Taiwán

布袋戲　(*m.*) teatro de títeres

木偶戲　(*m.*) teatro de marionetas; (*f.*) marioneta

電動木偶　(*f.*) marioneta electrónica

皮影戲　(*fp.*) sombras chinescas

劇中人物　(*mp.*) personajes

相聲　(*m.*) diálogo cómico

獨白　(*m.*) soliloquio (講給自己聽；講給他人聽為 monólogo)

舞台設計師　(*m.*) escenógrafo

音效　(*mp.*) efectos sonoros

視覺效果　(*mp.*) efectos visuales

燈光效果　(*mp.*) efectos de luces

隔音室　(*f.*) sala insonorizada

跑龍套　(*s.*) comparsa

行頭　(*m.*) vestuario

服裝設計師　(*m.*) diseñador de vestuario

民族音樂節　(f.) festival de música étnica
台北傳統戲劇節　Festival de Teatro Clásico de Taipei
鹿港民俗藝術節　Festival de Artes Folclóricas de Lukang
捏麵人　(fp.) figuras de masa de arroz
遊行花車　(f.) carroza del desfile

視覺藝術 artes visuales

藝術愛好者　(m.) amante del arte
街頭藝術家　(s.) artista de la calle
為藝術而藝術　el arte por el arte
藝術社會學　(f.) sociología del arte
藝評人　(m.) crítico de arte
公共藝術　(m.) arte público
概念藝術　(m.) arte conceptual
抽象藝術　(m.) arte abstracto
藝術天分　(fp.) dotes artísticas; (m.) talento artístico
審美觀　(m.) juicio estético
從美學觀點　desde el punto de vista estética
美學原理　(mp.) principios estéticos
美感　(m.) placer/sentido estético
美的外觀　(m.) aspecto estético
再現力　(f.) capacidad de representación
組合力　(f.) capacidad de combinación
創造力　(f.) capacidad de creación
古物　(mp.) objetos antiguos
古董家　(m.) anticuario
古董店　(f.) tienda de antigüedades
手工藝品　(f.) obra de artesanía
藝術品　(mp.) objetos de arte
量產　(f.) producción limitada

大量生産　(f.) producción/fabricación en masa

修護　(f.) restauración

拍賣公司　(f.) casa de subastas

蘇富比公司　La casa Sotheby's

賣價　(m.) valor de venta

銅器　(m.) utensilio de bronce

銅器時代　(f.) edad de bronce

青銅　(m.) bronce

銅像　(f.) estatua de bronce

造型藝術　(fp.) artes plásticas

平面藝術　(fp.) artes gráficas

畫紙　(m.) papel de dibujo

素描　(m.) boceto, apunte

水彩畫　(f.) pintura a la acuarela

油畫　(m.) cuadro al óleo (指作品); (f.) pintura al óleo (指畫類別)

街景　(fp.) escenas callejeras

人像油畫　(m.) retrato al óleo

靜物　(f.) naturaleza muerta

鉛筆畫　(m.) dibujo a lápiz

蠟筆　(mp.) lápices de colores; crayón (墨、阿)

炭筆畫　(m.) dibujo al carbón/al carboncillo

軸畫　(fp.) pinturas en rollo

粉彩畫　(f.) pintura al pastel

膠彩畫　(f.) pintura al temple

塗鴉畫　(mp.) graffiti ((m.) graffito)

水墨畫　(m.) dibujo a tinta china

刺繡畫　(f.) pintura bordada

木刻版畫　(m.) grabado en madera

封面插畫　(f.) ilustración de la portada

廣告畫　(m.) dibujo publicitario

袖珍畫　(f.) pintura en miniatura, miniatura

落款　(f.) firma del pintor [sobre su obra]

裝飾藝術　(*fp.*) artes decorativas; (*m.*) arte decó

裝置藝術　(*m.*) arte de instalaciones/la instalación

廢棄質材　(*mp.*) materiales de desecho

故宮博物院　Museo Nacional del Palacio

國家藝廊　Galería Nacional

台北市立美術館　Museo Municipal de Bellas Artes de Taipei

(美術館) 館長　(*m.*) conservador jefe

策展人　(*m.*) comisario

美術館之友會　Amigos del Museo de Bellas Artes

蠟像館　(*m.*) museo de [figuras de] cera

畫廊　(*f.*) pinacoteca; galería de arte

休館　(*m.*) cierre temporal

免費市區圖　(*m.*) plano gratuito

博物館指南　(*f.*) guía de museos

導覽圖　(*m.*) mapa-guía; (*mp.*) mapas-guías

畫展　(*f.*) exposición de pinturas

雙年展　(*f.*) exposición bienal

威尼斯雙年展　Bienal de Venecia

瓷器展　(*f.*) exposición de porcelanas

陶瓷裂痕　(*f.*) rajadura

個展　(*f.*) exposición individual/de un solo artista

聯展　(*f.*) exposición colectiva

巡迴展　(*f.*) exposición itinerante

回顧展　(*f.*) [exposición] retrospectiva

海報展　(*f.*) muestra de carteles

廣告招貼　(*m.*) cartel publicitario

作品說明　un corto texto explicativo junto a cada obra

展品　(*m.*) artículo exhibido

展品請勿觸摸　Se ruega no tocar los objetos expuestos./Prohibido tocar los objetos expuestos.

卡奈基藝術館提供　(*f.*) cortesía del Museo Carnegie de Arte

畫收藏家　(*s.*) coleccionista de pintura

贗品　(*fp.*) piezas falsas

私人收藏　(*f.*) colección particular

作者自藏　(*f.*) colección del autor

中國書法　(*f.*) caligrafía china

書法家　(*m.*) calígrafo

國畫　(*f.*) pintura china

文房四寶　'cuatro tesoros del estudio'

毛筆　(*m.*) pincel chino

墨　(*f.*) barra de tinta sólida

紙　(*m.*) papel

宣紙　(*m.*) papel de China

和紙　(*m.*) papel japonés

硯　(*f.*) laja de piedra, piedra de entintar

畫譜　(*m.*) álbum de pintura

手工紙　(*m.*) papel de tina [hecho a mano]

手染紙　(*m.*) papel teñido a mano

剪紙　(*m.*) papel recortado

摺紙　(*m.*) *origami*

結晶釉　(*f.*) cerámica vidriada

水晶玻璃　(*m.*) cristal de roca

景泰藍　(*m.*) esmalte cloisonné; cloisonné

陶藝　(*m.*) arte cerámico

木雕　(*f.*) escultura de madera

牙雕　(*f.*) escultura de marfil

冰雕　(*f.*) escultura en hielo

雞血石　(*f.*) sanguinaria

圖章　(*f.*) estampilla; (*m.*) sello

印泥　(*f.*) pasta de tinta roja (para entintar sellos)

顏色 los colores

暖色系　(*mp.*) colores cálidos; (*f.*) gama cálida

冷色系　(*mp.*) colores fríos; (*f.*) gama fría

濁／灰色系　(*mp.*) colores quebrados; (*f.*) gama quebrada

強色系　(*mp.*) colores fuertes

底色　(*m.*) color de fondo

這是什麼顏色？　¿De qué color es?

藍色　Es azul. (若所指物為多數，則說 ¿De qué color **son**? Son azules.)

金色扣子　(*m.*) botón dorado

金髮　(*m.*) pelo rubio

桂皮色　de color canela

深褐　(*a.-m.*) marrón oscuro

栗色眼珠　(*mp.*) ojos castaños

芥末色　(*a.-m.*) amarillo mostaza

橘色帶子　(*f.*) cinta de color naranja

橙色眼影　(*f.*) sombra anaranjada

發黃相片　(*f.*) foto amarillenta

黃綠　(*a.-m.*) amarillo verdoso

肉色絲襪　(*fp.*) medias color carne

乳白襯衫　(*f.*) camisa [de] color crema

漆成乳白色牆　pared pintada de beige.

銀白　(*a.*) plateado; (*m.*) color blanco plateado

雪白　(*a.*) blanco como la nieve

粉紅　(*a.*) rosado

朱紅　(*a.-m.*) rojo bermellón

櫻紅　(*a.-m.*) rojo cereza

淺藍　(*a.-m.*) azul claro

海藍　(*a.-m.*) azul marino

天藍　(*a.-m.*) azul celeste/cielo

深藍　(*a.-m.*) azul oscuro/intenso

銀藍　(*a.-m.*) azul metálico

淺綠　(*a.-m.*) verde claro

蘋果綠　(*a.-m.*) verde manzana

淺橄欖綠　(*a.-m.*) verde oliva claro

翠綠　(*a.-m.*) verde esmeralda

囊綠　(*a.-m.*) verde vejiga

墨綠　(*a.-m.*) verde oscuro

茶青色　(*a.-m.*) verde oliva

12 宗教・節慶
Religión-Fiestas

政教關係　las relaciones Estado-Iglesia

政教分離　la separación Estado-Iglesia

信仰自由　(*f.*) libertad de culto/conciencia

宗教信仰　(*f.*) fe religiosa

宗教歸屬　(*f.*) afiliación religiosa

宗教司　Dirección General de Asuntos Religiosos

宗教團體　(*mp.*) grupos religiosos

宗教法人　(*f.*) sociedad religiosa con personalidad jurídica

宗教儀式　(*fp.*) ceremonias religiosas

宗教領袖　(*mp.*) líderes religiosos

神學家　(*m.*) teólogo

佛教　(*m.*) budismo

婆羅門教　(*m.*) brahmanismo

顯宗　(*m.*) budismo exotérico

密宗　(*m.*) budismo esotérico

由顯入密　de lo exotérico a lo esotérico

真言密宗　el budismo esotérico Shingon

禪宗　(*f.*) secta [budista] de Zen (secta 宗派)

禪寺　(*m.*) templo budista de Zen

慈濟功德會　Fundación de Caridad Budista Tzuchi

法鼓山佛教會　Asociación Budista Montaña del Tambor Drama

僧院　(*m.*) monasterio budista

道教　(*m.*) taoísmo

天主教　(*m.*) catolicismo

耶穌會　Sociedad de Jesús/Compañía de Jesús

道明會　Orden de Santo Domingo

主業團　Opus Dei

解放神學　(*f.*) teología de la liberación

基督教　(*m.*) protestantismo

長老會　Iglesia presbiteriana

長老　(*m.*) presbítero

教會勢力　el poder de la iglesia

摩門教徒　(*m.*) mormón

回教　(*m.*) Islam, islamismo, mahometismo

回教徒　(*m.*) mahometano, musulmán

清真寺　(*f.*) mezquita

猶太教　(*m.*) judaísmo

神道　(*m.*) sintoísmo

希臘東正教　(*f.*) iglesia ortodoxa griega

邪教　(*fp.*) sectas satánicas

宗教狂熱　(*m.*) fanatismo/fervor religioso

狂熱教派　fanáticas sectas religiosas

佛經　(*m.*) sutra

佛祖　Buda

臥佛　Buda Reclinado

釋迦牟尼　Sakyamuni

觀音　Diosa de la Misericordia

菩薩　Bodhisattva

阿彌陀佛　Amitabha

達賴喇嘛　el Dalai Lama

西藏喇嘛　(*m.*) lama tibetano

和尚　(*m.*) bonzo

高僧　(*m.*) bonzo de alta virtud

尼姑　(*f.*) bonza

托缽僧　(*m.*) bonzo mendicante

印度行腳僧　(*m.*) monje errante hindú

俗家　(*m.*) laico, seglar

玄天上帝　Emperador de los Cielos

媽祖　Diosa del Mar

註生娘娘　Diosa de Posteridad

財神　Dios de Riqueza, Dios de la Fortuna

壽星　Dios de Longevidad

雷公　Dios del Trueno

雨神　Dios de la Lluvia

缺雨　la falta de lluvias

祈雨　(*f.*) rogativa *por* la lluvia

香爐　(*m.*) incensario

八仙　los Ocho Inmortales

天主教會　la Iglesia católica

教廷　Santa Sede

教宗　Papa, Sumo Pontífice

樞機主教　(*m.*) cardenal

總主教　(*m.*) arzobispo

主教　(*m.*) obispo

聖經　Biblia, Escritura, Sagrada Escritura

舊約　El Antiguo Testamento

新約　El Nuevo Testamento

出埃及記　Éxodo

摩西　Moisés

約書亞　Josué

穆罕默德　Mahoma

可蘭經　El Corán, El Alcorán

無神論　(*m.*) ateísmo

無神論者　(*m.*) ateo

瀆神　(*f.*) profanación, blasfemia; (*f.*) sacrilegio

禁忌　(*m.*) tabú

圖騰　(*m.*) tótem

圖騰崇拜　(*m.*) totemismo

迷信　(*f.*) superstición

忌數　(*m.*) número fatídico (如我國的 4、西洋的 13)

念力　(*f.*) fuerza mental

精神力量　el poder de la mente

超能力　la fuerza extraordinaria

預知能力　(f.) clarividencia

魔法　(mp.) poderes mágicos/sobrenaturales

修行　(f.) autocultivación religiosa

內省 [／觀]　(f.) introspección

靜坐　(vt.) hacer meditación budista

坐禪　(f.) meditación religiosa

蓮花座　(f.) postura de loto

盤腿坐著　(vi.) sentar con las piernas cruzadas

屏息傾聽　(vt.) escuchar con la respiración contenida

靈能　(f.) facultad espiritual

靈媒　(s.) médium

奇蹟　(m.) milagro

神諭　(m.) oráculo

神籤　(m.) oráculo escrito

先知　(s.) profeta

前兆　(m.) agüero, presagio

預言　(f.) profecía, predicción

宇宙　el cosmos

天國　El Reino de Dios, El Cielo

救贖之路　el camino de la salvación

伊甸園　Edén

天堂　(m.) paraíso

地獄　(m.) infierno

煉獄　(m.) purgatorio

陰間　(f.) ultratumba

巫術／妖術　(f.) brujería, hechicería

巫婆　(f.) bruja

巫童　(m.) niño-mago

魔杖　(f.) varita mágica

魔法師　(m.) taumaturgo (魔術師 mago)

靈異世界　(m.) mundo fantasmal

精靈　(*f.*) ninfa

鬼／幽靈　(*m.*) fantasma

鬼故事　(*m.*) cuento de fantasmas

吸血鬼　(*m.*) vampiro

怪物　(*m.*) monstruo

邪　el mal espíritu

魔　(*m.*) demonio; espíritu maligno

　　　他被邪魔附身　Está poseído por los malos espíritus.

惡魔　(*m.*) diablo

撒旦　Satanás

行屍　(*s.*) zombi, zombie

驅邪　(*m.*) exorcismo

大法師　(*s.*) exorcista

抓鬼人　(*s.*) cazafantasmas

紅塵中　la vida mundana

亂世　(*f.*) época turbulenta

知情意　inteligencia, sensibilidad y voluntad

業 (因果報應)　(*m.*) *karma*

因果關係　las relaciones causa-efecto

報應　justo castigo; (*f.*) pena merecida

前緣　(*f.*) predestinación

化身　(*f.*) encarnación

前世　(*f.*) encarnación previa, vida anterior

時光隧道　(*m.*) túnel del tiempo

來世　(*f.*) encarnación futura; (*fp.*) vidas sucesivas; la otra vida, la vida
　　futura

轉世　(*f.*) reencarnación

輪迴　(*f.*) metempsicosis/transmigración [del alma]

前世功德　los merecimientos alcanzados en la existencia anterior

涅盤　(*m.*) *nirvana*

佛壇　(*m.*) altar de Buda

佛像　(*f.*) imagen de Buda, estatua de Buda

〔estatua 指雕塑品，imagen 泛指畫像、相片或雕塑。〕

曼陀羅　(*m.*) mandala

念珠　(*m.*) rosario

誦經　(*vt.*) recitar sutras (sutra 佛經)

守護神　(*m.*) ángel custodio/tutelar, ángel de la guarda

戒律　(*m.*) precepto

十誡　diez mandamientos; (*m.*) decálogo

安貧誓言　(*m.*) voto de pobreza (神父誓言)

服從誓言　(*m.*) voto de obediencia

守貞誓言　(*m.*) voto de castidad

原罪　(*m.*) pecado original

永生　(*f.*) vida eterna

世界末日　el fin del mundo

供品　(*f.*) ofrenda

布施　(*m.*) donativo/(*f.*) ofrenda budista

賽錢箱　(*m.*) cepillo [de limosnas]

齋戒　(*f.*) abstinencia

五行說 (金木水火土)　Doctrina de los cinco elementos: el oro, la madera, el agua, el fuego y la tierra

占卜 adivinación del futuro

神秘學　(*m.*) ocultismo; (*fp.*) ciencias ocultas

入門考驗　(*f.*) pruebas de iniciación

入門儀式　(*f.*) ceremonia de iniciación

初學者　(*m.*) iniciado

占卜　(*f.*) adivinación

占卜神通　(*f.*) facultad de adivinar el futuro

吉兆　buen augurio

凶兆　mal augurio

相士　(*m.*) adivino

手相　(f.) quiromancia

手相家　(m.) quiromántico

手紋　(fp.) líneas/rayas de la mano

指紋　(fp.) huellas digitales

生命線　(f.) línea de la vida

智慧線　(f.) línea de la cabeza

感情線　(f.) línea del corazón

健康線　(f.) línea de la salud

星卜家　(m.) astrólogo

水晶球　(f.) bola de cristal

觀牌　(vt.) leer las cartas

塔羅牌　(m.) tarot

筆跡學　(f.) grafología

筆跡專家　(m.) grafólogo

風水　(f.) fengshui, geomancia

風水師　(m.) geomántico

看風水　(vt.) practicar la geomancia

星座　(m.) signo del zodíaco

黃道十二宮　doce signos del Zodíaco

白羊宮　Aries (Carnero) (前為拉丁名，括弧內為西班牙文名)

金牛宮　Tauro (Toro)

雙子宮　Géminis (Gemelos)

巨蟹宮　Cáncer (Cangrejo)

獅子宮　Leo (León)

室女宮　Virgo (Virgen)

天秤宮　Libra (Balanza)

天蠍宮　Escorpión

人馬宮　Sagitario (Arquero)

摩羯宮　Capricornio

寶瓶宮　Acuario (Aguador)

雙魚宮　Piscis (Peces)

天狼星　Canícula

羅盤座　Brújula

占星 [術]　(m.) horóscopo

> 你是什麼星座？　¿Qué horóscopo eres? ¿Cuál es tu horóscopo? ¿De qué signo eres?

白羊座　(s.) aries (指此星座之人，男女或單複數字形不變，下同)

金牛座　(s.) tauro [el tauro, la tauro]

雙子座　(s.) géminis

巨蟹座　(s.) cáncer (巨蟹座的人 las personas cáncer, los cáncer)

獅子座　(s.) leo

處女座　(s.) virgo

天秤座　(s.) libra

天蠍座　(s.) escorpio

射手座　(s.) sagitario

摩羯座　(s.) capricornio

水瓶座　(s.) acuario

雙魚座　(s.) piscis

十二生肖　doce animales del ciclo duodecimal

鼠　(m.) ratón; (f.) rata

牛　(m.) buey

虎　(m.) tigre

兔　(m.) conejo; (f.) liebre

龍　(m.) dragón

蛇　(f.) serpiente

馬　(m.) caballo

羊　(f.) oveja

猴　(m.) mono

雞　(m.) gallo

犬　(m.) perro

豬　(m.) cerdo, chancho

龍年　(m.) año del dragón

猴年　(m.) año del mono

四方　cuatros puntos cardinales

方位　(*m.*) punto cardinal

方向　(*f.*) dirección, orientación

從左到右　de izquierda a derecha

從上到下　de arriba abajo

羅盤　(*f.*) brújula

節慶 festivales

民間節慶　(*f.*) fiesta civil

宗教節慶　(*f.*) fiesta religiosa

陰曆　(*m.*) calendario lunar

元旦　Día del Año Nuevo

婦女節　Día de la Mujer

青年節　Día de la Juventud

兒童節　Día de los Niños

母親節　Día de la Madre

父親節　Día del Padre

情人節　Día de los Enamorados/Día de San Valentín

愚人節　Día de los Inocentes

慶生會　(*f.*) fiesta de cumpleaños (生日派對)

狂歡節　(*m.*) carnaval

勞工節　Día del Trabajo

教師節　Día del Maestro

孔子誕辰紀念日　Natalicio de Confucio

植樹節　Día del Árbol

世界自由日　Día Mundial de la Libertad

和平紀念日　Día Conmemorativo de la Paz

世界新聞自由日　Día mundial de la Libertad de Prensa

世界殘障日　Día Mundial de las Personas con Discapacidad

國際殘障年　Año Internacional de los Minusválidos

世界衛生節　Día Mundial de la Salud

世界糧食節　Día Mundial de la Alimentación

觀光節　Día del Turista

台灣光復節　Día de la Reintegración de Taiwán

行憲紀念日　Día de la Constitución

春節　Año Nuevo Lunar Chino/Fiesta de Primavera

壓歲錢　(m.) aguinaldo (que se da en el año nuevo chino)

爆竹　(m.) cohete, petardo

水鴛鴦／滾地雷　(m.) buscapiés

煙火　(mp.) fuegos artificiales

走馬燈　(f.) linterna giratoria

元宵節　Festival de la Linterna/los Faroles

台北燈會　Festival de los Faroles de Taipei

掃墓節　Día de Barrer las Tumbas

清明節　Día de los Difuntos

端午節　Festival de los Botes Dragón

鬼月　el mes de los fantasmas

中秋節　Festival del Medio Otoño

國慶日　Día Nacional

牌樓　(f.) arcada monumental

萬聖節　Día de Todos los Santos; Día de los Difuntos (西)/Muertos (美)

感恩節　Día de Acción de Gracias

復活節　Pascua

復活節彩蛋　(m.) huevo de Pascua

耶誕夜　Nochebuena

耶誕大餐　(f.) comida de Nochebuena

耶誕節　(m.) día de Navidad/Pascua (智、秘)

耶誕節前　(mp.) días previos a las fiestas navideñas

耶誕樹　(m.) árbol de Navidad/Pascua (智、秘)

耶誕卡　(f.) tarjeta de Navidad/Pascua (智、秘); (m.) crismas (西)

耶誕禮物　(m.) regalo de Navidad/Pascua (智、秘)

除夕　Nochevieja

年夜飯　(f.) cena de Nochevieja

年終派對　(*f.*) fiesta de fin de año

尾牙　(*f.*) fiesta para despedir el año (忘年會)

辭歲　la despedida del año

跨 (2001-2002) 年　la noche de transición (entre 2001 y 2002)

新年　(*m.*) año nuevo

時間 tiempo

瞬間　durante unos instantes

眼下　por el momento, por ahora

活在當下　(*vi.*) vivir al momento

當天報紙　(*m.*) periódico del día

隔天　al día siguiente

連續七天　por séptimo día consecutivo

八天來第二次　por segunda vez en ocho días

幾乎每個週末　casi todos los fines de semana

剛過 50 歲　con 50 años recién cumplidos

當時的市長　el entonces alcalde

[哈工學院] 學生時代　en sus tiempos de estudiante [de ingeniería]

昨天演出時　durante la actuación de ayer

昨天下午在辦公室　ayer tarde en oficina

旅行前夕　en vísperas del viaje

在週日凌晨　en la madrugada del domingo

週五晚上　el viernes por la noche; la noche del viernes

三月初　a principio/primeros de marzo

七月中　a mediados de julio

十月底　a fines/finales de octubre

年初　a primeros de año

1999 年初　a comienzos de 1999

2001 年中　a mediados de 2001

2004 年底　a fines del año 2004

年終　(*m.*) fin de año

六十年代　la década de los sesenta

七十年代初　a principios/comienzos de los años setenta

九十年代末　a fines/finales [de la década] de los noventa

上世紀最後十年　la última década del siglo pasado (指 1991-2000)

六七十年代間　durante los años sesenta y setenta

在九十年代　en la década de los 90/noventa

一年合約　un contrato anual

藝術雙年展　la exposición bienal de artes

三年計畫 (一階段)　un plan trienal

第一個四年計畫　el primer plan cuadrienal

五年計畫　(*m.*) plan quinquenal

一甲子　un ciclo de sesenta años

在下一世紀　en la próxima centuria

在此跨世紀　en este cruce de siglo

在中國古代　en la China milenaria (milenaria 千年)

打娘胎起　desde la cuna (打搖籃起)

從小　desde pequeño/niño

從八十年代 [中期]　desde [mediados de] los años ochenta

從現在到三月　de aquí a marzo

從週日到週二　del domingo al martes

會議後　tras una reunión

[在等了] 兩年後　después de dos años [de espera]

結婚 12 年後　tras 12 años de matrimonio

戰後 15 年　quince años después de la guerra

終其一生　durante toda su vida

參、法政外交軍事

13   社會‧法律
Sociedad-Derecho

社會 sociedad

法治社會   (*f.*) sociedad bajo el imperio de la ley

開放社會   (*f.*) sociedad abierta

民主社會   (*f.*) sociedad democrática

多元社會   (*f.*) sociedad pluralista/plural

     多元文化社會   sociedad multicultural

     多元社會的統合   la integración de una sociedad plural

公民社會   (*f.*) sociedad civil

市民參與   (*f.*) participación ciudadana

國家角色重大改變   (*m.*) cambio sustancial del papel del Estado

整個社會   toda sociedad

當前社會之惡   los males de la sociedad actual

原始社會   (*f.*) sociedad primitiva

母系社會   (*f.*) sociedad matriarcal

文明社會   (*f.*) sociedad civilizada

烏托邦   (*f.*) utopía

農業社會   (*f.*) sociedad agrícola

工業社會   (*f.*) sociedad industrial

高度工業化社會   (*f.*) sociedad altamente industrializada

資本主義社會   (*f.*) sociedad capitalista

消費社會   (*f.*) sociedad de consumo

消費型社會   (*f.*) sociedad consumista

社會運動   (*m.*) movimiento social

道德運動   (*m.*) movimiento moralizador

廉政運動   (*f.*) campaña de limpieza ética

社會勢力　(*fp.*) fuerzas sociales

社會階層　los estratos sociales; (*f.*) clase social

社會各階層　todas las capas de la sociedad

社會上形形色色的人　la gente de todas las clases sociales

上層社會　las capas altas de la sociedad; (*f.*) clase alta

上流社會　alta sociedad

統治階層　la clase dirigente

小康階層　las clases medias acomodadas

中產階層　la clase media

勞工階層　la clase trabajadora/obrera

下層社會　las capas bajas de la sociedad; (*f.*) clase baja

公共秩序　el orden público

社會事件　(*mp.*) acontecimientos sociales

社會恐慌　(*f.*) alarma social

冰山一角　la punta del iceberg

無力感　(*m.*) sentimiento de impotencia

社會成見　(*mp.*) prejuicios sociales

種族歧視　(*f.*) discriminación racial

性別歧視　(*f.*) discriminación sexual

意識型態歧視　(*f.*) discriminación ideológica

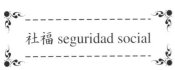

社福 seguridad social

社福制度　(*m.*) sistema de seguridad social

社會福利　(*m.*) bienestar social

社會福利金　(*fp.*) prestaciones sociales

人道組織　(*f.*) organización humanitaria

慈善協會　(*f.*) asociación caritativa

慈善機構　(*f.*) organización caritativa, institución benéfica

社會服務　(*f.*) asistencia social; (*m.*) trabajo social

公益事　un acontecimiento de interés público

社工員   (*m.*) asistente/tabajador social, visitador social (智)

社會失衡   (*mp.*) **des**equilibrios sociales

社福津貼   (*m.*) subsidio del seguro social

政府津貼   (*f.*) subvención/(*m.*) subsidio estatal/del gobierno

醫療補助   (*m.*) subsidio de enfermedad

失業津貼   (*m.*) subsidio de desempleo/cesantía (智)/paro (西);

    (*f.*) prestación por desempleo

老年年金   (*m.*) subsidio de vejez

安老院   (*m.*) asilo/(*f.*) residencia de ancianos

戒毒所   (*m.*) asilo para adictos

孤兒院   (*m.*) asilo de huérfanos

托兒所   (*f.*) guardería infantil

幼稚園   (*m.*) jardín de infancia, *kindergarten*, jardín infantil (智)

國際兒童村   Villa Internacional del Niño

家庭法   (*m.*) derecho de familia

家庭暴力   (*f.*) violencia familiar/en el hogar

棄嬰   (*m.*) niño abandonado/expósito[舊字]

流浪兒   (*m.*) niño vagabundo (流浪孤兒 niño huérfano y vagabundo)

受虐兒童   (*m.*) niño maltratado

配偶虐待   (*m.*) maltrato al cónyuge

虐待婦女   (*m.*) maltrato a mujeres

兒童虐待   (*m.*) maltrato de menores

放棄暴力   la renuncia *a* la violencia

兒童性侵犯   (*m.*) abuso de menores, abuso sexual infantil

兒童保護   (*f.*) protección a la infancia

(逃婚女性) 中途之家   (*f.*) casa de acogida (para prófugas del matrimonio)

弱勢群體   los sectores menos protegidos

老殘社團   (*mp.*) colectivos de personas mayores y minusválidos

社會邊緣族   los grupos sociales marginados

社會邊緣人   los marginados de la sociedad

赤貧   extrema pobreza; (*f.*) pobreza crítica

低收入民眾   los ciudadanos con recursos escasos

窮人　los pobres; (*f.*) gente de mal vivir

貧戶　(*fp.*) familias sin capacidad económica

游民　(*m.*) vagabundo, vago

貧民區　(*m.*) barrio bajo

貧民窟　(*fp.*) chabolas (西); (*f.*) población callampa (智), villa miseria (阿),

ciudad perdida (墨); (*mp.*) ranchos (委)

游民收容所　(*m.*) albergue/asilo para vagabundos

風化區　(*f.*) zona roja/de tolerancia (勿用 *barrio chino* [原義為唐人街]，此字已成西

班牙對風化區 zona de prostitución 之蔑稱)

災 難 desastre

災難 (泛指飢荒、戰爭)　(*f.*) calamidad; (*m.*) desastre

天災　(*f.*) catástrofe/(*m.*) desastre natural (保險參看頁 319)

地震　(*m.*) terremoto

颱風　(*m.*) tifón

暴風雨　(*f.*) tempestad, borrasca

水災　(*f.*) inundación

火災　(*m.*) incendio

震災　los daños causados por el terremoto

災區　(*f.*) zona catastrófica/damnificada

災情　(*fp.*) dimensiones de una catástrofe; (*mp.*) daños

預防措施　(*f.*) medida de prevención

居民安置　(*m.*) realojamiento de residentes

災民　(*f.*) víctima; (*mp.*) damnificados

水災災民　los damnificados *por* las inundaciones

瓦斯爆炸　(*f.*) explosión de gas

事故車輛　(*m.*) vehículo accidentado

毀損汽車　(*m.*) coche siniestrado

全毀　(*m.*) siniestro total

事故地點　(*m.*) lugar del siniestro

事故現場　(*m.*) escenario del accidente

沉船　(*m.*) barco hundio/naufragado

空難　(*m.*) accidente de aviación, accidente aéreo

失事飛機　(*f.*) avión siniestrado

飛行自動記錄儀(黑盒子)　(*m.*) registrador de vuelo (caja negra)

機械故障　(*f.*) falla mecánica, avería; (*m.*) fallo mecánico (西)

金屬疲勞　la fatiga del metal

人為錯誤　(*m.*) fallo humano/(*f.*) falla humana (美)

越南難民　(*mp.*) refugiados vietnamitas

難民潮　la ola/marea de refugiados

難民營　(*m.*) campo de refugiados

難民身分　(*m.*) estatus de refugiado

救援工作　las labores de rescate

救援隊　(*m.*) equipo de rescate

大力搜尋　intensa búsqueda

搜索犬　(*m.*) perro rastreador

發現　(*m.*) hallazgo

　　醫學或考古發現，常用複數　los hallazgos de la medicina, los hallazgos arqueológicos

找到　(*vt.*) localizar, encontrar

生還者　(*s.*) sobreviviente, superviviente

失蹤者　(*m.*) desaparecido

屍體　(*m.*) cadáver; cuerpo [muerto/sin vida]

遺骸　los restos

法律 derecho

憲改　(*f.*) reforma constitucional

憲法法庭　(*m.*) tribunal constitucional (類似我大法官會議)

大法官　(*m.*) magistrado del Tribunal Constitucional

司法改革　(*f.*) reforma judicial

司法腐化　　(*f.*) corrupción judicial

司法制度　　(*m.*) sistema jurídico

法律漏洞　　(*f.*) laguna jurídica; (*m.*) resquicio/vacío legal

組織法　　(*m.*) código orgánico

民法　　(*m.*) derecho/código civil

刑法　　(*m.*) derecho/código penal

商事法　　(*m.*) código de comercio; derecho mercantil

海事法　　(*m.*) derecho marítimo

依中國法律　　según la ley/legislación china

法的精神　　el espíritu de la ley

法律範圍內　　dentro de la ley

　　法律之前人人平等　　Todos somos iguales ante la ley; igualdad ante la ley

訴諸法律　　(*vi.*) recurrir a la ley/justicia/vía judicial

循法律途徑　　por la vía legal

　　這件事已由本人律師處理　　El asunto está en manos de mi abogado.

　　這樁事我們只好訴諸法律　　Nos veremos obligados a poner el asunto en manos de nuestro abogado.

報警　　(*vi.*) llamar a la policía

報案　　(*vt.*) poner/presentar/hacer una denuncia

書面指控　　(*vt.*) formular denuncias escritas

互控　　(*m.*) cruce de denuncias

告訴　　(*f.*) acusación (亦指起訴書)

　　女演員控告雜誌毀謗名譽　　La actriz presentó querella contra la revista por difamación.

求刑　　(*f.*) demanda de castigo/pena

司法調查　　(*f.*) investigación judicial

違法　　contra la ley, fuera de la ley

　　一條絕不寬貸未成年喝酒的法律　　una ley de "cero tolerancia" al consumo de alcohol entre menores

地方法院　　(*m.*) tribunal de primera instancia

勞工法庭　　(*m.*) tribunal laboral; Magistratura de Trabajo (西)

少年法庭　　(*m.*) tribunal [tutelar] de menores

少年感化院　(*m.*) correccional/reformatorio de menores

行為能力　(*f.*) capacidad legal

無行為能力　(*f.*) incapacidad jurídica

禁治產　(*f.*) interdicción civil

簡易法庭　(*m.*) tribunal sumario

管轄權　(*f.*) **juris**dicción

秘密庭　(*f.*) audiencia a puerta cerrada

合議　(*f.*) decisión colegiada

陪審團　(*m.*) jurado

出庭　(*vt.*) comparecer ante el tribunal

言詞挑釁　(*f.*) provocación verbal

蔑視法庭　(*m.*) desacato al juez/tribunal

妨害司法　(*f.*) obstrucción a la justicia

妨礙公務　(*f.*) obstrucción del ejercicio de las funciones públicas

被告拒不出庭　la rebeldía del demandado

缺席審判　(*vt.*) juzgar en rebeldía

檢方證人　(*s.*) testigo de cargo

辯方證人　(*s.*) testigo de la defensa

以證人身分　en calidad de testigo

檢察官　(*s.*) fiscal

助理檢察官　teniente fiscal

法醫　(*m.*) médico forense/legista (美)

解剖台　(*f.*) mesa de autopsia

總檢察長　Fiscal General del Estado

高院檢察長　(*m.*) fiscal jefe del Tribunal Superior de Justicia

民庭法官　(*m.*) juez de lo Civil

刑庭法官　(*m.*) juez de lo Penal

二審法官　(*m.*) juez de segunda instancia

輪值法官　(*m.*) juez de guardia

人權律師　(*m.*) abogado especialista en derechos humanos

移民律師　(*m.*) abogado de inmigración

民事律師　(*m.*) abogado de la parte civil

刑事律師　(*m.*) abogado criminalista

商事律師　(*m.*) abogado especialista en derecho mercantil

勞工律師　(*m.*) abogado laboralista

辯護律師　(*m.*) abogado defensor

公設辯護人　(*m.*) abogado de oficio

[窮人] 免費法律服務　(*m.*) beneficio (西)/privilegio (智) de pobreza

律師事務所　(*m.*) bufete de abogados, estudio jurídico (美)

律師團　(*m.*) equipo de abogados

律師費　(*mp.*) honorarios (del abogado)

授權書　(*m.*) poder notarial

代理人　(*m.*) apoderado

法人　(*f.*) persona jurídica

自然人　(*f.*) persona física

法律效力　(*f.*) validez legal

效期　(*m.*) periodo de validez

追溯性　con carácter retroactivo

有追溯效力　con efecto retroactivo

無追溯效力　sin efecto retroactivo

傳訊　(*f.*) citación [judicial]

隔離審問　(*m.*) interrogatorio por separado

對質　(*m.*) careo

筆錄　(*m.*) atestado

作筆錄　(*vt.*) hacer/redactar un atestado

警方監聽　las escuchas policiales

測謊器　(*m.*) detector de mentiras

取指紋　(*vt.*) tomar las huellas dactilares/la impresión digital

誣告　(*f.*) denuncia calumniosa/falsa

誣告罪　(*m.*) delito de denuncia falsa/calumniosa, delito de acusación calumniosa

供詞　(*f.*) confesión

和盤托出　(*vt.*) confesar sin reservas

逼供　las confesiones forzadas

拘票　（*f.*) orden de captura/detención

搜索令　（*f.*) orden de registro/cateo (智、墨)/allanamiento (美)

沉默權　（*m.*) derecho al silencio/a guardar silencio

搜屋　（*m.*) registro domiciliario, allanamiento (美)

搜辦公室　（*vt.*) registrar/esculcar (哥、墨) el despacho

搜身　（*m.*) cacheo; （*f.*) requisa; （*m.*) cateo (墨)

藏匿處　（*f.*) guarida; （*m.*) escondite

逃亡之虞　（*m.*) riesgo de fuga

警方拘押　（*f.*) detención preventiva; （*m.*) arresto preventivo

軟禁　（*m.*) arresto domiciliario; （*f.*) detención domiciliaria

秘密辯論　（*f.*) deliberación en privado

庭外和解　（*f.*) transacción/(*m.*) arreglo extrajudicial

審判　（*m.*) juicio

審判日　（*m.*) día del juicio

訴訟費　（*fp.*) costas [del juicio]

自由心證　las manos arbitrarias

判決　（*m.*) fallo; （*f.*) sentencia; （*m.*) veredicto (陪審團最後裁決 fallo definitivo)

判例　（*f.*) jurisprudencia

判決無罪　（*m.*) veredicto de inculpabilidad/inocencia

未受懲處　（*a.*) impune

逍遙法外　（*vt.*) quedar en la impunidad

不得上訴　（*a.*) inapelable

上訴　（*m.*) recurso de apelación

(向最高法院)上訴　（*m.*) recurso de casación

上訴法院　（*m.*) tribunal de apelación/alzada; （*f.*) corte de apelaciones (美)

最高法院　（*m.*) tribunal supremo; （*f.*) corte suprema [de justicia]

行政法院　（*m.*) tribunal administrativo

誤判　（*m.*) error judicial

撤銷判決　（*vt.*) revocar una sentencia

撤銷原判　（*vt.*) anular/revocar la sentencia original

行政程序　（*m.*) procedimiento administrativo

請求人身保護　（*m.*) recurso de *hábeas corpus*

請求法律保護　(*m.*) recurso de amparo

大赦　(*f.*) amnistía general

犯罪 delito

犯罪率　(*m.*) índice de criminalidad

犯罪潮　(*f.*) ola de criminalidad

低犯罪率　bajo índice de crímenes

犯罪記錄　(*mp.*) antecedentes delictivos

前科　(*mp.*) antecedentes policiales

刑責　(*f.*) responsabilidad penal

刑責年齡　(*f.*) edad legal

追究責任　(*m.*) recurso de responsabilidad

道義責任　(*f.*) responsabilidad moral

共同責任　(*f.*) responsabilidad compartida

灰色地帶　un terreno ambiguo

紀律處分　(*f.*) sanción disciplinaria

行政處分　(*vt.*) sanciones administrativas

免刑／免罰　(*f.*) despenalización

自衛權　el derecho de legítima defensa

易科罰金　(*vt.*) conmutar la pena en multa

　　罰鍰十萬美元或易以六個月徒刑　una multa de $100,000 ó una pena sustitutoria de seis meses de prisión

褫奪公權　(*f.*) inhabilitación para cargos y oficios públicos y derechos políticos

停職　(*f.*) suspensión de funciones

減刑　(*f.*) conmutación de pena

　　他因行為良好獲減刑半年　Le remitieron seis meses de pena por buena conducta.

緩刑　(*f.*) suspensión temporal de la ejecución de una sentencia; libertad vigilada

緩刑中　(*vi.*) estar en libertad vigilada

保釋　(*f.*) libertad provisional/bajo fianza

棄保潛逃　(*vi.*) huir estando en libertad bajo fianza

假釋　(*f.*) libertad condicional

主嫌　principal sospechoso

罪犯　(*s.*) criminal

少年犯　(*s.*) delincuente juvenil

逃犯　(*m.*) fugitivo

微罪　(*f.*) delincuencia menor; (*m.*) delito menor, pecado venial

刑事罪　(*m.*) delito común

兇殺　(*m.*) delito de sangre

槍傷　(*fp.*) heridas de bala; (*m.*) balazo

刀傷　(*f.*) cuchillada

拳打　(*m.*) puñetazo

重拳　un fuerte puñetazo

腳踢　(*m.*) puntapié

藏匿罪　(*mp.*) delitos de encubrimiento (亦稱窩藏罪)

現行犯的　en flagrante delito

　　他當場被捕　Lo sorprendieron en flagrante delito.

目擊者　(*m.*) testigo ocular/de vista

提出不在［犯罪現］場證明　(*vt.*) probar/establecer la coartada

無不在場證明　(*prnl.*) quedarse sin coartada

犯罪現場重建　(*f.*) reconstrucción del atentado

偽證　falso testimonio

偽證罪　(*m.*) perjurio (delito de la mentira bajo juramento)

要犯　(*m.*) delincuente peligroso (指對他人有安全顧慮者)

累犯　(*f.*) reincidencia (指犯罪本身)

未遂犯　(*m.*) autor de tentativa

政治犯　(*m.*) preso/prisionero político

黑名單　(*f.*) lista negra

受害人家屬　los familiares de la víctima

隱私權　(*m.*) derecho a la intimidad

侵犯私密　(f.) invasión de la privacidad

毀謗名譽　(f.) difamación; (m.) asesinato moral

侮辱威脅　(mp.) insultos y amenazas

國家賠償　(f.) indemnización a cargo del Estado

依法行事　(vi.) obrar según la ley

奉 [上級] 命行事　(f.) obediencia debida

失職　(f.) prevaricación

濫權　(m.) abuso de autoridad/poder

怠忽 [其] 職守　(f.) negligencia de su cargo

職業過失　(f.) negligencia profesional

嚴重過失　(f.) negligencia temeraria

非法利益　(mp.) beneficios ilícitos

收取回扣　(vt.) cobrar comisiones

紅包　(m.) sobre con dinero

贈禮　(f.) dádiva; (m.) regalo

行賄　(vt.) pagar [a alguien] una mordida

意圖行賄　(m.) intento de soborno

賄賂　(m.) soborno, cohecho; (f.) coima (智、秘)

特別待遇　un trato preferente

封口賄款　(m.) dinero por callar

賄賂罪　(m.) delito de soborno

警察貪污　(f.) corrupción policial

意圖獲得非法利益　con ánimo de obtener un ilícito beneficio económico

挪用公款　(f.) malversación de fondo

污公司錢　(vt.) estafar dinero a la compañía

侵占罪　(m.) delito de apropiación indebida

圖利友人　(vt.) beneficiar/favorecer a los amigos

內線交易　(m.) abuso de información privilegiada

囤積　(vt.) acaparar

屯糧　(m.) acaparamiento de víveres

智慧財產權　(mp.) derechos de propiedad intelectual

著作權　(mp.) derechos del autor

盜印本　una copia pirata (參看頁 325 專利)

盜版/翻印　(f.) edición pirata; piratería editorial

仿冒設計　(m.) diseño pirata

盜版唱片　(f.) piratería de discos

盜版錄音帶　(f.) piratería de cintas de música

偽造文書　(f.) falsificación de documentos

偽造文書罪　(m.) delito de falsedad documental

假護照　(m.) pasaporte falso

偽鈔　(m.) billete falso

假酒　(m.) licor adulterado (變造作假)

私酒　(mp.) licores de fabricación ilícita (非法釀造)

侵入他人住宅　(vi.) entrar en morada ajena

非法侵入民宅　(f.) allanamiento de morada, violación de domicilio (阿、智、委)

偷窺狂　(m.) mirón

[隱藏式] 針孔攝影機　(f.) cámara oculta

性騷擾　(m.) acoso sexual

性侵犯　(m.) abuso sexual

性行業　(f.) industria del sexo

老鴇　(f.) alcahueta (皮條客 alcahuete)

應召站　(f.) agencia de servicios sexuales

妓院　(m.) burdel, prostíbulo

淫媒指控　(m.) cargo de proxenetismo

妓女　(f.) prostituta

公娼　(f.) prostituta autorizada

阻街女郎　(f.) correcalles

流鶯　(f.) prostituta callejera

雛妓　(f.) niña prostituta (指人); prostitución infantil (指事)

援交　(f.) prostitución encubierta de colegialas

牛郎　(m.) prostituto

詐騙集團　(m.) grupo de estafas

騙子　(m.) estafador

詐騙同夥　(m.) socio estafador

詐財　(*vt.*) estafar dinero; (*m.*) fraude económico

騙婚　(*m.*) fraude matrimonial

空頭土地　(*mp.*) terrenos inexistentes

人頭　(*m.*) testaferro; hombre de paja

　　🌼 作為替死鬼　como cabeza de turco

人頭公司　(*fp.*) sociedades pantalla

幽靈公司　(*f.*) compañía/sociedad fantasma

千面人　(*m.*) 'hombre de las mil caras'

蒙面槍手　(*m.*) pistolero enmascarado

蒙面人　(*m.*) encapuchado

持械搶劫　(*m.*) asalto a mano armada

　　🌼 上午兩個蒙面人搶了街角銀行　Esta mañana dos encapuchados han atracado el banco de la esquina.

　　光天化日眾目睽睽之下　a plena luz del día en la vía pública

搶劫未遂　(*f.*) tentativa de robo

搶匪　(*m.*) atracador

小偷　(*m.*) ratero

　　🌼 小心扒手！　¡Cuidado con los carteristas!

慣賊　(*m.*) ladrón habitual

　　🌼 警方認為公司竊案是內賊所為　La policía cree que alguien de la empresa está implicado en el robo.　內部調查　investigación interna

商店偷竊　(*m.*) hurto en tienda

防盜標籤　(*fp.*) etiquetas antirrobo

竊車　(*m.*) robo de coches

竊車賊　(*m.*) robocarros (哥、委)

贓車　(*m.*) auto/coche robado

贓物　(*mp.*) objetos robados

贓貨商　(*m.*) reducidor (美); (*s.*) perista (西)

縱火　(*m.*) incendio intencionado

縱火者　(*m.*) incendiario

黑社會　el mundo del hampa

幫會　(*f.*) mafia (黑手黨), pandilla

黑道組織　(*m.*) grupo mafioso

恐怖組織　(*f.*) organización terrorista

黑幫幫規　las reglas del hampa

流氓　(*m.*) hampón

保護費　(*m.*) impuesto revolucionario (繳付恐怖組織的革命稅)

勒索　(*m.*) chantaje

恐嚇信　(*f.*) carta amenazadora

偷竊　(*m.*) hurto

竊盜集團　(*f.*) pandilla de maleantes

街頭竊盜　(*m.*) robo callejero

警犬　(*m.*) perro policial/policía

狼犬　(*m.*) perro lobo

緝毒犬　(*mp.*) perros antidroga

驗關　(*f.*) revisión aduanera

非法持有武器　(*f.*) tenencia ilícita de armas

沒收　(*f.*) confiscación (財產); (*m.*) decomiso (私貨); (*f.*) incautación (武器毒品)

違禁品　(*f.*) cosa prohibida

私貨　(*m.*) contrabando

軍火走私　(*m.*) contrabando de armas

煙酒走私　(*m.*) contrabando de tabaco y alcohol

走私錶　(*mp.*) relojes de contrabando

走私罪　(*m.*) delito de contrabando

洗錢　(*m.*) lavado/blanqueo de dinero

洗錢犯　(*m.*) blanqueador de dinero

黑錢　(*m.*) dinero sucio

毒販　(*s.*) traficante de drogas (參看頁 154 毒品)

販毒　(*m.*) tráfico de drogas, narcotráfico

走私毒品　(*m.*) narcocontrabando

毒品郵包　(*m.*) correo de la droga

吸毒　(*m.*) consumo de drogas/estupefacientes

毒品問題　(*m.*) problema de **la** droga

軍火販子　(*s.*) traficante de armas

人蛇　(s.) traficante de inmigrantes ilegales

人蛇生意　(m.) negocio del contrabando humano

失蹤兒童　(m.) niño desaparecido

販嬰　(f.) venta de *recién* nacidos

    ✿ 質疑販賣人口的失德　cuestionar la falta de moral del tráfico de personas

偷渡　(prnl.) embarcarse de polizón

偷渡犯　(s.) polizón

綁架　(m.) secuestro

綁匪　(m.) secuestrador

肉票　(m.) secuestrado

劫機　(m.) secuestro de avión

劫機犯　(s.) aeropirata

人質安全　la seguridad del rehén

贖金　(m.) rescate

炸彈包裹　(m.) paquete bomba

土製炸彈　(f.) bomba casera

炸彈車　(m.) coche bomba (車遭歹徒置放爆炸物)

爆炸物　(m.) artefacto explosivo

爆炸物偵測器　(m.) detector de explosivos

拆彈組　(f.) brigada antiexplosivos/de bombas; (mp.) servicios de desactivación de explosivos

意外死亡　(f.) muerte accidental/por accidente

謀殺　(m.) asesinato

政治謀殺　(m.) asesinato político

凶器　el arma homicida

鈍器　(f.) arma contundente

多重殺人　múltiple homicidio

殺人未遂　(f.) tentativa de asesinato

(謀害要人) 刺客　(s.) magnicida

警察 policía

戒嚴時期　(*m.*) estado de sitio

緊急狀態　(*m.*) estado de excepción/emergencia

戒備狀態　(*m.*) estado de alarma/prevención

警察國　(*m.*) estado policíaco/policial

戒嚴法　(*f.*) ley marcial

宵禁　(*m.*) toque de queda

白色恐怖　(*m.*) terror blanco

鎮壓異己　(*f.*) supresión de la disidencia

恫嚇　(*f.*) intimidación

臨檢　(*f.*) inspección inesperada/sin previo aviso

無政府狀態　(*m.*) estado de anarquía

治安　(*f.*) seguridad pública

正面形象　(*f.*) imagen positiva

負面形象　(*f.*) imagen negativa

政府手段 [／技倆]　(*fp.*) maniobras gubernamentales

法國警方　la policía francesa

警察學校　(*f.*) academia/escuela policíaca

警局　(*f.*) comisaría [policial/de policía]

　　三重警局所轄　dentro de la jurisdicción de la comisaría de Sanchong

派出所　(*f.*) comisaría del barrio

刑事局　(*f.*) brigada de investigación criminal

緝毒組　(*f.*) brigada de estupefacientes

警察霹靂小組　(*f.*) división motorizada de la policía

警政署少年隊　Grupo de Menores de la Policía Nacional

國際刑警組織　la INTERPOL

執法人員　(*s.*) agente de la ley

警察　(*s.*) policía

女警　(*f.*) mujer policía

[警察] 督察　(*m.*) inspector de policía

社區警察　(*s.*) policía de barrio

司法警察　(*m.*) agente de policía judicial

海關警察　(*m.*) carabinero [南美則指警察]

秘密警察　(*m.*) policía secreto

便衣警察　(*m.*) policía no uniformado

鎮暴警察　(*m.*) policía antidisturbios/antimotine**s**

鳴槍警告　(*mp.*) disparos de advertencia

交警　(*s.*) policía de tráfico/tránsito

海防人員　(*m.*) guardacostas

憲兵　(*s.*) policía militar, guardia civil, gendarme

警察保護　(*f.*) protección policial

警察隨扈　(*s.*) escolta policial

部長隨扈　(*s.*) escolta del ministro

24 小時衛隊　las escoltas permanentes

隨身保鑣　(*s.*) guardaespaldas personal

警衛　(*s.*) guardia de seguridad

保全公司　(*f.*) empresa de vigilancia

安全組長　(*m.*) jefe de seguridad

徵信社　(*f.*) agencia de dectetives privados (偵探社)

私家偵探　(*m.*) detective privado

情報員　(*s.*) agente secreto

間諜　(*s.*) espía

雙面諜　(*s.*) agente doble

線民　(*m.*) soplón

可靠情報　(*f.*) información **fide**digna

巡邏車　(*m.*) coche de patrulla

警車　(*m.*) vehículo/coche policial

囚車　(*m.*) coche celular

防彈車　(*m.*) carro blindado

防彈玻璃　(*m.*) vidrio antibalas

防彈衣　(*m.*) chaleco antibalas

警棍　(*f.*) porra de madera

警盾　(*m.*) escudo antidisturbios

警笛　(*f.*) sirena

手槍　(*f.*) pistola

手銬　(*fp.*) esposas

警犬　(*m.*) perro policía

監視　(*f.*) vigilancia

封鎖線　(*m.*) cordón [de policía, de tropa]

路障　(*f.*) barricada

帶刺鐵絲網　(*f.*) alambrada de púa

鎮壓　(*f.*) represión; (*vt.*) reprimir

迫害　(*f.*) persecución

拷打　(*f.*) tortura

警鈴　(*m.*) timbre de la alarma

報警　(*vt.*) llamar a la policía

警戒　(*f.*) cautela

警報　(*f.*) alarma

空襲警報　(*f.*) alarma antiaérea

空襲　(*m.*) ataque aéreo

防空　(*f.*) defensa antiaérea

防空演習　(*m.*) simulacro de ataque aéreo

轟炸　(*mp.*) bombardeos aéreos

防空洞　(*m.*) refugio antiaéreo

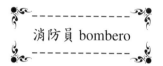

消防員 bombero

火警　(*f.*) alarma de/contra incendios; alarma antiincendios

滅火　(*vt.*) apagar el fuego/incendio

火險　(*m.*) seguro contra/de incendios

消防隊　(*m.*) cuerpo de bomberos

消防站　(*m.*) parque de bomberos

消防演習　(*m.*) simulacro de incendio

義消　(*m.*) bombero voluntario

消防車　(*m.*) carro/coche de bomberos, autobomba (阿)

消防器材　(*m.*) material de incendios

滅火器　(*m.*) extintor (西); extinguidor (de incendios)

消防栓　(*f.*) boca de incendios/riego (西), toma de agua; (*m.*) hidrante de incendios (中、哥), grifo (智)

噴水管　(*f.*) manguera contra incendios

雲梯　(*f.*) escalera de incendios

逃生門　(*f.*) salida de incendios/emergencia

禁止煙火　Está prohibido hacer fuego.

14 政治
Política

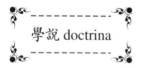

學說 doctrina

學說　(*f.*) doctrina

論據　(*m.*) argumento

正統　(*f.*) ortodoxia

基本教義派　(*m.*) fundamentalismo

教條　(*m.*) dog**ma**; dogmatismo

國父遺囑　el testamento político de Sun Yat-sen

三民主義　Tres Principios del Pueblo

民族主義　(*m.*) nacionalismo

民族意識　(*f.*) conciencia nacionalista

民權主義　Principio de Democracia

民生　(*m.*) bienestar social

代議民主　(*f.*) democracia representativa

中央集權制　(*m.*) centralismo

地方分權制　(*m.*) regionalismo

地方分權　(*f.*)　descentralización administrativa, administración descentralizada

授權　(*f.*) delegación [de poderes]

地方自治　(*f.*) autonomía local

地域觀念　(*m.*) provincianismo

民粹主義　(*m.*) populismo

封建制度　(*m.*) feudalismo

中國封建制度　(*m.*) sistema feudal chino

務實政策　(*m.*) pragmatismo

中間路線　(*f.*) línea de camino intermedio

中立主義　(*m.*) neutralismo

機會主義　(*m.*) oportunismo

資本主義　(*m.*) capitalismo

社會主義　(*m.*) socialismo

共產主義　(*m.*) comunismo

毛澤東思想　(*m.*) maoísmo

反共思想　(*m.*) anticomunismo

帝國主義　(*m.*) imperialismo

軍國主義　(*m.*) militarismo

殖民主義　(*m.*) colonialismo

擴張主義　(*m.*) expansionismo

極權主義　(*m.*) totalitarismo

威權主義　(*m.*) autoritarismo

集體領導　(*f.*) jefatura colectiva; (*m.*) liderazgo compartido

無政府主義　(*m.*) anarquismo

恐怖主義　(*m.*) terrorismo

民主 democracia

民主化　(*f.*) democratización

西班牙式民主　(*f.*) democracia a la española

民主鬥士　los defensores de la democracia

民主轉型　(*f.*) transición democrática/a la democracia

轉型期　(*m.*) período de transición

快速回歸民主　un rápido retorno a la democracia

特權　(*m.*) privilegio

特權階級　la clase privilegiada

少數特權人士　unos pocos privilegiados, una minoría privilegiada

團體間歧異　(*fp.*) diferencias/discrepancias entre grupos

基本歧見　(*fp.*) diferencias de fondo

內部和解　(*f.*) reconciliación interna

政治異議分子　(*m.*) disidente político

政治流亡人士　(*m.*) exiliado político

陰謀　(*m.*) complot; (*f.*) conjuración, conspiración

陰謀分子　(*m.*) conspirador

恐怖組織　(*f.*) organización terrorista

恐怖分子　(*s.*) terrorista

危險分子　(*m.*) elemento peligroso

賣國賊　(*s.*) vendepatria

武裝團體　(*m.*) grupo de hombres armados

公眾矚目事件　(*m.*) acontecimiento de interés público

爭議事件　(*mp.*) asuntos polémicos

事變　(*m.*) incidente

美麗島事件　Incidente de la Revista Formosa

開民主倒車　(*vt.*) constituir un "profundo retroceso democrático"

反民主　(*a.*) antidemocrático

真民主　auténtica democracia

水門事件　el caso Watergate

工運　(*m.*) movimiento obrero

學運　(*m.*) movimiento estudiantil

[大學] 學潮　(*f.*) revuelta universitaria

反墮胎人士　los antiabortistas

反全球化團體　(*mp.*) grupos antiglobalización

活躍分子　(*s.*) activista

遊行人士　los manifestantes

請願　(*vt.*) presentar peticiones

連署活動　(*f.*) campaña de recogidas de firmas

　　逾三萬市民簽名　más de 30.000 firmas de ciudadanos

遊行示威　(*f.*) manifestación

靜坐示威　(*f.*) sentada pacífica

街頭演說人　(*m.*) orador callejero

抗議活動　(*f.*) campaña de protesta

街頭抗議　(*fp.*) protestas callejeras

面對抗議　frente a la protesta

溫和抵制　(*f.*) desobediencia civil [抵制政府，如抗稅]

破壞　(*m.*) sabotaje

混亂　(*f.*) confusión; (*m.*) caos, desorden

騷動　(*f.*) agitación

擾亂　(*m.*) disturbio

擾亂公安　(*vt.*) alterar la tranquilidad pública; (*f.*) perturbación del orden público

暴動　(*m.*) motín

街頭暴動　(*f.*) violencia callejera

共黨滲透　(*f.*) infiltración comunista

顛覆　(*f.*) subversión

汽油彈　(*m.*) cóctel molotov

定時炸彈　(*f.*) bomba de tiempo/relojería

催淚瓦斯　(*m.*) gas lacrimógeno

催淚彈　(*f.*) bomba lacrimógena

革命 revolución

土地改革　(*f.*) reforma agraria

寧靜革命　la revolución tranquila

不流血　sin derramamiento de sangre

文化大革命　la Revolución Cultural (1966-1976)

宮廷革命　(*f.*) revolución de palacio

起義　(*m.*) levantamiento/alzamiento [militar], pronunciamiento

軍事叛變　(*f.*) rebelión militar

政變　(*m.*) golpe de estado

革命分子　(*m.*) revolucionario

革命先烈　(*m.*) mártir revolucionario

辛亥革命　Revolución de 1911 (que derrocó la dinastía Qing)

民族解放運動　(*m.*) movimiento de liberación nacional

台獨運動　(m.) movimiento de la independencia de Taiwán

美國獨立宣言　Declaración de la Independencia norteamericana

政治 política

政治改革　(f.) reforma política

政治民主化　(f.) democratización política

世代交替　(m.) relevo generacional

政治倫理　(f.) ética/moral en la política

李登輝時代　la era Lee Teng-hui

後李台灣　Taiwán después de Lee

> 李登輝時代過去了　La era Lee se acabó.

政治人　(m.) político

> 這個人腦筋清楚是天生的政治動物　hombre de ideas claras y marcadas
> dotes de 'animal político'
>
> 做事精力和能力過人　gozar de una energía y una capacidad de trabajo
> admirables
>
> 天生政治家　político nato　　沒原則政客　un político sin principios
>
> [他]政治上完了　políticamente muerto

政治家　(s.) estadista; (m.) hombre de estado

政客　(m.) politiquero

政治領袖　(mp.) dirigentes políticos

政治份量　(m.) peso político

政治菁英　la élite política

政治同儕　(mp.) colegas políticos

接班人　(m.) delfín

政治家族　(f.) familia política

政治靠山　(m.) padrino político

政治標籤　(fp.) etiquetas políticas

政治色彩　(m.) tinte político

政治正確　políticamente correcto

政治犯　(*m.*) prisionero político

政治學者　(*m.*) politólogo

政治分析家　(*m.*) analista político

財閥　(*s.*) plutócrata

金權政治　(*f.*) plutocracia

官僚　(*s.*) burócrata

官僚政治　(*f.*) burocracia

本位主義　(*m.*) seccionalismo, departamentalismo

破除本位主義　(*vt.*) derribar las barreras del seccionalismo

治國之才　(*m.*) arte de gobernar

領導力　(*f.*) capacidad de liderazgo; (*fp.*) dotes de mando

政治手腕　(*f.*) habilidad política

政治意識　(*f.*) conciencia política

魅力　(*m.*) carisma

辯才　(*f.*) elocuencia

個人崇拜　(*m.*) culto *a* la personalidad

知名度　(*f.*) popularidad

影響力　(*f.*) influencia

國內外　dentro y fuera del país, aquí y en el extranjero

政治生涯　(*f.*) carrera política

插手政治　(*prnl.*) dedicarse a la política, meterse en política

　　　我對政治沒多大興趣　No me interesa mucho la política.

　　　百姓厭煩　el cansancio de la población

　　　他不知民間疾苦　No está escuchando la voz del pueblo.

政治誤失　(*m.*) error político

政治行情　el barómetro político

告別政壇　(*prnl.*) despedirse de la política

政治舞台　la escena política

國內政治氣氛　(*m.*) clima político interno

政治危機　(*f.*) crisis política

政治風險　(*m.*) riesgo político

政治勒索　(*m.*) chantaje político

政治貪污　(*f.*) corrupción política

政治對峙　(*f.*) confrontación política

對立　(*m.*) antagonismo

> 兩黨當前對峙，要談聯盟不可能　El antagonismo existente entre estos dos partidos políticos hacen imposible su coalición.
>
> 辯論時他和反對黨領袖嚴重衝突　En el debate se enfrentó duramente al líder/con el líder de **la** oposición.

政治對話　(*m.*) diálogo político

決策者　(*f.*) persona que toma decisiones

重大政治決策　(*fp.*) decisiones políticas de especial trascendencia

原則確定　(*f.*) decisión de principio

主流　(*f.*) tendencia dominante; corriente principal

非主流　(*f.*) corriente secundaria

策略聯盟　(*f.*) alianza estratégica

政治版圖　(*m.*) mapa político

政治勢力　las fuerzas políticas

國內第二大政治勢力　la segunda fuerza política del país

其他政治勢力　las demás fuerzas políticas

少數政府　un gobierno minoritario

議會少數　(*f.*) minoría parlamentaria

聯合政府　(*m.*) gobierno de coalición

兩黨政府　(*m.*) gobierno bipartidista

執政聯盟　(*f.*) coalición gobernante

在野聯盟　(*f.*) alianza opositora

穩定核心　un 'núcleo estable'

政治化　(*vt.*) politizar; (*f.*) politización

陰謀論　(*fp.*) teorías conspiratorias

政治動機　(*mp.*) motivos políticos

政治陰謀　(*fp.*) maniobras políticas (常指卑劣的政治運作)

> 現在拋出這議題是政府轉移焦點的高招　Lanzar ahora ese tema ha sido una hábil maniobra de distracción por parte de**l G**obierno.

政治責任　(*f.*) responsabilidad política

政治效應　(mp.) efectos políticos
政治穩定　(f.) estabilidad política
政治癱瘓　(f.) parálisis política
政治事件　(m.) asunto político
任人惟親　(m.) favoritismo, nepotismo (裙帶關係)
政敵　(s.) rival político/política; (m.) adversario/enemigo político
主要對手　los principales contendientes
假想敵　(m.) enemigo imaginario
勁敵　acérrimo enemigo
死對頭　(m.) enemigo jurado/declarado
頭號公敵　(m.) enemigo público número uno

人民 pueblo

民政局　Departamento de Asuntos Civiles
原住民　(s.) aborigen, indígena
漢族　(f.) nacionalidad han
　閩南人　los hoklos　　客家人　los hakkas
滿族　(f.) nacionalidad manchú
蒙族　(f.) nacionalidad mongol
回族　(f.) nacionalidad Hui
藏族　(f.) nacionalidad tibetana
少數民族　las minorías nacionales
游牧民族　(m.) pueblo nómada
種族主義　(m.) racismo
民族優越感　(m.) etnocentrismo
種族優越　(m.) orgullo de raza
種族歧視　(f.) discriminación racial
政治歧視　(f.) discriminación política
種族動亂　(m.) disturbio racial
種族融合　(f.) integración racial

[南非] 種族隔離　(m.) *apartheid*; (f.) segregación racial (1996 年已廢止)

族群　(f.) etnia; los grupos étnicos

少數族群　las minorías étnicas

族群認同　(f.) identidad étnica

族群紛爭　(m.) conflicto [de origen] étnico

　多族群多種族多文化的美國　un EE UU multiétnico, multirracial y multicultural

黃種人　(f.) raza amarilla

白種人　(f.) raza blanca

黑種人　(f.) raza negra

有色人種　(fp.) personas de color (蔑)

混血兒　(m.) mestizo (另指白人和美洲土著混血); mulato (白黑混血)

美國佬　(m.) gringo (蔑)

盎格魯撒克遜的　(a.) anglosajón

條頓的　(a.) teutón

日耳曼的　(a.) germánico

斯拉夫人　(m.) eslavo

吉普賽人　(m.) gitano

同胞　(s.) compatriota; (m.) conciudadano

同鄉　(m.) paisano

世界公民　(m.) ciudadano del Mundo

資深公民　(m.) ciudadano de la tercera edad

二等公民　(m.) ciudadano de segunda clase

台北市民　(m.) ciudadano de Taipei

　他是台北人　Es natural de Taipei.　　台北市鑰　las Llaves de Taipei
　一個小市民　un simple ciudadano　　一介平民　un civil

榮譽市民　(m.) ciudadano honorario/de honor

外僑 residente extranjero

居留證　(m.) permiso de residencia

永久居留　(f.) residencia permanente

居留國　(m.) país de residencia

華僑　(m.) chino de/en ultramar (祖國 madre patria)

美籍華人 (華裔美人)　(m.) norteamericano de origen chino

非裔美人　(m.) afroamericano

旅日華僑　(m.) chino residente en Japón

旅外西僑　los españoles residentes en el exterior

移民 (出)　(s.) emigrante

移民 (入)　(s.) inmigrante

移民配額　(fp.) cuotas/(mp.) cupos de inmigración

移民官　(m.) agente migratorio

投資移民　(m.) inmigrante económico

合法移民　(s.) inmigrante legal

簽證過期外國人　(mp.) extranjeros con visados caducados

非法移民　(m.) indocumentado; inmigrante ilegal/sin papeles

遣返　(f.) deportación

雙重國籍　doble nacionalidad

無國籍　sin nacionalidad; (a.-s.) apartida (兼指人)

歸化　(f.) naturalización

出生紙　(f.) partida/(m.) certificado de nacimiento

工作證　(m.) permiso de trabajo

良民證　(m.) certificado de buena conducta

前科　(mp.) antecedentes penales/policiales

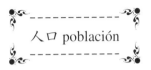

人口 población

人口普查　(m.) censo de población

戶口登記簿　(m.) libro/(f.) libreta (智) de familia

戶口謄本　(f.) copia de registro familiar

人口結構　(f.) estructura demográfica

人口統計　(f.) estadística demográfica

人口密度　(*f.*) densidad demográfica

人口成長　(*m.*) crecimiento demográfico

人口零成長　(*m.*) crecimiento cero de la población

子女少　escaso número de hijos

人口爆炸　(*f.*) explosión demográfica

人口壓力　(*fp.*) presiones demográficas

人口老化　(*m.*) envejecimiento de la población

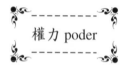 日本人口逐漸老化　La población japonesa está evejeciendo.

人口流失　(*f.*) pérdida de habitantes

都會人口　(*f.*) población urbana

農村人口　(*f.*) población rural

農業人口　(*f.*) población agrícola

常住人口　(*f.*) población fija

流動人口　(*f.*) población flotante

勞動人口　(*f.*) población activa

非勞動人口　(*f.*) población pasiva

學生人口　(*f.*) población estudiantil

成人識字率　(*m.*) índice de alfabetización de adultos

區域整合　(*f.*) integración regional

家庭計畫　(*f.*) planificación familiar

節育　(*m.*) control de natalidad

出生率　(*m.*) índice/(*f.*) tasa de natalidad

生育率　(*m.*) índice/(*f.*) tasa de fecundidad

死亡率　(*m.*) índice/(*f.*) tasa de mortalidad

平均餘命　(*f.*) esperanza/(*fp.*) expectativas de vida

權力 poder

治權　(*mp.*) poderes políticos

三權分立　(*f.*) división/separación de poderes (legislativo, ejecutivo y judicial)

行政權　(*m.*) poder ejecutivo

立法權　(*m.*) poder legislativo

司法權　(*m.*) poder judicial

公權力　(*mp.*) poderes públicos

公信力　(*f.*) credibilidad pública

權力欲　(*m.*) deseo/anhelo de poder

權力之路　(*m.*) camino hacia el poder

　　他一輩子都在追名逐權　Toda la vida buscó el poder y la gloria.

權力基礎　la base de poder

權力結構　(*f.*) estructura de poder

權力鬥爭　(*f.*) lucha por el poder

內訌　(*f.*) discordia interna

階級鬥爭　(*f.*) lucha de clases

政治鬥爭　(*f.*) pugna política

　　他們把國會變成政治戰場　Han convertido el Congreso en un frente de contiendas políticas.

當權／執政　(*vi.*) estar en el poder

上台　(*vi.*) llegar al poder

取得政權　(*vt.*) tomar el poder; (*prnl.*) hacerse con el poder

權力真空　(*m.*) vacío de poder

權力轉移　la entrega/transmisión de poderes

移交小組　(*m.*) equipo de transición

共治　(*vt.*) gobernar con cohabitación con

結束共治　(*vi.*) acabar/terminar con la cohabitación

權利 derecho

基本權利　(*mp.*) derechos fundamentales

尊重人權　el respeto a los derechos humanos

人權組織　(*f.*) organización de derechos humanos

公民權　(*mp.*) derechos civiles

公民參與制度　(*m.*) sistema de participación pública

參政權　(*m.*) derechos políticos

選舉權　(*m.*) derecho de elección

罷免權　(*m.*) derecho de deponer a funcionarios elegidos

創制權　(*m.*) derecho de iniciativa

複決權　(*m.*) derecho de referéndum

投票權　el derecho al voto

自由平等博愛　libertad, igualdad, fraternidad

言論自由　(*f.*) libertad de expresión/palabra

新聞自由　(*f.*) libertad de prensa

出版自由　(*f.*) libertad de imprenta

通訊自由　(*f.*) libertad de correspondencia

住家和通訊秘密不可侵犯　inviolabilidad de domicilio y secreto de las comunicaciones

思想自由　(*f.*) libertad de pensamiento

信仰自由　(*f.*) libertad de conciencia

宗教自由　(*f.*) libertad religiosa/de cultos

非法集會　(*f.*) reunión ilícita

集會自由　(*f.*) libertad de reunión

結社自由　(*f.*) libertad de asociación

示威集會權利　(*mp.*) derechos de manifestación y de libre asociación

社會正義　(*f.*) justicia social

平等原則　(*m.*) principio de igualdad

機會均等　(*f.*) igualdad de oportunidades

義務　(*f.*) obligación; (*m.*) deber

繳稅　(*vt.*) pagar impuestos

服兵役　(*vt.*) prestar el servicio militar; hacer la mili (西)

個人責任　(*f.*) responsabilidad personal

共同責任　(*f.*) responsabilidad compartida

行政責任　(*fp.*) responsabilidades administrativas

政治責任　(*fp.*) responsabilidades políticas

刑事責任　(*fp.*) responsabilidades penales

民事責任　(*fp.*) responsabilidades civiles

台海 estrecho de Formosa

內政　(*mp.*) asuntos internos

台海　(*m.*) estrecho de Formosa/Taiwán

台海兩岸間　entre ambos lados/las dos orillas del estrecho de Taiwán

台北政府　el Gobierno de Taipei

台灣當局　las autoridades de Taiwán

中國大陸　el continente chino, China continental

中共　China comunista

中國當局　las autoridades chinas

中共當局　las autoridades de China comunista

北京政權　el régimen de Pekín (Beijín)

中共中央軍委會　Comisión Militar del Comité Central del Partido Comunista

中方　la parte china

國統會　Consejo para la Unificación Nacional

陸委會　Consejo para los Asuntos de China Continental (Consejo para los Asuntos Continentales)

海基會　Fundación para los Intercambios a través del Estrecho de Taiwán (SEF)

海協會　Asociación para las Relaciones a través del Estrecho de Taiwán (ARATS)

對等人／單位　(*s.*) contraparte

一中論　la teoría de "una China", la política/el concepto de "una sola China"

一國兩制原則　el principio de "un país, dos sistemas"

一國兩制模式　la fórmula "un país, dos sistemas"

兩個中國　dos Chinas

一中一台　una China, una Taiwán

一國兩府　un país y dos Estados

兩國論　la teoría de los dos Estados

政治實體　(*m.*) ente político; (*f.*) entidad política

聯合國平行代表權　(*f.*) representación paralela en las Naciones Unidas

祖國　la madre patria

中國統一　(*f.*) reunificación de China

分裂中國　una China dividida

維持 (當前政治) 現狀　(*vt.*) mantener el *statu quo* (de la situación política actual)

澎湖群島　las islas Pescadores

西藏自治區　Región Autónoma de Tibet

香港特別行政區　Región Administrativo Especial de Hong Kong

國家統一　(*f.*) reunificación nacional

和平統一　(*f.*) reunificación pacífica

國統綱領　Directrices para la Unificación Nacional

中國不可分割的領土　(*m.*) territorio inalienable de China

分離主義　(*m.*) separatismo

獨立運動　(*m.*) movimiento independentista

台灣獨立　la independencia de Taiwán

安全福祉　la seguridad y el bienestar

政治現實　(*f.*) realidad política

社會差異　(*fp.*) diferencias sociales

威脅　(*f.*) amenaza

嚇阻力　(*f.*) capacidad disuasiva

恐嚇台灣　(*vt.*) intimidar a Taiwán

動武　(*m.*) uso de la fuerza

武嚇　(*fp.*) maniobras intimidatorias

訴諸武力解決　(*vi.*) recurrir a una solución militar

不放棄使用武力　no renunciar al uso de la fuerza militar

戒急用忍政策　la política de "no precipitación, paciencia"

三通 (通郵、通商、通航)　los "tres enlaces" directos entre Taiwán y China continental (abrir los lazos comerciales, de transportes y postales directos)

小三通　la apertura de los "tres mini enlaces"

互訪　(*f.*) visita de intercambio; (*m.*) intercambio de visitas

農業交流　(*mp.*) intercambios agrícolas

對等談判　(*fp.*) negociaciones sobre la base de igualdad

在美國壓力下　bajo la presión de EE UU

結束各種敵意　(*vi.*) poner fin a todo tipo de hostilidades

互不干涉　no interferencia mutua; no intervención recíproca

互不侵犯條約　(*m.*) tratado de no agresión mutua

分享發展經驗　(*vt.*) compartir su experiencia de desarrollo

加強雙方互信　(*vt.*) cultivar la confianza mutua entre ambos lados

政府 gobierno

現行政治制度　(*m.*) sistema político vigente

院會　(*m.*) consejo de ministros

總辭　(*f.*) dimisión en conjunto, renuncia colectiva

解散國會　(*vt.*) disolver el parlamento

提早選舉　(*vt.*) anticipar las elecciones

改選　(*vt.*) convocar a nuevas elecciones

奪回政權　(*vt.*) recuperar el poder

內閣改組　(*m.*) reajuste ministerial; (*f.*) re**model**ación del gabinete
　　[ministerial]

代表全體閣員　en nombre de los componentes del Gabinete

聯合政府　(*f.*) gobierno de coalición

　　❀ 組聯合政府　formar una coalición

　　他受命籌組新內閣　Está encargado de formar nuevo gobierno.

影子內閣　(*m.*) gabinete fantasma/en la sombra

政府策略　(*f.*) estrategia gubernamental

政府干預　(*f.*) intervención gubernamental

法國政府　las autoridades francesas

文人政府　(*m.*) gobierno civil

軍事政權　(*m.*) régimen militar

軍政府　(*m.*) gobierno militar

獨裁政府　(*f.*) dictadura

軍事獨裁政府　(*f.*) dictadura militar

正義政府　(*f.*) administración de justicia

無能政府　(*m.*) gobierno incapaz

過渡政府　(*m.*) gobierno de transición

看守政府　(*m.*) gobierno en funciones

流亡政府　(*m.*) gobierno en el exilio

殖民政府　(*m.*) gobierno colonial

中央政府　(*m.*) gobierno central; (*f.*) administración central

政府所在地　(*f.*) sede del gobierno

地方政府　(*fp.*) administraciones locales

省政府　(*m.*) gobierno provincial

行政部門　el ejecutivo

智庫　(*m.*) gabinete estratégico, comité asesor

官方／官場　los círculos oficiales

官僚程序　(*mp.*) trámites burocráticos

行政劃分　(*fp.*) divisiones administrativas

　　〔行政區域劃分和名稱，各國不盡相同。〕

自治區　(*f.*) región autónoma

首都　(*f.*) capital

京畿　(*m.*) distrito federal

省會　(*f.*) capital de provincia

州　(*m.*) estado

院轄市　(*m.*) municipio especial

直轄市　(*f.*) ciudad autónoma

縣　(*m.*) distrito

　　🌸 南投縣誌　anales del distrito Nantou (日本將縣譯成provincia, prefectura，大阪府 provincia de Osaka)

縣市　(*fp.*) alcaldías y distritos; ciudades y distritos

郡　(*m.*) condado

市政府　(*f.*) municipalidad; (*m.*) municipio, ayuntamiento (gobierno municipal)

市公所　(*m.*) municipio, ayuntamiento

區　(*f.*) comuna (美)

鄉鎮　(*f.*) villa

村　(*f.*) aldea

小鎮　pequeña población

農村　(*f.*) población agrícola

漁村　(*m.*) pueblo pesquero

離島　(*f.*) isla apartada/remota

印地安聚落　antiguo poblado indio

工業城　(*f.*) ciudad industrial

港都　(*f.*) ciudad portuaria

　　港都再生策略　estrategias de revitalización de ciudades portuarias

衛星城鎮　(*f.*) ciudad satélite

姐妹市　(*f.*) ciudad hermana

政府機關 organismos estatales

政府機關　(*m.*) organismo estatal/público

政府機構　(*f.*) institución pública

政府部門　(*m.*) departamento gubernamental

主管機關　la autoridad competente

省政單位　(*m.*) organismo provincial

附屬機關　(*m.*) organismo autónomo

　　[文化部]附屬機關　organismo dependiente [del Ministerio de Cultura]

附屬機構　(*f.*) institución subordinada

總統府　Palacio/Casa Presidencial (指建物); Oficina del Presidente (指機關)

白宮　Casa Blanca

中研院　Academia Sínica

國史館　Academia Histórica (Archivo Histórico Nacional)

國家安全會議　Consejo de Seguridad Nacional

國家安全局　Agencia de Seguridad Nacional

美國中情局　**la** CIA (Agencia Central de Inteligencia)

行政院　*Yuan* Legislativo

內政部　Ministerio del Interior

警政署　Administración Nacional de Policía

移民局　Departamento de Inmigración

營建署　Administración de Construcción y Planificación

智財局　Oficina de los Derechos de Propiedad Intelectual

外交部　Ministerio de Relaciones Exteriores/Asuntos Exteriores

外交學院　La Escuela (西)/Academia (美) Diplomática

中南美司　Departamento del Centro y Sudamérica

禮賓司　Departamento de Protocolo

國合基金會　Fondo de Cooperación y Desarrollo Internacional

國防部　Ministerio de Defensa [Nacional]

美國五角大廈　el Pentágono

財政部　Ministerio de Hacienda/Finanzas

[美國] 財政部　Departamento de Tesoro

國有財產局　Departamento de Propiedad del Estado

金融局　Buró de Asuntos Monetarios

關稅總局　Administración General de Aduanas

國稅總局　Administración Tributaria

國稅局　Dirección General de Tributos, Departamento General de Contribuciones

港務總署　Junta Central de Puertos

教育部　Ministerio de Educación

教育文化體育部　Ministerio de Educación, Cultura y Deporte

法務部　Ministerio de Justicia

調查局　Agencia de Investigaciones

聯邦調查局　**el** FBI (Buró Federal de Investigación)

美國緝毒局　Departamento Estadounidense Antidroga

經濟部　Ministerio de Economía

國際開發總署　Organismo para el Desarrollo Internacional (AID)

厚生省　Ministerio de Salud, Trabajo y Bienestar, Ministerio de Sanidad y Seguridad Social (西)

通産省　Ministerio de Comercio Internacional e Industria

建設省　Ministerio de Obras Públicas y Urbanismo

國貿局　Junta de Comercio Exterior

台灣外貿協會　Consejo para el Desarrollo del Comercio Exterior de China (CETRA)

日本貿易振興會　Organización Japonesa de Comercio Exterior (JETRO) (另
譯 Organización Japonesa para el Comercio Exterior)

國營事業委員會　Comisión de Empresas Estatales

國際合作處　Agencia de Cooperación Internacional

經濟部工業局　Buró para el Desarrollo Industrial del Ministerio de Economía

投資業務處　Centro de Desarrollo e Inversión Industriales

中央標準局　Registro de la Propiedad Industrial

中小企業處　Administración de las Medianas y Pequeñas Empresas

加工出口區管理處　Administración de Zonas para el Procesamiento de Productos de Exportación

公賣局　Buró del Monopolio del Tabaco y del Vino

中油　Corporación China del Petróleo

台電　La Compañía de Electricidad de Taiwán

交通部　Ministerio de Transportes y Comunicaciones

郵政總局　Administración de Correos

電信總局　Administración de Telecomunicaciones

觀光局　Oficina de Turismo

民航局　Junta Aeronáutica Civil

聯邦航空署　Administración Federal de Aviación

美國航空及太空總署　Administración Nacional para la Aeronáutica y el Espacio (NASA)

中央氣象局　Oficina Meteorológica Central

國家海洋暨大氣署　Administración Oceanográfica y Atmosférica Nacional

社會部　Ministerio de Asuntos Sociales

蒙藏委員會　Comisión de Asuntos Mongoles y Tibetanos

僑委會　Comisión de Asuntos para los Chinos de Ultramar

經建會　Consejo para la Planificación y el Desarrollo Económicos

文化部　Ministerio de Cultura

文建會　Consejo Nacional de Cultura

國科會　Consejo Nacional de Ciencias

退輔會　Comisión de Asistencia a los Militares Retirados

農業部　Ministerio de Agricultura

農漁糧部　Ministerio de Agricultura, Pesca y Alimentación

農林水產省　Ministerio de Agricultura, Silvicultura y Pesca

農委會　Consejo de Agricultura

漁業局　Administración de Pesca

勞工部　Ministerio de Trabajo

勞委會　Consejo para los Asuntos Laborales

青輔會　Comisión Nacional de la Juventud

原住民委員會　Consejo Nacional de Asuntos Indígenas

客家事務委員會　Consejo para los Asuntos de Hakka

體委會　Comisión Nacional de Deportes

衛生部　Ministerio de Sanidad

衛生署　Administración de Sanidad Nacional

環境部　Ministerio de Medio Ambiente

環保署　Administración de Protección Ambiental

新聞局　Oficina de Información del Gobierno

美國新聞總署　Agencia de Información de los Estados Unidos (USIA)

政府發言人　(s.) portavoz del Gobierno

　　　角色混淆　ambigüedad del papel

故宮博物院　Museo Nacional del Palacio Imperial

陸委會　Consejo para los Asuntos de China Continental

原能會　Comité de Energía Atómica

公交會　Comisión para las Transacciones Justas; Comisión de Comercio Equitativo/Justo

公共工程委員會　Comisión de Obras Públicas

消保會　Comisión de Protección al Consumidor

中央銀行　Banco Central

主計處　Dirección General de Presupuestos, Contabilidad y Estadísticas

（官方譯名，但 dirección general 為各部會的「司、處」）

人事行政局　Oficina Central de Personal

研考會　Comisión de Investigación, Desarrollo y Evaluación

立法院　Asamblea Legislativa; *Yuan* Legislativa

司法院　*Yuan* Judicial

公務員懲戒委員會　Comisión para la Disciplina de Funcionarios Públicos

考試院　*Yuan* de Exámenes

考選部　Ministerio de Exámenes

銓敘部　Ministerio de Servicio a Funcionarios

監察院　Yuan de Control

審計部　Ministerio de Intervención de Cuentas （職掌類同於西班牙的 Tribunal de Cuentas、智利和墨西哥等國的 Contraloría General）

肅貪處　Fiscalía Anticorrupción

台灣省議會　Asamblea Provincial de Taiwán

台灣省諮議會　Asamblea Consultiva Provincial de Taiwán

台灣省政府　Gobierno Provincial de Taiwán

省警政廳　Jefatura Superior de Policía de Taiwán

台北市政府　Gobierno Municipal de Taipei

高雄市議會　Concejo Municipal de Gaoxiong

文化局　Departamento de Cultura

新聞處　Departamento de Información

工務局　Departamento de Obras Públicas

都市發展局　Departamento de Urbanismo

捷運局　Departamento de Sistemas de Tránsito Rápido

台北捷運公司　Corporación de Tránsito Rápido de Taipei

自來水處　Administración de Agua Potable

文獻會　Comisión de Documentación Histórica

台北市天文台　Observatorio de Taipei

新竹科學園區　Parque Científico-Industrial de Xinzhu

工研院　Instituto de Investigaciones sobre Tecnología Industrial
中華經濟研究院　Instituto de Investigaciones Económicas Chung Hua

職稱 títulos

統治者　(*m.*) gobernante, mandatario
國家元首　(*m.*) jefe de Estado
　　🌸 jefe de Gobierno　最高行政首長，指總理、首相、行政院長
總統　(*m.*) presidente
　　🌸 總統核心智囊團　el círculo de asesores más allegados al presidente
總統當選人　(*m.*) presidente electo
前總統　(*m.*) expresidente
　　🌸 同一人二項前職，如前國會議員、前馬德里大學校長　*Ex* diputado y
　　　antiguo rector de la Universidad Complutense de Madrid
代總統　(*m.*) presidente interino
副總統　(*m.*) vicepresidente
第一副總統　(*m.*) vicepresidente primero
第二副總統　(*m.*) vicepresidente segundo
第二副總統兼經濟部長　El vicepresidente segundo y ministro de Economía
憲法繼位人　(*m.*) sucesor constitucional
第一夫人　primera dama
秘書長　(*m.*) secretario general
參軍長　(*m.*) jefe de Estado Mayor General
國家安全顧問　(*m.*) consejero de seguridad nacional
白宮辦公室主任　(*m.*) jefe de gabinete de la Casa Blanca
侍從官　(*m.*) edecán
行政院長　primer ministro; (*m.*) jefe de Gobierno/del Ejecutivo
總理／首相　primer ministro; (*m.*) *premier*
女總理／女首相　primera ministra; (*f.*) *premier*
副總理　(*m.*) viceprimer ministro
政務委員　(*m.*) ministro de Estado, ministro sin cartera

國務院　Departamento de Estado

國務卿　(*m.*) secretario de Estado

副國務卿　(*m.*) subsecretario de Estado

助理國務卿　(*m.*) secretario adjunto de Estado

部長　(*m.*) ministro

　女部長　la ministro/ministra　　重量級部長　ministro de peso

　部長身邊的人　personas del entorno del ministro

商務部長　(*m.*) secretario de Comercio (美國部長稱 secretario)

部長銜　con rango de ministro

　環保署長和新聞局長均為政務官，若譯成director general，易誤為司長級
　官員，故應譯成部長銜署／局長director general con rango de ministro較合其
　位階

副部長　(*m.*) viceministro

次長　(*m.*) viceministro, subsecretario

　政次　viceministro político　　常次　viceministro administrativo

　國防部副部長稱　viceministro de Defensa，次長可稱　subsecretario

署長／局長　(*m.*) director general (見部長銜)

總檢察長　Fiscal General del Estado; (*m.*) procurador general del Estado/de la Nación/de la República

新竹縣長　Jefe del distrito de Xinzhu

市長　(*m.*) alcalde

女市長　(*f.*) alcaldesa

副市長　(*m.*) vicealcalde, teniente de alcalde

第一副市長　primer teniente de alcalde

辦公廳主任　(*m.*) jefe de gabinete

機要秘書　(*m.*) secretario particular

顧問　(*m.*) asesor, consejero

參事　(*m.*) consejero

司／處長　(*m.*) director del departamento

主任　(*m.*) jefe de división

專門委員　(*s.*) especialista de 1ª categoría; (*m.*) consejero adjunto

科長　(*m.*) jefe de sección

專員　(s.) especialista de 2ª categoría

股長　(m.) jefe de subsección

辦事員　(s.) oficinista

臨時雇員　(m.) trabajador eventual/temporal

職務 cargo

公職　(m.) cargo público

政務職　(m.) cargo político

機要職　(m.) puesto de confianza

公務員　(m.) funcionario/empleado público

旋轉門條例　Ley de Incompatibilidades de los Altos Cargos de la Administración General del Estado

公職不適任　(f.) inhabilitación para ejercer cargo público

行政官僚　(s.) burócrata (貶)

技術官僚　(s.) tecnócrata

行政人才　(mp.) talentos en administración

高科技人才　(mp.) talentos en alta tecnología

政府效率　(f.) eficiencia gubernamental

形式主義　(f.) formulismo, ritualismo

行政部門肥大　la hipertrofia en la administración

任命　(m.) nombramiento

高階官員　alto funcionario

第二號人物　el segundo en importancia

　　全交給副手　dejar todo en manos del vice

低階職員　(m.) empleado subalterno

工友　(m.) ordenanza, mandadero (美)

長官　(m.) superior

視察　una visita de inspección

上頭　los de arriba

未來直屬上司　el futuro jefe directo

長官愛將　el preferido/predilecto del jefe

親信　(m.) hombre de confianza

親信部屬　(m.) subordinado de confianza

長官部屬間　entre superiores y subordinados

授權　(f.) delegación [de poderes]

上頭命令　(fp.) órdenes de arriba

遵命!　¡A sus ordenes! (是，長官)

犯上　(m.) desacato a la autoridad

同職級間　entre iguales en rango

同事　(m.) compañero de trabajo

爵位 título nobiliario

諡號　(m.) título póstumo

末代皇帝　el último emperador

皇室　(f.) familia imperial

沙皇　(m.) zar; (f.) zarina (沙皇之后或女沙皇)

君王　(m.) monarca, soberano

英女王　la Reina de Inglaterra

蘇丹王　(m.) sultán

王夫　(m.) príncipe consorte

太后　(f.) reina madre (在位君王之母), reina viuda (已故君王之妻)

太子／王儲　(m.) príncipe heredero

王子　(m.) príncipe

親王　(m.) infante

郡主　(f.) infanta

嬪妃　(f.) concubina imperial

愛丁堡公爵　El Duque de Edimburgo

基督山伯爵　El Conde de Montecristo (Alexandre Dumas 小說)

幕府將軍　(m.) shogun, sogún

武士　(m.) samurai

忍者　(*s.*) ninja

太監　(*m.*) eunuco

政黨 partido político

政黨政治　(*m.*) sistema partidista

兩黨政治　(*m.*) sistema **bi**partidista; **bi**partidismo

多黨政治　(*m.*) **pluri**partidismo, **multi**partidismo

超黨派主張　(*m.*) **supra**partidismo

政黨利益　los intereses partidistas/de los partidos

政黨分贓　(*m.*) amiguismo, clientelismo (美)

政團　(*f.*) organización política

黨機器　la máquina/el aparato del partido

政治局　Buró Político, Politburó

政黨高層　las cúpulas dirigentes de los partidos

兩黨之間　entre los dos partidos

朝野之間　entre **G**obierno y oposición

朝野協商　(*f.*) negociación **G**obierno-oposición

政黨協商　(*f.*) negociación interpartidista

政治敏感期　(*fp.*) fechas cargadas de sensibilidad política

政黨共識　(*m.*) consenso entre partidos

> 取得共識　consensuar　　取得一些共識　llegar a cierto consenso
> 共識成果　fruto de un consenso　　破壞共識　romper el consenso

執政黨　(*m.*) partido gobernante/dominante, partido en el poder

反對黨　(*m.*) partido opositor/de la oposición

反對黨黨魁　(*m.*) líder de la oposición

主要反對黨　el principal partido de oposición

集體領導政黨　(*m.*) partido de liderazgos compartidos

少數黨　(*m.*) partido minoritario

多數黨　(*m.*) partido mayoritario

尊重少數　el respeto a las minorías

民進黨　Partido Democrático Progresista (DPP) (括弧內為英文縮寫，餘同)

民進黨組織部主任　(m.) secretario de Organización del DPP

基本教義派　(s.) fundamentalista

中國國民黨　Partido Nacionalista Chino (KMT)

國民黨基層　las bases del KMT

國民黨中央委員會　Comité Central del Kuomintang

後補委員　(m.) miembro suplente

親民黨　Partido Pueblo Primero (PFP)

台聯　Unión de Solidaridad de Taiwán (TSU)

新黨　Nuevo Partido [自國民黨分裂 una escisión del Kuomintang]

母黨　(m.) partido madre

退出國民黨　(f.) separación del Partido Nacionalista

中國共產黨　Partido Comunista Chino (PCCh)

民主黨　Partido Demócrata

民主黨全國委員會　Comité Nacional Demócrata

共和黨　Partido Republicano

保守黨　Partido Conservador

工黨　Partido Laborista

基民黨　Partido Demócratacristiano

自民黨　Partido Liberal Demócrata

社會黨　Partido Socialista

共產黨　Partido Comunista

鐵幕　la cortina de hierro, el telón de acero (西)

紅衛兵　Guardia Roja

綠黨　Partido Verde

左派　la izquierda

右派　la derecha

右翼團體　(m.) agrupación de derechas

極左　(f.) ultraizquierda; extrema izquierda

極右　(f.) ultraderecha

極右人士　(s.) ultraderechista

極右派　(m.) grupo de extrema derecha

極右團體　(mp.) grupos ultraderechistas

極端分子　los extremistas

中道黨　(m.) partido de centro

中間派　los centristas

溫和　(f.) moderación

中間偏左　(f.) centroizquierda

中間偏左黨派　(f.) partido de centro izquierdo

黨員　(m.) afiliado (政黨或工會成員，一般會員稱 socio)

黨同志　(m.) compañero de partido; (s.) camarada

秘書長／總書記　(m.) secretario general

政委　(m.) comisario político

代表　(m.) delegado

政綱　(f.) plataforma política

黨內　en el interior del partido

黨內鬥爭　(fp.) luchas internas en el seno del partido

黨內文書　(m.) documento interno del partido

結構改造　(fp.) reformas estructurales

違背黨紀　(vt.) romper la disciplina de voto

議會 Congreso

代議政治　(m.) parlamentarismo

代議民主　(f.) democracia parlamentaria

比例代表制　(f.) representación pro**por**cional

制憲議會　Asamblea Constituyente

國民大會　Asamblea Nacional

立法機構　(m.) cuerpo legislativo

一院制　(a.) unicameral

二院制　(a.) bicameral

國會　Parlamento (英), Congreso (美國); Cortes (西)

美國國會山莊　Capitolio

〔美國〕國會圖書館　Biblioteca del Congreso

參議院　Senado（美國、西）

眾議院　Cámara de Representantes（美國）; Congreso de los Diputados（西）

上院　Cámara de los Lores（英）

下院　Cámara de los Comunes（英）

（綠黨）黨團　el grupo parlamentario（de Los Verdes）

言論免責權　（f.）inviolabilidad por las opiniones manifestadas en el ejercicio de sus funciones

議會豁免權　（f.）inmunidad/inviolabilidad parlamentaria

議會特權　（m.）fuero parlamentario

委員會　（f.）comisión legislativa

程序委員會　（f.）comisión de procedimiento

參院外交委員會　Comité de Relaciones Exteriores del Senado

眾院國際關係委員會　Comité de Relaciones Internacionales de la Cámara de Representantes

衛生暨社福委員會　Comisión de Salud, Seguridad Social y Bienestar

下院自律委員會　Comisión de Asuntos Éticos de los Comunes

小組　（f.）subcomisión

參議員　（m.）senador

眾議員　（m.）diputado

佛州共和黨眾議員　（m.）congresista republicano por Florida

紐約州民主黨眾議員　（s.）congresista demócrata por Nueva York

　　工黨 GG 選區富豪議員　parlamentario laborista millonario de la circunscripción de Glasgow Govan

　　在場眾議員　los diputados presentes

　　無投票權眾議員　congresista sin voto

　　終身職　cargo vitalicio

不分區立委　（m.）legislador de representación proporcional

省議員　（m.）diputado provincial

市議員　（m.）concejal

歐盟議員　（m.）eurodiputado, europarlamentario

公聽會　（f.）audiencia pública

任期　(*m.*) período de mandato

席位　(*m.*) escaño

席次　(*m.*) número de escaños

會期　(*m.*) período de sesiones

臨時會期　(*m.*) período de sesiones de emergencia

全會　el Pleno; (*f.*) sesión plenaria

國會開議　la apertura del Parlamento

法案　(*f.*) proposición/propuesta de ley

法案通過　(*f.*) aprobación de proyectos de ley

建議案　(*f.*) proposición no de ley

受理請願　(*vt.*) recibir peticiones

要求相關資訊　(*vt.*) recabar la información correspondiente

要求官員出席　(*vt.*) reclamar la presencia de los funcionarios

信任案　(*f.*) cuestión de confianza

不信任案　(*f.*) moción de censura

國家總預算　(*mp.*) presupuestos generales del Estado

赤字預算　(*m.*) presupuesto deficitario

零基預算　(*m.*) presupuesto base cero

國防經費　(*mp.*) gastos de defensa

預備金　(*mp.*) fondos reservados

浮編預算 [經費]　(*mp.*) gastos superfluos

削減預算　(*m.*) recorte del presupuesto

預算大刪　fuertes recortes presupuestarios

額外刪除　un recorte adicional

行使　(*vt.*) ejercer

提案　(*f.*) propuesta, proposición

附議　(*vt.*) secundar/apoyar una proposición

動議　(*vt.*) hacer una moción

動議修正案　(*f.*) moción alternativa

　動議以67對52票通過　La moción se aprobó *por* 67 votos a favor y 52 en contra.

議決　(*vt.*) decidir

提出〔共〕第一年施政績效摘要　(vt.) presentar un resumen de los logros en su primer año de Gobierno

質詢　(vt.) interpelar; (fp.) interpelaciones

質疑　(vt.) cuestionar

議事杯葛　(f.) obstrucción parlamentaria

討論　(m.) debate; (f.) discusión

議會辯論　(fp.) discusiones parlamentarias

辯護　(vt.) defender

辯駁　(vt.) refutar, replicar

爭論　(f.) polémica

抗議　(f.) protesta

反對黨噓聲　(mp.) abucheos de la oposición

審核　(vt.) verificar [una cuenta]

審議　(f.) deliberación

有發言權　(vt.) tener la palabra

程序問題　(f.) cuestión de procedimiento

異議　(f.) objeción

表決　(f.) votación

二讀　segunda lectura

棄權　(f.) abstención

缺席　(f.) ausencia

一致通過　(a.) aprobado por unanimidad

口頭承諾　(m.) contrato verbal

正式同意　(f.) aprobación formal

核准　(f.) autorización

更改　(f.) modificación

修正　(f.) enmienda

批准　(f.) ratificación

決議　(f.) resolución

附帶決議　(fp.) recomendaciones

建議／建言　(f.) sugerencia

嚴格檢視　(vt.) mirar con lupa

既得利益　los intereses creados

遊說　(m.) lobby

說客　(s.) lobbysta

利益 [／壓力] 團體　(m.) grupo de interés/presión

弱勢群體　los sectores menos protegidos

非營利團體　(fp.) sociedades sin fines de lucro

非營利機構　(f.) institución sin ánimo de lucro

選舉 elecciones

選舉法　(f.) ley electoral

選舉權　el derecho al voto

選舉權與被選舉權　(m.) derecho a elegir y ser elegido

民選　(f.) elección popular; (a.) elegido por el voto popular

選舉透明化　(f.) transparencia de los procesos electorales

乾淨選舉　(fp.) elecciones limpias

選舉舞弊　(m.) fraude electoral

中央選舉委員會　Comisión Electoral Central

台北市選委會　Comisión Electoral Municipal de Taipei

小選區制　(m.) sistema de un escaño por distrito

選舉補助制度　(m.) sistema de financiación de las campañas electorales

初選　(f.) elección primaria

複選　(f.) elección semifinal

決選　(f.) elección final

公民投票　(m.) plebiscito (針對行政措施)

公民複決　(m.) referéndum (針對法案或重大議題)

墮胎法複決　(m.) referéndum sobre la ley del aborto

補選　(f.) elección complementaria

提前改選　(vt.) anticipar las elecciones; (fp.) elecciones anticipadas

期中選舉　(fp.) elecciones parciales

基層選舉　las elecciones de nivel primario

縣市選舉　las elecciones municipales

國會選舉　las elecciones legislativas/parlamentarias

總統選舉　las elecciones presidenciales

三月大選　las elecciones generales de marzo

2000 年陳呂配　la fórmula/pareja [presidencial] Chen-Lu 2000

年底選舉　las elecciones en diciembre, las elecciones de fin de año

選舉倒數計時　(*f.*) cuenta atrás/regresiva (美) de las elecciones

總統候選人　(*m.*) candidato presidencial/a la presidencia

競選搭擋　(*m.*) compañero electoral

台中市長候選人　el candidato *a* alcalde por Taizhong

無黨籍候選人　(*m.*) candidato independiente

呼聲最高候選人　(*m.*) candidato preferido entre los electores

陪榜候選人　(*m.*) candidato marginado

黑馬　(*m.*) candidato sorpresa

高雄市長選舉黑馬 (若為女性)　(*f.*) candida**ta** sorpresa a la alcaldía de Gaoxiong

選民　(*m.*) elector; electorado (集體名詞)

忠誠　(*f.*) fidelidad

綠黨支持者　(*mp.*) partidarios del Partido Verde

死忠分子　(*m.*) partidario militante

游離選民　(*m.*) electorado indeciso

表示聲援　(*fp.*) muestras de solidaridad

選區　(*m.*) distrito/(*f.*) circunscripción electoral

選舉公報　(*m.*) boletín/(*f.*) gaceta electoral

選舉名冊　(*f.*) lista/nómina electoral

提名　(*f.*) nominación

總部　la sede central

競選辦事處　(*f.*) oficina [de campaña] electoral

選前活動　(*f.*) precampaña electoral

選戰　(*f.*) campaña electoral

你以54%選票贏了初選　"Has ganado las primarias con el 54% de los votos".

他代表勞動黨參選　Se presentó a las elecciones *por* el Partido Laboral.

激烈選戰　feroz batalla electoral; reñida campaña electoral

君子協定　(*m.*) pacto de caballeros

默契　(*m.*) acuerdo tácito

遊戲規則　(*fp.*) reglas del juego

觀察團　(*m.*) grupo de observadores

政見　(*m.*) programa electoral

競選口號　(*m.*) eslogan electoral

政見發表會　(*mp.*) debates electorales públicos [選舉公開辯論]

兌現競選承諾　(*vt.*) cumplir las promesas electorales

拜票　(*vt.*) pedir el voto

抓住年輕選民　(*vt.*) capturar el apoyo del electorado juvenil

競選經費　(*mp.*) gastos de campaña electoral

募款　(*f.*) recaudación de fondos

募款活動　(*f.*) campaña para la recaudación de donativos

捐款　(*mp.*) donativos

禁止政黨國外捐款　(*vt.*) prohibir los donativos extranjeros a los partidos políticos

政治獻金透明化　(*f.*) transparencia de las donaciones políticas

選戰策士　(*s.*) estratega de la campaña electoral

形象顧問　(*m.*) asesor de imagen

宣傳活動　(*f.*) campaña publicitaria

廣告小組　(*m.*) equipo de publicistas

廣告費　(*m.*) gasto publicitario; (*f.*) inversión publicitaria

行銷手法　(*m.*) ardid publicitario

競選文宣　(*f.*) propaganda electoral

　　市長演說只是競選文宣而已　El discurso del alcalde fue pura propaganda electoral.

文宣品　(*f.*) propaganda

分發傳單　(*vt.*) repartir octavillas

電視廣告　(*f.*) publicidad en la tele

廣告看板　(*f.*) valla publicitaria

街頭看板和海報　las vallas y carteles de la calle

宣傳海報　(*m.*) cartel/póster/afiche de propaganda

> 禁貼海報　Prohibido fijar carteles.
>
> 往嘉義公路兩旁到處是競選海報　A los lados de la carretera hacia Jiayi hay carteles con propaganda electoral.

個人聲望　(*m.*) prestigio personal

公共形象　(*f.*) imagen pública

社會形象　(*f.*) imagen social

打形象　(*f.*) campaña de imagen

口水戰　(*f.*) batalla verbal

抹黑活動　(*f.*) campaña difamatoria/denigratoria/de desprestigio

散布謠言　(*vt.*) difundir rumores

造謠抹黑他　(*vt.*) emprender una campaña de rumores en su contra

扭曲他的談話　(*vt.*) tergiversar/distorsionar sus palabras

完全歪曲事實　una total distorsión de los hechos

搓湯圓　(*vt.*) "comprar" adversarios en la campaña

政治貪污　(*f.*) corrupción política

緋聞　(*m.*) romance (嚴重者稱性醜聞 escándalo sexual)

反擊活動　(*f.*) campaña de **contra**ataque

演講　(*vt.*) pronunciar un discurso

講稿撰述　(*m.*) escritor de discurso**s**

[選舉] 票房潛力　(*f.*) potencia electoral

民調　(*m.*) sondeo/(*f.*) encuesta de opinión; encuesta pública

隨機抽樣　(*f.*) elección al azar

電話調查　(*m.*) sondeo telefónico; (*f.*) encuesta telefónica

選前民調　(*m.*) sondeo preelectoral

> 綠黨民調領先　Los verdes van a la cabeza en/encabezan las encuestas.
>
> 根據民調，此候選人票數領先現任市長　Según las encuestas, este candidato aventaja en votos al actual alcalde.

民調公司　(*f.*) empresa de encuestas

根據最新民調　según los últimos sondeos

預測　(*vt.*) pronosticar, vaticinar

誤差　(*m.*) margen de error

在誤差容許範圍　dentro del margen de tolerancia

投票 votación

投票　(f.) votación; (m.) escrutinio

投票日　(m.) día de la elección/de las elecciones

投票年齡: 滿 20 歲　(f.) edad de voto: mayor de 20 años

投票人　(m.) votante

選票　(f.) papeleta electoral/de votación

投票所　(m.) colegio electoral

票箱　(f.) urna electoral

普通投票　(f.) votación ordinaria

記名投票　(f.) votación nominal

秘密投票　(f.) votación secreta

通訊投票　(f.) votación por correo

[美國總統] 選舉人團　(m.) colegio electoral

[美國總統] 選舉人票　(m.) voto electoral

舉手表決　(f.) votación a mano alzada

法定人數　(m.) quórum

票數不足　(m.) quórum insuficiente

投票率　(m.) porcentaje de votos

(首都) 投票率　(m.) índice de votación (en la capital)

監票人　(m.) interventor

計票　(m.) recuento de votos/papeletas

計票機　(f.) máquina registradora de votos

人工計票　(m.) recuento manual

選舉結果　(m.) resultado electoral

勝選　(m.) triunfo electoral

大勝 (壓倒性勝利)　(f.) victoria arrolladora/aplastante

險勝　un escaso margen de victoria

敗選　(m.) fracaso/(f.) derrota electoral

他承認選輸了　Reconoció su derrota [electoral].

輸的幅度　(*f.*) magnitud de la derrota

落選　(*vt.*) perder la elección

簡單多數　(*f.*) mayoría simple

相對多數　(*f.*) mayoría relativa

絕對多數　(*f.*) mayoría absoluta

三分之二多數　(*f.*) mayoría de dos tercios

壓倒多數　(*f.*) mayoría abrumadora

沉默多數　(*f.*) mayoría silenciosa

(投票) 否決　(*vt.*) rechazar, derrotar (por votación)

贊成票　(*m.*) voto a favor

反對票　(*m.*) voto en contra

空白票　(*m.*) voto en blanco

廢票　(*m.*) voto inválido

通訊票　(*m.*) voto por correo

同意票　(*m.*) voto afirmativo

反對票　(*m.*) voto negativo

信任票　(*m.*) voto de confianza

不信任票　(*m.*) voto de censura

游離票　(*m.*) voto indeciso, voto de los indecisos

關鍵票　(*m.*) voto de calidad

否決權　(*m.*) derecho de/al veto

集會 reunión

大型會議　(*m.*) congreso; (*f.*) conferencia

國際會議　(*m.*) congreso/(*f.*) conferencia internacional

醫學會議　(*m.*) congreso médico

政治協商會議　(*f.*) conferencia consultiva política

(大陸) 人代會年會　(*f.*) sesión anual de la Asamblea Nacional Popular

中日高峰會議　la cumbre chino-japonesa

美洲高峰會　la Cumbre de las Américas
部長會議　(f.) reunión ministerial
緊急會議　(f.) reunión de urgencia
座談會　(f.) mesa redonda
研討會　(m.) simposio; (m.) seminario
亞太經濟合作論壇　Foro de Cooperación Económica Asiático-Pacífico (APEC)
第廿屆哈瓦那國際商展　la XX Feria Internacional de Comercio La Habana
1998年葡萄牙世博會　la EXPO 98 de Portugal
畢爾包商展　la Feria de Muestras de Bilbao
國際旅遊展　Feria Internacional del Turismo (FITUR)
台灣館　(m.) pabellón de Taiwán
主辦國　(m.) país organizador
地主國　(m.) país anfitrión
會員國　(m.) país miembro
參加國　(m.) país participante
未參加國　los países no participantes
觀察員身分　(m.) status de observador
識別證　(f.) tarjeta de identidad
贊助企業　(f.) empresa patrocinadora/auspiciadora
贊助人　(m.) patrocinador
簡報會　(f.) reunión informativa
記者會　(f.) conferencia/rueda de prensa
聯合記者會　(f.) rueda de prensa conjunta
就職　(vt.) tomar posesión de su cargo
就職日　(m.) día de toma de posesión
就職演說　(m.) discurso inaugural
開幕典禮　(m.) acto/(f.) ceremonia inaugural
開幕演說　(m.) discurso de apertura
介紹演說　(m.) discurso de presentación
即席演說　(m.) discurso improvisado
簡短歡迎詞　un corto discurso de bienvenida

閉幕典禮　(*f.*) ceremonia/(*m.*) acto de clausura

閉幕演說　(*m.*) discurso de clausura

散會　(*m.*) levantamiento de la sesión

簡報　(*m.*) *briefing*; informe sucinto

圖表　(*m.*) [cuadro] gráfico, diagrama, esquema

統計圖表　(*f.*) grafica estadística

分布曲線　(*f.*) curva de distribución

官方活動　(*mp.*) actos oficiales

紀念…活動　los actos conmemorativos de…

出席者　(*m.*) participante

主賓　(*m.*) invitado de honor

主講人　(*m.*) conferenciante/orador invitado

發表人　(*s.*) ponente

司儀　(*m.*) maestro de ceremonias

大會接待員　(*f.*) azafata de congresos

口頭報告　(*m.*) informe oral

同步翻譯　(*f.*) interpretación simultánea

耳機　(*m.*) audífono

會議廳　(*f.*) sala de congresos/conferencias

貴賓席　(*f.*) tribuna de honor

展覽廳　(*f.*) sala/(*m.*) salón de exposiciones

(大陸) 人民大會堂　Gran Palacio del Pueblo

禮堂　(*m.*) salón de actos, auditórium

宴會廳　(*m.*) salón de fiestas (美)

酒會　(*f.*) recepción

茶會　(*m.*) té

歡送餐會　(*f.*) cena de despedida

協會 asociación

諾貝爾基金會　Fundación Nobel

台灣中美經濟發展基金　Fondo Taiwán-Centroamericana de Desarrollo Económico

全國中小工業協會　Asociación Nacional de la Pequeña y Mediana Industria

中小企業聯合會　Confederación de Pequeñas y Medianas Empresas

經團連　Federación de Organizaciones Económicas

消費者協會　Asociación de consumidores

消費者保護協會　Asociación para la Defensa de los Consumidores y Usuarios

動物保護協會　(f.) sociedad protectora de animales

文化協會　(f.) asociación cultural

殘障協會　(f.) asociación de minusválidos

國際商會　Cámara de Comercio Internacional

台北美國商會　Cámara Americana de Comercio en Taipei

國際青商會　Cámara Júnior Internacional de Comercio

農會　(f.) cámara agraria/agrícola

台灣省農會　Confederación Provincial de Cámaras Agrarias de Taiwán

農業合作社　(f.) cooperativa agrícola

漁會　(f.) cámara de pescadores

銀行工會　(m.) sindicato bancario

扶輪社　Rotary Club, Club Rotario

國際扶輪社　Rotary Club Internacional

獅子會　Club de Leones

基督教青年會　Asociación Cristiana de Jóvenes (YMCA)

基督教女青年會　Asociación Cristiana de Mujeres Jóvenes (YWCA)

街坊組織　(f.) asociación/junta de vecinos

紅十字會　Cruz Roja

醫師公會　(m.) colegio de médicos

律師公會　(m.) colegio de abogados

建築師公會　(m.) colegio de arquitectos

15 外交
Diplomacia

國家 nación

國家　(*m.*) estado, país; (*f.*) nación

國家認同危機　(*f.*) crisis de identidad nacional

主權國　(*m.*) estado soberano; (*f.*) nación soberana

國家主權　(*f.*) soberanía nacional

　國家主權行使　el ejercicio de la soberanía nacional

　主權在民　La soberanía reside en el pueblo.

領土　(*m.*) territorio

台澎金馬獨立關稅領域　Territorio Aduanero Distinto de Taiwán, Penghu, Kinmen y Matsu

國土　(*m.*) territorio nacional

領土完整原則　(*m.*) principio de integridad territorial

在美國土地上　en suelo norteamericano

面積　(*f.*) superficie, extensión

邊界　(*f.*) frontera

邊疆　(*fp.*) zonas fronterizas

沿海地區　(*fp.*) regiones costeras

領海　(*m.*) mar territorial/jurisdiccional; (*fp.*) aguas jurisdiccionales/ territoriales [12 海浬]; mar patrimonial [200 海浬]

浬　(*f.*) milla marina

二百浬　doscientas millas marinas

公海　alta mar; (*fp.*) aguas internacionales; (*m.*) mar libre/abierto

領空　(*m.*) espacio aéreo

君主立憲　(*f.*) monarquía constitucional

法治國　(*m.*) estado de derecho

警察國　(*m.*) estado policíaco/policial

福利國　(*m.*) estado de bienestar, estado providencia

強權　las grandes potencias; la superpotencia (超強)

世界強權　grandes potencias mundiales

經濟霸權　(*f.*) hegemonía económica

新興大國　grandes países emergentes

海洋國　(*f.*) nación marítima; (*m.*) país marítimo

島國　(*f.*) nación-isla

農業國　(*m.*) país agrario

工業大國　(*f.*) potencia industrial

新興工業國　nuevos países industrializados

尖端科技國　(*m.*) país puntero en tecnología

世界第二經濟大國　la segunda potencia económica más grande del mundo

窮國　los países pobres/de menor renta

富國　los países ricos

小國　(*m.*) país pequeño

已開發國家　(*mp.*) países [bien] desarrollados

開發中國家　(*mp.*) países en [vías de] desarrollo

未開發國家　(*mp.*) países subdesarrollados

社會主義國家　(*mp.*) países socialistas

回教國家　(*mp.*) países islámicos

不結盟國家　(*mp.*) países no alineados

第三世界　Tercer Mundo

第三世界國家　(*mp.*) países del Tercer Mundo

中立國　(*m.*) estado/país neutral

武裝中立　(*f.*) neutralidad armada

瑞士中立　la neutralidad helvética

緩衝國　(*m.*) estado tampón

緩衝區　(*f.*) zona parachoques/tampón

國際化　(*f.*) internacionalización

國際共管　(*m.*) condominio internacional

自治領　(*m.*) dominio (英)

自治區　(*m.*) territorio autónomo

非自治區　(*m.*) territorio no autónomo

特別行政區　(*f.*) región administrativa especial (指港澳)

自治邦　(*m.*) estado libre asociado (指波多黎各)

屬地　(*f.*) dependencia

殖民地　(*f.*) colonia

> 台灣光復　la recuperación de Taiwán
>
> 香港回歸中國　la devolución de Hong Kong al Gobierno chino; el traspaso de Hong Kong a China

友邦　(*mp.*) países amigos

盟國　(*m.*) país aliado, aliado

外交盟邦　(*m.*) aliado diplomático

戰略夥伴　(*m.*) aliado estratégico

交戰國　(*mp.*) países beligerantes (戰爭中國家 países en guerra)

鄰邦　(*m.*) país vecino

擁核國　(*mp.*) países nuclearizados

非核區　(*f.*) zona desnuclearizada

兩個鄰邦　los dos países vecinos

邊境國　(*mp.*) países limítrofes

邊境紛爭　(*fp.*) disputas fronteras

兩國之間　entre los dos países, entre ambos países

兩國政府　los gobiernos de ambos países

遠東　Lejano Oriente

亞太地區　Región de Asia y el Pacífico, Región Asia-Pacífico

亞洲國家　(*mp.*) países asiáticos

太平洋國家　los países del Pacífico

東北亞　Asia Noroeste

南韓　Corea del Sur

北韓　Corea del Norte

外蒙　Mongolia Exterior

東南亞　Asia Sureste, Sureste Asiático, Sudeste Asiático

東帝汶　Timor Oriental

西語系國家　los países de habla española

中南美　América Central y del Sur

中南美國家　los países de Centro y Sudamérica

拉丁美洲　América Latina

法語系國家　los países de habla francesa

加勒比海地區　el Caribe, las Antillas

中東　Medio Oriente

波斯灣國家　(*mp.*) países del Golfo

西方國家　(*mp.*) países occidentales

唯一非西方國家　el único país no occidental

東歐　Europa del Este, Europa Oriental

中歐　Europa Central

西歐　Europa Occidental

英國 (大不列顛與北愛爾蘭聯合王國)　Gran Bretaña (Reino Unido de Gran Bretaña e Irlanda del Norte)

英格蘭/英國　Inglaterra

南歐　Europa Meridional

北歐　Europa Septentrional

莫斯科　Moscú

後蘇時代　la época postsoviética

獨立國協　la Comunidad de Estados Independientes

白俄羅斯　Belarús (原名 Bielorrusia, Rusia Blanca, 1991 改今名)

北非　África del Norte

赤道幾內亞　Guinea Ecuatorial

撒哈拉　Sahara

南非　Sudáfrica, África del Sur

政策 política

對策　(*f.*) contrapropuesta

替代方案　segundo proyecto, proyecto substitutivo

政府立場 (f.) postura gubernamental

美國立場 la postura de Estados Unidos

國策 (f.) política nacional

對外 en lo exterior

對內 en lo interior

可行性評估 (m.) estudio de factibilidad

錯誤政策 (fp.) políticas equivocadas

軟硬兼施政策 (f.) política del garrote y la zanahoria

文化政策 (f.) política cultural

教育政策 (f.) política educativa

農業政策 (f.) política agraria/agrícola

農業補貼 (mp.) subsidios agrícolas

經濟政策 (f.) política económica

國防政策 (f.) política de defensa nacional

國內政策 (f.) política interior

外交政策 (f.) política exterior

美國對華外交政策 la política exterior de Estados Unidos hacia China

小國外交難 El mundo es difícil para un país pequeño.

睦鄰政策 (f.) política de buen vecino/buena vecindad

親善訪問團 (f.) misión de buena voluntad

國際禮儀 (m.) protocolo y etiqueta internacional

不合作政策 (f.) política de no cooperación

不干涉政策 (f.) política de no intervención

不結盟政策 (f.) doctrina de no alineación

焦土政策 (f.) política de tierra quemada

訴諸武力 (vi.) recurrir a la fuerza

門羅主義 Doctrina Monroe (aislacionismo 孤立主義)

骨牌理論 (f.) teoría de dominó

骨牌效應 (mp.) efectos de dominó

反效果 (m.) efecto contrario

等距離 (m.) equidistancia; (a.) equidistante

中立 (f.) neutralidad; (a.) neutral

冷戰　(*f.*) guerra fría

和平共存　(*f.*) coexistencia pacífica

圍堵政策　(*f.*) política de contención

外交孤立　(*m.*) aislamiento diplomático

和解／低盪　(*f.*) distensión, *détente*

秘密外交　(*f.*) diplomacia secreta

穿梭外交　(*f.*) diplomacia al estilo Kissinger

砲艇外交　(*f.*) diplomacia cañonera

經濟外交　(*f.*) diplomacia económica

貿易外交　(*f.*) diplomacia comercial

金元外交　(*f.*) diplomacia del dólar

笑臉外交　(*f.*) diplomacia de la sonrisa

國民外交　(*f.*) diplomacia ciudadana

民間組織　(*f.*) organización civil

務實外交　(*f.*) diplomacia pragmática

外交策略　(*f.*) estrategia diplomática

外交姿態　(*m.*) gesto diplomático

外交攻勢　(*f.*) ofensiva diplomática

密集外交攻勢　una intensa ofensiva diplomática

外交人員 personal diplomático

高階外交官　alto diplomático

職業外交官　(*m.*) diplomático de carrera

前外交官　ex diplomático

不受歡迎人物　(*f.*) persona non grata

大使　(*m.*) embajador [從前有公使 ministro 一職，現已罕見]

　　特命全權大使　embajador extraordinario y plenipotenciario

　　　教廷大使　nuncio　　教廷公使　internuncio

　　　駐教廷大使　el embajador ante la Santa Sede

　　　西班牙駐坦沙尼亞兼駐盧安達大使尚思　El embajador de España en

Tanzania, José María Sanz Pastor, **también acreditado en** Ruanda

前工業部長現駐英大使阿郭薩比　Ghazi Algosaibi, antiguo ministro de

Industria y actual embajador en Londres

巡迴大使　(*m.*) embajador itinerante/volante

特使　(*m.*) enviado especial

密使　(*m.*) emisario

　　🌸 重量級密使　emisario de peso

代辦　(*m.*) encargado de negocios

經濟參事　(*m.*) consejero económico

新聞參事　(*m.*) consejero de prensa

文化參事　(*m.*) consejero cultural

教育參事　(*m.*) consejero de educación

商務專員　(*m.*) agregado comercial

新聞專員　(*m.*) agregado de prensa

文化專員　(*m.*) agregado cultural

陸軍武官　(*m.*) agregado militar

海軍武官　(*m.*) agregado naval

空軍武官　(*m.*) agregado aéreo

一等秘書　primer secretario

二等秘書　segundo secretario

三等秘書　tercer secretario

總領事　(*m.*) cónsul general

(名譽) 領事　(*m.*) cónsul (honorario)

副領事　(*m.*) vicecónsul

代表　(*m.*) representante, delegado

首席代表　primer representante

常任代表　(*m.*) representante permanente

副代表　(*m.*) representante adjunto

館長　(*f.*) jefe de misión

外交使節團　el cuerpo diplomático

團長　(*m.*) decano

領事團　el cuerpo consular

大使館　(*f.*) embajada

教廷大使館　(*f.*) nunciatura apostólica

官邸　(*f.*) residencia oficial

外交代表團　(*f.*) misión diplomática

商務代表團　(*f.*) misión comercial

軍事代表團　(*f.*) misión militar

駐聯合國代表團　(*f.*) delegación en las Naciones Unidas

(總)領事館　(*m.*) consulado (general)

經參處　(*f.*) oficina del consejero económico

文參處　(*f.*) oficina del consejero cultural

新參處　(*f.*) oficina del consejero de prensa

美國貿易代表處　Oficina del Representante Comercial de Estados Unidos

農技團　(*f.*) misión agrícola

[美國] 和平工作團　Cuerpo de la Paz [de los EEUU]

外交關係 relaciones diplomáticas

國際承認　(*m.*) reconocimiento internacional

外交承認　(*m.*) reconocimiento diplomático

事實承認　(*m.*) reconocimiento de facto

法律承認　(*m.*) reconocimiento de jure

國際地位　(*m.*) status internacional

國際社會　la comunidad internacional

全球化　(*f.*) globalización

世界觀　(*m.*) visión del mundo

區域統合　(*f.*) integración regional

循外交途徑　por vía diplomática, por conducto diplomático

建交　(*vt.*) establecer las relaciones diplomáticas

凍結對以色列關係　congelar las relaciones con Israel

大使同意書　(*m.*) *agrément*

國書　(*fp.*) cartas credenciales

中止外交關係　(*vt.*) suspender las relaciones diplomáticas

斷交　(*vt.*) romper las relaciones diplomáticas

復交　(*vt.*) reanudar las relaciones diplomáticas

關係正常化　(*f.*) normalización de relaciones

雙邊關係　las relaciones bilaterales

實質關係　las relaciones substanciales

國是訪問　(*f.*) visita del Estado (指元首訪問)

官式訪問　(*f.*) visita oficial

閃電訪問　(*f.*) visita relámpago

私人訪問　en visita privada

私人會見性質　el encuentro de carácter privado

　　總統接見西班牙商務代表　El presidente concedió una audiencia al representante comercial de España.

禮貌拜會　(*f.*) visita de cumplido/cortesía

特權　(*m.*) privilegio; (*f.*) prerrogativa

使館車　(*mp.*) coches con matrícula diplomática

違規停放使館車　(*m.*) coche diplomático mal aparcado

外交豁免權　(*f.*) inmunidad diplomática

司法豁免權　(*f.*) inmunidad de jurisdicción

治外法權　(*m.*) privilegio de la extraterritorialidad

庇護權　(*m.*) derecho de asilo

政治庇護　(*m.*) asilo político

領事裁判權　(*f.*) jurisdicción consular

關稅豁免權　(*f.*) franquicia aduanera

免稅　(*f.*) exención de todo impuesto/gravamen

最惠國條款　(*f.*) cláusula de la nación más favorecida

最惠國待遇　(*m.*) trato de la nación más favorecida

正常貿易關係　(*fp.*) relaciones normales de comercio

外交郵件　(*m.*) correo diplomático

外交郵袋　(*f.*) valija diplomática

密碼通訊　(*f.*) comunicación/(*m.*) mensaje en clave/cifra

不可侵犯　(*a.*) inviolable

節略　(*f.*) nota verbal

抗議照會　(*f.*) nota de protesta

保留權利　(*f.*) reserva de derechos

備忘錄　(*m.*) memorándum, memorando

換文　(*f.*) canje de notas [diplomáticas]

聯合聲明　(*f.*) declaración conjunta

聯合公報　(*m.*) comunicado conjunto

白皮書　(*m.*) libro blanco

最後通牒　(*m.*) ultimátum

衝突 conflicto

外交磨擦　(*mp.*) roces diplomáticos

召回其駐巴黎大使述職　(*vt.*) llamar a consultas a su embajador en París

情勢　(*f.*) situación

不快　(*m.*) malestar

緊張　(*f.*) tensión

敵意　(*f.*) hostilidad

對立　(*m.*) antagonismo

西英糾紛　(*f.*) disputa hispano-británica

軍事衝突　(*m.*) conflicto armado/bélico

國境／領土　(*m.*) territorio nacional

在墨國境內　en territorio mexicano (territorio 前不加冠詞)

邊界紛爭　(*m.*) conflicto fronterizo

漁業政策　(*f.*) política pesquera

漁業保護　(*f.*) protección pesquera

報復　(*vt.*) tomar represalias

報復措施　(*f.*) medida de represalia

經濟制裁　(*fp.*) sanciones económicas

經濟封鎖　(*m.*) bloqueo económico

商品禁運　(*m.*) embargo comercial

海路封鎖　(*m.*) bloqueo naval

空中封鎖　(*m.*) bloqueo aéreo

武器禁運　(*m.*) embargo de armas

軍備競賽　(*f.*) carrera armamentista/de armamentos

解禁　(*vt.*) levantar el embargo

武力　(*fp.*) fuerzas armadas/militares

武裝干涉　(*f.*) intervención armada

干涉他國內政　(*vi.*) intervenir en los asuntos internos de otro país

侵犯　(*f.*) invasión

進攻　(*m.*) ataque

侵略行為　(*m.*) acto de agresión

意見交換　(*m.*) intercambio de opiniones

談判　(*fp.*) negociaciones

> 談判氣氛　clima de negociación
>
> 談判破裂　la ruptura de las negociaciones
>
> 枱面下　bajo cuerda/mano

和談　(*fp.*) negociaciones de paz

和平計畫　(*m.*) plan de paz

諾貝爾和平獎　Premio Nóbel de la Paz

三邊會談　(*f.*) conversación tripartita

立場　(*f.*) posición

與…會談　(*vt.*) entablar el diálogo con...

對談人　(*m.*) interlocutor

對…表明立場　(*vt.*) tomar postura ante...

> 本地報紙指出兩黨立場漸趨一致　El periódico local habla del acercamiento de las posiciones de los dos partidos políticos.

妥協　(*f.*) transigencia; (*m.*) compromiso

> 原則問題我們決不妥協　En cuestiones de principios nunca hacemos compromisos/no vamos a transigir.
>
> 達成協議　llegar a un compromiso/acuerdo, alcanzar un acuerdo

調停　(*f.*) mediación (調停人 mediador)

仲裁　(*m.*) arbitraje

強制力　(*m.*) poder coercitivo

和解　(*f.*) conciliación

保證　(*f.*) garantía

國際監督　(*f.*) vigilancia internacional

釋俘　(*f.*) liberación de presos

合作精神　(*m.*) espíritu de cooperación

促進國際合作　(*vt.*) fomentar la cooperación internacional

維持國際和平與安全　(*vt.*) mantener la paz y la seguridad internacionales

國際救援組織　(*fp.*) organizaciones de ayuda internacional

求援　(*vt.*) pedir ayuda

經援　(*f.*) asistencia/ayuda económica

軍援　(*f.*) ayuda militar

醫療援助　(*f.*) ayuda médica

人道援助　(*f.*) ayuda humanitaria

道義支援　(*m.*) apoyo moral

條約 tratado

國際條約　(*m.*) tratado internacional

和平條約　(*m.*) tratado de paz

友好條約　(*m.*) tratado de amistad

通商條約　(*m.*) tratado de comercio

邊界條約　(*m.*) tratado de límites

共同防禦條約　(*m.*) tratado de defensa mutua

日美安保條約　Tratado de Seguridad Nipo-Estadounidense

引渡條約　(*m.*) tratado de extradición

引渡要求　(*f.*) petición de extradición

不平等條約　(*m.*) tratado desigual

單邊條約　(*m.*) tratado unilateral

雙邊條約　(*m.*) tratado bilateral

多邊條約　(*m.*) tratado multilateral

申根條約　Acuerdo de Schengen

文化專約　(*m.*) convenio cultural

區域多邊協定　(*m.*) acuerdo regional y multilateral

多邊投資協議　Acuerdo Multilateral de Inversión

漁業協定　(*m.*) acuerdo pesquero

協定內容　(*m.*) contenido del acuerdo

北美自由貿易協定　Tratado de Libre Comercio de América del Norte (TLCAN)

[多邊] 公約　(*f.*) convención

維也納公約　Convención de Viena

北大西洋公約　Tratado del Atlántico Norte

華沙公約　Pacto de Varsovia

馬斯垂克條約　Tratado de Maastricht

不侵犯協定　(*m.*) pacto de no agresión

議定書　(*m.*) protocolo

宣言　(*f.*) declaración

決議案　(*f.*) resolución

簽字　(*f.*) firma

簽約國　(*m.*) estado/país signatario

簽訂　(*vt.*) suscribir

批准　(*f.*) ratificación

加入　(*f.*) adhesión (a un tratado)

修正　(*f.*) enmienda

違約　(*f.*) violación (de un acuerdo)

聯合國憲章　Carta de las Naciones Unidas

序文　(*m.*) preámbulo

本文　(*m.*) texto

附加條款　(*fp.*) disposiciones adicionales

過渡條款　(*fp.*) disposiciones transitorias

臨時條款　(*fp.*) disposiciones provisorias

篇　(*f.*) parte

章　(*m.*) capítulo; (*f.*) sección

節　(*m.*) párrafo; (*f.*) subsección

條　(*m.*) artículo

款　(*m.*) número

🌸 條款　cláusula (常指契約、遺囑等)。排除條款cláusula de exclusión

正本　(*m.*) original

副本　(*f.*) copia

認證副本　(*f.*) copia legalizada/autentificada (其效力同正本)

🌸 與正本無訛　Es copia fiel de su original.

一式兩份　(*m.*) duplicado; (*f.*) copia

一式三份　(*m.*) triplicado; tercera copia

一式三份地　por triplicado

國際組織 organización internacional

非政府組織　(*f.*) organización no gubernamental (ONG)

無國界醫師團　Médicos Sin Fronteras

國際聯盟　Sociedad de Naciones

聯合國　Naciones Unidas

聯合國組織　Organización de las Naciones Unidas (ONU)

總部　la sede

大會　Asamblea General

安理會　Consejo de Seguridad

託管理事會　Consejo de Administración Fiduciaria

國際法院　Corte/Tribunal Internacional de Justicia

秘書處　Secretaría General

秘書長　(*m.*) secretario general

副秘書長　(*m.*) subsecretario general

助理秘書長　(*m.*) secretario general adjunto

會員國　(*m.*) país/estado miembro

常任理事國　(*m.*) estado miembro permanente

觀察員　(*m.*) observador

專門機構　(*m.*) organismo especializado

聯合國教科文組織　Organización de las Naciones Unidas para la Educación, la Ciencia y la Cultura (UNESCO)

世貿組織　Organización Mundial del Comercio (OMC)

關稅暨貿易總協定　Acuerdo General sobre Aranceles Aduaneros y Comercio (GATT)

國際貨幣基金會　Fondo Monetario Internacional (FMI)

國際復興開發銀行／世界銀行　Banco Internacional para la Reconstrucción y el Desarrollo (BIRD)/Banco Mundial

聯合國拉美經濟委員會　Comisión Económica de las Naciones Unidas para América Latina y el Caribe (CEPAL)

聯合國貿易和發展會議　Conferencia de las Naciones Unidas sobre Comercio y Desarrollo (UNCTAD)

經濟合作與發展組織　Organización para la Cooperación y el Desarrollo Económico (OCDE)

聯合國農糧組織　Organización de las Naciones Unidas para la Agricultura y la Alimentación (FAO)

世界衛生組織　Organización Mundial de la Salud (OMS)

國際勞工組織　Organización Internacional del Trabajo (OIT)

國際原子能總署　Agencia Internacional de Energía Atómica (AIEA)

國際民航組織　Organización de Aviación Civil Internacional (OACI)

國際航空運輸協會　Asociación Internacional del Transporte Aéreo (IATA)

萬國郵政聯盟　Unión Postal Universal (UPU)

國際通信衛星組織　Organización de Telecomunicación Internacional por Satélite (INTELSAT)

國際電訊聯盟　Unión Internacional de Telecomunicaciones (UIT)

世界氣象組織　Organización Meteorológica Mundial (OMM)

國際觀光組織　Organización Mundial de Turismo

國際標準化組織　Organización Internacional de Normalización (ISO)

國際度量衡局　Oficina Internacional de Pesas y Medidas (BIPM)

世界智慧財產權組織　Organización Mundial de la Propiedad Intelectual (OMPI)

國際著作權局　Oficina Internacional de Derechos de Autor (BIDA)

國際關稅局　Oficina Internacional de Tarifas Aduaneras (BITD)

聯合國兒童基金會　Fondo de las Naciones Unidas para la Infancia (UNICEF)

聯合國難民總署　Alta Comisaría de las Naciones Unidas para los Refugiados (UNHCR)

國際特赦組織　Amnistía Internacional

國際新聞協會　Instituto Internacional de Prensa

國際法學會　Instituto de Derecho Internacional

國際紅十字會　Comité Internacional de la Cruz Roja

綠十字會　Cruz Verde

世界野生動物基金會　Fondo Mundial para la Naturaleza (WWF)

國際筆會　Federación Internacional de los Clubes PEN

國際奧會　Comité Olímpico Internacional (COI)

國際足協　Federación Internacional de Fútbol Asociación (FIFA)

國際廣告協會　Asociación Internacional de Publicidad (IAA)

區域組織 organización regional

大英國協　Mancomunidad Británica de Naciones

獨立國協　Comunidad de Estados Independientes

東協　Asociación de Naciones del Sureste Asiático (ASEAN)

亞洲開發銀行　Banco Asiático de Desarrollo (ADB)

亞太經濟合作理事會　Consejo de Cooperación Económica de Asia y el Pacífico (CEAP)

亞太營運中心　(m.) centro de operaciones de la región Asia-Pacífico

自由民主聯盟　Liga para la Libertad y la Democracia

美洲國家組織　Organización de los Estados Americanos (OEA)

美洲開發銀行　Banco Interamericano de Desarrollo (BID)

中美洲國家組織　Organización de Estados Centroamericanos

美洲自由貿易區　Área de Libre Comercio de las Américas (ALCA)

拉美統合協會　Asociación Latinoamericana de Integración (ALADI)

中美洲共同市場　Mercado Común Centroamericano

安底諾集團　Grupo Andino

泛美新聞協會　Sociedad Interamericana de Prensa (SIP)

歐盟　Unión Europea (UE)

歐洲議會　Parlamento Europeo

歐洲共同體　Comunidad Europea (CE) (歐盟前身)

歐洲經濟共同體　Comunidad Económica Europea (CEE)

歐洲共同市場　Mercado Común

歐洲執委會　Comisión Europea (為歐盟機構)

歐洲安全與合作會議　Conferencia Europea de Seguridad y Cooperación (CESC)

北大西洋公約組織　Organización del Tratado del Atlántico Norte (OTAN)

北大西洋自由貿易區　Zona del Libre Comercio del Atlántico Norte

石油輸出國組織　Organización de los Países Exportadores de Petróleo (OPEC)

阿拉伯石油輸出國組織　Organización de los Países Árabes Exportadores de Petróleo

巴勒斯坦解放組織　Organización para la Liberación de Palestina (巴解 OLP)

軍事
Asuntos militares

16

軍隊　(*m.*) ejército; (*f.*) tropa

　　　軍隊向總統宣誓效忠　El ejército juró obediencia al presidente.

軍事專業化　(*f.*) profesionalización militar

正規軍　(*fp.*) tropas regulares

常備軍　(*m.*) ejército permanente

後備軍　(*m.*) ejército de reserva/reservistas

實員　(*mp.*) efectivos

三軍　(*fp.*) fuerzas armadas

陸軍　(*m.*) ejército de tierra

海軍　(*f.*) marina de guerra, armada

空軍　(*m.*) ejército del aire; (*f.*) fuerza aérea

政府部隊　las tropas gubernamentales

國軍　Ejército Nacional

人民解放軍　Ejército Popular de Liberación

紅軍　Ejército Rojo

美軍　el ejército norteamericano

聯合國部隊　Fuerzas de las Naciones Unidas

愛爾蘭共和軍　Ejército Republicano Irlandés (IRA)

(日本) 自衛隊　Fuerzas Armadas de Autodefensa

總部　(*m.*) cuartel general

盟軍總部　Cuartel General de las Fuerzas Aliadas

國防部　Ministerio de Defensa [Nacional]

國防部長　(*m.*) ministro de Defensa [Nacional]

參謀總部　Estado Mayor General

參謀總長　(*m.*) jefe del Estado Mayor General

陸軍參謀長　(*m.*) jefe del Estado Mayor del Ejército

總司令　(*m.*) comandante en jefe

陸軍總司令　(*m.*) comandante en jefe del Ejército

司令　(*m.*) comandante

副司令　(*m.*) vicecomandante

指揮官　(*m.*) comandante

侍從參謀　(*m.*) edecán

聯絡官　(*m.*) oficial de enlace

上級長官　los superiores

軍團　(*m.*) ejército

軍　(*m.*) cuerpo de ejército

師　(*f.*) división

旅　(*f.*) brigada

團　(*m.*) regimiento

營　(*m.*) batallón

連　(*f.*) compañía

排　(*f.*) sección

班　(*f.*) escuadra; (*m.*) pelotón

艦隊　(*f.*) flota

美國第七艦隊　Séptima Flota norteamericana

小艦隊　(*f.*) flotilla

分艦隊　(*f.*) escuadra

(空軍) 聯隊　(*f.*) ala

大隊　(*m.*) grupo

中隊　(*m.*) escuadrón

分隊　(*f.*) escuadrilla

兵科　(*f.*) (el) arma

步科　el arma de infantería

步兵　(*m.*) soldado de infantería

海軍陸戰隊　(*f.*) infantería de marina

海軍陸戰隊員　(*m.*) infante de marina

蛙人　(*m.*) hombre rana; (*mp.*) hombres rana

砲科　el arma de artillería

野戰砲科　(*f.*) artillería de batalla/campaña

高砲　(*f.*) artillería antiaérea

砲兵　(*m.*) soldado de artillería

輕騎兵　(*f.*) caballería ligera

騎兵隊　(*m.*) escuadrón [de caballería]

騎兵團　(*m.*) regimiento de caballería

騎兵　(*m.*) soldado de caballería

裝甲部隊　(*fp.*) tropas acorazadas

裝甲師　(*f.*) división acorazada

工兵科　el arma de ingenieros militares

工兵　(*m.*) ingeniero militar (工程); (*m.*) zapador (坑道)

聯勤部門　(*f.*) intendencia

傘兵　(*m.*) paracaidista

憲兵　(*m.*) policía militar, policía militarizada

軍校　(*f.*) academia militar

空軍官校　Academia General del Aire

三軍大學　Universidad de las Fuerzas Armadas

參謀學校　Escuela de Estado Mayor

海軍情報局　Oficina de Inteligencia Naval

　　軍官餐廳　comedor/casino de oficiales

　　三軍俱樂部　Círculo de las Fuerzas Armadas

情報機關　(*mp.*) servicios de inteligencia

情報員　(*m.*) agente secreto

反情報　(*m.*) contraespionaje; (*f.*) contrainteligencia

軍人 militar

軍人　(*m.*) militar; los militares

　　他出身軍人家庭　Proviene de una familia de militares.

　　軍眷　familiares del militar

男性軍人　(*mp.*) varones uniformados

職業軍人　(*m.*) militar profesional/de carrera

現役軍人　(*m.*) militar en servicio activo

退役軍人　(*m.*) militar/soldado retirado

後備軍人　(*s.*) reservista

轉業軍人　(*m.*) militar retirado/trasladado al servicio civil

高階軍官　un oficial de grado superior

預備軍官　(*m.*) oficial de reserva/complemento

軍校生　(*s.*) cadete

充員　(*s.*) recluta

　　　女充員　recluta femenina

　　　一個女兵　una mujer soldado, una soldado

新兵　(*m.*) quinto

老兵　(*m.*) veterano

勤務兵　(*m.*) ordenanza

衛隊　(*f.*) guardia

衛兵　(*s.*) guardia

民兵　(*fp.*) milicias

志願軍　(*m.*) voluntario

傭兵　(*m.*) [soldado] mercenario

戰士　(*s.*) combatiente

狙擊手　(*m.*) francotirador

戰友　(*m.*) compañero de armas

英雄主義　(*m.*) heroísmo

英雌　(*f.*) heroína

捍衛者　(*m.*) defensor

敢死隊　(*m.*) escuadrón de la muerte

軍國主義　(*m.*) militarismo

軍閥　(*m.*) cacique/caudillo militar

軍階 categoría militar

將官　(*mp.*) oficiales generales

高階軍人　(*m.*) militar de alta graduación

軍官 (*mp.*) oficiales

低階軍官要向高階行禮　Los oficiales de menor graduación deben saludar a los de graduación mayor.

我同年軍官　los oficiales de mi promoción (指同年晉陞)

士官 (*m.*) suboficial

升級 (*m.*) ascenso; (*f.*) promoción

(陸軍　**Ejército de Tierra**)

一級上將　capitán general

二級上將　(*m.*) general del ejército

中將　teniente general

少將　(*m.*) general de división

准將　(*m.*) general de brigada

上校　(*m.*) coronel (del ejército)

中校　teniente coronel

少校　(*m.*) comandante (西), mayor (美)

上尉　(*m.*) capitán (女上尉 capitana)

中尉　(*s.*) teniente

少尉　(*m.*) alférez, subteniente (阿、哥)

(海軍　**Armada/marina de guerra**)

一級上將　capitán general; (*m.*) almirante de la flota

二級上將　(*m.*) almirante

中將　(*m.*) vicealmirante

少將　(*m.*) contraalmirante

准將　(*m.*) comodoro

上校　(*m.*) capitán de navío

中校　(*m.*) capitán de fragata

少校　(*m.*) capitán de corbeta

上尉　(*m.*) teniente de navío

中尉　(*m.*) alférez de navío

少尉　(*m.*) alférez de fragata

(空軍　**fuerza aérea/Ejército del Aire**)

一級上將　capitán general

二級上將 (*m.*) general del aire

中將 teniente general

少將 (*m.*) general de división

准將 (*m.*) general de brigada

上校 (*m.*) coronel

中校 teniente coronel

少校 (*m.*) comandante, mayor de aviación

上尉 (*m.*) capitán

中尉 (*m.*) teniente

少尉 (*m.*) alférez (空官生三年級以上)

士官長 (*m.*) brigada

上士 (*m.*) sargento primero

中士 (*m.*) sargento

下士 (*m.*) cabo

上等兵 (*m.*) soldado de primera

兵役 servicio militar

兵役 (*m.*) servicio militar; la mili

義務役 (*m.*) servicio militar obligatorio

所有男性 todos varones

服兵役 (*vt.*) hacer/prestar el servicio militar; hacer la mili

拒服兵役 la negativa a cumplir el servicio militar

拒服兵役者 (*mp.*) insumisos al servicio militar

　　因宗教或道德理由拒服役者 objetor de conciencia

社會替代役 (*m.*) servicio social sustitutorio

服社會役 (*vt.*) cumplir la prestación social sustitutoria

服役中 (*vi.*) estar en la mili

服役地點 (*m.*) lugar de prestación del servicio militar

兵籍卡 (*f.*) cartilla/libreta militar

招募 (*vt.*) reclutar

募兵　(*m.*) reclutamiento

徵兵　(*m.*) reclutamiento forzoso; alistamiento

役男　(*m.*) recluta disponible

免役　(*f.*) exención/dispensa del servicio militar

緩征　(*f.*) prórroga/(*m.*) aplazamiento [del servicio militar]

抽籤　(*vt.*) quintar; por sorteo

入伍青年　los alistados; (*m.*) conscripto (入伍新兵)

逃役　(*f.*) evasión al llamado al servicio y la deserción

逃兵　(*m.*) prófugo, desertor

逃兵罪　(*m.*) delito de deserción

闖入軍事設施罪　(*m.*) delito de allanamiento de instalación militar

役期　(*f.*) duración del servicio militar

服役期間　(*m.*) período del servicio militar

役畢　(*m.*) cumplimiento del servicio militar

總動員　(*f.*) movilización general/total

復原　(*f.*) desmovilización

訓練 instrucción

軍法　(*m.*) código militar

軍紀　(*f.*) disciplina militar

軍民　(*mp.*) civiles y uniformados

軍民糾紛　(*m.*) conflicto cívico-militar

服從　(*a.*) obediente

抗命　(*f.*) desobediencia

值勤　durante horas de servicio

軍訓　(*f.*) instrucción militar

訓練營　(*m.*) campo de entrenamiento

軍訓中心　(*m.*) centro de entrenamiento militar

大專集訓隊　(*f.*) milicia universitaria

新兵教育中心　(*m.*) centro de instrucción de reclutas

打靶練習　(*mp.*) ejercicios de tiro

陸軍基地　(*f.*) base militar

海軍基地　(*f.*) base naval

空軍基地　(*f.*) base aérea

軍區　(*f.*) zona militar

軍營　(*m.*) cuartel

營區　(*m.*) campamento

　禁止照相　Prohibido hacer fotos.

敵營　(*m.*) campamento enemigo

駐軍　(*f.*) guarnición

值日官　(*m.*) oficial de día

軍事演習　(*fp.*) maniobras militares; (*m.*) simulacro de combate

海軍演習　(*fp.*) maniobras navales

聯合演習　(*fp.*) maniobras conjuntas

例行演習　(*fp.*) maniobras de rutina

飛行特技表演　(*f.*) demostración de acrobacia aérea

校閱　(*vt.*) pasar revista a las tropas (到一般機關視察，也稱 pasar revista)

閱兵　(*m.*) desfile; (*f.*) parada

21 響禮砲　una salva de 21 cañonazos

軍禮　los honores militares

軍樂隊　(*f.*) banda militar

伙食　(*m.*) rancho

外宿證　(*m.*) pase de pernocta

哨兵　(*m.*) centinela

口令　(*f.*) consigna

查哨　(*vt.*) rondar; (*m.*) rondín

巡邏　(*f.*) patrulla

夜間巡邏　(*f.*) ronda

監視　(*f.*) vigilancia

軍備 armamento

軍備　(*m.*) armamento

軍備競賽　(*f.*) carrera armamentista/de armamento

裁軍　(*m.*) desarme

軍費　(*mp.*) gastos militares

武器製造商　(*m.*) fabricante de armas

軍火商　(*m.*) proveedor de armas

戰略物質　(*m.*) material bélico

後勤　(*a.*) logístico

後勤學　(*f.*) logística

補給　(*m.*) abastecimiento

修護　(*m.*) mantenimiento

配備　(*m.*) equipo

軍禮服　(*m.*) uniforme de gala

野戰服　(*m.*) uniforme de campaña

迷彩服　(*m.*) uniforme tipo camuflaje

鋼盔　(*m.*) casco de acero

腰帶　(*m.*) cinturón

背包　(*f.*) mochila

防毒面具　(*f.*) máscara antigás

綁腿　(*f.*) polaina

軍鞋　(*f.*) bota militar

馬靴　(*f.*) bota de montar

行軍床　(*f.*) litera

裝備　(*mp.*) pertrechos

軍械庫　(*m.*) arsenal

傳統武器　(*f.*) arma convencional

刺刀　(*f.*) bayoneta

自動步槍　(*m.*) fusil automático

297   軍事

衝鋒槍　　(*m.*) fusil ametrallador

鳥槍　　(*f.*) escopeta

氣槍　　(*f.*) escopeta de aire comprimido

散彈　　(*m.*) perdigón

槍照　　(*f.*) licencia de armas

口徑　　(*m.*) calibre

子彈　　(*f.*) bala

流彈　　una bala perdida

達姆彈　　(*f.*) bala expansiva

空包彈　　(*f.*) bala de fogueo/salva; (*m.*) cartucho en blanco

子彈夾　　(*m.*) cargador; (*f.*) cartuchera

靶場　　(*m.*) campo de tiro

亂射　　(*m.*) disparo sin apuntar

大砲　　(*m.*) cañón

砲彈　　(*f.*) bala de cañón

高射砲　　(*m.*) cañón antiaéreo

曲射砲　　(*m.*) obús

迫擊砲　　(*m.*) mortero

射程　　(*m.*) alcance

坦克　　(*m.*) tanque; carro de combate/asalto

裝甲車　　(*m.*) vehículo blindado

地雷　　(*f.*) mina

火箭筒　　(*m.*) bazuca

手榴彈　　(*f.*) granada de mano

原子彈　　(*f.*) bomba atómica

氫彈　　(*f.*) bomba de hidrógeno, bomba H

核子彈　　(*f.*) bomba nuclear

中子彈　　(*f.*) bomba de neutrones

煙幕彈　　(*f.*) bomba de humo

照明彈　　(*f.*) bomba de iluminación

燒夷彈　　(*f.*) bomba incendiaria

無敵艦隊　　la Armada Invencible (西)

戰艦　(*m.*) buque de guerra

主力艦　(*m.*) acorazado

巡洋艦　(*m.*) crucero

驅逐艦　(*m.*) destructor

小型驅逐艦　(*f.*) fragata

輕巡洋艦　(*f.*) corbeta

巡邏艇　(*f.*) lancha patrullera

航空母艦　(*m.*) portaaviones

核子潛艇　(*m.*) submarino nuclear

反潛戰　(*f.*) guerra antisubmarina (ASW)

砲艇　(*m.*) cañonero

探照燈　(*m.*) reflector

魚雷　(*m.*) torpedo; (*f.*) mina submarina

魚雷艇　(*m.*) torpedero

魚雷砲艇　(*f.*) lancha torpedera

補給艦　(*m.*) buque nodriza

運輸艦　(*m.*) buque de transporte

登陸艇　(*f.*) barcaza de desembarco

訓練艦　(*m.*) buque escuela

艦長　(*m.*) comandante

教練機　(*m.*) avión de práctica

轟炸機　(*m.*) avión de bombardeo

驅逐機　(*m.*) avión de caza

戰鬥機　(*m.*) avión de combate

巡邏機　(*m.*) avión de patrulla

偵察機　(*m.*) avión de reconocimiento

間諜機　(*m.*) avión-espía, avión espía

運輸機　(*m.*) avión de transporte

不明飛機　(*m.*) avión no identificado

投彈　(*m.*) lanzamiento de bombas

攔截　(*vt.*) interceptar

雷達　(*m.*) radar

火箭　(*m.*) cohete

飛彈危機　(*f.*) crisis de los misiles

導彈　(*f.*) misil teledirigido (GM)

核子飛彈　(*f.*) misil nuclear

戰爭 guerra

冷戰　(*f.*) guerra fría

心戰　(*f.*) guerra psicológica

敵意　(*fp.*) hostilidades

攻勢　(*f.*) ofensiva

防禦　(*f.*) defensiva

入侵　(*f.*) invasión, agresión

侵略者　(*m.*) invasor, agresor

交戰國　los países beligerantes

非核區　(*f.*) zona no nuclear, zona desnuclearizada

戰亂地區　(*fp.*) zonas de conflicto bélico

宣戰　(*f.*) declaración de guerra

軍事行動　(*fp.*) operaciones militares

軍事干涉　(*f.*) intervención militar

軍事報復　(*f.*) represalia militar

武裝衝突　(*m.*) enfrentamiento bélico/armado

軍事對峙　(*f.*)　confrontación　militar/bélica;　(*m.*)　enfrentamiento
　　bélico/armado

戰役　(*f.*) batalla

佯攻　(*m.*) simulacro de ataque

戰略　(*f.*) estrategia

大戰略家　un gran estratega

戰略點　(*m.*) punto estratégico

戰術　(*f.*) táctica

平時　en tiempos de paz

戰時　en tiempos de guerra

鴉片戰爭　Guerra del Opio

六日戰爭　Guerra de los Seis Días

以阿戰爭　la guerra árabe-israelí

波斯灣戰爭　la guerra del Golfo

中日戰爭　la guerra chino-japonesa

對日抗戰　la guerra de resistencia contra el Japón

韓戰　la guerra de Corea

越戰　la guerra de Vietnam

一次大戰　la Primera Guerra Mundial (1914-1918)

西班牙內戰　la guerra civil española (1936-1939)

二次大戰　la Segunda Guerra Mundial (1939-1945)

同盟國　los Aliados

協約國　las potencias del Eje

閃電戰爭　(*f.*) guerra relámpago

海戰　(*m.*) combate naval; (*f.*) batalla naval

兩棲作戰　(*fp.*) operaciones aeronáutica

生物戰　(*f.*) guerra bacteriológica/biológica

核子戰爭　(*f.*) guerra nuclear

核子武器　(*f.*) arma nuclear

核子彈頭　(*f.*) ojiva nuclear

核保護傘　(*m.*) paraguas/(*f.*) sombrilla nuclear

核子試爆　(*f.*) explosión nuclear

反核武擴散條約　Tratado de No Proliferación de Armas Nucleares (TNP)

核武全面禁止條約　Tratado de Prohibición Total de las Armas Nucleares

反核運動　(*f.*) campaña antinuclear

反核分子　(*s.*) activista antinuclear

肉搏　(*m.*) combate cuerpo a cuerpo

游擊戰　(*f.*) guerra de guerrillas

城市游擊隊　(*f.*) guerrilla urbana

游擊隊員　(*m.*) guerrillero

敵軍　el ejército enemigo

戰場　(*m.*) campo de batalla

前線　(*m.*) frente

後方　(*f.*) retaguardia

防禦工事　(*f.*) fortificación

壕溝　(*m.*) foso

城堡　(*m.*) castillo

碉堡　(*m.*) fuerte; fortín (小碉堡)

要塞　(*f.*) fortaleza

戰壕　(*f.*) trinchera

轟炸　(*m.*) bombardeo aéreo

防空洞　(*m.*) refugio subterráneo/antiaéreo

沙包　(*m.*) saco terreno/de arena

佔領區　(*m.*) territorio ocupado

傘兵登陸　(*m.*) desembarco aéreo

諾曼第登陸　el desembarco de Normandía (1944)

海路封鎖　(*m.*) bloqueo naval

停火　(*f.*) tregua; (*m.*) cese de hostilidades

停戰　(*m.*) alto el fuego, cese del fuego (美)

停火 [協議]　(*m.*) armisticio

無條件投降　(*f.*) rendición incondicional

戰後　(*f.*) postguerra

反戰遊行　(*fp.*) manifestaciones antibelicistas

勝利日　Día de la Victoria

戰俘　(*m.*) prisionero de guerra

戰犯　(*s.*) criminal de guerra

慰安婦　(*f.*) esclava sexual del ejército japonés [durante la Segunda Guerra Mundial]

集中營　(*m.*) campo de concentración

苦役　(*mp.*) trabajos forzados/forzosos

肆、財經貿易

* 財政
* 經濟
* 貿易

17
財政
Finanzas

公部門　el sector público

金融界　los círculos financieros

金融市場　*(m.)* mercado monetario

財政自主　*(f.)* autonomía financiera

財政自主權　*(f.)* soberanía fiscal

財政收入　*(mp.)* ingresos financieros

貨幣穩定　*(f.)* estabilidad monetaria

財政革新　*(f.)* reforma fiscal

財政赤字　*(m.)* déficit fiscal

減輕財政負擔　*(f.)* reducción de carga fiscal

財政 [／金融] 危機　*(f.)* crisis financiera

> 亞洲金融危機　la crisis financiera asiática
>
> 東南亞金融風暴　la tormenta monetaria en el sureste asiático
>
> 因應[金融危機]能力　capacidad de respuesta frente a la crisis financiera

全國總預算　*(mp.)* presupuestos generales del Estado; *(m.)* presupuesto nacional

概算　*(m.)* presupuesto estimado

年度預算　*(m.)* presupuesto anual

預算分配　*(f.)* asignación presupuestaria

預算平衡　*(m.)* equilibro presupuestario; presupuesto equilibrado

支出預算　*(m.)* presupuesto de gastos

特別預算　*(m.)* presupuesto extraordinario

普通預算　*(m.)* presupuesto ordinario

赤字預算　*(m.)* presupuesto deficitario

零基預算　*(m.)* presupuesto base cero

結餘　*(m.)* superávit

政府歲入　*(mp.)* ingresos del sector público estatal

國稅徵收　*(f.)* recaudación de los impuestos del Estado

稅賦　(*mp.*) tributos

稅收　(*mp.*) ingresos fiscales

政府歲出　(*mp.*) gastos del sector público estatal

增加歲出　(*m.*) aumento del gasto público

減少歲入　(*f.*) disminución de los ingresos

會計年度　(*m.*) año fiscal

編列　(*f.*) elaboración

行政支出　(*mp.*) gastos de administración, gastos generales

經常費　(*mp.*) gastos fijos/estructurales

業務費　(*mp.*) gastos de explotación

維護費　(*mp.*) gastos de mantenimiento

特支費　(*mp.*) gastos de representación

旅費　(*mp.*) gastos de viaje

差旅費　(*mp.*) viáticos (美)

雜支　(*mp.*) gastos varios

稅 impuestos (關稅參看頁 321 海關)

納稅人　(*s.*) contribuyente

稅務局　Dirección General de Impuestos/Servicio Impuestos Internos

稅務顧問　(*m.*) asesor fiscal

稅制　el sistema/régimen tributario

稅率　(*m.*) tipo impositivo

稅籍號碼　(*m.*) nif [número de identificación fiscal]

稅基　(*f.*) base imponible/impositiva

擴大稅基　(*vt.*) ampliar la base imponible

徵稅　(*f.*) recaudación de impuestos

租稅獎勵　(*mp.*) beneficios fiscales

減稅　(*vt.*) reducir los impuestos; (*f.*) reducción de impuestos

 肥了高所得、榨乾多數薪水人達成減稅的財政變革　una reforma fiscal que beneficia a los que más ganan y logra una desgravación a costa de la mayoría

de los asalariados

加稅　　(*vt.*) aumentar los impuestos

直接稅　　(*m.*) impuesto directo

間接稅　　(*m.*) impuesto indirecto

累進稅　　(*m.*) impuesto progresivo

稅前　　antes de impuestos

稅前盈餘　　(*mp.*) beneficios/(*fp.*) utilidades (美) antes de impuestos

稅後盈餘　　(*mp.*) beneficios/(*fp.*) utilidades (美) después de impuestos

含稅　　(*mp.*) impuestos incluidos

不含稅　　(*mp.*) impuestos no incluidos

免稅　　(*a.*) libre de impuestos

[稅] 減免　　(*f.*) desgravación/deducción [fiscal]

投資減稅　　(*fp.*) deducciones fiscales sobre inversiones

退稅　　(*f.*) devolución de impuestos; (*m.*) reembolso fiscal

漏稅　　(*f.*) evasión tributaria/fiscal/de impuestos

詐稅　　(*m.*) fraude fiscal

所得稅申報　　(*f.*) declaración de la renta/del impuesto sobre la renta

所得稅申報單　　(*m.*) formulario de declaración de renta

戶 [家庭單位]　　(*f.*) unidad familiar

分開計稅　　(*f.*) tributación individual

合併計稅　　(*f.*) tributación conjunta

扣繳憑單　　(*m.*) certificado de retenciones

應繳稅款　　(*m.*) impuesto a pagar

寬限期　　(*m.*) período de gracia

寬限三天　　tres días de gracia

滯納金　　(*f.*) multa por pago retrasado

扣繳稅額　　(*fp.*) retenciones fiscales

個人所得　　(*mp.*) ingresos personales

最低所得　　los ingresos mínimos

低所得群　　los económicamente débiles

所得不均　　la desigualdad de los ingresos

貧富差距 [擴大 aumento de] las diferencias entre ricos y pobres

工作所得　(*mp.*) ingresos por trabajo personal

營業所得　(*mp.*) ingresos de operación

其他所得　(*mp.*) ingresos accesorios

全部所得　(*mp.*) ingresos brutos

淨所得　(*mp.*) ingresos netos

所得稅　(*m.*) impuesto sobre la renta

個人所得稅　(*m.*) impuesto sobre la renta de las personas físicas

個人減免　(*f.*) desgravación [de impuestos] personal

扶養親屬　(*f.*) carga familiar

　　你有幾個人要扶養？　¿Cuántas personas tiene a su cargo?

配偶扣除 [額]　la desgravación/deducción *por* matrimonio

公司所得稅　(*m.*) impuesto sobre beneficios de sociedades

聯邦稅　(*mp.*) impuestos federales

稅捐　(*mp.*) impuestos especiales (特別捐如煙酒汽油等)

燃料稅　(*m.*) impuesto sobre hidrocarburos

工商捐　(*f.*) contribución industrial

環保稅　(*m.*) impuesto verde/ecológico

證交稅　(*m.*) impuesto sobre las transacciones bursátiles

市稅　(*m.*) impuesto municipal (土地買賣租賃等契稅)

地價稅　(*m.*) impuesto de bienes inmuebles

增值稅　(*m.*) impuesto de plusvalía

財產稅　(*m.*) impuesto sobre la propiedad

遺產稅　(*m.*) impuesto de sucesiones

　　遺產　herencia　　祖產　patrimonio familiar

　　法定繼承人　heredero forzoso　共同繼承人　coheredero

　　親筆遺囑　testamento hológrafo　遺囑執行人　testamentario

　　信託　fideicomiso　信託基金　fondo fiduciario/de fideicomiso

贈與稅　(*m.*) impuesto sobre donaciones

印花　(*m.*) timbre

印花稅　(*m.*) timbre/sello fiscal

附加稅　(*m.*) impuesto agregado

加值稅　(*m.*) impuesto sobre el valor añadido/agregado (IVA)

汽車牌照稅   (*m.*) impuesto de circulación/rodaje

貨物稅   (*m.*) impuesto de venta

消費稅   (*m.*) impuesto al consumo

奢侈稅   (*m.*) impuesto suntuario/de lujo

娛樂稅   (*m.*) impuesto sobre espectáculos

課稅物   (*mp.*) artículos sujetos a impuesto

完稅品   (*mp.*) productos con impuestos pagados

股市 1a Bolsa

證券市場   (*m.*) mercado bursátil/de valores

證券交易所   (*f.*) bolsa de valores; la bolsa

紐約股市   La Bolsa de Nueva York

期貨市場   (*m.*) mercado de futuros

[外幣] 期貨交易   (*fp.*) transacciones a término [en moneda extranjera]

穀物交易所   (*f.*) bolsa de cereales

原料交易所   (*f.*) bolsa de materias primas

共同基金   (*mp.*) fondos mutuos

做股票生意   (*prnl.*) dedicarse a los negocios de bolsa

證券經紀人   (*m.*) corredor de bolsa

仲介商   (*m.*) intermediario

操作員   (*m.*) operador

股市行情表   (*f.*) lista de valores y acciones

股票指數   (*m.*) índice bursátil

大股東   (*m.*) accionista mayoritario [股權 50% 以上]

主要股東   (*s.*) accionista principal [股權或僅 5 至 10%，但有影響力]

小股東   (*m.*) accionista minoritario

掛名股東   (*s.*) accionista fantasma

股票大量買進   (*f.*) adquisición mayoritaria de acciones

股票大量拋售   (*f.*) venta masiva de acciones

換股   (*m.*) intercambio en acciones

股票證書　(*m.*) certificado de acciones

股票轉讓授權書　(*m.*) poder accionario

股票上市　(*vt.*) emitir acciones

上市股票　(*fp.*) acciones con cotización oficial

未上市股票　(*fp.*) acciones sin cotización oficial

已發行股票　(*fp.*) acciones en circulación

記名股票　(*f.*) acción nominal/nominativa

無記名股票　(*f.*) acción al portador

一萬股　diez mil acciones

股票總額 (股本)　(*f.*) acción de capital

股息　(*m.*) dividendo

現金股利　(*m.*) dividendo en efectivo

股票息　(*f.*) acción liberada

買空賣空　(*vi.*) especular en la bolsa, jugar a la bolsa [玩股票]

投機　(*f.*) especulación

股市投機客　(*m.*) especulador bursátil

股匯炒手　(*m.*) tiburón

股價　(*fp.*) cotizaciones de bolsa/acciones

開盤　(*f.*) apertura

開盤價　(*f.*) precio de apertura

收盤　(*m.*) cierre

收盤時　al cierre del mercado

收盤價　(*m.*) precio de cierre

下單　(*f.*) orden

交易　(*f.*) transacción

內幕訊息　(*f.*) información privilegiada

內線交易　(*m.*) abuso de información privilegiada

停止交易　(*f.*) suspensión de las cotizaciones

交易量　(*m.*) volumen negociado

漲　(*f.*) (el) alza; (*vt.*) subir

創下歷史新高　lograr una alza histórica

開場不久，道瓊指數就上揚25點　Poco después de la apertura, el índice Dow

Jones subía 25 puntos.

中場　a media sesión　　終場　cerrar la sesión; al cierre de la sesión

微跌　una ligera caída

暴跌　una fuerte baja

跌544點　la caída de 544 puntos

累積重挫554點　acumular una caída de 554 puntos

崩盤　(*m.*) desplome; colapso bursátil

紅利股　(*fp.*) acciones liberadas

藍籌股　(*fp.*) *blue chips* [nombre con el que se conoce a los valores de las empresas de primera línea, cotización estable y buenos rendimientos]; (*mp.*) valores excelentes/punteros

普通股　(*f.*) acción ordinaria/común

績優股　(*f.*) acción preferente/de preferencia

績優股持有人　(*s.*) accionista preferente

累積績優股　(*fp.*) acciones preferentes acumulativas

上揚股　(*fp.*) acciones en alza

產業股　(*fp.*) acciones industriales

航運股　(*fp.*) acciones navieras

銀行股　(*fp.*) acciones bancarias

黃金股　(*fp.*) acciones auríferas

電子股　(*fp.*) acciones electrónicas

鋼鐵股　(*fp.*) acciones siderúrgicas

冷門股　(*fp.*) acciones paradas

水餃股　(*fp.*) acciones cotizadas a menos de un dólar (低於一美元)

國家穩定基金　(*m.*) fondo de "estabilización nacional"

償債基金　(*m.*) fondo de amortización

退撫基金　(*m.*) fondo de pensiones

銀行 banco

銀行總行　(*m.*) banco matriz

銀行總裁　(*m.*) gobernador

總經理　(*m.*) gerente general

> 副總　subgerente general　　經理　gerente
>
> 副理　subgerente　　協理　gerente adjunto
>
> 襄理　gerente asistente

銀行職員　empleado bancario/de banco

(美國) 聯邦準備銀行　Banco de la Reserva Federal

中央銀行　Banco Central

台灣銀行　Banco de Taiwán

商業銀行　(*m.*) banco comercial

農民銀行　(*m.*) banco agrícola

工業銀行　(*m.*) banco industrial

儲蓄銀行　(*f.*) caja de ahorros; (*m.*) banco de ahorros

信貸銀行　(*m.*) banco de crédito

抵押銀行　(*m.*) banco hipotecario

交換銀行　(*m.*) banco de compensación

票據交換所　(*f.*) cámara de compensación

代理／往來銀行　(*m.*) banco corresponsal

銀行倒閉　(*f.*) quiebra bancaria

自動提款機　(*m.*) cajero automático

提款卡　(*f.*) tarjeta del cajero automático/de dinero

密碼　(*f.*) clave secreta

儲值卡　(*f.*) tarjeta monedero

轉帳　(*f.*) transferencia de fondos

信用卡　(*f.*) tarjeta de crédito

智慧卡　(*f.*) tarjeta inteligente (晶片卡 tarjeta chip)

電話 IC 卡　(*f.*) tarjeta inteligente telefónica

持卡人　(*s.*) titular (de una tarjeta de crédito), tarjetahabiente (委、墨)

主卡　(*f.*) tarjeta titular

免費副卡　(*f.*) tarjeta adicional gratis

公司信用卡　(*f.*) tarjeta de crédito de empresa

金卡　(*f.*) tarjeta [de] oro

偽造信用卡　(*f.*) tarjeta de crédito falsa

(信用卡簽後退貨) 退款單　(*f.*) ficha de reembolso

銀行營業時間　(*fp.*) horas bancarias

計算機　(*f.*) calculadora

算盤　(*m.*) ábaco

保險櫃　(*f.*) caja fuerte

密碼鎖　(*f.*) cerradura de combinación

防盜警鈴　(*f.*) alarma antirrobo

銀行帳戶　(*f.*) cuenta bancaria

開戶　(*vt.*) abrir una cuenta

存戶　(*m.*) titular de la cuenta

聯合帳戶　(*f.*) cuenta conjunta

活期帳戶　(*f.*) cuenta corriente

儲蓄帳戶　(*f.*) cuenta de ahorros

外幣帳戶　(*f.*) cuenta en moneda extranjera

帳戶號碼　(*m.*) número de la cuenta

簽名樣本　(*m.*) espécimen de firma

帳戶明細表　(*m.*) estado de cuenta bancaria; extracto de cuenta

起存額　(*m.*) depósito inicial en cuenta

銀行手續費　(*f.*) comisión por servicios bancarios

銀行收費　(*mp.*) gastos bancarios

透支　(*m.*) descubierto/sobregiro; (*vi.*) girar al descubierto

壞帳　(*m.*) crédito de dudoso cobro

呆帳　(*f.*) deuda incobrable

呆帳戶　(*m.*) deudor moroso

銀行呆帳危機　(*f.*) crisis de los impagados bancarios

存款人　(*s.*) depositante; (*m.*) impositor (西)

活期存款　(*m.*) depósito a la vista

定期存款　(*m.*) depósito a plazo fijo

存摺　(*f.*) libreta de ahorros

存款單　(*m.*) resguardo de ingreso (西), comprobante de depósito

存款證明　(*m.*) certificado de depósito

存入　(vt.) depositar; (f.) imposición

現金存入　(f.) imposición/(m.) depósito de efectivo

提款　(vt.) sacar/retirar dinero

擠兌　(f.) retirada de fondos inesperada; (m.) retiro (美) de fondos súbito

信貸 crédito

銀行放款／信貸　(m.) préstamo/crédito bancario

信用放款　(m.) préstamo fiduciario

貸款手續　(f.) tramitación de un crédito

貸款合約　(m.) contrato de crédito

借款期限　(f.) duración de un préstamo

償付能力　(f.) solvencia

抽 [客戶] 銀根　(vt.) retirar el crédito comercial [a un cliente]

信貸緊縮　(fp.) restricciones de crédito

長期貸款　(m.) préstamo a largo plazo [préstamo 借款、放款]

短期貸款　(m.) préstamo a corto plazo

優惠貸款　(m.) crédito en condiciones favorables

低利貸款　(m.) préstamos a bajo interés

無息貸款　(m.) préstamo sin interés

抵押貸款　(m.) préstamo hipotecario

抵押　(f.) hipoteca

抵押品　(f.) prenda [hipotecaria]

房貸　(m.) crédito/préstamo de vivienda

二胎　segunda hipoteca

　他把房子二胎[貸款]　Ha rehipotecado la casa.

擔保　(f.) fianza, garantía

保證人　(m.) fiador

共同保證人　(m.) cofiador

擔保貸款　(m.) préstamo con garantía

無擔保貸款　(m.) préstamo no garantizado/sin garantía

銀行擔保　(*m.*) aval bancario

消費信貸　(*m.*) crédito al consumidor

信貸額度　(*m.*) límite de crédito

舉債上限　(*m.*) techo de crédito

討債公司　(*f.*) agencia de cobro

高利貸者　(*m.*) usurero

吸血鬼　(*s.*) chupasangre (雖：貶)

利率　(*m.*) tipo/(*f.*) tasa de interés

優惠利率　(*m.*) tipo preferencial/de interés preferente

本金　(*m.*) principal, capital

單利　(*m.*) interés simple

複利　(*m.*) interés compuesto

滯納金　(*m.*) interés de demora (借款或稅金未如期繳納)

年息八釐　con interés del 8 por ciento al año

結餘　(*m.*) saldo

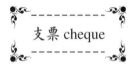

支票 cheque

支票簿　(*m.*) talonario de cheques; (*f.*) chequera

票根　(*m.*) talonario

空白支票　(*m.*) cheque en blanco

抬頭支票　(*m.*) cheque a la orden (可轉讓)

記名支票　(*m.*) cheque nominativo (不可轉讓)

不記名支票　(*m.*) cheque al portador

劃線支票　(*m.*) cheque cruzado

日期押後支票　(*m.*) cheque a fecha (智)

空頭支票　(*m.*) cheque sin fondos

存款不足拒付票　cheque protestado por falta de fondos

作廢支票　(*m.*) cheque anulado

假支票　(*m.*) cheque falsificado

開支票　(*vt.*) extender un cheque

持票人　portador, tenedor　　支票付款　pagar por/con cheque

開50美元支票給保羅　extender un cheque de/por 50 dólares a favor de Pablo

[支票]兌現　hacer efectivo un cheque, cobrar un cheque

背書　endoso

存入劃線支票　ingresar un cheque *para abonar en cuenta* (只能存入帳戶)

退票　(*m.*) cheque devuelto

止付　(*f.*) suspensión de pagos; (*vt.*) bloquear [un cheque]

旅行支票　(*m.*) cheque de viaje/viajero

美金支票　(*m.*) cheque en dólares

國庫支票　(*m.*) cheque de Tesorería

銀行匯票　(*m.*) cheque/giro bancario

銀行本票　(*m.*) cheque de caja/gerencia (美)

期票　(*m.*) pagaré

(公司) 商業票據　(*m.*) pagaré de empresa

銀行票據　(*m.*) pagaré bancario

證券　(*mp.*) títulos, valores

國債　(*f.*) deuda pública del Estado

外債　(*f.*) deuda externa

(三至八年) 國家債券　(*mp.*) títulos/(*m.*) bono del Estado

政府債券　(*mp.*) valores públicos

(短期) 國庫券　(*f.*) letra/(*m.*) bono del Tesoro

信用狀 carta de crédito

信用狀　(*f.*) carta de crédito

保兌信用狀　(*f.*) carta de crédito confirmado

跟單信用狀　(*f.*) carta de crédito documentaria

不可撤銷信用狀　(*f.*) carta de crédito irrevocable

匯票　(*f.*) letra de cambio

商業匯票　(*fp.*) letras de cambio comerciales

即期匯票　(*f.*) letra a la vista

定期票據　(*f.*) letra a plazo

九十天期票　(*f.*) letra a plazo de 90 días

到期日　(*f.*) fecha de vencimiento

定點支付票據　(*f.*) letra de cambio domiciliada

承兌匯票　(*f.*) letra aceptada

保證匯票　(*f.*) letra avalada/garantizada

通融匯票　(*f.*) letra de favor/pelota

匯款　(*f.*) remesa de dinero

銀行轉帳　(*f.*) transferencia bancaria

電匯　(*f.*) transferencia cablegráfica

承兌　(*f.*) aceptación

銀行承兌票據　(*f.*) aceptación bancaria

貼現票據　(*f.*) letra al descuento

銀行貼現　(*m.*) descuento bancario

現金貼現　(*m.*) descuento por pago en efectivo/al contado

貼現率　(*m.*) tipo de descuento

貨幣 moneda

強勢貨幣　(*f.*) moneda dura/fuerte

弱勢貨幣　(*f.*) moneda blanda/débil

波動　(*f.*) fluctuación

黃金儲備　(*fp.*) reservas de oro

搶購黃金　(*f.*) rebatiña del oro

低通貨膨脹　baja inflación

通貨緊縮　(*f.*) deflación

硬幣　(*f.*) moneda

紙鈔　(*m.*) billete

偽鈔　(*m.*) billete falso

劣幣逐良幣　El dinero malo echa fuera al bueno.

古幣　(*f.*) moneda antigua

紀念幣　(*f.*) moneda conmemorativa

金幣　(*f.*) moneda de oro

銀幣　(*f.*) moneda de plata

法幣　(*f.*) moneda [de curso] legal

銅板　(*f.*) moneda menuda/suelta; (*fp.*) monedas

零錢　(*m.*) dinero suelto

零用錢　(*m.*) dinero de bolsillo

撲滿　(*f.*) alcancía, hucha

守財奴　(*m.*) avaro

 花錢像流水　gastar dinero como si fuera agua

通貨　(*m.*) dinero en circulación

熱錢　(*m.*) dinero caliente

現金　(*m.*) dinero [en] efectivo

手頭現金　(*m.*) dinero disponible/en caja

外匯 divisas

外匯　(*fp.*) divisas; (*m.*) cambio de divisas

外匯儲備　(*fp.*) reservas de divisas

外匯平準基金　(*m.*) fondo de estabilización de cambios

外匯市場　(*m.*) mercado de divisas

外匯流出　la fuga de divisas

黑市　(*m.*) mercado negro

匯率　(*m.*) tipo/(*f.*) tasa de cambio

依本日匯率　al cambio del día

固定匯率　(*m.*) tipo de cambio fijo

浮動匯率　(*m.*) tipo de cambio flotante

匯率換算　(*f.*) conversión de divisas

匯率管制　(*m.*) control de divisas

匯兌損失　(*f.*) pérdida por conversión de moneda

匯差　(*fp.*) diferencias de cambio

套匯　(*m.*) arbitraje de divisas

美元價格　(*m.*) precio del dólar

貶值　(*f.*) devaluación, depreciación

升值　(*f.*) revalorización

> 日圓對美金升值　El yen se revalorizó frente al dólar.

美元短缺　(*f.*) escasez de dólares

以美金計算　en moneda dólar

以日圓計算　en moneda japonesa

外幣　(*f.*) moneda extranjera

外幣兑換　(*m.*) cambio de divisas

外幣兑換店　(*f.*) agencia/casa de cambio

> 換錢　cambiar dinero　匯率好不好？　¿A cómo está el cambio?
>
> 哪裡[我們]可美金換披索？　¿Dónde podemos cambiar dólares a/en pesos?

小鈔　(*m.*) billete chico/pequeño

大鈔　(*m.*) billete grande

台幣　(*m.*) dólar taiwanés

人民幣　(*m.*) jenminpí

港幣　(*m.*) dólar de Hong Kong

美元　(*m.*) dólar [norteamericano]

加元　(*m.*) dólar canadiense

歐元　(*m.*) eurodólar, euro

油元　(*m.*) petrodólar

日圓　(*m.*) yen

英鎊　(*f.*) libra esterlina

德國馬克　(*m.*) marco alemán

法郎　(*m.*) franco

里拉　(*f.*) lira

盧布　(*m.*) rublo

西班牙幣　(*f.*) peseta

(阿根廷／墨西哥／智利) 披索　(*m.*) peso

巴西幣　(*m.*) cruzeiro

分　(*m.*) centavo; céntimo (西)

角　diez centavos

保險 seguro

保險　(*m.*) seguro; (*vt.*) asegurar

　他保了5萬美元壽險　Se sacó/hizo un seguro de vida de 50,000 dólares.

強制保險　(*m.*) seguro obligatorio

雇主負擔部分　(*f.*) cuota patronal

社會保險　(*f.*) seguridad social

團保　(*m.*) seguro colectivo

壽險　(*m.*) seguro de vida

健保　(*m.*) seguro médico

私人健保　(*m.*) seguro privado de salud

疾病保險　(*m.*) seguro de enfermedad

殘廢保險　(*m.*) seguro de invalidez

終身殘廢　(*f.*) invalidez permanente

暫時殘廢　(*f.*) invalidez temporal

工作意外險　(*m.*) seguro contra accidentes del trabajo

失業保險　(*m.*) seguro de desempleo

意外險　(*m.*) seguro de accidentes

車險　(*m.*) seguro de automóvil

保全險　(*m.*) seguro contra/a todo riesgo

部分險　(*m.*) seguro a riesgo parcial

玻璃破裂　(*f.*) rotura de cristales

第三人險　(*m.*) seguro contra terceros

個人責任險　(*m.*) seguro de responsabilidad civil

盜險　(*m.*) seguro contra robo

旅遊險　(*m.*) seguro de viaje

火險　(*m.*) seguro contra incendios

航運險　(*m.*) seguro de transporte marítimo

貨運險　(*m.*) seguro de transporte de mercancías

保險公司　(*f.*) compañía aseguradora/de seguros

電話諮商服務　(*m.*) servicio de consulta telefónica

保險市場　(*m.*) mercado de seguros

再保險　(*m.*) reaseguro

保險人　(*m.*) asegurador

被保險人　(*m.*) asegurado

保險掮客　(*m.*) corredor/(*s.*) agente de seguros

保險契約　(*m.*) contrato de seguro

保險額　la cantidad asegurada

保單　(*f.*) póliza de seguro

涵蓋範圍　(*f.*) cobertura

除外條款　(*f.*) cláusula de exclusión

保費　(*f.*) prima de seguro

無事故保費減免　(*f.*) bonificación por no siniestralidad

佣金　(*f.*) comisión

受益人　(*m.*) beneficiario

第三者　el tercero

賠償　(*f.*) indemnización

索賠　(*vt.*) reclamar una indemnización

保險索賠　(*f.*) reclamación al seguro

公司照他要求如數賠償　La compañía pagó la totalidad de la suma que reclamó como indemnización.

償付申請　(*f.*) solicitud de reembolso

單獨海損　(*f.*) avería particular

共同海損　(*f.*) avería gruesa

財物損失　(*fp.*) pérdidas materiales

[他人造成的] 損害　(*mp.*) daños y perjuicios

損害賠償　(*f.*) compensación/(*m.*) resarcimiento por daños y perjuicios

由於不可抗力原因　por causas/razones de fuerza mayor

由於意外　por caso fortuito

海關 aduana

關務署　Junta General de Aduanas, Administración General de aduanas

署長　(*m.*) superintendente; administrador general

關務人員　(*m.*) aduanero; (*s.*) oficial de aduanas

海關緝私處　Servicio de Vigilancia Aduanera

檢疫　(*f.*) cuarentena

　　將狗送檢疫　poner un perro en cuarentena

報關　(*f.*) declaración de aduana

報關代理　(*s.*) agente de aduana

報關行　(*f.*) agencia de aduana

報關手續　(*mp.*) trámites aduaneros

通關　(*vi.*) pasar por la aduana

申報物品　(*mp.*) objetos a declarar

驗關　(*f.*) revisión aduanera

金屬偵測器　(*m.*) detector de metales

關稅　(*m.*) derecho arancelario/aduanero; arancel aduanero

關稅稅率　(*m.*) arancel; (*f.*) tarifa arancelaria; (*fp.*) tarifas aduaneras

特惠稅率　(*f.*) tarifa preferencial

免稅　(*a.*) libre de impuestos

免稅店　(*f.*) tienda libre de impuestos

關稅領域　(*f.*) zona aduanera

關稅保護　(*f.*) protección arancelaria

關稅壁壘　(*fp.*) barreras arancelarias

零關稅　(*m.*) arancel cero

進口關稅　(*mp.*) derechos de importación

高進口稅　altos aranceles de importación

出口關稅　(*mp.*) aranceles de exportación

補貼　(*f.*) subvención/(*m.*) subsidio

輸出津貼　(*m.*) subsidio de exportación

農業補貼 (*fp.*) subvenciones agrícolas

農業補貼制度 (*m.*) sistema de subvenciones a la agricultura

惡性競爭 (*f.*) competencia desleal

番茄傾銷 (*m.*) *dumping* de tomates

反傾銷 (*m.*) *antidumping*

反傾銷法 (*fp.*) leyes *antidumping*

反傾銷稅 (*m.*) derecho *antidumping*

平衡稅 (*m.*) arancel/derecho compensatorio

從價稅 (*mp.*) impuestos ad valorem

退稅 (*m.*) reembolso de derechos/impuestos

減稅 (*f.*) rebaja de arancel

免稅 (*f.*) liberación franquicia, exención tributaria

完稅 (*f.*) liquidación de derechos de aduana

關稅已付 con aranceles pagados

經濟
Economía

18

經濟學　(fp.) ciencias económicas; (f.) economía

經濟學者　(s.) economista

經濟制度　(m.) sistema económico

總體經濟學　(f.) macroeconomía

個體經濟學　(f.) microeconomía

經濟政策　(f.) política económica

計劃經濟　(f.) economía dirigida/planificada

市場經濟　(f.) economía de mercado

自由市場經濟　(f.) economía de libre mercado

消費型經濟　(f.) economía consumista

市場研究　(f.) mercadología, mercadotecnia (美)

經濟自由化　(f.) liberalización económica

自由化措施　(fp.) medidas liberalizadoras/de apertura

知識經濟　(f.) economía basada en el conocimiento/saber

經濟改革　(f.) reforma económica

經濟轉型　(f.) transición económica

經濟情勢　(f.) situación económica

經濟力　(m.) poder económico; (f.) capacidad económica

經濟擴張　(f.) expansión económica

提高競爭力　el aumento de la competitividad

喪失競爭力　una pérdida de competitividad

經濟因素　(mp.) factores económicos

關鍵經濟指標　(mp.) indicadores económicos clave[s]

信心指數　(m.) índice de confianza

經濟奇蹟　(m.) milagro económico

經濟發展　(m.) desarrollo económico

經濟活動　(f.) actividad económica

地下經濟　(f.) economía sumergida/paralela

經濟繁榮　(*f.*) bonanza económica

景氣循環　(*m.*) ciclo económico

經濟白皮書　(*m.*) libro blanco de economía

經濟成長　(*m.*) crecimiento económico

經濟成長率　(*f.*) tasa de crecimiento económico

　　零成長　crecimiento cero　　本年首季　en el primer semestre del año

　　連續第二季　el segundo trimestre consecutivo

　　第三季[七至九月份]負成長零點五　un crecimiento negativo de medio punto en
　　el trimestre comprendido entre julio y septiembre

國民生產毛額　(*m.*) producto nacional bruto (PNB, 英文縮寫 GNP)

國民生產淨值　(*m.*) producto nacional neto (PNN)

國內生產毛額　(*m.*) producto interior/interno (阿) bruto (PIB)

國內生產淨值　(*m.*) producto interior/interno (阿) neto (PIN)

1973 年石油危機　la crisis del petróleo de 1973

經濟停滯　(*m.*) estancamiento [del crecimiento] económico

經濟衰退　(*f.*) recesión económica

經濟蕭條　(*f.*) depresión económica

經濟癱瘓　(*m.*) colapso económico

泡沫經濟　(*f.*) burbuja financiera/económica

　　爆發金融泡沫化　estallar la burbuja financiera

　　不動產縮水是另一活生生的事　Las burbujas de bienes raíces son otro hecho
　　de la vida.

經濟危機　(*f.*) crisis económica

緊縮計畫　(*fp.*) medidas de austeridad

勒緊腰帶　(*prnl.*) apretarse el cinturón

經濟復甦　(*f.*) recuperación económica

　　經濟復甦中　La economía se está recuperando.

　　台灣經濟中期展望　las perspectivas a medio plazo de la economía taiwanesa

消費 consumo

消費社會　(*f.*) sociedad de consumo

消費大眾　(*m.*) sector consumista

潛力顧客　(*s.*) cliente potencial

固定客戶　(*m.*) cliente fijo/fiel; (*f.*) clientela fija (clientela 顧客總稱)

散戶　(*f.*) clientela ocasional

消費習慣　(*mp.*) hábitos de consumo

消費行為　(*m.*) comportamiento de los consumidores

消費需求　(*f.*) demanda de consumo

市場研究　(*m.*) estudio de mercado

市場導向　(*f.*) orientación al consumidor

邊際效益　(*f.*) utilidad/(*m.*) beneficio marginal

物價　(*m.*) coste de vida; costo de [la] vida

維持物價穩定　mantener la estabilidad de precios

物價指數　(*m.*) índice del costo/coste de [la] vida

消費 [者] 物價指數　(*m.*) índice de precios al consumo/consumidor

消費品　(*m.*) producto/(*mp.*) efectos de consumo

民生必需品　(*m.*) artículo de primera necesidad

奢侈品　(*m.*) artículo de lujo

衝動購買　(*f.*) compra impulsiva

耶誕採購　(*fp.*) compras navideñas

壟斷　(*m.*) monopolio

消保會　Administración de Servicios de Consumidores

消費者保護　(*f.*) protección al consumidor

消費者權益　(*mp.*) derechos del consumidor

消費者抵制　(*f.*) resistencia por parte del consumidor

抵制日貨　(*m.*) boicoteo a los productos japoneses

拒買　(*f.*) resistencia a comprar

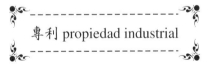

專利 propiedad industrial

專利　(*f.*) patente; propiedad industrial

專利局　Registro de la Propiedad Industrial/Registro de Patentes y Marcas

專利權書　(*f.*) patente de invención

專利申請中　(*f.*) patente solicitada/en trámite

擁有專利設計　(*m.*) diseño patentado

生產專利　(*f.*) patente de propiedad industrial

專利特許證　(*f.*) patente de privilegio

專利權　(*mp.*) derechos de patente

開發利用權　(*m.*) derecho de explotación

專利使用費　(*f.*) regalía (指技術、經驗或廠牌使用)

商標　(*f.*) marca de fábrica

註冊商標　(*f.*) marca registrada

經銷 (／營) 授權　(*f.*) concesión de licencias

名牌　(*f.*) marca famosa/acreditada/de prestigio

名品　(*mp.*) productos de marca

授權生產　(*f.*) producción por licencia

仿冒品　(*m.*) producto plagio

仿造　(*f.*) imitación fraudulenta

大量仿造 [名牌]　(*f.*) falsificación masiva [de artículos de marca]

模仿　(*vt.*) imitar, copiar

轉讓　(*vt.*) transferir, traspasar

抄襲　(*vt.*) plagiar, copiar; (*m.*) plagio

盜版　(*f.*) piratería

著作權　(*mp.*) derechos de autor

版權　(*f.*) propiedad literaria; (*m.*) *copyright*; derecho de reproducción

版權所有　Reservados todos los derechos

強制授權　la licencia obligatoria

智慧財　(*f.*) propiedad intelectual

智慧財產權　(*mp.*) derechos de propiedad intelectual

違反智權　(*f.*) violación de la propiedad intelectual

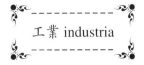

工業 industria

產業革命　La Revolución Industrial

產業振興　(*m.*) resurgimiento industrial

工業化　(*f.*) industrialización

新興工業國　nuevos países industrializados

工業園區　(*f.*) zona industrial; (*m.*) polígono industrial (西)

濱海工業區　(*f.*) zona industrial litoral

財團　(*m.*) grupo/consorcio financiero

工業鉅子　(*m.*) magnate de la industria

中小工業　la pequeña y mediana industria

基礎工業　(*fp.*) industrias básicas

輕工業　(*f.*) industria ligera

重工業　(*f.*) industria pesada

加工業　(*f.*) industria procesadora/de procesamiento

新興工業　(*f.*) industria naciente

夕陽工業　(*fp.*) industrias crepusculares

高科技工業　(*fp.*) industrias de alta tecnología

電子工業　(*f.*) industria electrónica

尖端工業　(*fp.*) industrias de tecnología punta

國防工業　(*f.*) industria militar

海洋工業　(*f.*) industria marítima

航空工業　(*f.*) industria de la aviación

航太工業　(*f.*) industria aeroespacial

汽車工業　(*f.*) industria automovilística/del automóvil

勞力密集　(*a.*) intensivo en mano de obra

　　勞力密集工業　industria que requiere mucha mano de obra

　　勞力過剩工業　industria con exceso de mano de obra

　　技術勞力不足　la escasez de mano de obra especializada

資本密集　(*a.*) intensivo en capital

資本密集技術業　(*fp.*) industrias intensivas de capital y tecnología

產業間諜活動　(*m.*) espionaje industrial

製造業　(*f.*) industria manufacturera

製造廠　(*f.*) firma manufacturera

製造商　(*s.*) fabricante

產業工人　(*m.*) obrero industrial/de fábrica

工廠　(*f.*) planta industrial (勞工參看頁 99 工作)

工廠自動化　(*f.*) automatización de fábricas

代工工廠　(*f.*) fábrica de subcontrato

地下工廠　(*f.*) fábrica clandestina

關廠　(*m.*) cierre de la fábrica

通風設備　(*m.*) sistema de ventilación

機房　(*f.*) sala de máquinas

高壓房　las salas de alto voltaje

天然資源　(*mp.*) recursos naturales

原料　(*f.*) materia prima

半成品　(*fp.*) materias semimanufacturadas; (*m.*) producto semielaborado

成品　(*m.*) producto acabado/terminado

[大規模] 製品　(*m.*) producto manufacturado

最終產品　(*m.*) producto final

副產品　(*m.*) producto derivado/secundario; subproducto

尖端產品　(*m.*) producto puntero

產品系列　(*f.*) gama de artículos/productos

瑕疵品　(*m.*) artículo defectuoso

保證書　(*m.*) certificado de garantía/calidad

保證期間　(*m.*) plazo de garantía

廠牌　(*f.*) marca de fábrica

國產　de fabricación nacional

國產品　(*m.*) producto nacional

台灣製　(*a.*) fabricado/hecho en Taiwán

製造成本　(*m.*) costo de producción

成本效益分析 　(*m.*) análisis costo-beneficio

生產過剩 　(*f.*) superproducción; (*m.*) exceso de producción

平衡點 　(*m.*) punto de equilibrio

累積經驗 　(*f.*) experiencia acumulada

學習曲線 　(*f.*) curva de aprendizaje

生產線 　(*f.*) cadena de fabricación/producción

裝配線 　(*f.*) cadena de montaje/ensamblaje (墨)

輸送帶 　(*f.*) cinta transportadora

品管 　(*m.*) control de calidad

家庭手工業 　(*f.*) industria casera/artesanal

手工藝 　(*f.*) artesanía

製鞋業 　(*f.*) industria del calzado

食品業 　(*f.*) industria alimentaria/alimenticia

食品公司 　(*f.*) empresa de alimentación

食品加工 　(*m.*) procesamiento de alimentos

乳品工業 　(*f.*) industria lechera/láctea

農產品 　(*mp.*) productos agrícolas

工業產品 　(*mp.*) productos industriales

食品 　(*m.*) producto alimenticio

奶品 　(*m.*) producto lácteo

易腐品 　(*m.*) producto perecedero

清潔用品 　(*m.*) producto de limpieza

化妝品 　(*m.*) producto cosmético/de belleza

化妝品業 　(*f.*) industria cosmética

裝配廠 　(*f.*) planta de montaje

水產業 　(*f.*) industria de acuicultura

海產養殖 　(*f.*) piscicultura

魚罐頭廠 　(*f.*) fábrica de conservas de pescado

冷凍庫 　(*m.*) frigorífico

冷藏船 　(*m.*) buque frigorífico

冷藏車 　(*m.*) camión frigorífico

紡織業 　(*f.*) industria textil

紡織廠　(*f.*) fábrica de textiles/tejidos

紡紗廠　(*f.*) fábrica de hilados, hilandería

建築業　(*f.*) industria de la construcción

造紙業　(*f.*) industria papelera

紙廠　(*f.*) fábrica de papel, papelera

塑膠工業　(*f.*) industria de plásticos

塑膠原料　(*fp.*) materias plásticas

塑膠材料　(*mp.*) materiales plásticos

玻璃纖維　(*f.*) fibra de vidrio

光纖　(*f.*) fibra óptica

光纖電纜　(*m.*) cable de fibra óptica

鋼鐵工業　(*f.*) industria siderúrgica

鋼鐵廠　(*f.*) planta siderúrgica

鋼廠　(*f.*) acerería/acería

石油工業　(*f.*) industria petrolera/petrolífera

石油衍生品　(*mp.*) productos derivados del petróleo

石化工業　(*f.*) industria petroquímica

石化產品　(*mp.*) productos petroquímicos

煉油廠　(*f.*) refinería de petróleo

礦床　(*m.*) yacimiento mineral

油礦　(*mp.*) yacimientos petrolíferos

地形探勘　(*f.*) prospección topográfica

地質探勘　(*f.*) exploración geológica

石油探勘　(*f.*) prospección petrolífera

域外石油　(*m.*) petróleo de costa afuera

油井　(*m.*) pozo de petróleo

海底油田　(*m.*) campo petrolífero submarino

原油　(*m.*) petróleo crudo

油管　(*m.*) oleoducto

液化石油氣　(*f.*) gas butano

化學實驗室　(*m.*) laboratorio de química

工業機械　(*f.*) maquinaria industrial

工作母機　(*f.*) máquina-herramienta

農機　(*f.*) maquinaria agrícola

汽車工業　(*f.*) industria automotriz/del automóvil

瑕疵車　(*m.*) coche defectuoso

裝配廠　(*m.*) taller de montaje/ensamblaje

修理廠　(*m.*) taller de reparaciones

造船　(*f.*) construcción naval/de barcos (亦指造艦)

造船廠　(*m.*) astillero

龍骨　(*f.*) quilla

拆船　(*vt.*) desguazar barcos

拆船業者　(*m.*) desguazador

解體　(*m.*) desguace

解體汽車　(*vt.*) desguazar coches

19

貿 易
Comercio

國內市場　(*m.*) mercado interno/nacional

國際市場　(*m.*) mercado internacional

市場開放　(*f.*) apertura del mercado

商機　(*fp.*) oportunidades de negocio

國際貿易　(*m.*) comercio internacional

進出口 [貿易]　(*m.*) comercio de importación y exportación

雙邊貿易　(*m.*) comercio bilateral

三角貿易　(*m.*) comercio triangular

轉口貿易　(*m.*) comercio intermediario

非法貿易　(*m.*) comercio ilegal

以貨易貨　(*m.*) trueque

轉運點　(*m.*) punto de tránsito

成交量　el volumen de negocio

國際收支　(*f.*) balanza de pagos

國際收支順差　(*m.*) superávit en la balanza de pagos

貿易額　(*m.*) volumen de comercio

貿易差額　(*f.*) balanza comercial

貿易不平衡　(*m.*) desequilibrio de la balanza comercial

貿易順差　(*m.*) superávit en la balanza comercial

貿易逆差　(*m.*) déficit en la balanza comercial

主要貿易夥伴　el principal socio comercial

貿易障礙　(*fp.*) barreras comerciales

貿易磨擦　(*f.*) fricción comercial

外貿統計　(*f.*) estadística del comercio exterior

計算誤差　(*m.*) error de cálculo

更正　(*f.*) rectificación

數據　(*mp.*) datos numéricos

全球化　(*f.*) globalización

國際化　(f.) internacionalización

[石油] 國有化　la nacionalización [del petróleo]

貿易自由化　la liberalización comercial

外貿自由化　la liberalización del comercio exterior

企業 empresas

企業界　(m.) sector/ámbito empresarial

企業社會責任　(f.) responsabilidad social de las empresas

企業形象　la imagen corporativa/de la empresa

公共形象　la imagen pública

企業文化　(f.) cultura de empresa

標誌　(m.) logotipo

西班牙模範企業　la empresa española modelo

企業管理　(f.) administración de empresas

管理風格　(m.) estilo de dirección

管理階層　la parte empresarial, el equipo directivo de la empresa

企業精神　(m.) espíritu emprendedor

企業家　(m.) empresario

女企業家　(f.) empresaria, mujer emprendedora/de negocios

商人　(m.) hombre de negocios

董事會　(f.) junta directiva; (m.) consejo de administración

董事長　(m.) presidente de la junta directiva

董事　(m.) miembro de la junta directiva

股東　(m.) socio; (s.) accionista

出資股東　(m.) socio capitalista

勞務／技術股東　(m.) socio industrial

股東大會　(f.) junta/asamblea general de accionistas

高階經理人　alto ejecutivo

成功經理人　los ejecutivos de éxito

總經理　(m.) director general (執行長); gerente general

財務長　(m.) director general financiero

部門經理　(m.) director de departamento (經理亦可寫成 gerente)

生產部經理　(m.) director de producción

外銷部經理　(m.) director de exportación

人力資源部經理　(m.) director de recursos humanos

廠商名錄　(f.) guía/(m.) directorio de fabricantes y comerciantes

國營企業　(f.) empresa estatal

公用事業　(f.) empresa del servicio público

服務業　(f.) industria/(m.) comercio de servicios

公營企業　(f.) empresa pública

虧損國營企業　(f.) empresa estatal deficitaria

公營企業民營化　la privatización de empresas públicas

部分民營化　(f.) privatización parcial

私人企業　(f.) empresa privada

大企業　las grandes empresas

中小企業　las pequeñas y medianas empresas (PYME)

家族企業　(f.) empresa familiar

家族事業　(mp.) negocios familiares

跨國企業　(f.) empresa **multi**nacional

跨國公司　(f.) corporación/compañía **multi**nacional

外商　(f.) compañía extranjera

上市公司　(f.) compañía cotizada en bolsa

總公司　(f.) casa/empresa matriz, oficina central

子公司　(f.) empresa/sociedad filial; compañía afiliada

分店　(f.) su**cur**sal, filial

海外子公司　(f.) empresa subsidiaria

總代理　(m.) distribuidor/representante exclusivo

供應商　(m.) proveedor, suministrador

高科技企業　(f.) empresa de alta tecnología

通訊技術　(f.) tecnología para las comunicaciones

通訊衛星　(m.) satélite de telecomunicaciones

通訊器材　(mp.) materiales de comunicaciones

股份有限公司　(*f.*) sociedad anónima

控股公司　(*m.*) *holding*; (*f.*) sociedad de cartera

信託公司　(*f.*) compañía fiduciaria

金融公司　(*f.*) compañía financiera

投資公司　(*f.*) compañía inversionista

海運公司　(*f.*) compañía naviera

保險公司　(*f.*) compañía aseguradora/de seguros

瓦斯公司　(*f.*) compañía de gas

快捷公司　(*f.*) empresa de transporte urgente

快遞服務　(*m.*) servicio de mensajería

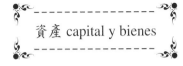

資產 capital y bienes

財力　(*f.*) capacidad financiera

動產　(*mp.*) bienes muebles

不動產　(*mp.*) bienes raíces/inmuebles

無主財產　(*m.*) bien mostrenco

持分人　(*m.*) copropietario

資本財　(*mp.*) bienes de equipo/capital

所有權　(*m.*) derecho de propiedad

固定資產　(*m.*) capital fijo

流動資產　(*m.*) capital líquido

營運資本　(*m.*) capital/activo circulante, capital de explotación

資金流動　(*m.*) flujo de capital

共同基金　(*m.*) fondo mutuo/de inversión mobiliaria

投資基金　(*m.*) fondo de inversión

投資分析師　(*s.*) analista de inversiones

投資顧問　(*m.*) asesor de inversiones

投資人　(*s.*) inversionista; (*m.*) inversor

投資計畫　(*mp.*) proyectos de inversión

分散台灣投資　*diversificar las inversiones taiwanesas*

日本海外投資　inversiones japonesas en el extranjero

投資保護　la protección de la inversión

投資資金　(*m.*) capital invertido

創業基金　(*f.*) inversión inicial

長期投資　(*f.*) inversión a largo plazo

增資　(*f.*) ampliación/(*m.*) aumento de capital

互相投資　(*f.*) inversión recíproca

吸引外資　la absorción/atracción de inversiones extranjeras

🐝 嚇跑投資人　ahuyentar a los inversores

總收入　(*f.*) ganancia bruta

收入淨額　(*f.*) ganancia neta

毛利　(*m.*) beneficio bruto

純利　(*m.*) beneficio neto/líquido

投資收益　(*mp.*) ingresos procedentes de inversiones

不法所得　(*f.*) ganancia ilícita

利潤分配　(*m.*) reparto de utilidades (美)

有賺頭　(*a.*) rentable, lucrativo

🐝 賺大錢生意　un negocio muy lucrativo

利潤低　bajo rendimiento

收支平衡點　(*m.*) umbral de rentabilidad

營利 [動機]　(*m.*) afán de lucro

非營利團體　(*f.*) entidad sin fines de lucro

優先債權人　(*m.*) acreedor privilegiado

債權人會議　(*f.*) junta de acreedores

債務人　(*m.*) deudor

舉債　(*vt.*) contraer deudas (信貸參看頁 313)

收債人　(*m.*) cobrador de deudas/de morosos

討債公司　(*f.*) agencia de cobro

呆帳　(*fp.*) deudas morosas/incobrables

假扣押　(*m.*) embargo preventivo

宣告破產　(*f.*) declaración de quiebra

破產　(*f.*) bancarrota

惡性倒閉　(f.) quiebra fraudulenta (掏空資產)

讓售　(vt.) traspasar un negocio

合併　(f.) fusión

併購　(f.) absorción

企業購併　(fp.) fusiones y adquisiciones empresariales

目標公司　(f.) empresa objetivo (計劃收購公司)

公司內幕　(fp.) interioridades de la empresa

反併購條款　(f.) cláusula antiabsorción

店面轉讓　(m.) traspaso de un local

意願書　(f.) carta de intenciones

讓渡書　(f.) escritura de traspaso

(破產時)財產轉讓　(f.) cesión de bienes

清點　(f.) liquidación

會計　(f.) contabilidad

帳簿　(m.) libro de cuentas

現金簿　(m.) libro de caja

應收未收收益　(mp.) ingresos diferidos

零用金　(f.) caja chica/menuda; (m.) dinero para gastos menores

流水帳　(m.) libro borrador

商店 tienda

商業頭腦　(f.) aptitud para los negocios

生意眼光　(m.) olfato para los negocios

商業策略　la estrategia comercial

營業執照　(f.) licencia de apertura

購買力　(m.) poder adquisitivo

賣點　(m.) atractivo comercial

[商品擺店中] 搶眼處　(m.) punto cálido/llamativo

搶市場　la guerra de mercado

價格戰　(f.) guerra de precios

電話行銷　(*m.*) márketing telefónico

開店　(*vt.*) abrir/poner una tienda

　　🌼 夫妻檔小生意　un pequeño negocio familiar

做生意　(*vt.*) montar un negocio

百貨公司　grandes almacenes; (*f.*) tienda de departamentos (墨、智); tienda por departamentos (阿、秘)

包裝部　(*m.*) servicio de empaquetado

[廣告] 飄帶　(*f.*) banderola

廣告氣球　(*m.*) globo publicitario/anunciador

廣告燈箱　(*mp.*) anuncios luminosos

明亮招牌　(*m.*) rótulo luminoso

SOGO 卡　(*f.*) tarjeta de compra de SOGO

食品雜貨店　(*f.*) tienda de ultramarinos; (*m.*) ultramarinos

便利商店　(*f.*) tienda de conveniencia

零食　(*f.*) golosina

加盟店　(*f.*) tienda asociada

連鎖店　(*f.*) tienda de una cadena; cadena de tiendas (泛指)

百元店　(*f.*) tienda de «todo a cien»

量販店　(*m.*) híper (口), hipermercado

大賣場　(*m.*) autoservicio mayorista

收銀機　(*f.*) caja registradora

標籤　(*f.*) etiqueta

標籤機　(*f.*) etiquetadora

黏貼標籤　(*f.*) etiqueta autoadhesiva

條碼　(*m.*) código de barras

讀條碼機　(*m.*) lector de barras

營業時間　(*m.*) horario comercial

開店時間　(*f.*) hora de apertura

打烊時間　(*f.*) hora de cierre

中午不打烊　(*m.*) horario continuo; (*f.*) jornada continua

工作時間　(*m.*) horario laboral

按時計酬　(*m.*) trabajo por horas

上街　(*vi.*) salir a la calle

逛街　(*vi.*) salir a ver escaparates; (*vt.*) mirar escaparates/vitrinas

櫥窗　(*f.*) vitrina; (*m.*) escaparate

購物　(*vt.*) hacer la compra/las compras; (*vi.*) ir de compras

　　 我買故我在　Compro, luego existo.

(假)發票　(*f.*) factura (falsa)

列出詳目發票　(*f.*) factura detallada con conceptos

收據　(*m.*) recibo (支付憑證　recibo de pago)

自動販賣機　(*f.*) máquina expendedora; (*m.*) dispensador automático

購物單　(*f.*) lista de la compra/las compras

常客　(*m.*) cliente asiduo/habitual

購物袋　(*f.*) bolsa de la compra/las compras

日用品　(*m.*) artículo de uso diario/de necesidad cotidiana

暢銷品　(*m.*) artículo de mucha demanda/fácil venta

滯銷貨　(*fp.*) mercancías de mala/difícil venta

易腐貨　(*fp.*) mercancías perecederas

免費樣品　(*f.*) muestra gratis/gratuita

禮品　(*m.*) regalo, obsequio; (*mp.*) artículos para regalos

禮品店　(*f.*) tienda de regalos/novedades

禮品袋　(*f.*) bolsa de regalo

禮品紙　(*m.*) papel de regalo (紙類參看頁 59 辦公室)

包 [書／禮品]　(*vt.*) envolver [los libros/regalos]

裝箱　(*vt.*) empaquetar

禮券　(*m.*) vale; cheque regalo, cupón obsequio

兌換券　(*m.*) vale, cupón

折價券　(*m.*) vale-descuento/cupón de descuento

折扣　(*m.*) descuento

預付　(*m.*) pago anticipado/adelantado

現金折扣　(*m.*) descuento por pago al contado

付現　(*m.*) pago al contado/en metálico

分期付款　(*m.*) pago a plazos; (*fp.*) facilidades de pago

付款期限　(*f.*) fecha de vencimiento de pago

貨到付款　(*m.*) pago contra reembolso/entrega; (*f.*) entrega contra reembolso

交貨時間　(*m.*) plazo de entrega

送貨到家　(*m.*) servicio a domicilio; 'se reparte a domicilio'

　貨不滿意，保證退款　Si no queda satisfecho, le devolvemos el dinero.

售後服務　(*m.*) servicio post-venta/posventa

送牛奶　(*m.*) reparto de leche

家庭推銷員　(*m.*) vendedor a domicilio

流動攤販　(*m.*) vendedor ambulante

雜貨店　(*f.*) tienda de abarrotes

食品店　(*f.*) tienda de comestibles

[糖果茶點等零嘴] 糕餅店　(*f.*) tienda de golosinas

陶瓷工業　(*f.*) industria cerámica

陶瓷店　(*f.*) tienda de cerámicas

瓷器店　(*f.*) tienda de porcelanas

家庭用品　(*mp.*) artículos del hogar

五金行　(*f.*) ferretería

汽車零件　(*mp.*) accesorios del automóvil

電氣行　(*f.*) tienda de electricidad/aparatos eléctricos; tienda eléctrica

電氣用品　(*mp.*) artículos/aparatos eléctricos

家電行　(*f.*) tienda de electrodomésticos

家電用品　(*m.*) [aparato] electrodoméstico

音響　(*m.*) equipo de música/sonido; equipo modular (智)

音質　(*f.*) calidad de[l] sonido

鐘錶行　(*f.*) relojería

裝潢店　(*f.*) tienda de decoración

居家屋　(*f.*) tienda de bricolaje (如特力屋，專售居家修繕產品)

花店　(*f.*) floristería

香水店　(*f.*) perfumería

眼鏡行　(*f.*) óptica

寵物　(*m.*) animal de compañía; (*f.*) mascota

寵物店　(*f.*) pajarería (原為鳥店，但亦賣貓狗魚等寵物)

當鋪　(f.) casa de empeños

公營當鋪　(m.) monte de piedad (動產質借處)

典當物　(f.) prenda

當票　(f.) papeleta de empeños

流當品　(f.) prenda no rescatada

價格 precio

價目表　(f.) lista de precios

促銷價目　(fp.) tarifas promocionales

價格標籤　(f.) etiqueta del precio

售價　(m.) precio de venta

建議售價　(m.) precio de venta al público

    人人付得起的價格　un precio al alcance de todos los bolsillos

    本地西瓜價錢公道　Aquí la sandía está muy bien de precio.

    這房子要賣65萬英鎊　La casa está en venta a 650.000 libras.

    台北公寓貴得嚇人　En Taipei los apartamentos tienen un precio prohibitivo.

    這版二週就賣完　El público agotó la edición en dos semanas.

    這尺寸我們已賣光　No nos queda esta talla./Se nos ha agotado esa talla.

漲價　(vt.) subir los precios

減價　(vt.) bajar los precios

估價　(m.) precio estimado

單價　(m.) precio unitario/por unidad

成本價　(m.) precio de costo/coste (西)

廠價　(m.) precio de fábrica

[新產品] 上市價　(m.) precio de lanzamiento

外銷價　(m.) precio de exportación

時價　(m.) precio corriente

市價　(m.) precio de mercado

黑市　(m.) mercado negro

現金價　(m.) precio de/al contado

(買方) 出價　(*m.*) precio ofrecido

(賣方) 要價　(*m.*) precio pedido

批發價　(*m.*) precio al por mayor

零售價　(*m.*) precio al por menor

折扣價　(*m.*) precio de oferta

半價　a mitad de precio

不二價　(*m.*) precio fijo

討價還價　(*vt.*) regatear; (*m.*) regateo

特價　(*m.*) precio especial

大廉價　(*m.*) precio obsequio (價格像贈禮)

酌付價　(*m.*) precio simbólico (象徵性酌付)

大減價　gran rebaja

出清存貨　(*f.*) liquidación

季末清倉　(*f.*) liquidación de fin de temporada

全面大清倉　(*f.*) liquidación total

結束營業清倉　(*f.*) liquidación por cierre

外貿 comercio exterior

進出口公司　(*f.*) compañía de exportación-importación

出口商行　(*f.*) empresa exportadora

出口商　(*m.*) exportador

進口商　(*m.*) importador

佣金　(*f.*) comisión

出口貿易　(*m.*) comercio exportador/de exportación

外銷競爭力　(*f.*) competitividad exportadora

技術輸出　(*f.*) exportación de tecnología

出口促銷　(*f.*) campaña de fomento a la exportación

加工出口區　(*f.*) zona de industrias de exportación, zona procesora de exportación

(免稅) 自由區　(*f.*) zona libre/franca

貨物集散地　(*m.*) centro integrado de mercancías

倉儲物流　(*f.*) logística y distribución (供應 suministro, 倉儲 almacenamiento, 運輸 transporte, 分發 distribución)

保稅倉庫　(*m.*) depósito franco/de aduanas

冷藏庫　(*m.*) almacén frigorífico/refrigerado

存倉　(*m.*) almacenaje

倉儲費　(*mp.*) gastos de almacenamiento y custodia

出口貨　(*m.*) artículo/producto de exportación

[空運] 提單　(*m.*) conocimiento de embarque [aéreo] (海運為 [marítima], 空運提單 一般也說 conocimiento aéreo, carta de porte aéreo)

出口許可證　(*f.*) licencia de exportación

進口許可證　(*f.*) licencia de importación

出口津貼　(*m.*) subsidio de exportación

出口稅　(*mp.*) aranceles de exportación

再輸出　(*f.*) reexportación

進口貨　(*m.*) artículo de importación

進口配額　(*mp.*) cupos/(*fp.*) cuotas de importación

進口限額　(*m.*) contingente de importación

進口稅　(*mp.*) derechos de importación

奢侈品輸入　la importación de artículos suntuarios

平行輸入　(*f.*) importación paralela

估價單　(*f.*) factura pro forma

訂單　(*f.*) orden de compra/pedido

訂單號碼　(*m.*) número de pedido

付款條件　(*fp.*) condiciones de pago

延期交貨　(*m.*) pedido previo pendiente de entrega

公路運輸　(*m.*) transporte por carretera

鐵路運輸　(*m.*) transporte ferroviario

航空貨運站　(*f.*) terminal de carga aérea

空運　(*m.*) tráfico de transporte aéreo

最近路線　(*f.*) ruta más corta

航運公司　(*f.*) compañía naviera/de navegación

貨櫃　　(*m.*) contenedor, *container*

貨櫃船　　(*m.*) buque portacontenedores

貨櫃碼頭　　(*f.*) terminal de contenedores

過境貨物　　(*fp.*) mercancías en tránsito

散裝　　(*m.*) embalaje a granel

散裝貨　　(*fp.*) mercancías a granel

包裝箱　　(*m.*) cajón/cartón de embalaje

厚紙箱　　(*m.*) caja de cartón

瓦楞紙板箱　　(*f.*) caja de cartón corrugado/ondulado

木箱　　(*m.*) caja de madera

防水布　　(*f.*) tela impermeable

裝運清單　　(*f.*) lista de embarque

裝運日期　　(*f.*) fecha de embarque

交貨期限　　(*m.*) plazo de entrega

船艙交貨　　(*f.*) entrega de mercancías a bordo

到岸價格 (成本、保險費加運費價)　　coste, seguro y flete (CIF)

離岸價 (船上交貨價)　　franco a bordo (FOB)

成本加運費價　　coste y flete (CF)

內陸運費　　(*m.*) flete interno/terrestre

空運費　　(*m.*) flete aéreo

海運費　　(*m.*) flete marítimo

運費在內　　(*m.*) flete incluido

運費預付　　(*m.*) flete pagado por adelantado

　　送運時應付清運費　　El flete debe ser pagado en origen.

運費待付　　(*m.*) flete por cobrar

運費到付　　(*m.*) flete pagado en destino

空艙費　　falso flete

船舶登記證　　(*m.*) patente de navegación

國輪船員　　(*f.*) tripulación de una nave nacional

外輪華籍船員　　(*f.*) tripulación de trabajadores chinos en naves extranjeras

商業發票　　(*f.*) factura comercial

領事簽證　　(*f.*) factura consular

[船員旅客] 檢疫證明　(*m.*) patente de sanidad

動物檢疫證明　(*m.*) certificado de sanidad animal

植物檢疫證明　(*m.*) certificado fitosanitario

產地證明　(*m.*) certificado de origen

產地　(*m.*) país de origen

品質證明　(*m.*) certificado de calidad

卸貨證明　(*m.*) certificado de desembarque

小心煙火!　¡Aléjese del fuego!

禁止吸煙!　¡Prohibido fumar!; ¡Se prohíbe fumar!

　　禁菸　No se permite fumar.

　　　兒童莫入　No se admiten niños.　　動物莫入　No se admiten animales.

　　　室內不准拍照　No está permitido el uso de cámaras fotográficas en la sala.

　　　非公司員工請勿進入　No se permite la entrada a personas ajenas a la empresa.

小心搬運!　¡Manéjese con cuidado!

朝上!　¡Parte arriba!

直放!　¡Ponlo vertical!

平放!　¡Colóquese horizontal!

不可平放!　¡Nunca en posición horizontal!

不可上壓!　¡No se ponga carga encima!

不可掉落!　¡No deje caer!

易碎小心!　¡Frágil — con cuidado!

禁用鐵鈎!　¡No usar ganchos!

置乾燥處　¡Guárdese seco!/Colocar en lugar seco

置陰涼處　¡Guárdese en lugar fresco!/Mantener en lugar fresco

上下貨區　'permitido carga y descarga', zona de carga y descarga

伍、數理化

* 數學・圖形
* 物理・化學

數學・圖形
Matemáticas-Gráfico

20

純數學　(*fp.*) matemáticas puras

基礎數學　(*f.*) matemática elemental

高等數學　(*fp.*) matemáticas superiores

應用數學　(*fp.*) matemáticas aplicadas

數字　(*m.*) guarismo; (*f.*) cifra

> 數字本身會說話　Las cifras hablan por sí solas.

阿拉伯數字　(*m.*) número arábigo

羅馬數字　(*m.*) número romano

十進位制　(*m.*) sistema métrico

個位數　(*m.*) dígito

四位數　cuatro números/dígitos/guarismos/cifras

> 一筆六位數款　una suma de seis números
>
> 本市區碼為二位數　El prefijo de mi ciudad es un número con dos cifras.

天文數字　(*fp.*) cifras astronómicas

奇數　(*m.*) número impar

偶數　(*m.*) número par

正數　(*m.*) número positivo

負數　(*m.*) número negativo

虛數　(*m.*) número imaginario

完全數　(*m.*) número perfecto

整數　(*m.*) número entero

小數　(*m.*) número decimal

帶分數　(*m.*) número mixto

捨零整數　(*m.*) número redondo

> 兩百美元整　doscientos dólares en números redondos

分數　(*m.*) número fraccionario/quebrado; (*f.*) fracción

十進制小數　(*f.*) fracción decimal

小數點　(*f.*) coma de decimales

算數　(*f.*) aritmética

計算　(*m.*) cálculo

心算　(*m.*) cálculo mental

算盤　(*m.*) ábaco

數學運算　las operaciones matemáticas

加　(*vt.*) sumar

加法　(*f.*) adición

加號　(*m.*) signo de más

加數　(*m.*) sumando

分子　(*m.*) numerador

分母　(*m.*) denominador

和　(*f.*) suma; (*m.*) total

總共　en total

減　(*vt.*) restar

減法　(*f.*) sustracción, resta

減數　(*m.*) sustraendo

被減數　(*m.*) minuendo

差　(*m.*) resto; (*f.*) diferencia

乘　(*vt.*) multiplicar

乘法　(*f.*) multiplicación

倍數　(*m.*) [número] múltiplo

　　廿五是五的倍數　Veinticinco es múltiplo de cinco.

最小公倍數　(*m.*) mínimo común múltiplo

乘數　(*m.*) multiplicador

被乘數　(*m.*) multiplicando

　　五乘十得五十　Cinco por diez son cincuenta.

積　(*m.*) producto

素數　(*m.*) número primo

除　(*vt.*) dividir, partir

除法　(*f.*) división

公分母　(*m.*) denominador común

除數　(*m.*) divisor

被除數　(*m.*) dividendo

公約數　común divisor

最大公約數　máximo común divisor

商　(*m.*) cociente

　八除四，商二　El cociente de ocho por cuatro es dos.

乘法表　(*f.*) tabla de multiplicar

九九乘法表　(*f.*) tabla pitagórica

乘方　(*f.*) potencia

累乘　(*f.*) elevación a potencia

底數　(*f.*) base

指數　(*m.*) exponente

根　(*f.*) raíz

根號　(*m.*) signo radical

根指數　(*m.*) índice [de una raíz]

開方　(*f.*) extracción de raíces

平方　(*m.*) cuadrado

　十六是四的平方　Dieciséis es el cuadrado de cuatro.

　求平方　elevar al cuadrado

平方根　(*f.*) raíz cuadrada

立方根　(*f.*) raíz cúbica

比例　(*f.*) proporción

排列　(*f.*) permutación

組合　(*f.*) combinación

計算尺　(*f.*) regla de cálculo

直角尺　(*f.*) escuadra

三角板　(*m.*) cartabón

圓規　(*m.*) compás

量角尺／分度規　(*m.*) transportador

大小　(*m.*) tamaño

尺寸　(*f.*) talla

約等　(*m.*) equivalente aproximado

或然率　(*m.*) cálculo de probabilidades

微分　(*m.*) cálculo diferencial

積分　(*m.*) cálculo integral

微積分　(*m.*) cálculo infinitesimal

導數　(*f.*) derivada

變數　(*f.*) variable

定數　(*f.*) constante

等號　(*m.*) signo de igualdad

　　六加四得十　　6 más 4 son 10.

圖形 gráficos

平面幾何　(*f.*) geometría plana

立體幾何　(*f.*) geometría del espacio

投影幾何　(*f.*) geometría descriptiva

幾何圖形　(*f.*) figura geométrica

平面三角　(*f.*) trigonometría plana

球面三角　(*f.*) trigonometría esférica

起點　(*m.*) punto de partida

交點　(*m.*) punto de intersección

頂點　(*m.*) vértice

距離　(*f.*) distancia

等距　(*f.*) equidistancia; (*a.*) equidistante

直線　(*f.*) línea recta

曲線　(*f.*) curva, línea curva

雙曲線　(*f.*) hipérbola

拋物線　(*f.*) parábola

垂線　(*f.*) línea perpendicular

垂直線　(*f.*) vertical

平行線　(*f.*) paralela

斜線　(*f.*) línea oblicua

對角線　(*f.*) diagonal

橫截線　(*f.*) línea transversal

虛線　(*f.*) línea quebrada

內角　(*m.*) ángulo interior

外角　(*m.*) ángulo exterior

直角　(*m.*) ángulo recto

45° 角　(*m.*) ángulo semirrecto

斜角　(*m.*) ángulo oblicuo

鄰角　(*mp.*) ángulo adyacentes

平角　(*m.*) ángulo plano

銳角　(*m.*) ángulo agudo

鈍角　(*m.*) ángulo obtuso

弧　(*m.*) arco

正方形　(*m.*) cuadro

方形　(*a.*) cuadrado

長方形　(*m.*) rectángulo

菱形　(*m.*) rombo

長菱形　(*m.*) romboide

平行四邊形　(*m.*) paralelogramo

梯形　(*m.*) trapecio

橢圓形　(*m.*) óvalo; (*a.*) oval

多角形　(*m.*) polígono

正多角形　(*m.*) polígono regular

等邊三角形　(*m.*) triángulo equilátero

不等邊三角形　(*m.*) triángulo escaleno

等腰三角形　(*m.*) triángulo isósceles

平面三角形　(*m.*) triángulo plano

球面三角形　(*m.*) triángulo esférico

直角三角形　(*m.*) triángulo rectángulo

斜角三角形　(*m.*) triángulo oblicuángulo

銳角三角形　(*m.*) triángulo acutángulo

鈍角三角形　(*m.*) triángulo obtusángulo

圓　(*m.*) círculo

圓的　(*a.*) redondo

同心圓　(*mp.*) círculos concéntricos

半圓　(*m.*) semicírculo

橢圓　(*f.*) elipse

圓心　(*m.*) centro

圓周　(*f.*) circunferencia

直徑　(*m.*) diámetro

半徑　(*m.*) radio

球面　(*f.*) superficie esférica/de la esfera

平面　(*m.*) plano

圓錐　(*m.*) cono

錐面　(*f.*) superficie cónica

截錐　(*m.*) cono truncado

立方體　(*m.*) cubo

稜柱　(*m.*) prisma

三稜柱　(*m.*) prisma triangular

角錐　(*f.*) pirámide (另義「金字塔」)

正角錐　(*f.*) pirámide regular

三角錐　(*f.*) pirámide triangular

圓角錐　(*f.*) pirámide cónica

四角錐　(*f.*) pirámide cuadrangular

五角形　(*m.*) pentágono (Pentágono 美國防部五角大廈)

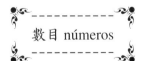

數目 números

基數　(*m.*) número cardinal

序數　(*m.*) número ordinal

難以計數　(*a.*) **in**numerable

頁數　(*m.*) número de página

翻到第五頁　volver/dar vuelta a la página **cinco**

下一頁　en la página siguiente　　前十頁　las **diez** primeras páginas

前三章　los **tres** primeros capítulos

[報紙] 頭版　primer plana

[書籍] 初版　primera edición; (*f.*) edición príncipe

首席演員　primer actor

美國首任總統　el primer presidente de los Estados Unidos

查理一世　Carlos I (唸做 Carlos primero)

　伊利莎白二世　Isabel II (唸做 Isabel segunda)

第一夫人　primer dama

　婦孺先！　¡las mujeres y los niños primero!

　女士先！　¡primero las damas!　台灣優先　Taiwán primero

第一手訊息　(*f.*) información de primera mano

第一次　por primera vez

　凡事總有第一次　Siempre tiene que haber una primera vez.

第二號人物　el segundo en importancia

　二手車　coche de segunda mano, coche usado

　二手書　libro de viejo　　第二代　segunda generación

　每兩週[隔週]　cada dos semanas

　本國第二大城　la segunda ciudad más grande del país

　台灣次老大學　la segunda universidad más antigua de Taiwán

　次高建物　el segundo edificio en altura　次要　de importancia secundaria

　他民調聲望居次，落後布希　En los sondeos era el segundo más popular por detrás de George Bush.

一樓　(*f.*) planta baja/(*m.*) piso bajo (西); primer piso (智)

二樓　primer piso (西); segundo piso (智)

　雙層巴士　autobús de dos pisos　　奧運雙冠王　doble campeón olímpico

四月一日　1° de abril (唸做 el [día] primero/uno de abril)

第二冊　el segundo tomo, el 2° tomo

第三冊　el tercer tomo, el 3er tomo

第九屆男裝展　el IX Certamen de la Moda Masculina

第 38 屆年會　la 38ª asamblea anual

第 54 屆金球獎　la 54ª edición de los Globos de Oro

倒數第二　(*a.*) penúltimo

- 最後第二道門　la penúltima puerta

最後的　(a.) último

- 最後一排　la última fila　　在頂樓　en el último piso

  〈我的訣別〉　"Mi último adiós" (菲律賓José Rizal訣別詩)

末代皇帝　el último emperador

房間號碼　(m.) número de habitación

- 他住66號　Vive en el número 66.

  我的房號是510　Estoy en la [habitación] 510 (唸做quinientos diez).

  中獎號碼是21568　El premio correspondió al veintiún mil quinientos setenta **y** ocho

電話號碼　(m.) número de teléfono

- 你打幾號？　¿A qué número llama? Al 253 19 72 (唸做 dos cinco tres uno nueve siete dos或dos cincuenta y tres diecinueve setenta y dos)

零　el cero, un cero

- 他把我生物打零分　Me puso un cero en biología.

零點五 0,5 [唸做　cero **coma** cinco; 13,68 唸做 trece **coma** sesenta y ocho. 中南美有些國家小數用句號, 故 0.5 唸成 cero **punto** cinco]

零點零七　,07 (西班牙語唸做　coma cero siete)

三點二八　3,28 (西班牙語唸做　tres coma dos ocho)

零下八度　ocho grados bajo cero

零成長　(m.) crecimiento cero

百分點　(m.) punto porcentual

零時　(f.) hora cero

- 現在是零時　son las **cero** horas.　　歸零　poner en/a cero

  能見度零　La visibilidad es nula.

21 元披索或西幣　veintiún pesos o veintiuna pesetas

55　cincuenta **y** cinco

100 本書　cien libros

100 張票　cien entradas

101　ciento **uno** (後接陰性名詞時: ciento una)

184　ciento ochenta y cuatro

737　setecientos treinta **y** siete

1,001　　mil uno/una

1,500　　mil quinientos (後接陰性名詞時：mil quinientas)

2,001　　dos mil uno/una

2,004　　dos mil cuatro

一萬　　diez mil

一萬五千　　quince mil

十萬　　cien mil

一百萬　　un millón

二百萬零一千　　dos millones mil

千萬　　diez millones

二千三百卅萬　　veintitrés millones trescientos mil

一億　　cien millones

十億　　mil millones

百億　　diez mil millones

千億　　cien mil millones

二千億　　doscientos mil millones

一兆　　un billón

公制　　(m.) sistema métrico

英制　　(m.) sistema británico

面積　　(fp.) medidas de superficie, medidas cuadradas

平方公尺　　(m.) metro cuadrado (m²)

平方公里　　(m.) kilómetro cuadrado (km²)

象徵性數量　　una cantidad simbólica

家庭號洗衣粉　　un detergente 'familiar'

50 週年　　(m.) cincuentenario

　　　俱樂部50週年慶　El cincuentenario del nacimiento del club
　　　他逝世50週年紀念　el cincuenta aniversario de su muerte

百年老樹　　un árbol centenario

五百年紀念　　el quinto centenario

第 N 次　　por enésima vez

一勞永逸　　de una vez para siempre

整個番茄　　un tomate entero

半個檸檬　medio limón

半個蘋果　media manzana

一半　(*f.*) mitad

半路上　a mitad de camino

半斤米　medio kilo de arroz

半打蛋　media docena de huevos

二分之一　un medio

一又二分之一　uno y medio

三分之一　un tercio, la tercera parte

❄ 劇院僅三分之一滿座　Sólo se llenó un tercio del teatro.

三分之二　dos tercios, las dos terceras partes

四分之一　un cuarto, la cuarta parte

四分之三　tres cuartos, las tres cuartas partes

❄ 四分之三人口　las tres cuartas de la población

五分之一　un quinto, la quinta parte

六分之一　un sexto, la sexta parte

七分之一　un séptimo

七分之六　seis séptimos

八分之一　un octavo

八分之三　tres octavos

九分之一　un noveno

十分之一　un décimo

十二分之一　un doce**avo**

十六分之五　cinco dieciseis**avo**s

二十分之一　un veinte**avo**

五十二分之七　siete *sobre* cincuenta y dos

百分之一　un centésimo

百分之卅六生產　el 36% (唸做 el treinta y seis por ciento) de la producción

價格上漲百分之十三　Los precios han subido un 13% (唸做 un trece por ciento).

一百零六分之五　cinco *sobre* ciento seis

千分之一　un milésimo

兩倍　(*m.*) doble

三倍　(*m.*) triple
四倍　(*m.*) cuádruple
五倍　(*m.*) quíntuplo

物理・化學
Física-Química

21

物理 física

自然科學	(*fp.*) ciencias naturales
西方科學	(*f.*) ciencia occidental
太空船	(*f.*) nave espacial
太空漫步	(*f.*) caminata espacial
理化	(*f.*) fisicoquímica
假設	(*f.*) hipótesis
驗證	(*f.*) demostración
無須驗證	sin necesidad de demostración
核理論	(*f.*) teoría física
原子說	(*f.*) teoría atómica
達爾文學說	(*f.*) teoría de Darwin
進化論	(*f.*) teoría de la evolución
相對論	(*f.*) teoría de la relatividad
愛因斯坦	Alberto Einstein
地心引力定律	la ley de la gravedad universal
萬有引力	(*f.*) gravitación universal
阿基米德原理	(*m.*) principio de Arquímedes
奈米科技	(*f.*) nanotecnología
基礎物理	(*f.*) física elemental
大氣物理	(*f.*) física del aire
核能物理	(*f.*) física nuclear
物理現象	(*m.*) fenómeno físico
物理變化	(*mp.*) cambios físicos
物體	(*m.*) cuerpo

物態　(*m.*) estado del cuerpo

固態　(*m.*) estado sólido

固體　(*m.*) sólido

流體　(*m.*) fluido

氣態　(*m.*) estado gaseoso

氣體　(*m.*) gas

液體　(*m.*) líquido

液態　(*m.*) estado líquido

水蒸氣　(*m.*) vapor del agua

冰點　(*m.*) punto de congelación

水沸騰　(*f.*) ebullición del agua

沸點　(*m.*) punto de ebullición

飽和點　(*m.*) punto de saturación

臨界點　(*m.*) punto crítico

表面張力　(*f.*) tensión superficial

滲透　(*f.*) ósmosis

滲透力　(*f.*) fuerza osmótica

引力　(*f.*) atracción

膨脹　(*f.*) dilatación

壓力　(*f.*) tensión, presión

氣壓計　(*m.*) manómetro

連鎖反應　(*f.*) reacción en cadena

平衡定律　las leyes del equilibrio

加速度　(*f.*) velocidad de aceleración

原動力　(*f.*) fuerza motriz

慣力　(*f.*) fuerza de inercia

慣性　(*f.*) inercia

浮力　(*f.*) fuerza ascensional, capacidad para flotar

馬力　(*m.*) caballo [de fuerza]

加速運動　(*m.*) movimiento acelerado

地球運轉　(*m.*) movimiento de la Tierra

彈性　(*f.*) elasticidad

膨脹係數   (*m.*) coeficiente de dilatación

安全係數   (*m.*) coeficiente de seguridad

壓縮   (*f.*) compresión

凝縮   (*f.*) condensación

三度空間   (*m.*) espacio de tres dimensiones

精密儀器   (*mp.*) instrumentos de precisión

精密器材   (*mp.*) equipos sofisticados

光學儀器   (*m.*) instrumento óptico

放大鏡   (*f.*) lupa

光波   (*f.*) onda luminosa

照明度   (*f.*) claridad, luminosidad

光效   (*mp.*) efectos luminosos

錯覺   (*f.*) ilusión óptica

明暗度   (*m.*) claroscuro

陰影   (*f.*) sombra

方向   (*f.*) dirección

反向   en dirección contraria

朝東   en dirección oeste

   往馬德里路上   de camino hacia Madrid

   在英國北部   al norte de Inglaterra   在巴黎西北   al noroeste de París

   他住台北東區   Vive en un barrio del sector este de Taipei.

距離   (*f.*) distancia

   距離五公尺   a cinco metros de distancia

   從住家到辦公室有一百公尺   Desde casa a la oficina existe una distancia de

   cien metros.   走路不遠   a poca distancia a pie

   離台北還多遠？   ¿A qué distancia está Taipei?

光線   (*m.*) rayo de luz

投射   (*vt.*) lanzar

直射光   (*m.*) rayo directo

入射光   (*m.*) rayo incidente

反射   (*vt.*) reflejar

反射光   (*m.*) rayo reflejo

折射　(f.) refracción

雙折射　doble refracción

折射角　(m.) ángulo de refracción

折射光　(m.) rayo refracto

電 electricidad

電源　(f.) fuente de electricidad

供電　(m.) suministro de electricidad

電路　(m.) circuito eléctrico

短路　(m.) cortocircuito, corto circuito

停電　(m.) apagón; corte de luz/corriente/electricidad

電荷　(f.) carga eléctrica

電力　(f.) fuerza eléctrica

[電流] 強度　(f.) intensidad eléctrica

電流強　gran densidad

弱電　débil densidad

電壓　(f.) tensión eléctrica

高壓電線　(m.) cable de alta tensión

海底電纜　(m.) cable submarino

電線桿　(m.) poste eléctrico/telegráfico

電線　(m.) alambre eléctrico

銅絲　(m.) alambre de cobre

保險絲　(m.) fusible

稀有金屬　(m.) metal raro

金屬疲勞　(f.) fatiga del metal

電波　(fp.) ondas eléctricas

無線電波　(f.) onda radioeléctrica

靜電　(f.) electricidad estática

靜電計　(m.) electrómetro

電流　(f.) corriente eléctrica

感應線圈　(*m.*) inductor

電樞　(*m.*) inducido

導體　(*m.*) conductor

半導體　(*m.*) semiconductor

絕緣體　(*m.*) aislador

絕緣膠帶　(*f.*) cinta aislante/aisladora

磁場　(*m.*) campo magnético

磁力　(*f.*) fuerza magnética

磁感應　(*f.*) inducción magnética

[金融卡等辨識] 磁帶　(*f.*) franja magnética

磁石　(*m.*) imán

人造磁鐵　(*m.*) imán artificial

電磁波　(*f.*) onda electromagnética

電磁感應　(*f.*) inducción electromagnética

乾電池　(*f.*) pila seca

鋰電池　(*f.*) pila de litio

鈕扣電池　(*f.*) pila botón

鎳鎘電池　(*f.*) batería de níquel cadmio

蓄電池　(*f.*) batería eléctrica; (*m.*) acumulador

可充電　(*a.*) recargable

發電機　(*m.*) generador eléctrico, dinamo, dínamo

發電機組　(*m.*) grupo electrógeno

整流器 (交直兩用)　(*f.*) conmutatriz

整流器 (交流變直流)　(*m.*) rectificador

電流換向器　(*m.*) conmutador

開關　(*m.*) interruptor, cortacorriente

變壓器　(*m.*) transformador

電鍍　(*vt.*) galvanizar

電焊　(*f.*) soldadura eléctrica

氣焊　(*f.*) soldadura autógena

電鑽　(*f.*) taladradora eléctrica

電器　(*mp.*) aparatos eléctricos

電器組件　(*mp.*) componentes eléctricos

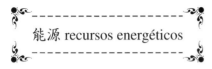

能源 recursos energéticos

能源部長　(*m.*) ministro de Energía

能源政策　(*f.*) política de energía

能源節約　(*m.*) ahorro energético/de energía

能源危機　(*f.*) crisis energética

太陽能　(*f.*) energía solar

熱能　(*f.*) energía térmica

電力　(*f.*) energía eléctrica

漏電　(*f.*) fuga eléctrica, pérdida de electricidad

發電廠　(*f.*) central eléctrica/de energía

變電所　(*f.*) subestación [de transformación]

火力發電廠　(*f.*) central termoeléctrica

水力發電廠　(*f.*) central hidroeléctrica

核電廠　(*f.*) planta nuclear

蓋核四　(*f.*) construcción de la cuarta planta nuclear

風力　(*f.*) energía eólica

水力　(*f.*) energía hidráulica

燃料　(*m.*) combustible

沼氣　(*m.*) biogás

易燃　(*a.*) combustible

原子能　(*f.*) energía atómica

核能　(*f.*) energía nuclear

核子反應　(*f.*) reacción nuclear

質子　(*m.*) protón

同位素　(*m.*) isótopo

放射性同位素　(*m.*) radioisótopo, isótopo radiactivo

核料　(*m.*) combustible nuclear

核廢料　(*mp.*) residuos nucleares

濃縮鈾　(*m.*) uranio enriquecido

輻射能　(*f.*) energía radiante

幅射熱　(*m.*) calor radiante

輻射線　(*f.*) radiación

核輻射　(*f.*) radiación nuclear

太陽輻射　(*f.*) radiación solar

電離輻射　(*f.*) radiación ionizante

α 射線　(*f.*) rayos alfa

β 射線　(*f.*) rayos beta

γ 射線　(*f.*) rayos gamma

X 光　(*mp.*) rayos X, rayos equis

紫外線輻射　(*f.*) radiación ultravioleta

紅外線輻射　(*f.*) radiación infrarroja/ultrarroja

紅外線　(*mp.*) rayos infrarrojos

紫外線　(*mp.*) rayos ultravioleta

雷射　(*m.*) [rayo] láser

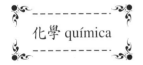

化學 química

化學實驗室　(*m.*) laboratorio de química

化學武器　(*f.*) arma química

普通化學　(*f.*) química general

物理化學　(*f.*) química física

生化　(*f.*) bioquímica, química biológica

有機化學　(*f.*) química orgánica

化學劑　(*m.*) agente químico

化學方程式　(*f.*) ecuación química

化學作用　(*f.*) acción química

化學變化　(*mp.*) cambios químicos

化學反應　(*f.*) reacción química

中性反應　(*f.*) reacción neutra

化學分析　(*m.*) análisis químico

定性分析　(*m.*) análisis cualitativo

催化劑　(*m.*) catalizador

活性碳　(*m.*) carbón activo/activado

濃縮　(*m.*) concentrado

結晶　(*f.*) cristalización

風化　(*f.*) eflorescencia

溶解　(*f.*) disolución, solución

稀釋　(*f.*) dilución

分解　(*f.*) descomposición

自燃　(*f.*) combustión espontánea

不完全燃燒　(*f.*) combustión incompleta

固體燃料　(*mp.*) combustibles sólidos

液體燃料　(*mp.*) combustibles líquidos

銳變　(*f.*) transformación

蒸餾　(*f.*) destilación

高溫下　a temperaturas elevadas

低溫下　a baja temperatura

鹼中毒　(*f.*) alcalosis

工業酒精　(*m.*) alcohol industrial

鈷六十　(*m.*) cobalto 60

硼砂　(*m.*) bórax

砷／砒霜　(*m.*) arsénico

劇毒　(*m.*) veneno violento; muy venenoso

陸、生物大地

* 植物・動物
* 天文・地理
* 環境・生態

22

植物・動物
Plantas-Animales

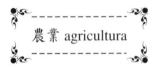

農業 agricultura

農業家庭　(*f.*) familia de agricultores

自耕農　(*m.*) agricultor propietario

以農為生　(*vi.*) vivir de la agricultura

務農　(*prnl.*) dedicarse a la agricultura

農業實驗中心　(*m.*) centro experimental de agricultura

農業現代化　la modernización agrícola

農業機械化　(*f.*) mecanización agrícola/de la agricultura

農業合作社　(*f.*) cooperativa agrícola

農產品　(*mp.*) productos agrícolas

農產品集散地　(*m.*) centro de recogida y distribución de productos agrícolas

農具　(*mp.*) aperos de labranza

農活　(*m.*) trabajo en el campo; (*fp.*) labores/faenas del campo

農忙期　(*f.*) temporada de mayor ocupación para los agricultores

收割季　(*m.*) tiempo de la cosecha

農地面積　(*f.*) extensión de terreno agrícola

耕地面積　(*f.*) superficie cultivada

種稻　(*m.*) cultivo del arroz; (*vt.*) cultivar arroz

種水果　(*m.*) cultivo de frutas

養蘭　(*m.*) cultivo de la orquídea

稻草人　(*m.*) espantapájaros

灌溉區　(*fp.*) zonas regadas

輪耕　(*f.*) rotación/alternancia de cultivos

集約耕作　(*m.*) cultivo intensivo

粗放耕作 (*m.*) cultivo extensivo

水耕 (*m.*) cultivo hidropónico/sin tierra

高山農業 (*f.*) agricultura de montaña

有機農業 (*f.*) agricultura orgánica/ecológica

有機肥料 (*m.*) abono orgánico

綠肥 (*m.*) abono en verde

化肥 (*mp.*) abonos químicos

有機肥 (*mp.*) abonos orgánicos

腐殖土 (*f.*) tierra vegetal; (*m.*) humus, mantillo

有機栽培 (*m.*) cultivo orgánico

有機蔬菜 (*fp.*) verduras orgánicas

休耕 (*m.*) barbecho

休耕期 (*f.*) barbechera

植物 planta

野生植物 (*f.*) planta silvestre

庭院植物 (*f.*) planta de jardín

室內植物 (*f.*) planta de interior

藥用植物 (*f.*) planta medicinal

觀賞植物 (*f.*) planta ornamental/de adorno

攀緣植物 (*f.*) planta trepadora

水生植物 (*f.*) planta acuática

熱帶植物 (*f.*) planta tropical

海洋植物 (*f.*) flora marina

行道樹 (*mp.*) árboles de la calle

樹影 la silueta de los árboles

樹蔭 la sombra del árbol

喬木 (*m.*) árbol

灌木 (*m.*) arbusto

原木 (*f.*) madera en rollo

年輪 　(*m.*) anillo anual

樹皮 　(*f.*) corteza

葉綠素 　(*f.*) clorofila

光合作用 　(*f.*) fotosíntesis; función clorofílica

(生物) 世代交替 　(*f.*) alternancia de generaciones

植物標本 　(*m.*) herbario

樹 árbol

垂柳 　(*m.*) sauce llorón

柳枝 　(*m.*) mimbre

楓葉 　(*f.*) hoja de arce

楓木 　(*f.*) madera de arce

檀香 　(*m.*) sándalo

紫檀 　(*m.*) sándalo rojo

烏木／烏檀 　(*m.*) ébano

桃花心木／紅木 　(*f.*) [madera de] caoba

紅杉 　(*f.*) secuoya, secoya

柚木 　(*f.*) teca

橡木 　(*m.*) roble

樟樹 　(*m.*) alcanforero

樟腦 　(*m.*) alcanfor

木麻黃 　(*f.*) casuarina

合歡木 　(*m.*) árbol de la seda

耶誕樹 　(*m.*) árbol de Navidad

菩提樹 　(*m.*) árbol bodhi; (*f.*) ficus religiosa

冬青 　(*m.*) acebo

七葉樹 　(*m.*) castaño de Indias (美)

水筆仔 　(*m.*) mangle

紅樹林 　(*m.*) manglar

棕櫚 　(*f.*) palma

棕櫚葉　(*f.*) palma

檳榔　(*f.*) areca

竹　(*m.*) bambú

竹竿　(*f.*) caña de bambú

仙人掌　(*m.*) cacto, cactus

仙人掌果　(*f.*) tuna

蘆薈　(*m.*) áloe, aloe

茶樹　(*m.*) arbusto de té

咖啡樹　(*m.*) cafeto, café

水果 frutas

鳳梨　(*f.*) piña, ananá

一串香蕉　un racimo de plátanos

香蕉皮　(*f.*) cáscara/(*m.*) piel de plátano/banana

核桃殼　(*f.*) cáscara de nuez

荔枝　(*m.*) *litchi*

龍眼　(*f.*) *longan*

甘蔗　(*f.*) caña de azúcar

蔗田　(*f.*) plantación de caña de azúcar

一節甘蔗　un canuto de caña de azúcar

蓮霧　(*f.*) perla de agua

芒果　(*m.*) mango

榴槤　(*m.*) durian

山竺　(*m.*) mangostán

山竺果　(*m.*) mangosto

百香果　(*f.*) fruta de la pasión

紅毛丹　(*m.*) rambután

白葡萄　(*f.*) uva blanca

紅葡萄　(*f.*) uva negra

麝香葡萄　(*f.*) uva moscatel

無子葡萄　(*fp.*) uvas sin semillas/pepitas

葡萄子　(*fp.*) pepitas de uva

一串葡萄　un racimo de uvas

葡萄乾　(*f.*) pasa

橘皮　(*f.*) corteza seca de naranja

金橘　(*f.*) naranjita china; (*m.*) quinoto

檸檬　(*m.*) limón

葡萄柚　(*m.*) pomelo; (*f.*) toronja

柚子　(*m.*) pomelo; (*f.*) toronja

柿子　(*m.*) caqui

酪梨　(*m.*) aguacate, avocado; (*f.*) palta

無花果　(*m.*) higo

釋迦　(*f.*) chirimoya

石榴　(*f.*) granada

番石榴　(*f.*) guayaba

桃子　(*m.*) melocotón, durazno

楊桃　(*f.*) carambola

獼猴桃／奇異果　(*m.*) quivi, kiwi

蟠桃　(*f.*) paraguaya

櫻桃　(*f.*) cereza

櫻桃季節　la época/temporada de las cerezas

黑櫻桃　(*f.*) guinda

杏子　(*m.*) albaricoque

杏仁　(*f.*) almendra

枇杷　(*m.*) níspero del Japón

銀杏　(*m.*) *ginkgo, gingko*

栗子　(*f.*) castaña

腰果　(*f.*) castaña de cajú (美)

李子　(*f.*) ciruela

棗子　(*f.*) azufaifa

棗椰子　(*m.*) dátil

棗椰子樹　(*f.*) palmera datilera

桑椹　(*f.*) mora

草莓　(*f.*) fresa, frutilla

紅莓　(*f.*) frambuesa

藍莓　(*m.*) arándano

黑莓　(*f.*) zarzamora

無子西瓜　(*f.*) sandía sin pepas

香瓜　(*m.*) melón

哈密瓜　(*m.*) melón chino/del Japón

木瓜　(*f.*) papaya

果蠅　(*f.*) mosca de la fruta

果糖　(*f.*) fructosa

檸檬酸　(*m.*) ácido cítrico

蘋果酸　(*m.*) ácido málico

多肉　(*a.*) carnoso

多水　(*a.*) acuoso, aguanoso

多汁　(*a.*) zumoso, jugoso

甜　(*a.*) dulce

酸　(*a.*) agrio

苦　(*a.*) amargo

香味　(*m.*) olor aromático/fragante

無味道　sin olor

蔬菜 verdura

豆類 [蔬菜]　(*f.*) legumbre

菜豆　(*fp.*) judías

豌豆　(*mp.*) guisantes

蠶豆　(*fp.*) habas

扁豆　(*mp.*) garbanzos

綠色蔬菜　(*f.*) verdura de hoja

時鮮蔬菜　(*fp.*) verduras de temporada

白菜　(*m.*) col de China

花椰菜　(*f.*) coliflor

青花椰菜　(*m.*) brécol; bróculi

包心菜　(*m.*) repollo

芽甘藍　(*m.*) col de Bruselas

菠菜　(*f.*) espinaca

油菜　(*f.*) colza

荷蘭芹　(*m.*) perejil

芫荽 (香菜)　(*m.*) cilantro

水芹　(*m.*) berro

萵苣／生菜　(*f.*) lechuga

菊苣　(*f.*) escarola; endibia [別種]

菜心　(*m.*) cogollo

葉捲味苦　de hojas rizadas y amargas al gusto

葉軟白　de hojas tiernas y pálidas

莙菜　(*f.*) acelga

芹菜　(*m.*) apio

茼蒿　(*f.*) santimonia

琉璃苣　(*f.*) borraja

黃瓜　(*m.*) pepino

茄子　(*f.*) berenjena

番茄　(*m.*) tomate

水耕番茄　(*mp.*) tomates hidropónicos

小黃瓜　(*m.*) pepinillo

蛇甜瓜　(*m.*) cohombro

南瓜　(*f.*) calabaza (圓 redonda); (*m.*) zapallo

冬瓜　(*f.*) calabaza blanca

絲瓜　(*m.*) estropajo, paste (中)

苦瓜　(*f.*) balsamina (美)

瓠瓜　(*f.*) calabaza (長 alargada/oblonga)

瓢　cucharón de calabaza　葫蘆　calabacino

義大利瓠瓜　(*m.*) zucchini, zucchino

佛手瓜　　(*m.*) chayote (樹名 chayotera)

蘿蔔　　(*m.*) rábano

胡蘿蔔　　(*f.*) zanahoria

大頭菜　　(*m.*) nabo

甜菜　　(*f.*) remolacha

薯蕷／山藥　　(*m.*) ñame

牛蒡　　(*f.*) lapa, bardana; (*m.*) lampazo

竹筍　　(*m.*) brote de bambú

蘆筍　　(*m.*) espárrago

蘆筍尖　　(*fp.*) puntas de espárrago

朝鮮薊　　(*f.*) alcachofa

棕筍　　(*m.*) palmito

荸薺　　(*f.*) castaña de agua

菱角　　(*f.*) castaña de agua (與荸薺同種)

月桂　　(*m.*) laurel

肉桂　　(*m.*) canelo

桂皮　　(*f.*) canela

橄欖樹　　(*m.*) olivo

橄欖　　(*f.*) aceituna, oliva

[橄欖等壓榨後] 渣滓　　(*m.*) orujo

苜蓿　　(*f.*) alfalfa

洋蔥　　(*f.*) cebolla

蔥　　(*f.*) cebolleta; (*m.*) cebollín (智)

韭蔥　　(*m.*) puerro

韭黃　　(*m.*) puerro tierno

大蒜　　(*m.*) ajo

一片蒜瓣　　un diente de ajo

薑　　(*m.*) jengibre

山葵　　(*m.*) rábano picante, *wasabi*

芥末　　(*f.*) mostaza

馬鈴薯　　(*f.*) patata, papa

馬鈴薯粉　　(*m.*) chuño (銀)

番薯　(*f.*) batata; (*m.*) camote

芋頭　(*f.*) colocasia

樹薯 [粉]　(*f.*) mandioca

木薯　(*f.*) yuca

蓮藕　(*m.*) rizoma de loto

辣椒　(*m.*) pimiento (大的稱 pimentón)

小辣椒　(*m.*) ají, chile

小尖辣椒／鷹爪　(*f.*) guindilla

青椒　(*m.*) pimiento verde

紅椒　(*m.*) pimiento rojo

甜紅椒　(*m.*) pimiento morrón

菇　(*m.*) hongo; (*f.*) seta

蘑菇　(*m.*) champiñón

玉米蕊　(*m.*) choclo; (*f.*) mazorca de maíz

玉米筍　(*m.*) minimaíz

花 flor

梅花　(*f.*) flor de ciruelo

桃花　(*f.*) flor de durazno/melocotón

櫻花　(*f.*) flor de cerezo

蘭花　(*f.*) orquídea

玉蘭　(*f.*) magnolia

荷花　(*m.*) loto

百合　(*m.*) lirio

馬蹄蓮／海芋　(*m.*) lirio de agua; (*f.*) cala

菊　(*m.*) crisantemo

雛菊　(*f.*) margarita

甘菊　(*f.*) manzanilla

玫瑰　(*f.*) rosa

牡丹　(*f.*) peonía

秋海棠　　(*f.*) begonia

藍花楹　　(*f.*) jacarandá

茉莉　　(*m.*) jazmín

石竹　　(*m.*) clavel

鬱金香　　(*m.*) tulipán

三色菫　　(*f.*) trinitaria; (*m.*) pensamiento

繡毬花　　(*f.*) hortensia

雞冠花　　(*f.*) gallocresta

風信子　　(*m.*) jacinto

金蓮花　　(*f.*) capuchina

鳳仙花　　(*f.*) balsamina

杜鵑花　　(*f.*) azalea

牽牛花　　(*f.*) campanilla

曼陀羅　　(*f.*) datura alba; (*m.*) estramonio

含笑花　　(*f.*) magnolia fusgata

大理花／天竺牡丹　　(*f.*) dalia

天堂鳥　　(*f.*) flor de gallo

聖誕紅　　(*f.*) flor de Pascua, corona del Inca

夾竹桃　　(*f.*) adelfa

梔子花　　(*f.*) gardenia

錦葵　　(*f.*) malva

南美朱槿　　(*f.*) malva arbórea

蜀葵　　(*f.*) malvarrosa, malva real/loca

天竺葵　　(*m.*) pelargonio

向日葵　　(*m.*) girasol

🌸 葵花子　　pipas de girasol　　瓜子　　pepita, pipa

蒲公英　　(*m.*) diente de león

西番蓮　　(*f.*) pasionaria

番紅花　　(*m.*) azafrán

罌粟　　(*f.*) adormidera

虞美人　　(*f.*) amapola

孤挺花　　(*f.*) amarilis

千日紅　(*f.*) perpetua, amarantina

相思子　(*f.*) peonía

女貞花　(*f.*) alheña

小葉馬櫻丹　(*m.*) alecrín

天仙子　(*m.*) beleño

紅花　(*m.*) alazor

山茶花　(*f.*) camelia

蔦蘿花　(*m.*) cambute

月下香　(*m.*) nardo

百里香　(*m.*) tomillo

迷迭香　(*m.*) romero

紫丁香　(*f.*) lila

桂竹香／紫羅蘭　(*m.*) alhelí

香菫菜花　(*f.*) violeta

露珠　　gota de rocío

人造花　(*f.*) flor artificial

草 hierba

人參　(*m.*) *ginseng*

當歸　(*f.*) angélica china

枸杞　(*f.*) cambronera

枸杞子　(*f.*) artina

決明　(*f.*) casia

薏仁　(*mp.*) granos de lágrimas de David/Job

慈姑　(*f.*) sagitaria

大黃　(*m.*) ruibarbo

櫻草　(*f.*) primavera

羅望子　(*m.*) tamarindo

牛至　(*m.*) orégano

紫蘇　(*f.*) albahaca

芝麻　(*m.*) sésamo

勿忘草　(*f.*) nomeolvides

車前草　(*m.*) llantén

含羞草　(*f.*) sensitiva, mimosa púdica/vergonzosa

莧　(*m.*) amaranto

牛舌草　(*f.*) buglosa; lengua de buey

蘆竹　(*f.*) caña

蘆葦　(*m.*) carrizo

藤　(*f.*) rota, *ratán*

　　藤製家具　muebles de ratán　　柳枝家具　muebles de mimbre

省藤／薔藤　(*f.*) caña de Indias

常春藤　(*f.*) hiedra

紫藤　(*f.*) glicinia, glicina

野葛　(*m.*) zumaque venenoso

九重葛　(*f.*) buganvilla, Santa Rita (阿), buganvilia (智), bugambilia (墨)

葛 [粉]　(*m.*) arrurruz

菟絲子　(*f.*) cuscuta

蕨　(*m.*) helecho

薰衣草　(*f.*) lavanda; (*m.*) espliego

　　薰香[物]　sahumerio

地衣　(*m.*) liquen

苔蘚　(*m.*) musgo

浮萍　(*f.*) lenteja acuática/de agua

海藻　(*f.*) (el) alga marina

綠藻　(*fp.*) algas verdes

矽藻　(*f.*) (el) alga silícea

動物 animal

神話動物　(*m.*) animal fabuloso

龍　(*m.*) dragón

鳳　(*m.*) fénix (ave fabulosa)

野獸　(*f.*) bestia silvestre; (*m.*) animal silvestre

盜獵　(*f.*) caza furtiva

脊椎動物　(*mp.*) [animales] vertebrados

海洋動物　(*f.*) fauna marina

北極動物　(*f.*) fauna polar

兩棲動物　(*m.*) animal anfibio

野生動物　(*m.*) animal salvaje

肉食動物　(*m.*) animal carnívoro

冬眠　(*f.*) hibernación; (*m.*) sueño hibernal

口蹄疫　(*f.*) glosopeda, fiebre aftosa

狂牛病　la enfermedad/el mal de las *vacas locas*

牛瘟　(*f.*) peste bovina

雞瘟　(*f.*) peste avícola

家畜　(*m.*) animal doméstico

變色龍　(*m.*) camaleón

波斯貓　(*m.*) gato persa

養狗　(*vt.*) criar perros

溜狗　(*vt.*) sacar el perro a pasear

　　狗是人類最好的朋友　El perro es el mejor amigo del hombre.

小獅子狗　(*m.*) perro pequinés/pekinés

哈巴狗　(*m.*) perro faldero

吉娃娃　(*s.*) chihuahua

狐狸狗　(*m.*) perro lulú

丹麥狗　(*m.*) perro danés

臘腸狗　(*m.*) perro salchicha

導盲犬　(*m.*) perro lazarillo/guía

流浪狗　(*m.*) perro vagabundo/callejero

獒　(*m.*) perro mastín

　　小心猛犬！　¡cuidado con el perro!

猛犬　(*m.*) perro feroz

孔雀　(*m.*) pavo real

恐龍　　(m.) dinosaurio

化石　　(m.) fósil

骨化石　　(m.) hueso fósil

侏羅紀公園　　(m.) parque/terreno jurásico

猴　　(m.) mono

捲尾猴　　(m.) capuchino

猩猩　　(m.) orangután

大猩猩　　(m.) gorila

黑猩猩　　(m.) chimpancé

狨　　(m.) tití

虎骨粉　　(mp.) huesos molidos del tigre

金錢豹　　(m.) leopardo (非洲), jaguar (美洲); (f.) pantera (亞洲)

粉紅豹　　(f.) pantera rosa

美洲獅　　(m.) puma

鬣狗　　(f.) hiena

熊貓　　(m.) oso panda

無尾熊　　(m.) oso marsupial, koala

犀牛　　(m.) rinoceronte

水牛　　(m.) búfalo

羚羊　　(m.) antílope

袋鼠　　(m.) canguro

野豬　　(m.) jabalí

穿山甲　　(m.) pangolín

小鹿斑比　　(s.) *bambi* (un famoso cervatillo de dibujos animados)

鹿皮　　(m.) cuero de ciervo

鹿茸　　(m.) mogote; (f.) pitón de cervato

長頸鹿　　(f.) jirafa

松鼠　　(f.) ardilla

壁虎　　(f.) lagartija

蜥蜴　　(m.) lagarto

響尾蛇　　(m.) crótalo; (f.) serpiente de cascabel

眼鏡蛇　　(f.) naja, cobra

牛蛙　(*f.*) rana toro

樹蛙　(*f.*) rana de San Antonio, ranita de San Antón

蟾蜍　(*m.*) sapo

蚯蚓　(*f.*) lombriz (de tierra)

蝗災　(*f.*) plaga de langostas

　　🌸 噴農藥　fumigar con **un** plaguicida/pesticida

蠶　(*m.*) gusano de seda

螢火蟲　(*f.*) luciérnaga; (*m.*) gusano de luz

蟋蟀　(*m.*) grillo

蚱蜢　(*m.*) saltamontes

蟬　(*f.*) cigarra

捕蝶網　(*m.*) cazamariposas

蝴蝶標本　(*m.*) espécimen de mariposa

蜘蛛網　(*f.*) tela de araña

金甲蟲　(*m.*) escarabajo

蜉蝣　(*f.*) efímera, cachipolla

白虱／頭蝨　(*m.*) piojo

跳蚤　(*f.*) pulga

臭蟲　(*f.*) chinche

蚊子　(*m.*) mosquito, zancudo

鯨魚　(*f.*) ballena

藍鯨　(*f.*) ballena azul

抹香鯨　(*m.*) cachalote (雄的 el cachalote macho, 雌的 el cachalote hembra)

幼鯨　(*m.*) ballenato (雄的 el ballenato macho, 雌的 el ballenato hembra)

鯨油　(*m.*) aceite de ballena

海豹　(*f.*) foca

海鳥　(*f.*) ave marina

海馬　(*m.*) caballito de mar, hipocampo

河馬　(*m.*) hipopótamo

海豚　(*m.*) delfín

鱷魚　(*m.*) cocodrilo

美洲鱷魚　(*m.*) caimán, aligator

龜　(f.) tortuga

玳瑁梳子　(f.) peineta de carey

鳥 ave

賞鳥　(f.) observación de aves

候鳥　(f.) ave migratoria

水鳥　(f.) ave acuática

猛禽　(f.) ave de rapiña/presa, ave rapaz

害鳥　(m.) pájaro dañino/nocivo

蝙蝠　(m.) murciélago

　　　🌸 吸血鬼　vampiro

信鴿　(f.) paloma mensajera

乳鴿　(m.) pichón

鴕鳥　(m.) avestruz

斑鳩　(f.) tórtola

鵪鶉　(f.) codorniz

鷓鴣　(f.) perdiz

鶴　(f.) grulla

鷺鷥 (白鷺)　(f.) garzota

蒼鷺　(f.) garza real

朱鷺 (紅鶴)　(m.) flamenco

白鸛　(f.) cigüeña blanca [雄鸛 la cigüeña macho, 雌鸛 la cigüeña hembra]

天鵝　(m.) cisne

企鵝　(m.) pingüino [雄稱 el pingüino macho, 雌為 el pingüino hembra]

南極企鵝　(m.) pingüino antártico, pájaro bobo

海鷗　(f.) gaviota

鴛鴦　(m.) pato mandarín

燕子　(f.) golondrina

金絲燕　(f.) salangana

　　　🌸 唾液　saliva　　燕窩　nido de salangana

啄木鳥　　(*m.*) pájaro carpintero, picamaderos

杜鵑/布穀鳥　(*m.*) cuco, cuclillo

鸚鵡　(*m.*) loro, papagayo

伯勞　(*m.*) alcaudón

烏鴉　(*m.*) cuervo

貓頭鷹　(*m.*) búho

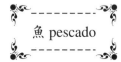

魚 pescado

沿海漁業　(*f.*) pesca de bajura

遠洋漁業　(*f.*) pesca de altura

拖網漁撈　(*f.*) pesca de arrastre

捕鮪魚　la pesca del atún

盜捕　(*f.*) pesca furtiva

魚壇　(*m.*) vivero de peces

魚粉　(*f.*) harina de pescado

淡水魚　(*m.*) pez de agua dulce

海魚　(*m.*) pez marino

深海魚　(*m.*) pez abismal

熱帶魚　(*mp.*) peces tropicales

美人魚　(*f.*) sirena

白鯊　(*m.*) tiburón blanco

角鯊　(*m.*) tollo

食人魚　(*f.*) piraña

鮪魚　(*m.*) atún

鰹魚　(*m.*) bonito

狐鰹　(*f.*) albacora

鯉魚　(*f.*) carpa

鱈魚　(*f.*) merluza, pescada; (*m.*) bacalao

小鱈魚　(*f.*) pescadilla

鮭魚　(*m.*) salmón

鹹鮭魚　salmón salado

鱒魚　(*f.*) trucha

虹鱒　(*f.*) trucha arco iris

石斑　(*m.*) mero

鯖魚　(*f.*) caballa

鱸魚　(*f.*) perca (淡水魚)

狼鱸　(*f.*) lubina; (*m.*) róbalo (海魚屬)

鰱魚　(*f.*) tenca

沙丁魚　(*f.*) sardina

鯷魚　(*m.*) boquerón; (*f.*) anchoa

鰣魚　(*f.*) alosa; (*m.*) sábalo

鯛魚　(*m.*) pagro

海鯛　(*m.*) pagel, besugo

鰈　(*m.*) lenguado

鰈　(*f.*) platija [鱗較 lenguado 硬且整齊]

大菱鮃　(*m.*) rodaballo

琵琶魚　(*m.*) pejesapo

河豚　(*m.*) pez globo

鱘魚　(*m.*) esturión

魚子醬　(*m.*) caviar

烏魚　(*m.*) mújol

烏仔魚　(*f.*) lisa

飛魚　(*m.*) pez volante

銀漢魚　(*m.*) pejerrey

墨魚　(*f.*) jibia, sepia

[墨魚] 汁囊　(*f.*) bolsa de tinta

魷魚　(*m.*) calamar

小卷　(*m.*) chipirón

章魚　(*m.*) pulpo

泥鰍　(*f.*) locha

鱔魚　(*f.*) anguila

鰻魚　(*f.*) anguila

鰻苗　(*f.*) angula

海鰻　(*m.*) congrio

養蠔　(*f.*) ostricultura; (*vt.*) criar ostras

繁殖　(*f.*) reproducción

軟體類　(*mp.*) moluscos

貝殼類　(*mp.*) crustáceos

海鮮　(*mp.*) mariscos; (*m.*) marisco (西)

蟹　(*m.*) cangrejo; (*f.*) jaiba (美)

蟹殼　(*m.*) caparazón de cangrejo

蜘蛛蟹　(*f.*) centolla

蝦　(*m.*) camarón; (*f.*) gamba [較 camarón 大]

明蝦　(*m.*) langostino

龍蝦　(*f.*) langosta

南極蝦　(*m.*) krill; camarón antártico

蝦蛄　(*f.*) cigala

蚌　(*f.*) almeja

蛤蜊　(*f.*) chirla

鮑魚　(*m.*) abulón; (*f.*) oreja marina/de mar; (*m.*) loco (智)

干貝　(*f.*) venera; (*m.*) ostión (智)

原味竹蟶　(*f.*) navaja al natural

帽貝　(*f.*) lapa

淡菜　(*m.*) mejillón

西施舌　(*f.*) macha

海膽　(*m.*) erizo de mar

貝殼　(*f.*) concha

海螺殼　(*f.*) caracola

23 天文・地理
El Cielo-La Tierra

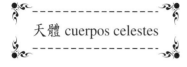

天體 cuerpos celestes

大自然　la Naturaleza

天體　(mp.) cuerpos celestes

天文學　(f.) astronomía

天文學家　(m.) astrónomo

圓山天文台　Observatorio de Yuanshan

約堡天文館　Planetario de Johannesburg (屬 Witwatersrand 大學)

天象儀　(m.) planetario

天文望遠鏡　(m.) telescopio astronómico

星象觀測　(f.) observación astrológica

不明飛行物　(m.) OVNI (objeto volador no identificado)

飛碟　(m.) platillo volador

星系　(f.) galaxia

銀河　la Vía Láctea

星空　(m.) cielo estrellado

星圖　(m.) mapa astronómico

星際大戰　Guerra de las Galaxias

彗星　(m.) cometa; (f.) estrella de rabo

流星　(f.) estrella fugaz

隕石　(m.) meteorito

流星雨　(f.) lluvia de meteoritos

黑洞　(m.) agujero negro

白天溫度　(f.) temperatura diurna

夜間溫度　(f.) temperatura nocturna

月軌　(f.) órbita lunar

發光體　(*m.*) cuerpo luminoso

強光　(*m.*) resplandor intenso

月蝕　(*m.*) eclipse lunar/de Luna

月全蝕　(*m.*) eclipse total de Luna

月偏蝕　(*m.*) eclipse parcial de Luna

太陽系　(*m.*) sistema solar

日輻射　(*f.*) radiación solar

太陽能　(*f.*) energía solar

太陽黑子　(*f.*) mancha solar

日蝕　(*m.*) eclipse solar/de Sol

日全蝕　(*m.*) eclipse total de Sol

環蝕　(*m.*) eclipse anular

偏蝕　(*m.*) eclipse parcial

地球軌道　(*f.*) órbita terrestre

北極星　(*f.*) estrella del norte, estrella polar

氣候 clima

氣候　(*m.*) clima, tiempo

> 天氣好嗎？　¿Cómo está el tiempo?, ¿Qué tiempo **hace**?
>
> 涼涼的　**Hace** fresco/fresquito.
>
> 天高氣爽　tiempo agradable y soleado
>
> 高雄氣候怎樣？　¿Cómo es el clima en Gaoxiong?
>
> 這地區夏天很熱　El verano es muy caluroso en esa zona.
>
> 淡水冬天冷又多雨　En Tamsui, en invierno, el tiempo es frío y lluvioso.

預測　(*m.*) pronóstico

天氣預測　(*f.*) previsión del tiempo

人造衛星　(*m.*) satélite artificial

衛星觀測　(*fp.*) observaciones vía satélite

溫度劇變　un brusco cambio de temperatura

探測氣球　(*m.*) globo sonda

氣象新聞　(*f.*) información meteorológica

氣象觀測　(*f.*) observación meteorológica

星雲圖　(*f.*) carta meteorológica

大氣　(*m.*) aire atmosférico

大氣層　(*f.*) atmósfera

臭氧　(*m.*) ozono

臭氧層　la capa de ozono; (*f.*) ozonósfera

氣壓　(*f.*) presión atmosférica

氣流　(*f.*) corriente de aire

冰點　(*m.*) punto de congelación

沸點　(*m.*) punto de ebullición

零度　(*m.*) cero termométrico

絕對零度　(*m.*) cero absoluto

溫度　(*m.*) grado de temperatura

氣溫　(*f.*) temperatura [del aire]

　　昨天氣溫高達36度　Ayer hizo 36 grados de temperatura.

　　零下五度　5 grados bajo cero

室溫　(*f.*) temperatura ambiente

最高溫　(*f.*) temperatura máxima

最低溫　(*f.*) temperatura mínima

恒溫　(*f.*) temperatura constante

變溫　(*f.*) temperatura variable

水溫　(*f.*) temperatura del agua

攝氏溫度計　(*m.*) termómetro centígrado

華氏溫度計　(*m.*) termómetro Fahrenheit

海洋型氣候　(*m.*) clima oceánico

大陸型氣候　(*m.*) clima continental

地中海型氣候　(*m.*) clima mediterráneo

高山氣候　(*m.*) clima de montaña

熱帶氣候　(*m.*) clima tropical

亞熱帶氣候　(*m.*) clima subtropical

溫帶氣候　(*m.*) clima templado

寒帶氣候　(*m.*) clima frío

濕度　(*m.*) índice/grado de humedad

氣團　(*f.*) masa de aire

冷氣團　(*f.*) masa fría

暖氣團　(*f.*) masa cálida

熱氣　(*m.*) aire cálido

冷氣　(*m.*) aire frío

鋒面　(*f.*) superficie frontal

冷鋒　(*m.*) frente frío

暖鋒　(*m.*) frente cálido

節氣　(*m.*) periodo climático; (*f.*) estación climática

立春　Comienzo de la Primavera

春分　Equinoccio de Primavera

夏至　Solsticio de Verano

秋分　Equinoccio de Otoño

冬至　Solsticio de Invierno

風雨 viento y lluvia

風力　(*f.*) fuerza del viento, energía eólica

風向　(*f.*) dirección del viento

風速　(*f.*) velocidad del viento

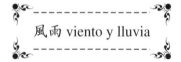 每小時117公里　los 117 kilómetros por hora

風強度　(*f.*) intensidad del viento

低壓帶　(*f.*) área de baja presión atmosférica, depresión atmosférica

高壓帶　(*f.*) área de alta presión atmosférica; (*m.*) anticiclón (反氣旋)

蒲福風級　(*f.*) escala de Beaufort

級數　(*m.*) número en la escala

風型　(*m.*) tipo de viento

無風　(*f.*) calma (零級風)

強風　(*m.*) viento fresco (六級風)

疾風　(*m.*) viento fuerte (七級風)

大風　(*f.*) borrasca moderada (八級風)

風力八級　(*mp.*) vientos de fuerza ocho

烈風　(*f.*) borrasca fuerte (九級風)

暴風　(*f.*) borrasca muy fuerte (十級風)

狂風　(*f.*) tempestad (十一級風)

颶風　(*m.*) huracán (十二級風)

颶風眼　(*m.*) ojo de huracán/la tempestad

颱風　(*m.*) tifón

　🌸 風力強弱依序為颱風tifón、狂風temporal, tempestad、暴風borrasca

沙暴　(*f.*) tempestad de arena

塵暴　(*f.*) tormenta de polvo

水氣　(*m.*) vapor de agua

凝結　(*f.*) condensación

蒸發　(*f.*) evaporación

雲量　(*m.*) grado de nubosidad

無雲　(*a.*) despejado

晴空　(*m.*) cielo despejado

低雲　(*fp.*) nubes bajas

雨雲　(*f.*) nube de lluvia

霧雨　(*f.*) niebla meona

薄霧　(*f.*) neblina

閃電　(*m.*) relámpago, rayo

雷電　(*mp.*) truenos y rayos

雨季　(*f.*) estación/época de las lluvias; (*m.*) tiempo de las lluvias

降雨量　(*f.*) precipitación (常用複數 precipitaciones)

　🌸 南部雨量不足　precipitaciones débiles en el sur

　　本年雨量很足　Este año las precipitaciones han sido muy abundantes.

　　本區年降雨量2,000公釐　La región tiene 2.000 milímetros de lluvia al año.

多雨區　(*f.*) zona de lluvias

雨水　(*f.*) lluvia, (el) agua lluvia/llovediza

人工雨　(*f.*) lluvia artificial

細雨　lluvia menuda/fina

　　　 lluvia fina/ligera (小雨)、llovizna (毛毛雨) 可通用

躲雨　(*prnl.*) refugiarse de la lluvia

彩虹　(*m.*) arco iris

春雨　(*f.*) lluvia de primavera; (*fp.*) lluvias primaverales

陣雨　(*m.*) chubasco, chaparrón, aguacero

驟雨　(*f.*) lluvia repentina

大雨　(*f.*) lluvia fuerte/torrencial

雷雨交加　(*fp.*) lluvias con truenos y relámpagos

暴風雨　(*f.*) tempestad, tormenta; (*m.*) temporal

洪水　(*m.*) diluvio

水災　(*f.*) inundación

土石流　(*m.*) corrimiento/derrumbamiento de tierras

土壤保持　(*f.*) conservación del suelo

沈積物　(*m.*) sedimento

災區　(*f.*) zona catastrófica

風蝕　(*f.*) erosión eólica/del viento

雪山　(*f.*) montaña nevada

雪花　(*m.*) copo de nieve

粉狀雪黲　(*f.*) nieve [en] polvo

地球 La Tierra

地球　La Tierra; (*m.*) globo terrestre

赤道　(*m.*) ecuador

北回歸線　el trópico de Cáncer

南回歸線　el trópico de Capricornio

東經　(*f.*) longitud este

北緯　(*f.*) latitud norte

地平線　(*m.*) horizonte

北半球　el hemisferio norte/boreal

南半球　el hemisferio sur/austral

北極　el polo norte/ártico/boreal

南極　el polo sur/antártico/austral

南極探險　(*f.*) exploración de la Antártida

北極圈　el círculo polar ártico

南極圈　el círculo polar antártico

寒帶　(*f.*) zona glacial

溫帶　(*f.*) zona templada

熱帶　(*f.*) zona tórrida/tropical

冰川期　(*m.*) período glacial

埃非勒斯峰 (珠穆朗瑪峰／聖母峰)　el [monte] Everest

喜瑪拉雅山　el Himalaya

庇里牛斯山　los montes Pirineos

阿爾卑斯山區　los Alpes

富士山　el monte Fuji

玉山　el monte Jade

阿里山　el monte Ali

丘　(*f.*) colina; (*m.*) cerro, collado

中央山脈　Cordillera Central

安第斯山脈　la cordillera los Andes

平均高度　(*f.*) altura media

海拔　(*f.*) altura sobre el nivel del mar

> 玉山海拔3,950公尺　El monte Jade está a 3.950 metros sobre el nivel del mar.

頂峰　(*f.*) cima, cumbre; (*m.*) pico

山腰　(*f.*) ladera/falda de montaña

山麓　(*m.*) pie de la montaña

峽道／隘道　(*m.*) desfiladero, paso; (*f.*) garganta (entre altas montañas), quebrada

懸崖　(*m.*) precipicio, despeñadero, barranco (barranco 亦作山澗解)

峽谷　(*m.*) cañón

山谷　(*m.*) valle

深淵　(*m.*) abismo

陡坡　(*f.*) escarpa

斜坡　(*f.*) pendiente, cuesta; (*m.*) declive

坡面　(*f.*) vertiente

梯田　(*f.*) terraza; (*m.*) bancal

洞穴　(*f.*) cueva, caverna, gruta

鐘乳石　(*f.*) estalactita

石筍　(*f.*) estalagmita

地道　(*m.*) túnel

山崩　(*m.*) desprendimiento/derrumbamiento de tierras

[公路] 坍塌　(*m.*) derrumbe [en una carretera]

大陸棚／礁層　(*f.*) plataforma continental

新大陸　Nuevo Continente

舊大陸　Viejo Continente

歐陸　Europa continental

沿海平原　(*f.*) llanura litoral

西藏高原　Meseta de Tibet

大高原　(*f.*) altiplanicie; (*m.*) altiplano

太平洋盆地　la cuenca del Pacífico

分水嶺　(*f.*) divisoria de aguas

分界線　(*f.*) línea divisoria

草原　(*m.*) prado

荒原　(*m.*) páramo

熱帶沙漠　(*m.*) desierto cálido

戈壁大沙漠　el desierto de Gobi

流沙　(*fp.*) arenas movedizas

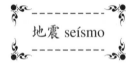

地震 seísmo

活火山　(*m.*) volcán activo

死火山　(*m.*) volcán apagado/extinto

火山口　(*m.*) cráter

火山爆發　(f.) erupción volcánica

地震　(m.) seísmo, sismo; temblor (de tierra)

地震現象　(m.) fenómeno sísmico

輕微地震　(m.) temblor

大地震　(m.) terremoto

陷落地震　(m.) terremoto de hundimiento

斷層地震　(m.) terremoto tectónico

海嘯　(m.) maremoto

餘震　(f.) réplica [de un terremoto] (墨、智)

地震計　(m.) sismógrafo

地震學家　(m.) sismólogo

震域　(f.) zona sísmica

震源　(m.) hipocentro, foco

震央　(m.) epicentro

震央位置　(f.) localización del epicentro

震央區　(fp.) proximidades del epicentro

震波　(f.) onda sísmica

震級　(f.) magnitud

裂度　(f.) intensidad

時間　(f.) duración

級　(m.) grado

驚醒　(m.) despertar brusco

地殼　(f.) corteza terrestre

地層　(m.) estrato

地形　(f.) topografía

斷層　(f.) falla

活斷層　(f.) falla sismográfica

板塊結構　(f.) tectónica de placas

裂縫　(f.) grieta (en la tierra)

崩塌　(m.) desprendimiento

碎屑　(m.) detrito, detritus

下陷　(m.) hundimiento

地層下陷　(*m.*) hundimiento del suelo/terreno

搖動　(*m.*) movimiento

移動　(*m.*) desplazamiento

猛烈搖晃　(*m.*) sacudimiento

部分倒塌　(*f.*) ruina parcial

全倒　(*f.*) ruina total

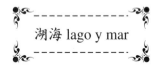

湖海 lago y mar

太平洋　Océano Pacífico

南太平洋　Pacífico sur

大西洋　Océano Atlántico

北大西洋　Atlántico norte

印度洋　Océano Índico

洋流　(*fp.*) corrientes oceánicas

暖流　(*f.*) corriente cálida

寒流　(*f.*) corriente fría

黑潮　(*m.*) *kuroshio*

海底　el fondo del mar

潮汐　(*f.*) marea

冰山　(*m.*) iceberg

浮冰　(*m.*) hielo flotante

大浮冰　(*m.*) témpano de hielo

南極　Antártida

陸地　(*f.*) tierra firme

大陸海　(*m.*) mar continental

內陸海　(*m.*) mar interior

台灣海域　en aguas de Taiwán

南海　Mar de la China meridional

加勒比海　Mar Caribe/de las Antillas

地中海　Mar Mediterráneo

千島海溝　Fosa de las Kuriles

台灣島　Isla de Formosa/Taiwán

澎湖列島　Islas Pescadores

群島　(*m.*) archipiélago

南沙群島　Islas Spratlys

索羅門群島　Islas Salomón

伊比利半島　Península Ibérica

中南半島　Península de Indochina

暗礁　(*m.*) escollo

地峽　(*m.*) istmo

台灣海峽　Estrecho de Taiwán

直布羅陀海峽　Estrecho de Gibraltar

麥哲倫海峽　Estrecho de Magallanes

尼羅河三角洲　Delta del Nilo

長江三峽　las Tres Gargantas del río Yangzi/Azul

黃河　Río Amarillo

亞馬遜河　el Amazonas

多瑙河　el Danubio

上游　(*m.*) río arriba

下游　(*m.*) río abajo

湍急　(*f.*) turbulencia

汛期　(*f.*) temporada de crecida

河床　(*m.*) lecho, cauce

下陷　(*f.*) depresión

瀑布　(*f.*) cascada; (*m.*) salto de agua

尼加拉大瀑布　Cataratas del Niágara

好望角　Cabo de Buena Esperanza

波斯灣　Golfo Pérsico

馬尼拉灣　Bahía de Manila

巴拿馬運河　Canal de Panamá

船閘　(*f.*) esclusa

淡水河　Río de Agua Dulce

日月潭　lago del Sol y la Luna, lago Sol-Luna

泉　(*m.*) manantial

硫磺泉　(*fp.*) fuentes de aguas sulfurosas

溫泉　(*fp.*) fuentes termales, termas

溫泉水　(*fp.*) aguas termales

溫泉浴　(*fp.*) termas; (*mp.*) baños termales

水利工程　(*fp.*) obras hidráulicas

水庫　(*m.*) embalse; (*f.*) presa, represa (南美)

水資源　(*mp.*) recursos hídricos

水閘　(*f.*) compuerta

擋土牆　(*m.*) muro de contención

防護堤　(*m.*) muro de defensa

抽水站　(*f.*) central de bombeo

水壓機　(*f.*) prensa hidráulica

抽水機　(*f.*) bomba de agua

農田水力　(*f.*) hidráulica agrícola

供水　(*m.*) abastecimiento de agua

灌溉渠　(*m.*) canal de riego

堤防　(*m.*) dique de contención

防波堤　(*m.*) rompeolas, malecón

沿海省份　las provincias litorales

沿海地區　las regiones litorales

濱海小鎮　(*m.*) pueblo costero

地名　(*m.*) nombre geográfico

海岸線　(*f.*) costa; (*m.*) litoral

海埔新生地　(*f.*) tierra ganada/(*m.*) terreno ganado al mar

沼澤地　(*m.*) terreno pantanoso

24 環境·生態
Medio Ambiente-Ecología

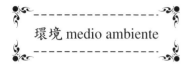

環境 medio ambiente

地球日　Día de la Tierra

世界環保日　Día Mundial del Medio Ambiente

綠色和平組織　Organización Greenpeace

[物競] 天擇　la selección natural

適者生存　la supervivencia de los mejor adaptados

環保問題　(*mp.*) problemas medioambientales

環境　(*m.*) medio ambiente; (*f.*) atmósfera

環保政策　(*f.*) política ambiental

環境品質　(*f.*) calidad del medio ambiente

環境保護　la protección del medio ambiente

環保團體　(*m.*) grupo ambientalista

環境影響評估　(*m.*) estudio/(*f.*) evaluación de impacto ambiental

環境驟變　(*f.*) alteración ambiental

環境災害　(*m.*) catástrofe medioambiental

環境污染　(*f.*) contaminación ambiental/atmosférica

煙霧　(*m.*) nimo, *smog*

霾　(*f.*) calima/calina

污染管制區　(*f.*) (el) área libre de contaminación

污染原　(*m.*) contaminante; (*m.*) agente contaminador

污染物　(*fp.*) sustancias contaminantes

化學污染　(*f.*) contaminación química

鎘污染　(*f.*) contaminación por cadmio

空氣污染　(*f.*) contaminación/polución del aire

空氣品質基準　(*f.*) norma de calidad del aire

空氣品質惡劣　la mala calidad del aire

汽車廢氣　(*mp.*) gases de los automóviles

引擎噪音　el ruido de los motores

毒氣排放　(*fp.*) emisiones tóxicas

戴奧辛　(*f.*) dioxina

一氧化碳　(*m.*) monóxido de carbono

過氧化氮　(*m.*) dióxido de nitrógeno

二氧化碳　(*m.*) dióxido de carbono

工業廢料　(*mp.*) desechos/residuos industriales

工廠 [傾倒] 廢料　(*mp.*) vertidos industriales

廢水　(*fp.*) aguas residuales

污水　(*fp.*) aguas negras

再生　(*m.*) reciclaje

廢物利用　(*m.*) aprovechamiento de residuos

家庭垃圾　(*fp.*) basuras domésticas

請勿亂丟垃圾　No tirar/botar (南) basura.

垃圾桶　(*m.*) contenedor

垃圾堆　(*m.*) vertedero

垃圾車　(*m.*) camión de la basura

垃圾袋　(*f.*) bolsa de la basura

垃圾無害處理　(*m.*) tratamiento inofensivo de la basura

分類收垃圾　(*f.*) recogida de basura clasificada

再生垃圾　(*f.*) basura reciclable

再生容器　(*m.*) envase reciclable

玻璃容器　(*m.*) envase de cristal

塑膠容器　(*m.*) envase de plástico

保特瓶　(*f.*) botella de polietileno

鋁罐　(*f.*) lata de aluminio

瓶罐回收　la recogida de botellas

[容器和包裝物] 分類回收　la recogida selectiva [de envases y embalajes]

回收容器　(*m.*) envase retornable/recuperable

不回收瓶　(*f.*) botella **no** retornable

不回收容器　(*m.*) envase sin vuelta/no retornable/no recuperable

醫療廢棄物　(*mp.*) residuos sanitarios

焚化　(*f.*) incineración

垃圾焚化　(*f.*) incineración de basura

廢棄物焚化　(*f.*) incineración de residuos

焚化爐　(*m.*) incinerador; (*f.*) incineradora

水污染　(*f.*) contaminación de las aguas

食水污染　(*f.*) contaminación de agua potable

瓶裝水售賣　(*f.*) venta de agua embotellada

污染水　(*f.*) [el] agua contaminada

海水污染　(*f.*) contaminación del mar

淨水廠　(*f.*) central depuradora

廢水處理站　(*f.*) estación depuradora de aguas residuales

酸雨　(*f.*) lluvia ácida

輻射塵　(*fp.*) cenizas radiactivas

輻射雨　(*f.*) lluvia radiactiva

輻射外洩　(*f.*) fuga radiactiva

輻射污染　(*f.*) contaminación por radiactividad

放射性廢棄物　(*mp.*) residuos/desechos radiactivos

放射性偵測器　(*m.*) detector de radioactividad

噪音　(*f.*) contaminación acústica

　　　「誰污誰賠」的觀念　el espíritu de "quien contamina paga"

噪音防制法　Ley de Contaminación Acústica

噪音區　(*fp.*) áreas de ruido

噪音測試器　(*m.*) decibelímetro

噪音標準　(*m.*) nivel de ruido

分貝　(*m.*) decibelio, decibel

65 分貝噪音　(*m.*) ruido de 65 decibelios

高音量音樂　(*f.*) música a gran volumen

夜間高噪音　un elevado ruido nocturno

擾人清夢　(*fp.*) perturbaciones en el sueño

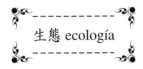

生態 ecología

自然公園　(*m.*) parque natural

氣象現象　(*mp.*) fenómenos meteorológicos

氣候變化　(*m.*) cambio climático

溫室效應　(*m.*) efecto invernadero

全球暖化　(*m.*) calentamiento global/del planeta

聖嬰現象　(*m.*) fenómeno El Niño

冷卻效應　(*m.*) efecto de enfriamiento

生態學　(*f.*) ecología

生態學家　(*s.*) ecologista

生態問題　(*m.*) problema ecológico

食物鏈　(*f.*) cadena alimenticia/trófica

天然資源　(*mp.*) recursos naturales

水資源　(*mp.*) recursos hidráulicos

生態平衡　(*m.*) equilibrio ecológico

破壞　(*f.*) destrucción

生態破壞　(*m.*) deterioro ecológico

動植物誌　la flora y fauna

保育組織　(*m.*) organismo ecológico

保育運動　(*m.*) movimiento ecológico

動物保護協會　(*f.*) asociación pro derechos de los animales

滅種危機　(*m.*) peligro de extinción

生物多樣性　(*f.*) biodiversidad

生物循環　(*m.*) ciclo biológico

缺糧　(*f.*) escasez de alimentos

嚴重缺電　seria escasez de electricidad

林區　(*f.*) zona forestal

森林保留地　(*fp.*) reservas forestales

保護林　(*m.*) bosque protegido

公共林產　(*f.*) propiedad pública forestal

熱帶林　(*m.*) bosque tropical

原始林　(*f.*) selva virgen

熱帶雨林　(*f.*) selva tropical; (*m.*) bosque ecuatorial/pluvial

亞馬遜雨林　la selva amazónica

熱帶叢林　(*f.*) jungla

森林大火　(*m.*) incendio forestal

森林砍伐　(*f.*) deforestación/despoblación forestal

造林　(*f.*) reforestación; repoblación forestal

河川生態系　(*s.*) ecosistema fluvial

保護區　(*f.*) zona protegida

珊瑚礁　(*m.*) arrecife de coral

漏油　(*m.*) derrame de crudo (crudo 原油)

黑潮　(*f.*) marea negra (沉船漂浮海面油污)

油漬　(*f.*) mancha de petróleo

浮油　(*f.*) capa de petróleo (en el agua)

附　錄

諺　語
Refranes

1. 一分耕耘，一分收獲　　Quien siembra, recoge.

2. 一心不能二用　Soplar y sorber no puede ser.

3. 一旦成名，高枕無憂　Cría la fama y échate a dormir.

4. 一技在身，行遍天下　Quien tiene arte, va por toda parte.

5. 一言即出，駟馬難追　Palabra de boca, piedra de honda. (同義 Palabra y piedra suelta no tiene vuelta.)

6. 一個和尚一本經　Cada maestrillo tiene su librillo.

7. 一個蘿蔔一個坑　Bien está cada piedra en su agujero.

8. 一瓶子不響，半瓶子晃蕩　Donde va más hondo el río hace menor ruido. (愈往深處，水流愈靜)

9. 一粒老鼠屎壞了一鍋粥　La manzana podrida pierde a su compañía.

10. 一就是一，二就是二　Al pan, pan, y al vino, vino.

11. 一朝被蛇咬，十年怕井繩　El que de la culebra está mordido, de la sombra se espanta. (杯弓蛇影，參看 178 條)

12. 一僕難事二主　Nadie puede servir a dos amos.

13. 一箭雙鵰　Matar dos pájaros de un tiro. (一石二鳥)

14. 人不可抗天　A ira de Dios no hay cosa fuerte.

15. 人不可貌相　Debajo de una mala capa se esconde un buen bebedor.

16. 人比人氣死人　Toda comparación es odiosa.

17. 人生七十才開始　La vida comienza a los 70.

18. 人各有命　Nace toda criatura con su ventura.

19. 人在人情在　Idos y muertos, olvidados presto.

20. 人在福中不知福　El bien no es conocido hasta que es perdido.

21. 人非聖賢，孰能無過　El mejor escribano echa un borrón.

22. 人笨怨刀鈍　Todos se quejan de su memoria, nadie de su talento. (只怨記性差，不說自己笨)

23. 人無遠慮，必有近憂　Día de mucho, víspera de nada.

24. 人善被人欺　Hacerlos de miel y les comerán las moscas.

25.入境隨俗　A donde fueres, haz como vieres.

26.三思而後行　Antes que te cases mira lo que haces.

27.三個和尚沒水喝　Obra común, obra de ningún.

28.三個臭皮匠，勝過一個諸葛亮　Más ven cuatro ojos que dos.

29.上行下效　Como canta el abad, así responde el sacristán.

30.上帝欲令其滅亡，必先使其瘋狂　A quien Dios quiere perder, le quita antes el seso.

31.上學的不都是學人，出征的也非全軍人　Ni todos los que estudian son letrados ni todos los que van a la guerra soldados.

32.凡事都有例外　No hay regla sin excepción. (La excepción confirma la regla 例外反證法則之普遍性)

33.亡羊補牢，猶未為晚　Más vale tarde que nunca.

34.大未必佳，小未必差　Ni por grande dicen bueno, ni por chico ruin.

35.大海撈針　Buscar aguja en pajar.

36.大魚吃小魚　Los peces grandes se comen a los chicos.

37.大樹底下好乘涼　Quien a buen árbol se arrima, buena sombra lo cobija. (朝裡有人好做官)

38.女人和絲緞，黑夜燭光看　La mujer y la seda, de noche a la candela.

39.寸金難買寸光陰　El tiempo es oro.

40.小洞不補，大洞吃苦　El que no compone la gotera, compone la casa entera.

41.小時了了，大未必佳　Cuando chiquito, bonito; cuando grande, grande asno.

42.山中無虎，猴子稱王　En tierra de ciegos el tuerto es rey.

43.己所不欲，勿施於人　Lo que no quieras para ti no lo quieras para tu prójimo.

44.才出油鍋，又落火坑　Saltar de la sartén y dar en las brasas.

45.不入虎穴，焉得虎子　Quien no arrisca, no aprisca.

46.不向前看，則必落後　El que no mira hacia adelante, atrás se queda.

47.不在其位，不謀其政　Nadie se meta donde no le llaman.

48.不怕一萬，只怕萬一　Lo que no pasa en un año, pasa en un rato.

49.不知足者，一無所有　Nada tiene el que nada le basta. (參看184條)

50. 不知家中寶，反求他山石　Tú vas a Roma a buscar lo que tienes a tu umbral. (捨近求遠)

51. 不知勝於謬誤　Mejor es no saber que mal saber.

52. 不是一把眼淚，就是嘆氣連連　Lo que no va en lágrimas va en suspiros. (左右不得好，無萬全之策)

53. 不看僧面看佛面　No por el asno sino por la Diosa.

54. 不做虧心事，不怕鬼敲門　No lo hagas y no la temas. (同義 La mejor almohada es una buena conciencia.)

55. 不懂之事少插嘴　Zapatero, a tus zapatos. (參看 60 條)

56. 不濕褲子，抓不到魚　No se cogen truchas a bragas enjutas.

57. 五根手指不一樣長　Los dedos de la mano no son iguales.

58. 今日事今日畢　No dejes para mañana lo que puedas hacer hoy.

59. 今朝有酒今朝醉　Mientras dura, vida y dulzura.

60. 內行人管內行事　En buenas manos está el pandero. (參看 55 條)

61. 內賊難防　No hay peor ladrón que el de tu misma mansión.

62. 天下沒有白吃的午餐　El que no trabaje, que no coma.

63. 天下事豈能盡如人意　Nunca llueve a gusto de todos.

64. 天下無難事，只怕有心人　Al ánimo constante ninguna dificultad le embaraza.

65. 天生我才必有用　Un cabello hace su sombra en el suelo.

66. 天有不測風雲　Cuando Dios quiere, con todos los aires llueve. (萬里晴空大雨落)

67. 天助自助者　Al que madruga, Dios le ayuda.

68. 天無絕人之路　Donde una puerta se cierra, otra se abre. (同義 Dios aprieta, pero no ahoga.)

69. 太陽西邊出，浪子回頭時　Vos seréis bueno cuando la rana tuviera pelo.

70. 少而精勝於多而爛　Más vale poco y bueno que mucho y malo.

71. 少壯不努力，老大徒傷悲　A mocedad ociosa, vejez trabajosa.

72. 心不專事難成　Oveja que bala, bocado que pierde. (人之才，成於專而毀於雜)

73. 心知肚明　El corazón no miente a ninguno.

74. 心急水不沸　No por mucho madrugar amanece más temprano. (不會起得早，天就提前亮)

75. 心想事成　Quien busca, halla.

76. 文章是自己的好　La miel de mi casa, es la más dulce.

77. 水到渠成　A su tiempo maduran las uvas.

78. 水渾好摸魚　A río revuelto, ganancia de pescadores.

79. 牛牽到北京還是牛　Aunque la mona se vista de seda, mona se queda. (同義 El hábito no hace al monje. 穿上袈裟未必就是和尚)

80. 牛觀其角，人聽其言　Al buey por el cuerno y al hombre por el verbo.

81. 世事無常　Nada en esta vida dura.

82. 世間並非處處皆坦途　No todo el monte es orégano. (牛至不會遍山崗)

83. 以小人之心，度君子之腹　Piensa el ladrón que todos son de su condición.

84. 以柔克剛　La mansa respuesta, quebranta la ira. (柔語化怒氣)

85. 他人閒事莫插手　No entres en huerto ajeno, que te dirá mal su dueño.

86. 充耳不聞甚于聾　No hay peor sordo que el que no quiere oír. (直言不聞，則己之耳目塞)

87. 出其不意　Donde menos se piensa salta la liebre. (沒想到的地方偏出問題)

88. 功敗垂成　Nadar y nadar, y a la orilla ahogar. (功虧一簣)

89. 只為知音彈　La música, para quien la entienda.

90. 只要運氣好，何須學問高　Ventura te dé Dios, hijo, que el saber poco te basta.

91. 打鐵趁熱　Al hierro caliente, batir de repente. Del plato a la boca, se enfría la sopa. (用反意：從盤子到嘴，湯都涼了)

92. 本末倒置　Tomar el rábano por las hojas.

93. 積習難改　Nada es tan fuerte como la costumbre. (同義 Muda el lobo los dientes, mas no las mientes.)

94. 未生子，莫笑人子蠢　Nadie diga de este agua no beberé. (話不可說滿，同義 Muchas veces se ríe de cosa que después se llora.)

95. 未見全貌莫妄批　No digáis mal del año hasta que sea pasado. (觀天下書未遍，不得妄下雌黃；參看 296 條)

96. 未雨綢繆　Más vale prevenir que curar.

97. 未識盤中飧，粒粒皆辛苦　Quien viene a mesa puesta, no sabe lo que cuesta.

98. 母老衣敝非恥事　Madre vieja y camisa rota no es deshonra.

99. 民意即天意　La voz del pueblo, voz de Dios. (天聽自我民聽)

100. 瓜田不納履，李下不整冠　Ni ojo en la carta, ni mano en el arca. (眼莫瞧信，手離金庫)

101. 生有涯，藝術無涯　El arte es largo y la vida breve.

102. 生死有命　Nadie se muere hasta que Dios quiere.

103. 用力不如用計　Más vale maña que fuerza.

104. 石堆石，到雲霄　Piedra sobre piedra, a las nubes llega.

105. 光做表面工夫　Barre la nuera lo que ve la suegra.

106. 光說不練　Cacarear y no poner huevo.

107. 先下手為強　El que da primero, da dos veces.

108. 同行相忌　¿Quién es tu enemigo? El de tu oficio.

109. 各有所好　De gustos no hay nada escrito.

110. 各顯神通　Cada uno tiene su modo de matar pulgas.

111. 名不副實　Bolsa sin dinero, llámala cuero.

112. 吃一塹，長一智　El que no cae no se levanta. (參看211條)

113. 吃到嘴裡的才算數　Lo bebido es lo seguro, lo que en el jarro está quizá derramará.

114. 因人而異　Lo que es bueno para el hígado, es malo para el bazo. (對肝好的，對脾卻壞)

115. 多此一舉　Echar agua en el mar.

116. 多聽老人言　Del viejo, el consejo.

117. 好的開始是成功的一半　Principio bueno la mitad es hecho. (同義 Obra empezada, medio acabada.)

118. 時來運轉，清水變雞湯　Cuando corre la ventura, las aguas son truchas.

119. 好壞並非一成不變　No hay bien ni mal que dure cien años.

120. 如魚得水　Como el pez en el agua.

121. 守財奴出敗家子　A padre guardador, hijo gastador.

122. 有人辛苦，有人享福　Unos tienen la fama y otros cardan la lana. (有人坐擁其名，有人梳理羊毛)

123. 有志竟成　Querer es poder. (同義 Manos y vida componen villa.)

124. 有其父必有其子　De tal palo, tal astilla.

125. 有其主就有其僕　Cual el amo, tal el criado.

126. 有需要就會　La necesidad hace maestros.

127. 有錢便是爺　Más vale din que don. (din 指 dinero)

128. 有錢能使鬼推磨　El dinero hace bailar al perro.

129. 朽木難雕　Quien mucho duerme, poco medra.

130. 百年之後皆塵埃　A cabo de cien años, todos seremos calvo.

131. 百鳥在林，不如一鳥在手　Más vale pájaro en mano que ciento volando.

132. 百聞不如一見　Más vale un testigo de vista que ciento de oídas.

133. 竹籃子打水一場空　Coger agua en un cesto. (徒勞無功)

134. 羊皮狼骨　Piel de oveja, carne de lobo. (原指狼肉)

135. 老友如明鏡　No hay mejor espejo que el amigo viejo. (以人為鏡，可以明得失)

136. 老鳥不入籠　Pájaro viejo no entra en la jaula. (不易上當)

137. 自力更生　A lo que puedes solo, no esperes a otro.

138. 自由無價　La libertad no tiene precio.

139. 自作自受　El que la hace la paga. (同義 Al que al cielo escupe, en la cara le cae. 朝天吐痰弄髒臉)

140. 自知之明　Cada uno sabe dónde le aprieta el zapato.

141. 自食其果　Quien siembra vientos recoge tempestades. (誰播風，誰就收風暴；參看 139、176 條)

142. 自家店鋪自家看　Quien tiene la tienda, que la atienda.

143. 行善不擇人　Hacer bien y no mirar a quién.

144. 行善必有好報　El hacer bien nunca se pierde.

145. 伴君如伴虎　Los príncipes más quieren ser servidos que aconsejados y advertidos. (皇子僅需服侍，不要諫言)

146. 佔住茅坑不拉屎　El perro del hortelano, que no come las berzas ni las deja comer al amo.

147. 但見新人笑　Amores nuevos olvidan los viejos.

148. 別人的兒子不怕磨　Caballo ajeno, ni come ni se cansa.

149. 希望愈大，失望愈大　Quien espera desespera.

150. 床爛夜漫漫　La mala cama hace la noche larga.

151. 批評容易，做事難　Más fácil es de la obra juzgar que en ella trabajar.

152. 求天求地不如靠己　A Dios rogando y con el mazo dando.

153.沒有不帶刺的玫瑰　No hay rosa sin espinas.

154.沒有不勞而獲的事　No hay atajo sin trabajo.

155.沒有永遠的秘密　No hay cosa secreta que tarde o temprano no se sepa.

156.沒魚，蝦也好　A falta de polla, pan y cebolla. (參看 236 條)

157.男主外，女主內　El hombre en la plaza, y la mujer en casa.

158.良機不再　Agua pasada no mueve molino. (流過的水轉動不了磨)

159.言多必失　Mucho hablar, mucho errar.

160.言無信不立　Al mentiroso, cuando dice la verdad, no le dan autoridad.

161.辛苦錢不輕花　Mejor se guarda lo que con trabajo se gana.

162.事前一慮，勝過事後呼天搶地　Más vale un por si acaso que un válgame Dios.

163.事緩不一定圓　Mudanza de tiempos, bordón de necios.

164.來了就不算遲到　Quien viene, no tarda.

165.來日方長　Hay más días que longanizas.

166.兩害相權取其輕　Del mal, el menos.

167.和尚莫罵禿子　El que tiene el tejado de vidrio, no tire piedras al de su vecino.

168.命運就在你自己手上　Cada quien es el arquitecto de su propio destino.

169.夜長夢多　De la mano a la boca se pierde la sopa.

170.夜幕下，好壞難分　De noche todos los gatos son pardos. (夜裡貓兒全是黑)

171.奇聞異事，不過三日　Ninguna maravilla dura más de tres días.

172.妻賢，窪地變良田　La mujer buena, de la casa vacía la hace llena.

173.定時作息，快樂無比　Haz la noche noche y el día día, y vivirás con alegría.

174.往事過眼雲煙　Lo pasado, pasado.

175.彼此親密無間　Son como uña y carne.

176.昔日因今日禍　Aquellos polvos traen estos lodos. (參看 139、141 條)

177.朋友和酒，愈久愈好　Amigo y vino, el más antiguo.

178.杯弓蛇影　Al espantado, la sombra le espanta. (驚弓之鳥)

179.爬得高，跌得重　A gran subida, gran caída.

180.爭氣不爭財　No es por el huevo, sino por el fuero.

181.物以稀為貴　Lo poco agrada, y lo mucho enfada.

182.物以類聚，人以群分　Dios los cría y ellos se juntan.

183.物以類聚　Cada oveja con su pareja.

184.知足常樂　La mayor riqueza es la voluntad contenta. (參看 49 條)

185.知識就是力量　Saber es poder.

186.近朱者赤，近墨者黑　Dime con quien andas y te diré quien eres.

187.近朱者赤　Llégate a los buenos, y serás uno de ellos.

188.金玉其外，敗絮其中　Como la manzana: de dentro podrida, de fuera sana.

189.金窩銀窩不如狗窩　A cada pajarillo parécele bien su nido.

190.長痛不如短痛　El mal camino ándale pronto. (同義 Sufrir lo poco por no sufrir lo mucho.)

191.雨過天晴　Tras tormenta, gran bonanza. (否極泰來)

192.非分之想　Hasta los gatos quieren zapatos.

193.非禮勿聽　A palabras necias, oídos sordos.

194.便宜無好貨　Lo barato es caro y lo caro es barato.

195.前人種樹，後人乘涼　Los padres siembran y los hijos recogerán el fruto.

196.前車之鑒　Cuando la barba de tu vecino vieres pelar, echa la tuya a remojar.

197.城府深人，遠之　Guárdate del hombre que tiene rincones.

198.客去主人安　Los huéspedes parecen bien por las espaldas.

199.屋漏偏逢連夜雨　Llover sobre mojado.

200.後知後覺　El necio hace al fin lo que el discreto al principio.

201.怠惰貧之本　Pereza es madre de pobreza.

202.急中生智　De la necesidad nace el consejo.

203.挖東牆補西牆　Hacer un hoyo para tapar otro.

204.施捨，荷包不會扁　Hacer limosna, nunca mengua la bolsa.

205.星火燎原　Con pequeña brasa se quema la casa.

206.活到老學到老　Más vale aprender viejo que morir necio.

207.畏死則不知生　Quien teme la muerte no goza de la vida.

208.相識滿天下，知心無一人　Amigo de muchos, amigo de ninguno.

209.紅顏薄命　La suerte de la fea, la bonita la desea.

210.重病下猛藥　A grandes males, grandes remedios.

211.食一歲，增一智　Con los años viene el seso. (參看 112 條)

212.家有妒夫無寧日　Marido celoso, nunca tiene reposo.

213.家有賢妻自然發　A quien su mujer le ayuda, camino va de fortuna.

214.家醜不可外揚　La ropa sucia, en casa se lava.

215.弱馬亦有後腳功　Muchas veces el necio dice un buen consejo.

216.拿珍珠鍊給豬戴　Echar margaritas a puercos. (對牛彈琴)

217.時間會治療一切　El tiempo todo lo cura.

218.班門弄斧　Vender miel al colmenero. (養蜂人前賣蜜)

219.留得青山在, 不怕沒柴燒　Mientras hay vida hay esperanza.

220.真相要時間, 正義靠上天　Para verdades, el tiempo, y para justicias, Dios.

221.耗了時間沒錢賺　Perdiendo tiempo no se gana dinero.

222.能幹不如肯幹　Más hace el querer que el poder.

223.逆境展歡顏　A mal tiempo, buena cara.

224.酒足飯飽心情爽　Barriga llena corazón contento. (參看 290 條)

225.酒後吐真言　Después de beber, cada uno da su parecer.

226.酒看顏色, 麵包聞香　El vino por el color y el pan por el olor.

227.閃光的不都是金　No es oro todo lo que reluce.

228.馬也有失蹄時　No hay caballo por bueno que sea que no tropiece.

229.馬兒要好, 得吃好草　Con pan y vino se anda el camino.

230.假以時日, 水落石出　El tiempo aclara las cosas.

231.偷吃要擦嘴　Tirar la piedra y esconder la mano.

232.偷採的花兒最香　No hay mejor bocado que el hurtado.

233.偷雞不著蝕把米　Ir por lana y volver trasquilado.

234.堅忍, 何事不成　La perseverancia toda cosa alcanza.

235.強中更有強中手　Aunque la garza vuelva muy alta, el halcón la mata.

236.差強人意　A falta de pan, buenas son tortas. (同義 A falta de caldo, buena es carne. 沒麵包就吃點心, 沒湯就吃肉, 參看 156 條)

237.強龍不壓地頭蛇　El buey bravo, en tierra ajena se hace manso.

238.從哪兒跌倒, 就從哪兒爬起　Aquí perdí una aguja, aquí la hallaré.

239.患難見真知　El amigo en la adversidad, es amigo en realidad.

240.情人吵鬧情愈濃　Riñas de enamorados, amores doblados.

241.情人眼裡出西施　El deseo hace hermoso lo feo.

242.掛羊頭賣狗肉　Dar gato por liebre.

243. 條條大路通羅馬　Por todas partes se va a Roma.

244. 欲速則不達　Cuanto más de prisa, más despacio.

245. 眼不見心不煩　Ojos que no ven, corazón que no siente.

246. 眼見為信　No bebas sin ver, ni firmes sin leer. (未細瞧莫飲，沒詳讀別簽)

247. 習慣成自然　La costumbre es otra naturaleza.

248. 聊勝於無　Más vale algo que nada. (參看 156 條)

249. 莫欠富人，莫許窮人　Ni a rico debas ni a pobre prometas.

250. 莊稼是人家的好　La vaca de la vecina da más leche que la mía. (參看 76 條)

251. 荷包扁，嘴巴要甜　Si no tienes dinero en la bolsa, ten miel en la boca.

252. 貨好何須自誇　El buen paño en el arca se vende.

253. 貪多嚼不爛　Quien mucho abarca, poco aprieta.

254. 貪得無厭　La avaricia rompe el saco.

255. 貧則友疏　La miseria ahuyenta amigos.

256. 貧賤百事哀　Donde no hay harina todo es mohína.

257. 野草除不盡　Hierba mala nunca muere.

258. 喧賓奪主　De fuera vendrá quien de casa nos echará.

259. 寒天莫買柴　Ni carbón ni leña no lo compres cuando hiela.

260. 惡友不如無友　Más vale estar solo que mal acompañado.

261. 惡語傷人利勝刃　Más hiere mala palabra que espada afilada. (良言一句三冬暖，惡語傷人六月寒)

262. 換湯不換藥　A casas viejas, puertas nuevas.

263. 敢做敢當　A lo hecho, pecho.

264. 智者聞、見、不語　Oír, ver y callar es la conducta del sabio.

265. 湯冷飯熱肚腸苦　Agua fría y pan caliente, nunca hicieron bien vientre.

266. 無始則無所成　Lo que no se comienza, nunca se acaba. (千里之行，始於足下；參看 287 條)

267. 無風不起浪　Donde fuego no se hace, humo no sale.

268. 無債一身輕　Paga lo que debes y después sabrás lo que tienes.

269. 發火不成事　Nunca la cólera hizo cosa buena.

270. 善惡寫在臉上　El mal y el bien, en la cara se ven.

271. 量入為出　Cual el año, tal el jarro.

272.開卷有益　Libro cerrado no saca letrado.

273.閒逸為諸惡之源　La ociosidad es madre de todos los vicios.

274.順境謙，逆境明　Modesto en la prosperidad y cuerdo en la adversidad.

275.飯做好，就拆夥　Comida hecha, compañía deshecha. (過河拆橋，參看293條)

276.感情讓人盲目　Pasión ciega razón. (同義 Lleno de pasión, vacío de razón.)

277.愛屋及烏　Quien bien quiere a Beltrán, bien quiere a su can.

278.愛情，一樂千般苦　Amores, por un placer mil dolores.

279.慎言少錯　En boca cerrada no entran moscas.

280.新官上任三把火　Nuevo rey, nueva ley.

281.新帚好掃　Con buena escoba bien se barre.

282.會叫的狗不咬人　Perro ladrador, poco mordedor.

283.會哭的有奶吃　El que no llora, no mama.

284.獅子不像人說的那麼猛　No es tan bravo el león como lo pintan.

285.當耳邊風　Por una oreja entra y por otra sale.

286.睜一眼閉一眼　Con un ojo durmiendo, con otro velando y viendo.

287.萬事起頭難　El comer y rascar, todo es empezar. (參看266條)

288.經驗乃學問之母　La experiencia es madre de la ciencia.

289.群龍不能無首　Ni mesa sin pan, ni ejército sin capitán.

290.腹空心不樂　Tripa vacía, corazón sin alegría. (參看224條)

291.跳到黃河洗不清　A mancha grande no hay jabón que le baste.

292.遇人不淑　Quien mal casa, siempre llora.

293.過河拆橋　El peligro pasado, el voto olvidado. (參看275條)

294.隔行如隔山　Cada uno en su negocio sabe más que el otro.

295.隔牆有耳　Las paredes oyen.

296.雷未鳴時莫道雨　Nunca digas que llueve hasta que truene.

297.雷聲大，雨點小　Mucho ruido y pocas nueces.

298.預見勝於遺憾　Más vale prever que lamentar.

299.飽足猶嫌櫻桃酸　Al hombre harto, las cerezas le amargan.

300.團結就是力量　La unión hace la fuerza.

301.寧可無知，不可固執　Más vale ser necio que porfiado.

302.寧死不屈　Antes muerte que vergüenza.

303.寧為玉碎，不為瓦全　Antes quebrar que doblar.

304. 寧為雞首，不為牛後 Más vale ser cabeza de ratón que cola de león.

305. 寧貧自由，不當富囚 Más quiero libertad con pobreza que prisión con riqueza.

306. 寡言是金，話多成泥 El poco hablar es oro, y el mucho hablar es lodo.

307. 實話本苦藥，謊言如蜜糖 La verdad amarga y la mentira es dulce.

308. 慢藏誨盜 La ocasión hace al ladrón.

309. 榮華來時舊情拋 Con las glorias se olvidan las memorias. (有財有勢即相識，無財無勢同路人)

310. 滾石不生苔 Piedra movediza, nunca moho la cobija.

311. 滾燙不食齒不掉 No comas caliente, no perderás el diente.

312. 疑心生暗鬼 No habría palabra mala si no fuese mal tomada.

313. 疑而後知 El que no duda no sabe cosa alguna. (為學患無疑，疑則有進)

314. 禍不單行 Un mal no viene solo.

315. 禍兮福所倚 No hay mal que por bien no venga.

316. 緊繃則斷 Mucho estirar hacer quebrar.

317. 與時俱進 Mudado el tiempo, mudado el pensamiento.

318. 說曹操，曹操就到 En nombrando al rey de Roma, luego asoma.

319. 說歸說，做歸做 Del dicho al hecho hay gran trecho.

320. 貌似菩薩，心如夜叉 Cara de beato, uñas de gato. (口蜜腹劍)

321. 輕諾者，必寡信 Quién todo lo da, todo lo niega.

322. 遠來和尚會唸經 Nadie es profeta en su tierra. (在家鄉誰也成不了先知)

323. 銅牆鐵壁也擋不了賊 Para el ladrón no hay casa fuerte.

324. 嘴巴阿諛，背後踹你 Halagar con la boca y herir con la cola. (好面譽人者，亦好背而毀之)

325. 樣樣學，沒樣通 Aprendiz de todo y maestro de nada.

326. 熟能生巧 La práctica hace maestro. (同義 El ejercicio hace maestro.)

327. 熬成婆後，忘了人媳時 No se acuerda la suegra que fue nuera.

328. 瘦狗身上多跳蚤 A perro flaco todas son pulgas. (雪上加霜)

329. 緩步行遠 Poco a poco se va lejos. (同義 Paso a paso se va lejos.)

330. 衝得快，停得也快 Quien mucho corre, pronto para.

331. 適才適所 Un sitio para cada cosa y cada cosa en su sitio.

332. 養虎遺患 Cría cuervos y te sacarán los ojos.

333.餓了吃糠甜如蜜　A buen hambre no hay pan duro.

334.學問不佔空間　El saber no ocupa lugar.

335.學習，先苦後樂　El aprender es amargura; el fruto es dulzura.

336.學然後知不足　El sabio sabe lo mucho que aún no sabe.

337.樹倒猢猻散　Donde no hay pan vase hasta el can.

338.樹倒劈來作柴燒　Del árbol caído todos hacen leña. (落井下石、牆倒眾人推、破鼓萬人捶)

339.獨木難撐大廈　Una golondrina no hace verano. (獨燕不成夏)

340.積少成多　Muchos pocos hacen un mucho.

341.窺一斑而知全豹　Para muestra basta un botón.

342.親拌料馬才會肥　El ojo del amo engorda el caballo.

343.謀事在人，成事在天　El hombre propone y Dios dispone.

344.遲做總比不做強　Más vale tarde que nunca. (亡羊補牢，猶未為晚)

345.錢滾錢　Dinero llama a dinero. (同義 Dinero gana dinero.)

346.燭光下鄉姑變千金　A la luz de la candela, toda rústica parece bella.

347.聰明人一點就透　A buen entendedor, pocas palabras bastan.

348.薄利多銷　Quien vende barato, vendo doblado.

349.薑是老的辣　Más sabe el diablo por viejo que por diablo.

350.謊言易破　La mentira no tiene pies. (謊言無腳跑不了)

351.避凶為上　Conocido el daño, el huirlo es lo sano.

352.鍋再醜也配得到鍋蓋　No hay olla tan fea que no encuentre su cobertera.

353.禮逾乎常，非假即虛　Mucha cortesía es especie de engaño y de falsía.

354.覆水難收　Agua vertida, no toda recogida.

355.壞事傳千里　Las malas nuevas no corren; vuelan.

356.壞的開始不會有好的結果　A mal principio no hay buen fin.

357.繩索總從細處斷　La soga siempre quiebra por lo más delgado.

358.羅馬不是一天造成的　No se fundó Roma en un día.

359.贈物莫挑剔　A caballo regalado no hay que mirarle el diente.

360.勸化容易行善難　No es lo mismo predicar que dar trigo.

361.嚴以責人，寬以待己　Ver la paja en el ojo ajeno y no ver la viga en el nuestro. (但見他人眼中刺，不見自己眸中樑)

362.蘋果送小孩，實書贈老人　La manzana, al niño, y al viejo, el libro.

363. 魔鬼得閒，捉蠅消遣 Cuando el diablo no tiene que hacer con el rabo mata moscas.

364. 歡樂按兩算，悲苦以頓計 Los placeres son por onzas, y los males por arrobas.

365. 驕，德之失也 El orgullo destruye todas las virtudes.

西班牙語系國家概況一覽表
Cuadro de datos básicos de los países de habla española

國名	面積 （千平方 公里）	人口 （百萬人）	首都	國民生 產毛額 （百萬美元）	國民 所得 （美元）
西班牙 España	506	39.42	Madrid	583.082	14.800
阿根廷 Argentina	2.780	33.58	Buenos Aires	276.097	7.550
玻利維亞 Bolivia	1.099	8.14	La Paz	8.092	990
哥倫比亞 Colombia	1.139	41.59	Bogotá	90.007	2.170
哥斯大黎加 Costa Rica	51	3.59	San José	12.829	3.570
古巴 Cuba	111	11.14	La Habana	18.600	1.700
智利 Chile	757	15.02	Santiago	69.602	4.630
厄瓜多 Ecuador	284	12.41	Quito	16.842	1.360
薩爾瓦多 El Salvador	21	6.15	San Salvador	11.806	1.920
瓜地馬拉 Guatemala	109	11.09	Ciudad de Guatemala	18.625	1.680
宏都拉斯 Honduras	112	6.39	Tegucigalpa	4.829	760
墨西哥 México	1.958	97.37	Ciudad de México	428.877	4.440
尼加拉瓜 Nicaragua	130	4.94	Managua	2.012	410
巴拿馬 Panamá	76	2.81	Ciudad de Panamá	8.657	3.080
巴拉圭 Paraguay	407	5.36	Asunción	8.374	1.560
秘魯 Perú	1.285	25.23	Lima	53.705	2.130
多明尼加 República Dominicana	49	8.33	Santo Domingo	16.131	1.920
烏拉圭 Uruguay	175	3.31	Montevideo	20.604	6.220
委內瑞拉 Venezuela	912	23.71	Caracas	87.313	3.680
赤道幾內亞 Guinea Ecuatorial	28	0.44	Malabo	516	1.170

資料來源：日本外務省編，《2001 年版世界の國一覽表》
　　　　　美國國務院網站 (古巴資料為國內生產毛額)

另附台灣和大陸（未含香港和澳門）資料：

| 台灣 Taiwán | 36 | 22.13 | Taipei | 314.400 | 14.216 |
| 大陸 China | 9.957 | 1.266.84 | Pekín | 979.894 | 780 |

參考書目
Bibliografía

傳媒

ABC, Madrid

Cambio16, Madrid

El Mercurio, Santiago de Chile

El País, Madrid

Tiempo, Madrid

Tribuna, Madrid

中國時報

聯合報

辭書

《大辭典》，三民書局，台北，1985

《辭海》，中華書局，台北，1985

Agencia EFE. *Manual de español urgente*, Cátedra, Madrid, 10ª edición, 1994

Americanismos, Editorial Ramón Sopena, Barcelona, 1982

Barnard, Christian. *La máquina del cuerpo*, Anaya, Madrid, 1981

Bergua, José. *Refranero español*, Ediciones Ibéricas, Madrid, 7ª edición, 1968

Collins Spanish Dictionary, HarperCollins Publishers, Glasgow, Fifth edition, 1997; Sixth Edition, 2000

Diccionario de neologismos de la lengua española, Larousse Editorial, Barcelona, 1998

Diccionario de uso del español actual, Ediciones SM, Madrid, 4ª edición, 2000

El País, *Libro de estilo*, Ediciones El País, Madrid, 1990

Elosua De Juan, Marcelino (Director). *Economía y empresa*, LID, Editorial Empresarial, Madrid, 8ª edición, 1998

Larrousse Spanish Dictionary, Larousse, Paris, New Edition, 1993

Meliveo, E.; Knerr, E.; Cremades, J.; Knipper, H. J. *Mastering Spanish Business Vocabulary*, Barron´s Educational Series, New York, 1997

Pequeño Larousse ilustrado, Ediciones Larousse Argentina, Buenos Aires, 1973; Larousse Editorial, Barcelona, 2001

Real Academia Española, *Diccionario de la lengua española*, 21ª edición, Madrid, 1992

Seco, Manuel; Andrés, Olimpia; Ramos, Gabino. *Diccionario del español actual*, Aguilar, Madrid, 1999

Steel, Brian. *Diccionario de americanismos*, Sociedad General Española de Librería, Madrid, 1990

The Oxford Spanish Dictionary, Oxford University Press, Oxford, 2nd edition, 1998; 2001

Universidad de Alcalá de Henares, *Diccionario para la enseñanza de la lengua española*, Bibliograf, Barcelona, 1ª edición, 1995

日中貿易用語研究會，《日英中貿易用語辭典》，東方書店，東京，改訂版，1990

李開榮主編，《漢英百科分類詞典》，萬人，台北〔原香港商務出版〕，1996

赤堀進、小野善邦編，《〈英・佛・西語〉医者にかかるときの総ガイド》，啟旺，東京，1979

段茂瀾編，《錦囊要語》，中央，台北，1976

唐民權、陶玉平編，《西班牙成語典故小詞典》，商務，北京，1991

孫義楨編，《西索簡明漢西辭典》，建宏〔原上海外教出版〕，台北，1995

張芳杰主編，《遠東漢英大辭典》，遠東，台北，1992

張廣森主編，《新西漢詞典》，商務，北京，1986

曾茂川編，《華西分類詞典》，歐語，台北，1986

Vocabulary 4001~7000
進階必考3000單字書

丁雍嫻 邢雯桂 盧思嘉 應惠蕙 編著

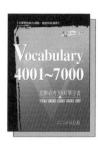

◎ 大考中心最新指定必考單字。
◎ 按照字彙使用頻率分級。
◎ 貼心設計可連結《Vocabulary 4000》。

Vocabulary 4000
必考4000單字書

丁雍嫻 邢雯桂 盧思嘉 應惠蕙 編著

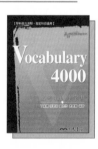

一切有我單 天下無難字
單字4000向我買
所有考試百分百

Vocabulary 7000 隨身讀

本局編輯部 彙整

隨時滿足您讀的渴望

◎ 口袋型設計易帶易讀。
◎ 依照使用頻率排列。
◎ 增補重要同反義字與常用片語。

三民實用英漢辭典
San Min's Vista English-Chinese Dictionary

莫建清 主編

13.7 ×19.3 cm
* 收錄詞條31,000字
* K.K.音標發音

◎ 全新有趣的「語音表義」，獨家提供語音與語義對應的象徵觀念 (Sound Symbolism)，幫助學習者領略英語造字的奧妙！

◎ 滿載文化知識的「充電小站」單元，讓讀者享受學習英語的無限樂趣！

◎「字源分析」及「字首與字尾」分析精確，助您輕鬆掌握單字記憶！

最新簡明英漢辭典
San Min's Concise English-Chinese Dictionar

陸以正 主編

9.7 × 16.7 cm

◎ 收錄詞條高達 130,000 字,內容包羅萬象,蒐羅了各行各業的新字與新語義。

◎ 另外增加 3,000 餘個最新、最流行的詞條,舉凡政治、經濟、立法、外交、醫學、資訊、建築、影視等領域用字皆蒐羅其中,無一遺漏(以紅星 ★ 標示之)。

◎ 詞條釋義清楚明瞭,用字精確,提供正確詳實的資訊,是市面上不可多得的簡明英漢辭典。

◎ 採用K.K.音標,以美式發音為主;兼具美式與英式拼法。

◎ 書末附有完整清晰的略語表,方便讀者查閱。

國家圖書館出版品預行編目資料

實用西班牙語彙／曾茂川編.ーー初版三刷.ーー
臺北市: 三民, 2013
　　面;　　公分

　ISBN 978-957-14-3716-3　(精裝)
　1.西班牙語言 — 詞彙

804.72　　　　　　　　　　　　　　92003465

© 　實用西班牙語彙

編　　　者	曾茂川
發　行　人	劉振強
著作財產權人	三民書局股份有限公司
發　行　所	三民書局股份有限公司
	地址　臺北市復興北路386號
	電話　(02)25006600
	郵撥帳號　0009998-5
門　市　部	(復北店) 臺北市復興北路386號
	(重南店) 臺北市重慶南路一段61號
出版日期	初版一刷　2003年4月
	初版三刷　2013年5月
編　　　號	S 804291

行政院新聞局登記證局版臺業字第○二○○號

有著作權・不准侵害

ISBN　978-957-14-3716-3　(精裝)

http://www.sanmin.com.tw　三民網路書店
※本書如有缺頁、破損或裝訂錯誤,請寄回本公司更換。